T0203426

Las aventuras del capitán Alatriste

VOLUMEN IV

ARTURO PÉREZ-REVERTE

EL ORO
DEL REY

DEBOLSILLO

Papel certificado por el Forest Stewardship Council®

Penguin
Random House
Grupo Editorial

Primera edición en Debolsillo: septiembre de 2016
Decimoprimera reimpresión: noviembre de 2021

© 2000, Arturo Pérez-Reverte
© 2016, 2021, Penguin Random House Grupo Editorial, S. A. U.
Travessera de Gràcia, 47-49. 08021 Barcelona
Diseño de la cubierta: Manuel Estrada
Ilustración de la cubierta: © Joan Mundet

Printed in Spain – Impreso en España

ISBN: 978-84-663-2917-0
Depósito legal: B-13.464-2016

Impreso en Black Print CPI Ibérica
Sant Andreu de la Barca (Barcelona)

P 3 2 9 1 7 B

A Antonio Cardenal,
por diez años de amistad,
cine y estocadas.

¿Qué se saca de aquesto? ¿Alguna gloria?
¿Algunos premios, o aborrecimiento?
Sabrálo quien leyere nuestra historia.

Garcilaso de la Vega

Capítulo I

LOS AHORCADOS DE CÁDIZ

Ya estamos muy abatidos, porque los que nos han de honrar nos desfavorecen. El solo nombre de español, que en otro tiempo peleaba y con la reputación temblaba de él todo el mundo, ya por nuestros pecados lo tenemos casi perdido...

Cerré el libro y miré a donde todos miraban. Después de varias horas de encalmada, el *Jesús Nazareno* se adentraba en la bahía, impulsado por el viento de poniente que ahora henchía entre crujidos la lona del palo mayor. Agrupados en la borda del galeón, bajo la sombra de las grandes velas, soldados y marineros señalaban los cadáveres de los ingleses, muy lindamente colgados bajo los muros del castillo de Santa Catalina, o en horcas levantadas a lo largo de la orilla, en la linde de los viñedos que se asomaban al océano. Parecían racimos de uvas esperando la vendimia, con la diferencia de que a ellos los habían vendimiado ya.

—Perros —dijo Curro Garrote, escupiendo al mar.

Tenía la piel grasienta y sucia, como todos nosotros: poca agua y jabón a bordo, y liendres como garbanzos después de cinco semanas de viaje desde Dunquerque por Lisboa, con los veteranos repatriados del ejército de Flandes. Se tocaba con resentimiento el brazo izquierdo, medio estropeado por los ingleses en el reducto de Ter-

11

heyden, contemplando satisfecho la restinga de San Sebastián; donde, frente a la ermita y su torre de la linterna, humeaban los restos del barco que el conde de Lexte había hecho incendiar con cuantos muertos propios pudo recoger, antes de reembarcar a su gente y retirarse.

—Han ajustado lo suyo —comentó alguien.

—Más lucido sería el cobro —apostilló Garrote— si nosotros llegáramos a tiempo.

Se le traspasaban las ganas de colgar él mismo algunos de aquellos racimos. Porque ingleses y holandeses habían venido sobre Cádiz una semana atrás, tan prepotentes y sobrados como solían, con ciento cinco naves de guerra y diez mil hombres, resueltos a saquear la ciudad, quemar nuestra armada en la bahía y apoderarse de los galeones de las flotas del Brasil y Nueva España, que estaban al llegar. Su talante vino más tarde a contarlo el gran Lope de Vega en su comedia *La moza de cántaro*, con el soneto famoso:

> *Atrevióse el inglés, de engaño armado,*
> *porque al león de España vio en el nido...*

Y de esa manera había llegado el de Lexte, taimado, cruel y pirata como buen inglés —aunque los de su nación se adobaran siempre con fueros e hipocresía—, desembarcando mucha gente hasta rendir el fuerte del Puntal. En aquel tiempo, ni el joven Carlos I ni su ministro Buckingham perdonaban el desplante hecho cuando el primero pretendió desposar a una infanta de España, y se le entretuvo en Madrid dándole largas hasta que terminó de vuelta a Londres y muy corrido —me refiero al lance, que recordarán vuestras mercedes, en que el capitán Alatriste y Gualterio Malatesta estuvieron en un tris de agujerearle el jubón—. En cuanto a Cádiz, a diferencia de lo que pasó treinta años antes cuando el saco de la ciudad por Essex, esta vez no lo quiso Dios: nuestra gente estaba puesta sobre las armas, la defensa fue reñida, y a los soldados de las galeras del duque de Fernandina se unieron los vecinos de Chiclana, Medina Sidonia y Vejer, amén de infantes, caballos y soldados viejos que por allí había; y con todo esto dieron tan recia brasa a los ingleses que se les estorbó con buena sangría el propósito. De manera que, tras sufrir mucho y no pasar de donde se hallaba, reembarcó Lexte a toda prisa, conocedor de que en lugar de la flota del oro y la plata de Indias, lo que venían eran nuestros galeones, seis barcos grandes y otras naves menores españolas y portuguesas —en ese tiempo compartíamos imperio y enemigos gracias a la herencia materna del gran rey Felipe, el segundo Austria— todas con buena artillería, soldados de tercios reformados y veteranos con licencia, gente muy hecha al fuego en Flandes; que enterado nuestro almirante del suceso en Lisboa, forzaba el trapo para acudir a tiempo.

El caso es que ahora las velas herejes eran puntitos blancos en el horizonte. Las habíamos cruzado la tarde anterior, lejos, de vuelta a casa después de su intento fallido de repetir la fortuna del año noventa y seis, cuando ardió todo Cádiz y hasta los libros de las bibliotecas se llevaron. No deja de tener su gracia que los ingleses se alaben tanto por la derrota de la que llaman con ironía nuestra Invencible, y por lo de Essex y cosas como ésa; pero nunca traigan a colación las ocasiones en que a ellos

13

les salió el cochino mal capado. Que si aquella infeliz España era ya un imperio en decadencia, con tanto enemigo dispuesto a mojar pan en la pepitoria y arrebañar los menudos, aún quedaban dientes y zarpas para vender cara la piel del viejo león, antes de que se repartieran el cadáver los cuervos y los mercaderes a quienes la doblez luterana y anglicana —el diablo los cría y ellos se juntan— permitió siempre conjugar sin embarazo el culto a un Dios de manga ancha con la piratería y el beneficio comercial; que entre herejes, ser ladrón devino siempre respetada arte liberal. De modo que, de creer a sus cronistas, los españoles guerreábamos y esclavizábamos por soberbia, codicia y fanatismo, mientras todos los demás que nos roían los zancajos, ésos saqueaban, traficaban y exterminaban en nombre de la libertad, la justicia y el progreso. En fin. Cosas veredes. De cualquier manera, lo que en esta famosa jornada dejaban atrás los ingleses eran treinta naves perdidas en Cádiz, banderas humilladas y buen golpe de muertos en tierra, cosa de un millar, sin contar los rezagados y los borrachos que los nuestros ahorcaban sin misericordia en las murallas y en las viñas. Esta vez les había salido el tiro por el mocho del arcabuz, a los hideputas.

Al otro lado de los fuertes y las viñas podíamos distinguir la ciudad de casas blancas y sus altas torres semejantes a atalayas. Doblamos el baluarte de San Felipe situándonos fronteros al puerto, oliendo la tierra de España como los asnos huelen el verde. Unos cañones

14

nos saludaban con salvas de pólvora, y respondían con estruendo las bocas de bronce que asomaban por nuestras portas. En la proa del *Jesús Nazareno*, los marineros aprestaban las áncoras de hierro para dar fondo. Y al cabo, cuando en la arboladura gualdrapeó la lona recogida por los hombres encaramados a las antenas, guardé en la mochila el *Guzmán de Alfarache* —comprado por el capitán Alatriste en Amberes para disponer de lectura en el viaje— y fui a reunirme con mi amo y sus camaradas en la borda del combés. Alborotaban casi todos, dichosos ante la proximidad de la tierra, sabiendo que estaban a punto de acabar las zozobras del viaje, el peligro de ser arrojados por vientos contrarios sobre la costa, el hedor de la vida bajo cubierta, los vómitos, la humedad, el agua semipodrida y racionada a medio cuartillo por día, las habas secas y el bizcocho agusanado. Porque si miserable es la condición del soldado en tierra, mucho peor lo es en el mar; que si allí quisiera Dios ver al hombre, no le habría dado pies y manos, sino aletas.

El caso es que cuando llegué junto a Diego Alatriste, mi amo sonrió un poco, poniéndome una mano en el hombro. Tenía el aire pensativo, sus ojos glaucos observaban el paisaje, y recuerdo que llegué a pensar que no era el aspecto de un hombre que regresara a ninguna parte.

—Ya estamos aquí otra vez, zagal.

Lo dijo de un modo extraño, resignado. En su boca, estar allí no parecía diferente de estar en cualquier otro sitio. Yo miraba Cádiz, fascinado por el efecto de la luz sobre sus casas blancas y la majestuosidad de su inmensa bahía verde y azul; aquella luz tan distinta de mi Oñate natal, y que sin embargo también sentía como propia. Como mía.

—España —murmuró Curro Garrote.

Sonreía torcido, el aire canalla, y había pronunciado el nombre entre dientes, como si lo escupiese.

—La vieja perra ingrata —añadió.

Se tocaba el brazo estropeado cual si de pronto le doliera, o preguntándose para sus adentros en nombre de qué había estado a punto de dejarlo, con el resto del pellejo, en el reducto de Terheyden. Iba a decir algo más; pero Alatriste lo observó de soslayo, el aire severo, la pupila penetrante y aquella nariz aguileña sobre el mostacho que le daba el aspecto amenazador de un halcón peligroso y seco. Lo miró un instante, luego me miró a mí y volvió a clavar sus ojos helados en el malagueño, que cerró la boca sin ir más allá.

Echábanse entretanto al agua las áncoras, y nuestra nave quedó inmóvil en la bahía. Hacia la banda de arena que unía Cádiz con tierra firme se veía salir humo negro del baluarte del Puntal, pero la ciudad no había sufrido apenas los efectos de la batalla. La gente saludaba moviendo los brazos en la orilla, congregada ante los almacenes reales y el edificio de la aduana, mientras faluchos y pequeñas embarcaciones nos rodeaban entre vítores de sus tripulaciones, como si los ingleses hubieran huido de Cádiz por nuestra causa. Luego supe que nos tomaban equivocadamente por avanzada de la flota de Indias, a cuya arribada anual, lo mismo que el escarmentado Lexte y sus piratas anglicanos, nos adelantábamos algunos días.

Y voto a Cristo que el nuestro había sido también un viaje largo y lleno de azares; sobre todo para mí, que nunca había visto los fríos mares septentrionales. Desde Dunquerque, en convoy de siete galeones, otras naves mercantes y varios corsarios vascongados y flamencos hasta sumar dieciséis velas, habíamos roto el bloqueo holandés rumbo al norte, donde nadie nos esperaba, y caído sobre la flota arenquera neerlandesa para ejecutar en ella muy linda montería antes de rodear Escocia e Irlanda y bajar luego hacia el sur por el océano. Los mercantes y uno de los galeones se desviaron de camino, a Vigo y a Lisboa, y el resto de las grandes naves seguimos rumbo a Cádiz. En cuanto a los corsarios, ésos se habían quedado por arriba, merodeando frente a las costas inglesas, haciendo muy bien su oficio, que era el de saquear, incendiar y perturbar las actividades marítimas del enemigo, del mismo modo que éste nos lo hacía a nosotros en las Antillas y en donde podía. Que a veces Dios queda bien servido, y donde las dan las toman.

Fue en ese viaje donde asistí a mi primer combate naval, cuando pasado el canal entre Escocia y las Shetland, pocas leguas al oeste de una isla llamada Foula, o Foul, negra e inhóspita como todas aquellas tierras de cielo gris, dimos sobre una gran flotilla de esos pesqueros de arenque que los holandeses llaman *buizen*, escoltada por cuatro naves de guerra luteranas, entre ellas una urca grande y de buen porte. Y mientras nuestros mercantes quedaban aparte, voltejeando a barlovento, los corsarios vascos y flamencos se lanzaron como buitres sobre los pesqueros, y el *Virgen del Azogue*, que así se llamaba nuestra capitana, nos condujo al resto contra los navíos de guerra holandeses. Quisieron los herejes, como acostumbran, jugar de la artillería tirando de lejos con sus cañones de cuarenta libras y con las culebrinas, merced a la pericia en las maniobras de sus tripulaciones, más hechas al mar que los españoles; habilidad en la que —como demostró el desastre de la Gran Armada— ingleses y holandeses nos aventajaban siempre, pues sus soberanos y gobernantes alentaron la ciencia náutica y cuidaron a sus marinos, pagándolos bien; mientras que España, cuyo inmenso imperio dependía del mar, vivió de espaldas a éste, habituada a tener en más al soldado que al navegante. Que cuando hasta las meretrices de los puertos blasonaban de Guzmanes y Mendozas, la milicia teníase aquí por cosa hidalga, y a la gente de mar, por oficio bajo. Con el resultado de que el enemigo sumaba buenos artilleros, tripulantes hábiles y experimentados capitanes de mar y guerra; y nosotros, pese a contar con buenos almirantes y pilotos y aún mejores barcos, teníamos muy valiente infantería embarcada y poco más. De cualquier manera, lo cierto es que en aquel tiempo los españoles todavía éramos muy temidos en el cuerpo a cuerpo; y ésa era la causa de que los combates navales consistieran siempre en el intento de holandeses e ingleses por mantenerse lejos, desarbolarnos con su fuego y arrasar nuestras cubiertas para matarnos mucha gente hasta rendirnos, procurando nosotros, al contrario, acercarnos lo bastante para pasar al abordaje, que era donde la infantería española daba lo mejor de sí misma y solía mostrarse cruel e imbatible.

De ese modo transcurrió el combate de la isla Foula, intentando los nuestros acortar distancia, como acostumbrábamos, y procurando estorbarlo con muchos tiros el enemigo, como él también usaba. Pero el *Azogue*, pese al castigo que le dejó parte de la jarcia suelta y la cubierta encharcada de sangre, logró entrar muy gallardamente en mitad de los herejes, tan junto a la capitana que las velas de su cebadera barrían el combés del holandés; y por allí arrojaron arpeos de abordaje y empezó a meterse mucha infantería española en la urca entre fogonazos de mosquetería y blandir de picas y hachas. Y a poco, nosotros, que a bordo del *Jesús Nazareno* nos sotaventeábamos arcabuceando la otra banda del enemigo, vimos cómo los nuestros llegaban al alcázar de la capitana holandesa y se cobraban muy en crudo cuanto los otros les habían tirado de lejos. Y baste, en resumen, apuntar que los más afortunados entre los herejes fueron quienes se echaron al agua gélida con tal de escapar al degüello. De esa manera les tomamos dos urcas y hundimos una tercera, escapando la cuarta bien maltrecha, mientras los corsarios —nuestros flamencos católicos de Dunquerque no se quedaron atrás en la faena— saquearon e incendiaron muy a su gusto veintidós arenqueros, que navegaban dando bordos desesperados en todas direcciones como gallinas a las que se les cuelan raposas en el gallinero. Y al anochecer, que en la latitud de aquellos mares llega cuando en España apenas es media tarde, dimos vela al sudoeste dejando en el horizonte un paisaje de incendios, náufragos y desolación.

Ya no hubo más incidentes salvo las incomodidades propias del viaje, si descontamos tres días de temporal a medio camino entre Irlanda y el cabo Finisterre que nos tuvieron a todos zarandeados bajo cubierta con el paternóster y el avemaría en la boca —un cañón suelto aplastó como chinches a unos cuantos contra los mamparos, antes de que pudiéramos trincarlo de nuevo— y dejaron maltrecho el galeón *San Lorenzo*, que al cabo terminaría separándose de nosotros para resguardarse en Vigo. Luego vino la noticia de que el inglés había ido otra vez sobre Cádiz, lo que conocimos con gran alarma en Lisboa; de modo que mientras algunos buques de la guardia de la carrera de Indias salían rumbo a las islas Azores, al encuentro de la flota del tesoro para reforzarla y prevenirla, nosotros desplegamos vela para ir a Cádiz en buena hora; con ocasión, como dije, de ver las espaldas a los ingleses.

Todo aquel tiempo, en fin, lo utilicé en leer con mucho deleite y provecho el libro de Mateo Alemán, y otros que el capitán Alatriste había traído, o pudo conseguir a bordo —que fueron, si no recuerdo mal, la *Vida del Escudero Marcos de Obregón*, un Suetonio. También el viaje tuvo para mí un aspecto práctico que con el tiempo sería utilísimo; y fue que tras mi experiencia de Flandes, donde ya me había hecho con todas las mañas relacionadas con la guerra, el capitán Alatriste y sus camaradas me ejercitaron en la verdadera destreza de las armas. Yo iba camino de los dieciséis como por la posta, mi cuerpo alcanzaba buenas proporciones, y las fatigas flamencas habíanme endurecido los miembros, asentado el temple y cuajado el ánimo. Diego Alatriste conocía mejor que nadie que una hoja de acero iguala al hombre humilde con el más alto monarca; y que cuando los naipes vienen malos, meter mano a la toledana es recurso mejor que otros para ganarse el pan, o defenderlo. Por eso, a fin de completar mi educación por el lado áspero iniciado en Flandes, decidió hacerme plático en los secretos de la esgrima; y de ese modo, a diario, buscábamos un lugar desembarazado de la cubierta donde los camaradas nos dejaban espacio, e incluso hacían corros para mirar con ojo experto y menudear opiniones y consejos, adobándolos con hazañas y lances a veces más inventados que reales. En aquel ambiente de gente conocedora —no hay mejor maestro, dije una vez, que el bien acuchillado—, el capitán Alatriste y yo practicábamos estocadas, fintas, alcances y retiradas, golpes de uñas arriba y uñas abajo con heridas de punta o por los filos, y todos los etcéteras que componen la panoplia de un esgrimidor profesional. Así aprendí a reñir a lo bravo, a sujetar la espada del contrario y entrarle recto por los pechos, a salir cortándole el rostro de revés, a herir de tajo y dar estocadas con la espada y la daga, a cegar con la luz de un farol, o con el sol, a ayudarme sin empacho con puntapiés y codazos, o las mil tretas para embarazar la hoja del contrario con la capa y matar en un válgame Dios. Aquello, en suma, que suponía destreza de espadachín. Y aunque estábamos lejos de sospecharlo, muy pronto tendría ocasión de ponerlo en práctica; pues una carta nos esperaba en Cádiz, un amigo en Sevilla, y una increíble aventura en la barra del Guadalquivir. Todo lo cual, y cada cosa a su tiempo, me propongo contar despacio a vuestras mercedes.

Querido capitán Alatriste:

Quizá os sorprendan estas letras, que sirven en primer lugar para daros la bienvenida por vuestro retorno a España, que espero hayáis concluido con toda felicidad.

Gracias a las noticias que me remitisteis desde Amberes, donde pálido os vio el Escalda, buen soldado, he podido seguir vuestros pasos; y espero que sigáis sano y bueno, como nuestro querido Íñigo, pese a las añagazas del cruel Neptuno. De ser así, creed que llegáis en el momento justo. Porque en caso de que a vuestro arribo a Cádiz todavía no haya venido la flota de Indias, debo rogaros que acudáis de inmediato a Sevilla por los medios más adecuados. En la ciudad del Betis está el Rey Nuestro Señor, que visita Andalucía con Su Majestad la Reina; y puesto que mi favor cerca de Filipo Cuarto y de su Atlante el conde duque sigue en grata privanza (aunque ayer se fue, mañana no ha llegado, y un soneto o un epigrama inoportunos pueden costarme otro destierro a mi Ponto Euxino de la Torre de Juan Abad), estoy aquí en su ilustre compañía, haciendo un poco de todo, y en apariencia mucho de nada; al menos de forma oficial. En cuanto a lo oficioso, eso os lo referiré con detalle cuando tenga el gusto de abrazaros en Sevilla. Hasta entonces no puedo decir más. Sólo que, teniendo que ver con vuestra merced, se trata (naturalmente) de un asunto de espada.

Os mando mi afectuoso abrazo, y el saludo del conde de Guadalmedina; que también anda por aquí, tan lindo de talle como acostumbra, seduciendo sevillanas.

Vuestro amigo, siempre
Fran.ᶜᵒ de Quevedo Villegas

Diego Alatriste guardó la carta en el jubón y subió al esquife, acomodándose a mi lado entre los fardos de nuestro equipaje. Sonaron las voces de los barqueros al inclinarse sobre los remos, chapotearon éstos, y el *Jesús Nazareno* fue quedando atrás, inmóvil en el agua quieta junto a los otros galeones, imponentes sus altos costados negros de calafate, con la pintura roja y los dorados reluciendo en la claridad del día y la arboladura elevándose al cielo entre su jarcia enmarañada. A poco estábamos en tierra, sintiendo el suelo oscilar bajo nuestros pies inseguros. Caminábamos aturdidos entre la gente, con tanto espacio para movernos tras demasiado tiempo en la cubierta de un buque. Nos deleitábamos con la comida expuesta a la puerta de las tiendas: las naranjas, los limones, las pasas, las ciruelas, el olor de las especias, las salazones y el pan blanco de las tahonas, las voces familiares que pregonaban géneros y mercancías singulares como papel de Génova, cera de Berbería, vinos de Sanlúcar, Jerez y El Puerto, azúcar de Motril... El capitán se hizo afeitar y arreglar el pelo y el mostacho a la puerta de una barbería; y permanecí a su lado, mirando complacido alrededor. En aquel tiempo Cádiz todavía no desplazaba a Sevilla en la carrera de Indias, y la ciudad era pequeña, con cuatro o cinco posadas y mesones; pero las calles, frecuentadas por genoveses, portugueses, esclavos negros y moros, estaban bañadas de luz cegadora y el aire era transparente, y todo era alegre y muy distinto a Flandes. Apenas había traza del reciente combate, aunque se veían por todas partes soldados y vecinos armados; y la plaza de la Iglesia Mayor, hasta la que nos llegamos tras lo del barbero, hormigueaba de gente que iba a dar gracias por haberse librado la ciudad del saqueo y del incendio. El mensajero, un negro liberto enviado por don Francisco de Quevedo, nos

23

aguardaba allí según lo convenido; y mientras nos refrescábamos en un bodegón y comíamos unas tajadas de atún con pan candeal y bajocas hervidas rociadas con aceite, el mulato nos puso al corriente de la situación. Todas las caballerías estaban requisadas a causa del rebato de los ingleses, explicó, y el medio más seguro de ir a Sevilla era cruzar hasta El Puerto de Santa María, donde fondeaban las galeras del rey, y embarcar en una que se disponía a subir por el Guadalquivir. El negro tenía preparado un botecillo con un patrón y cuatro marineros; así que volvimos al puerto, y de camino nos entregó unos documentos refrendados con la firma del duque de Fernandina, que eran pasaporte para que a Diego Alatriste y Tenorio, soldado del rey con licencia de Flandes, y a su criado Íñigo Balboa Aguirre, se les facilitase libre tránsito y embarque hasta Sevilla.

En el puerto, donde se amontonaban fardos de equipajes y enseres de soldados, nos despedimos de algunos camaradas que por allí andaban, tan engolfados en el juego como en las busconas de medio manto que aprovechaban el desembarco para hacer buena presa. Cuando le dijimos adiós, Curro Garrote ya estaba pie a tierra, acuclillado junto a una tabla de juego con más trampas y flores que mayo, dándole a la descuadernada como si le fuera la vida en ello, desabotonada la ropilla y la mejor mano que tenía apoyada en el pomo de la vizcaína por si las moscas, jugando con la otra entre menudeos a un jarro de vino y a los naipes que iban y venían entre blasfemias, porvidas y votos a tal, viendo ya en dedos ajenos la mitad de su bolsa. Pese a todo, el malagueño interrumpió el negocio para desearnos suerte, con la apostilla de que nos veríamos en cualquier parte, aquí o allá.

—Lo más tarde, en el infierno —concluyó.

Después de Garrote nos despedimos de Sebastián Copons, que como recordarán vuestras mercedes era de Huesca y soldado viejo, pequeño, seco, duro y todavía menos dado a palabras que el propio capitán Alatriste. Copons dijo que pensaba disfrutar un par de días de su licencia en la ciudad, y luego subiría también hasta Sevilla. Contaba cincuenta años, muchas campañas a la espalda y demasiadas costuras en el cuerpo —la última, la del molino Ruyter, le cruzaba una sien hasta la oreja—; y tal vez era tiempo, comentó, de pensar en Cillas de Ansó, el pueblecito donde había nacido. Una mujer moza y un poco de tierra propia haríanle buen acomodo, si es que lograba acostumbrarse a destripar terrones en vez de luteranos. Mi amo y él quedaron en verse en Sevilla, donde la hostería de Becerra. Y al despedirse observé que se abrazaban en silencio, sin aspavientos pero con una firmeza que les cuadraba mucho a ambos.

Sentí separarme de Copons y de Garrote; incluso del último, que pese a lo vivido juntos nunca había llegado a caerme simpático, con su pelo ensortijado, su pendiente de oro y sus peligrosas maneras de rufián del Perchel. Pero ocurría que ésos eran los únicos camaradas de nuestra vieja escuadra de Breda que nos acompañaban hasta Cádiz. El resto se había ido quedando por aquí y por allá: el mallorquín Llop y el gallego Rivas bajo dos palmos de tierra flamenca, uno en el molino Ruyter y otro en el cuartel de Terheyden. El vizcaíno Mendieta, si es que aún podía contarlo, seguiría postrado por el vómito negro en un siniestro hospital para soldados de Bruselas; y los hermanos Olivares, llevándose como mochilero a mi amigo Jaime Correas, habíanse reenganchado para una nueva campaña en el tercio de infantería española de don Francisco de Medina, después de que el nuestro de Cartagena, que tanto había sufrido en el largo asedio de Breda, quedase temporalmente reformado. La guerra de Flandes iba para largo; y se decía que, tras los esfuerzos en dinero y vidas de los últimos años, el conde duque de Olivares, valido y ministro de nuestro rey don Felipe Cuarto, había decidido poner al ejército de allá arriba en actitud defensiva, para combatir de forma económica, reduciendo las tropas de choque a lo indispensable. Lo cierto es que seis mil soldados se habían visto licenciados de grado o por fuerza; y de este modo volvían a España en el *Jesús Nazareno* muchos veteranos, viejos y enfermos unos, ajustados otros con sus pagas, cumplido el tiempo reglamentario de servicio o con destino a diferentes tercios y agrupaciones en la Península o el Mediterráneo. Cansados muchos, en fin, de la guerra y sus peligros; y que podían decir, como aquel personaje de Lope:

> *Bien mirado, ¿qué me han hecho*
> *los luteranos a mí?*
> *Jesucristo los crió,*
> *y puede, por varios modos,*
> *si Él quiere, acabar con todos*
> *mucho más fácil que yo.*

También en el puerto de Cádiz se despidió el negro enviado por don Francisco de Quevedo, después de indicarnos nuestro bote al capitán Alatriste y a mí. Subimos a bordo, nos apartamos de tierra a fuerza de remos, y tras pasar de nuevo entre nuestros imponentes galeones —no era común verlos tan a ras del agua— el patrón hizo dar la vela por ser el viento propicio. Cruzamos así la bahía rumbo a la desembocadura del Guadalete, y al atardecer nos arrimamos a la borda de la *Levantina*, una esbelta galera fondeada con otras muchas en mitad del río, todas con sus antenas y vergas amarradas sobre cubierta, ante las grandes montañas, que parecían nieve, de las salinas en la margen izquierda. La ciudad blanca y parda se extendía por la derecha, con el elevado torreón del castillo protegiendo la boca del fondeadero. El Puerto de Santa María era base principal de las galeras del rey nuestro señor, y mi amo lo conocía del tiempo en que anduvo embarcado contra turcos y berberiscos. En cuanto a las galeras, esas máquinas de guerra movidas por músculos y sangre humana, también sabía de ellas más de lo que muchos quisieran saber. Por eso, tras presentarnos al capitán de la *Levantina*, que visto el pasaporte nos autorizó a quedarnos a bordo, Alatriste buscó un lugar cómodo en una ballestera, ensebó las manos del cómitre de la chusma con uno de a ocho, y se instaló conmigo, recostado en nuestro equipaje y sin quitar mano de la daga en toda la noche. Que en gurapas, o sea, en galeras, me dijo en susurros y con una sonrisa bailándole bajo el mostacho, desde el capitán hasta el último forzado, el más honesto no se licencia para la Gloria con menos de trescientos años de purgatorio.

Dormí arropado en mi ruana, sin que las cucarachas y piojos que correteaban por encima añadiesen novedad a lo que ya me tenía acostumbrado el largo viaje hecho en el *Nazareno*; que entre ratas, chinches, pulgas y otras alimañas y sabandijas, cualquier barco o cosa que flote encierra tan gallarda legión, que son capaces de merendarse a un grumete sin respetar viernes ni cuaresmas. Y cada vez que despertaba para el trámite de rascarme, encontraba cerca de mí los ojos abiertos de Diego Alatriste, tan claros que parecían hechos con la misma luz de la luna que se movía despacio sobre nuestras cabezas y los mástiles de la galera. Yo recordaba su broma sobre lo de licenciarse del purgatorio. Lo cierto es que nunca le había oído comentar la causa de la licencia pedida a nuestro capitán Bragado al término de la campaña de Breda, y ni entonces ni después pude arrancarle una sílaba sobre el particular; pero intuyo que algo tuve que ver con esa decisión. Sólo más tarde supe que en algún momento Alatriste barajó la posibilidad, entre otras, de pasar conmigo a las Indias. Ya he contado que desde la muerte de mi padre en un baluarte de Jülich, corriendo el año veintiuno, el capitán se ocupaba de mí a su manera; y por esas fechas había llegado a la conclusión de que, cumplida la experiencia militar flamenca, útil para un mozo de mi siglo y condiciones si no dejaba en ella la salud, la piel o la conciencia, ya era tiempo de prevenir mi educación y futuro regresando a España. No era el de soldado el oficio que Alatriste creía mejor para el hijo de su amigo Lope Balboa, aunque eso lo desmentí con el tiempo, cuando después de Nordlingen, la defensa de Fuenterrabía y las guerras de Portugal y Cataluña, fui alférez en Rocroi; y tras mandar una bandera senté plaza como teniente de los correos reales y luego como capitán de la guardia española del rey don Felipe Cuarto. Pero tal biografía da cumplida razón a Diego Alatriste; pues aunque peleé honrosamente como buen católico, español y vascongado en muchos campos de batalla, poco obtuve de eso; y debí las ventajas y ascensos más al favor del rey, a mi relación con Angélica de Alquézar y a la fortuna que me acompañó siempre, que a los resultados de la vida militar propiamente dicha. Que España, pocas veces madre y más a menudo madrastra, mal paga siempre la sangre de quien la vierte a su servicio; y otros con más mérito se pudrieron en las antesalas de funcionarios indiferentes, en los asilos de inválidos o a la puerta de los conventos, del mismo modo que antes se habían podrido en los asaltos y trincheras. Que si yo fui afortunado por excepción, en el oficio de Alatriste y el mío, lo común después de toda una vida viendo granizar las balas sobre los arneses era terminar:

Bien roto, con mil heridas,
yendo a dar tus memoriales
por dicha, en los hospitales
donde se acaban las vidas.

O pedir no ya una ventaja, un beneficio, una bandera o siquiera pan para tus hijos, sino simple limosna por venir manco de Lepanto, de Flandes o del infierno, y que te dieran con la puerta en las narices por aquello de:

Si a su majestad sirvió
y el brazo le estropeó
su poca ventura allí,
¿hemos de pagarle aquí
lo que en Flandes peleó?

También, imagino, el capitán Alatriste se hacía viejo. No anciano, si entienden vuestras mercedes; pues en esa época —finales del primer cuarto cumplido del siglo— debía de andar por los cuarenta y muy pocos años. Hablo de viejo por dentro cual corresponde a hombres que, como él, habían peleado desde su mocedad por la verdadera religión sin obtener a cambio más que cicatrices, trabajos y miserias. La campaña de Breda, donde Alatriste había puesto algunas esperanzas para él y para mí, había sido ingrata y dura, con jefes injustos, maestres crueles, harto sacrificio y poco beneficio; y salvo el saco de Oudkerk y algunas pequeñas rapiñas locales, al cabo de dos años estábamos todos tan pobres como al principio, si descontamos la paga de licencia —la de mi amo, pues los mochileros no cobrábamos— que en forma de algunos escudos de plata iba a permitirnos sobrevivir unos meses. Pese a ello, el capitán aún habría de pelear más veces, cuando la vida nos puso en la ocasión ineludible de volver bajo las banderas españolas; hasta que, ya con el cabello y el mostacho grises, lo vi morir como lo había visto vivir: de pie, el acero en la mano y los ojos tranquilos e indiferentes, en la jornada de Rocroi, el día que la mejor infantería del mundo se dejó aniquilar, impasible, en un campo de batalla por ser fiel a su rey, a su leyenda y a su gloria. Y con ella, del modo en que siempre lo conocí, tanto en la fortuna, que fue poca, como en la miseria, que fue mucha, el capitán Alatriste se extinguió leal a sí mismo. Consecuente con sus propios silencios. A lo soldado.

Pero no adelantemos episodios, ni acontecimientos. Decía a vuestras mercedes que desde mucho antes de que todo eso ocurriera, algo moría en el que entonces era mi amo. Algo indefinible, de lo que empecé a ser de veras consciente en aquel viaje por mar que nos trajo de Flandes. Y a esa parte de Diego Alatriste, yo, que alcanzaba meridiana lucidez con el vigor de los años, aun sin entender bien lo que era, la veía morir despacio. Más tarde deduje que se trataba de una fe, o de los restos de una fe: quizás en la condición humana, o en lo que descreídos herejes llaman azar y los hombres de bien llaman Dios. O tal vez la dolorosa certeza de que aquella pobre España nuestra, y el mismo Alatriste con ella, se deslizaba hacia un pozo sin fondo y sin esperanza del que nadie iba a sacarla, ni a sacarnos, en mucho tiempo y muchos siglos. Y todavía me pregunto si mi presencia a su lado, mi mocedad y mi mirada —yo aún lo veneraba entonces— no contribuirían a hacerle mantener la compostura. Una compostura que en otras circunstancias tal vez quedase anegada como mosquitos en vino, en aquellas jarras que de vez en cuando eran demasiadas. O resuelta en el negro y definitivo cañón de su pistola.

Capítulo II

UN ASUNTO DE ESPADA

Habrá que matar —dijo don Francisco de Que-vevedo—. Y puede que mucho.

—Sólo tengo dos manos —respondió Alatriste.

—Cuatro —apunté yo.

El capitán no apartaba los ojos de la jarra de vino. Don Francisco se ajustó los espejuelos y me miró reflexivo, antes de volverse hacia el hombre sentado junto a una mesa al otro extremo, en un rincón discreto de la hostería. Ya estaba allí cuando llegamos, y nuestro amigo el poeta lo había llamado micer Olmedilla, sin presentaciones ni detalles, salvo que al cabo añadió la palabra contador: el contador Olmedilla. Era hombre pequeño, flaco, calvo y muy pálido. Su aspecto resultaba tímido, ratonil, pese a la indumentaria negra y al bigotito curvado en las puntas rematando una barba corta y rala. Tenía manchas de tinta en los dedos: parecía un leguleyo, o un funcionario que viviera a la luz de las velas, entre legajos y papeles. Ahora lo vimos asentir, prudente, a la pregunta muda que le hacía don Francisco.

—El negocio tiene dos partes —confirmó Quevedo al capitán—. En la primera, lo asistiréis en ciertas gestiones —indicó al hombrecillo, que se mantenía impasible ante nuestro escrutinio—... Para la segunda, podréis reclutar la gente necesaria.

—La gente necesaria cobra una señal por adelantado.

—Dios proveerá.

—¿Desde cuándo metéis a Dios en estos lances, don Francisco?

—Tenéis razón. De cualquier modo, con o sin él, no es oro lo que falta.

Bajaba la voz, no sé si al mencionar el oro o a Dios. Los dos años largos transcurridos desde nuestra aventura con la Inquisición, cuando don Francisco de Quevedo rescató mi vida en pleno auto de fe a fuerza de picar espuelas, habían puesto un par de arrugas más en su frente. También tenía el aire cansado mientras daba vueltas a la inevitable jarra de vino, esta vez blanco y añejo de la Fuente del Maestre. El rayo de sol de la ventana iluminaba el pomo dorado de su espada, mi mano apoyada en la mesa, el perfil en contraluz del capitán Alatriste. La hostería de Enrique Becerra, famosa por su cordero a la miel y por el guiso de carrillada de puerco, estaba cerca de la mancebía del Compás de la Laguna, junto a la puerta del Arenal; y desde el piso alto podían verse, detrás de las murallas y la ropa blanca que las putas colgaban en la terraza para secarla al sol, los mástiles y los gallardetes de las galeras amarradas al otro lado del río, en la orilla de Triana.

—Ya lo veis, capitán —añadió el poeta—. Una vez más, no queda sino batirse... Aunque esta vez yo no os acompañe.

Ahora sonreía amistoso y tranquilizador, con aquel afecto singular que siempre había reservado para nosotros.

—Cada cual —murmuró Alatriste— tiene su sombra.

Vestía de pardo, con jubón de gamuza, valona lisa, gregüescos de lienzo y polainas, a lo militar. Sus últimas botas se habían quedado con las suelas llenas de agujeros a bordo de la *Levantina*, cambiadas al sotacómitre por unas huevas secas de mújol, habas cocidas y un pellejo de vino para sostenernos en el viaje río arriba. Por esa, entre otras razones, mi amo no parecía lamentar demasiado que el primer lance apenas pisada tierra española fuese una invitación para volver a su antiguo oficio. Quizá porque el encargo venía de un amigo, o porque el amigo decía transmitir ese encargo de más arriba y más alto; y sobre todo, imagino, porque la bolsa que traíamos de Flandes no sonaba al agitarla. De vez en cuando el capitán me miraba pensativo, preguntándose en qué lugar exacto de todo aquello me situaban los dieciséis años por los que yo andaba en sazón, y la destreza que él mismo me había enseñado. Yo no ceñía espada, por supuesto, y sólo mi buena daga de misericordia colgaba del cinto a la altura de los riñones; pero ya era mochilero probado en la guerra, rápido, valiente y listo para hacer buen avío cuando se terciara. La cuestión para Alatriste, imagino, era dejarme dentro o dejarme fuera. Aunque tal y como estaban las cosas él ya no era dueño de decidirlo solo; para lo bueno o para lo malo, nuestras vidas estaban enlazadas. Y además, como él mismo acababa de decir, cada hombre tiene su propia sombra. En cuanto a don Francisco, por el modo en que me observaba, admirando el estirón de la juventud y el bozo en mi labio superior y en mis mejillas, deduje que pensaba igual: estaba en la edad en que un mozo es tan capaz de dar estocadas como de recibirlas.

—Íñigo también —apuntó el poeta.

Yo conocía lo bastante a mi amo para saber callar; y así lo hice, contemplando con fijeza, como él, la jarra de vino —también en eso había crecido— que estaba ante mí sobre la mesa. La de don Francisco no era una pregunta, sino una reflexión sobre algo que resultaba obvio; y Alatriste asintió resignado, despacio, tras un silencio. Lo hizo sin llegar a mirarme siquiera, y yo sentí un júbilo interior, muy luminoso y fuerte, que disimulé acercando la jarra a mis labios. El vino me supo a gloria, y a madurez. A aventura.

—Entonces bebamos por Íñigo —dijo Quevedo.

Bebimos, y el contador Olmedilla, aquel fulano enlutado, menudo y pálido, nos acompañó desde su mesa sin tocar la jarra, con una seca inclinación de cabeza. En cuanto al capitán, a don Francisco y a mí, ése no era el primer brindis de la jornada, tras el encuentro que nos unió a los tres en un abrazo en el puente de barcas que comunicaba Triana con el Arenal, apenas desembarcamos de la *Levantina*. Habíamos recorrido la costa desde El Puerto de Santa María, pasando frente a Rota antes de remontar por la barra de Sanlúcar hacia Sevilla, primero entre los grandes pinares de los arenales, y luego entre las arboledas, huertas y florestas que río arriba espesaban las márgenes del cauce famoso que los árabes llamaron Uad el Quevir, o río grande. Por contraste, de aquel viaje recuerdo sobre todo el silbato del cómitre marcando el ritmo de boga a la chusma, el olor a suciedad y sudor, el resuello de los forzados acompasándose con el tintineo de sus cadenas mientras los remos entraban y salían del agua con rítmica precisión, impulsando la galera contra la corriente. El cómitre, el sotacómitre y el alguacil paseaban por la crujía atentos a sus parroquianos; y de vez en cuando el rebenque se abatía sobre la espalda desnuda de algún remolón para tejerle un jubón de azotes. Era penoso contemplar a los remeros, ciento veinte hombres repartidos en veinticuatro bancos, cinco por cada remo, cabezas rapadas y rostros hirsutos, relucientes sus torsos de sudor mientras se incorporaban y volvían a dejarse caer atrás impulsando los largos maderos de los costados. Había allí esclavos moriscos, antiguos piratas turcos y renegados, pero también cristianos que remaban como forzados, cumpliendo condenas de una Justicia que no habían tenido oro suficiente para comprar a su gusto.

—Nunca —me dijo Alatriste en un aparte— dejes que te traigan aquí vivo.

Sus ojos claros y fríos, inexpresivos, miraban bogar a aquellos desgraciados. Ya dije que mi amo conocía bien ese mundo, pues había servido como soldado en las galeras del tercio de Nápoles cuando La Goleta y las Querquenes, y tras luchar contra venecianos y berberiscos él mismo estuvo, en el año trece, a punto de verse encadenado en una galera turca. Más tarde, cuando fui soldado del rey, yo también navegué a bordo de esas naves por el Mediterráneo; y puedo asegurar que pocas cosas se inventaron sobre el mar tan semejantes al infierno. Que para señalar cuán cruel era la vida al remo, baste decir que aun los peores crímenes castigados a bogallas no purgaban más allá de diez años, pues se calculaba lo máximo que un hombre podía soportar sin dejar la salud, la razón o la existencia entre penalidades y azotes:

Si la camisa les quitas
y lavas sus carnes bellas,
verás las firmas en ellas
de letra tan larga escritas.

El caso es que de ese modo, a golpe de silbato y remo, Guadalquivir arriba, habíamos llegado a la ciudad que era la más fascinante urbe, casa de contratación y mercado del mundo, galeón de oro y de plata anclado entre la gloria y la miseria, la opulencia y el derroche, capital de la mar océana y de las riquezas que por ella entraban con las flotas anuales de Indias, ciudad poblada por nobles, comerciantes, clérigos, pícaros y mujeres hermosas, tan rica, pudiente y bella que ni Tiro ni Alejandría en sus días la igualaron. Patria común, dehesa franca, globo sin fin, madre de huérfanos y capa de pecadores, como la misma España de aquel tiempo magnífico y miserable a la vez, donde todo era necesidad, y sin embargo ninguno que supiera buscarse la vida la sufría. Donde todo era riqueza, y —también como la vida misma— a poco que uno se descuidara, la perdía.

Seguimos largo rato de parla en la hostería, sin cambiar palabra con el contador Olmedilla; pero cuando éste se levantó, Quevedo dijo de ir tras él, acompañándolo de lejos. Era bueno, apuntó, que el capitán Alatriste se familiarizara con el personaje. Salimos por la calle de Tintores, admirando la cantidad de extranjeros que frecuentaban sus posadas; tomamos luego el camino de la plaza de San Francisco y la Iglesia Mayor, y de allí por la calle del Aceite nos llegamos a la Casa de la Moneda, cercana a la Torre del Oro, donde Olmedilla tenía ciertas diligencias. Yo, como pueden suponer vuestras mercedes, iba mirándolo todo con los ojos muy abiertos: los portales recién barridos donde las mujeres echaban agua de los lebrillos y aderezaban macetas, las tiendas de jabón, de especias, de joyas, de espadas, los cajones de las fruteras, las relucientes bacías colgadas en el dintel de cada barbería, los regatones que vendían por las esquinas, las señoras acompañadas de sus dueñas, los hombres que discutían negocios, los graves canónigos montados en sus mulas, los esclavos moros y negros, las casas pintadas de almagre y cal, las iglesias con tejados de azulejos, los palacios, los naranjos, los limoneros, las cruces en las calles para recordar alguna muerte violenta o impedir que los transeúntes hicieran sus necesidades en los rincones... Y todo aquello, pese a ser invierno, relucía bajo un sol espléndido que hacía a mi amo y a don Francisco llevar la capa doblada en tercio al hombro o el herreruelo recogido, sueltas las presillas y botones del jubón. A la natural belleza de tan famosa urbe se añadía que los reyes estaban allí, y Sevilla y sus más de cien mil habitantes bullían de animación y festejos. Ese año, de modo excepcional, nuestro señor don Felipe Cuarto se disponía a celebrar con su augusta presencia la llegada de la flota de

Indias, cuyo arribo suponía un caudal de oro y de plata que desde allí se distribuía —más por nuestra desgracia que por nuestra ventura— al resto de la Europa y al mundo. El imperio ultramarino creado un siglo antes por Cortés, Pizarro y otros aventureros de pocos escrúpulos y muchos hígados, sin nada que perder salvo la vida y con todo por ganar, era ahora un flujo de riquezas que permitía a España sostener las guerras que, por defender su hegemonía militar y la verdadera religión, la empeñaban contra medio orbe; dinero más necesario aún, si cabe, en una tierra como la nuestra, donde —como ya apunté alguna vez— todo cristo se daba aires, el trabajo estaba mal visto, el comercio carecía de buena fama, y el sueño del último villano era conseguir una ejecutoria de hidalgo, vivir sin pagar impuestos y no trabajar nunca; de modo que los jóvenes preferían probar fortuna en las Indias o Flandes a languidecer en campos yermos a merced de un clero ocioso, de una aristocracia ignorante y envilecida, y de unos funcionarios corruptos que chupaban la sangre y la vida: que muy cierta llega la asolación de la república el día que los vicios se vuelven costumbre; pues deja de tenerse por infame al vicioso y toda bajeza se vuelve natural. Así, gracias a los ricos yacimientos americanos, España mantuvo durante mucho tiempo un imperio basado en la abundancia de oro y plata, y en la calidad de su moneda, que servía lo mismo para pagar ejércitos —cuando se les pagaba— que para importar mercancías y manufacturas ajenas. Porque si bien podíamos enviar a las Indias harina, aceite, vinagre y vino, en todo lo demás se dependía del extranjero. Eso obligaba a buscar fuera los abastos, y para ello nuestros doblones de oro y los famosos reales de a ocho de plata, que eran muy apreciados, jugaron la carta principal. Nos sosteníamos así gracias a la ingente cantidad de monedas y barras que de Méjico y el Perú viajaba a Sevilla, desde donde se esparcía luego a todos los países de Europa e incluso a Oriente, para acabar hasta en la India y China. Pero lo cierto es que aquella riqueza terminó aprovechando a todo el mundo menos a los españoles: con una corona siempre endeudada, se gastaba antes de llegar; de manera que apenas desembarcado, el oro salía de España para dilapidarse en las zonas de guerra, en los bancos genoveses y portugueses que eran nuestros acreedores, e incluso en manos de los enemigos, como bien contó el propio don Francisco de Quevedo en su inmortal letrilla:

Nace en las Indias honrado
donde el mundo le acompaña;
viene a morir en España,
y es en Génova enterrado.
Y pues quien le trae al lado
es hermoso, aunque sea fiero,
poderoso caballero
es don Dinero.

El cordón umbilical que mantenía el aliento de la pobre España —paradójicamente rica— era la flota de la carrera de Indias, tan amenazada en el mar por los huracanes como por los piratas. Por eso su llegada a Sevilla era una fiesta indescriptible, ya que además del oro y la plata del rey y de los particulares venían con ella la cochinilla, el añil, el palo campeche, el palo brasil, lana, algodón, cueros, azúcar, tabaco y especias, sin olvidar el ají, el jengibre y la seda china traída de Filipinas por Acapulco. De ese modo, nuestros galeones navegaban en convoy desde Nueva España y Tierra Firme, tras reunirse en Cuba hasta formar una flota gigantesca. Y ha de reconocerse, pese a las carencias y los problemas y los desastres, que durante todo el tiempo los marinos españoles hicieron con mucho pundonor su trabajo. Incluso en los peores momentos —sólo una vez los holandeses nos tomaron una flota completa—, nuestras naves siguieron cruzando el mar con mucho esfuerzo y sacrificio; y siempre pudo tenerse a raya, salvo en ciertas ocasiones desgraciadas, la amenaza de los piratas franceses, holandeses e ingleses, en aquella lucha que España libró sola contra tres poderosas naciones resueltas a repartirse sus despojos.

—Hay poca gurullada —observó Alatriste.

Era cierto. La flota estaba a punto de llegar, el rey en persona honraba Sevilla, se preparaban actos religiosos y celebraciones públicas, y sin embargo apenas se veían alguaciles ni corchetes por las calles. Los pocos que cruzamos iban todos en grupo, con más hierro encima que una fundición vizcaína, armados hasta los dientes y recelando de su sombra.

—Hubo un incidente hace cuatro días —explicó Quevedo—. La Justicia quiso prender a un soldado de las galeras que están amarradas en Triana, acudieron soldados y mozos en su socorro, y hubo cuchilladas hasta para la sota de copas... Al fin los corchetes pudieron traérselo, pero los soldados cercaron la cárcel y amenazaron pegarle fuego si no les devolvían al camarada.

—¿Y cómo terminó la cosa?

—El preso había despachado a un alguacil, así que lo ahorcaron en la reja antes de entregarlo —el poeta se reía bajito al contar aquello—... De modo que ahora los soldados quieren hacer montería de corchetes, y la Justicia sólo se atreve a salir en cuadrilla y con mucho tiento.

—¿Y qué dice el rey de todo eso?

Estábamos a la sombra del postigo del Carbón, justo debajo de la Torre de la Plata, mientras el tal Olmedilla resolvía sus asuntos en la Casa de la Moneda. Quevedo señaló las murallas del antiguo castillo árabe que se prolongaban hacia el altísimo campanario de la Iglesia Mayor. Los uniformes amarillos y rojos de la guardia española —no podíamos imaginar que muchos años después lo vestiría yo mismo— animaban sus almenas adornadas con las armas de su majestad. Otros centinelas con alabardas y arcabuces vigilaban la puerta principal.

—La católica, sacra y real majestad no se entera sino de lo que le cuentan —dijo Quevedo—. El gran Philipo está alojado en el Alcázar, y sólo sale de allí para ir de caza, de fiestas o para visitar de noche algún convento... Nuestro amigo Guadalmedina, por cierto, le hace de escolta. Se han vuelto íntimos.

Pronunciada de aquel modo, la palabra *convento* me traía funestos recuerdos; y no pude evitar un escalofrío acordándome de la pobre Elvira de la Cruz y de lo cerca que yo mismo había estado de tostarme en una hoguera. Ahora don Francisco observaba a una señora de buen ver, seguida por su dueña y una esclava morisca cargada con cestas y paquetes, que descubría los chapines al recogerse el ruedo de la falda para eludir un enorme rastro de boñigas de caballerías que alfombraba la calle. Cuando la dama pasó por nuestro lado, camino de un coche con dos mulas que aguardaba algo más lejos, el poeta se ajustó los espejuelos y después quitóse el sombrero, muy cortés. «Lisi», murmuró con sonrisa melancólica. La dama correspondió con una leve inclinación de cabeza antes de cubrirse un poco más con el manto. Detrás, la dueña, añeja y enlutada con sus tocas de cuervo y el rosario largo de quince dieces, lo fulminó con la mirada, y Quevedo le sacó la lengua. Viéndolas irse, sonrió con tristeza y volvióse a nosotros sin decir nada. Vestía el poeta con la sobriedad de siempre: zapatos con hebilla de plata y medias de seda negra, traje gris muy oscuro y sombrero de lo mismo con pluma blanca, la cruz de Santiago bordada en rojo bajo el herreruelo recogido en un hombro.

—Los conventos son su especialidad —añadió tras aquella breve pausa, soñador, los ojos aún fijos en la dama y su cortejo.

—¿De Guadalmedina o del rey?

Ahora era Alatriste quien sonreía bajo su mostacho soldadesco. Quevedo tardó en responder, y antes suspiró hondo.

—De los dos.

Me puse al lado del poeta, sin mirarlo.

—¿Y la reina?

Lo pregunté en tono casual, respetuoso e irreprochable. La curiosidad de un chico. Don Francisco se volvió a observarme con mucha penetración.

—Tan bella como siempre —repuso—. Ya habla un poco mejor la lengua de España —miró a Alatriste, y volvió a mirarme a mí; sus ojos chispeaban divertidos tras los cristales de los lentes—. Practica con sus damas, y sus azafatas... Y sus meninas.

El corazón me latió tan fuerte que temí no poder ocultarlo.

—¿Todas la acompañan en el viaje?

—Todas.

La calle me daba vueltas. *Ella* estaba en esa ciudad fascinante. Miré alrededor, hacia el descampado Arenal que se extendía entre la ciudad y el Guadalquivir, y era uno de los lugares más pintorescos de la ciudad, con Triana al otro lado, las velas de las carabelas de la sardina y los camaroneros, y toda clase de barquitos yendo y viniendo entre las orillas, las galeras del rey atracadas en la banda trianera, cubriéndola hasta el puente de barcas, el Altozano y el siniestro castillo de la Inquisición que allí se alzaba, y la gran copia de grandes naos en el lado de acá: un bosque de mástiles, vergas, antenas, velas y banderas, con el gentío, los puestos de comerciantes, los fardos de mercancías, el martilleo de los carpinteros de ribera, el humo de los calafates y las poleas de la machina naval con la que se despalmaban naves en la boca del Tagarete:

Hierro trae el vizcaíno,
el cuartón, el tiro, el pino,
el indiano, el ámbar gris,
la perla, el oro, la plata,
palo de Campeche, cueros.
Toda esta arena es dineros.

El recuerdo de la comedia *El Arenal de Sevilla*, que había visto en el corral del Príncipe cuando apenas era un niño, con Alatriste, el día famoso en que Buckingham y el príncipe de Gales se batieron a su lado, permanecía grabado en mi memoria. Y de pronto, aquel lugar, aquella ciudad que ya era de natural espléndida, se tornaba mágica, maravillosa. Angélica de Alquézar estaba allí, y tal vez podría verla. Miré de soslayo a mi amo, temeroso de que la turbulencia que me estallaba dentro quedase a la vista. Por suerte, otras inquietudes ocupaban los pensamientos de Diego Alatriste. Observaba al contador Olmedilla, que había concluido su negocio y caminaba hacia nosotros con la misma cordialidad que si le lleváramos la extremaunción: serio, enlutado hasta la gola, sombrero negro de ala corta y sin plumas, y aquella curiosa barbita rala que acentuaba su aspecto ratonil y gris; su aire antipático, de humores ácidos y mala digestión.

—¿Para qué nos necesita semejante estafermo? —murmuró el capitán, mirándolo acercarse.

Quevedo encogió los hombros.

—Está aquí con una misión... El propio conde duque mueve los hilos. Y su trabajo incomodará a más de uno.

Saludó Olmedilla con una seca inclinación de cabeza y echamos a andar tras él hacia la puerta de Triana. Alatriste le hablaba a Quevedo a media voz:

—¿Cuál es su trabajo?

El poeta respondió en el mismo tono.

—Pues eso: contador. Experto en llevar cuentas... Un sujeto que sabe mucho de números, y de aranceles aduaneros, y cosas de ésas. Da sopas con honda a Juan de Leganés.

—¿Alguien ha robado más de lo normal?

—Siempre hay alguien que roba más de lo normal.

El ala ancha le arrojaba a Alatriste un antifaz de sombra en la cara; eso acentuaba la claridad de sus ojos, con la luz y el paisaje del Arenal reflejados en ellos.

—¿Y qué pintamos nosotros en estos naipes?

—Yo sólo hago de intermediario. Estoy bien en la corte, el rey me pide agudezas, la reina me sonríe… Al privado le hago algún pequeño favor, y él corresponde.

—Celebro que la fortuna os halague por fin.

—No lo digáis muy alto. Tantas tretas me ha jugado, que la miro con desconfianza.

Alatriste observaba al poeta, divertido.

—De cualquier modo, muy cortesano os veo, don Francisco.

—No me jodáis, señor capitán —Quevedo se rascaba la golilla, incómodo—. En raras ocasiones las musas son compatibles con comer caliente. Ahora estoy en buena racha, soy popular, mis versos se leen en todas partes… Hasta me atribuyen, como siempre, los que no son míos; incluidos algunos engendros de ese Góngora bujarra, babilón y sodomita, cuyos abuelos no se hartaron de aborrecer tocino y clavetear zapatos en Córdoba, donde tienen ejecutoria en el techo de la Iglesia Mayor. Y cuyos últimos poemas publicados acabo de saludar, por cierto, con unas finas décimas que concluyen así:

Dejad las ventosidades:
mirad que sois en tal caso
albañal por do el Parnaso
purga sus bascosidades.

… Pero volviendo a asuntos más serios, os decía que al conde duque le place tenerme de su parte. Me adula y me utiliza… En cuanto a vuestra merced, capitán, se trata de un capricho personal del privado: por algún motivo os recuerda. Tratándose de Olivares, eso puede ser bueno o puede ser malo. Quizá sea bueno. Además, en cierta ocasión le ofrecisteis vuestra espada si ayudaba a salvar a Íñigo.

Alatriste me dirigió una rápida mirada, y luego asintió despacio, reflexionando.

—Tiene una maldita buena memoria, el privado —dijo.

—Sí. Para lo que le interesa.

Estudió mi amo al contador Olmedilla, que caminaba unos pasos adelante, las manos cruzadas a la espalda y el aire antipático, entre el bullicio de la marina.

—No parece muy hablador —comentó.

—No —Quevedo reía, guasón—. En eso vuestra merced y él se llevarán bien.

—¿Es alguien de fuste?

—Ya lo he dicho: sólo un funcionario. Pero se encargó de todo el papeleo en el proceso por malversación contra don Rodrigo Calderón… ¿Os convence el dato?

Dejó correr un silencio para que el capitán captase las implicaciones del asunto. Alatriste silbó entre dientes. La ejecución pública del poderoso Calderón había conmocionado años atrás a toda España.

—¿Y a quién sigue el rastro ahora?

El poeta negó dos veces y dio unos pasos en silencio.

posada donde se alojaba, en la calle de Tintores, que también disponía de un cuarto para nosotros. Mi amo pasó la tarde ocupándose de sus asuntos, certificando su licencia militar y en procura de ropa blanca y bastimentos —también unas botas nuevas— con el dinero que don Francisco había adelantado a crédito del trabajo. En cuanto a mí, estuve libre por un buen rato; y mis pasos me llevaron a dar un bureo por el corazón de la ciudad, disfrutando del ambiente de sus calles y adarves, todo angosto y lleno de arquillos, piedras blasonadas, cruces, retablos con cristos, vírgenes y santos, entorpecido por los carruajes y las caballerías, a la vez sucio y opulento, ahíto de vida, con corrillos de gente a la puerta de las tabernas y los corrales de vecindad, y mujeres —a las que miraba con interés desde mis experiencias flamencas— trigueñas, aseadas y desenvueltas, cuyo peculiar acento daba a su conversación un metal dulcísimo. Admiré así palacios con patios magníficos tras sus cancelas, con cadenas en la puerta para mostrar que eran inmunes a la justicia ordinaria, y barrunté que mientras en Castilla los nobles llevaban su estoicismo hasta la ruina misma con tal de no trabajar, la aristocracia sevillana se daba más manga ancha, acercando en muchas ocasiones las palabras hidalgo y mercader; de manera que el aristócrata no desdeñaba los negocios si daban dinero, y el mercader estaba dispuesto a gastar un Potosí con tal de ser tenido por hidalgo —hasta los sastres exigían limpieza de sangre para entrar en su gremio—. Eso daba lugar, por una parte, al espectáculo de nobles envilecidos que usaban sus influencias y privilegios para medrar bajo mano; y por la otra, que el trabajo y la mercadería tan útiles a las naciones siguieran mal vistos, y quedaran en manos de extranjeros. Así, la mayor parte de los nobles sevillanos eran plebeyos ricos que compraban su acceso al estamento superior con dinero y matrimonios ventajosos, avergonzándose de sus dignos oficios. Se pasaba pues de una generación de mercaderes a otra de mayorazgos parásitos y ahidalgados que renegaba del origen de su fortuna, y la dilapidaba sin escrúpulos. Con lo que se cumplía aquello de que, en España, abuelo mercader, padre caballero, hijo garitero y nieto pordiosero.

Visité también la Alcaicería de la seda, cuyo recinto cerrado estaba lleno de tiendas con ricas mercaderías y joyas. Yo vestía calzas negras con polainas de soldado, cinto de cuero con la daga atravesada en los riñones, una almilla de corte militar sobre la camisa remendada, y me tocaba con una gorra de terciopelo flamenco muy elegante, botín de guerra de los que ya empezaban a ser viejos tiempos. Eso y mi juventud me pintaban buena estampa, creo; y me holgué dándome aires de veterano entendido ante las tiendas de espaderos de la calle de la Mar y la de Vizcaínos, o en la rúa de valentones, daifas y gente de la carda que se formaba en la calle de las Sierpes, ante la cárcel famosa entre cuyas negras paredes estuvo preso Mateo Alemán, y donde hasta el buen don Miguel de Cervantes había dado con sus infelices huesos. También anduve pavoneándome junto a esa cátedra de picardía que eran las legendarias gradas de la Iglesia Mayor, hormigueantes de vendedores, ociosos y mendigos con su tablilla al cuello que mostraban llagas y deformidades más falsas que el beso de Judas, o mancos del potro que se lo decían de Flandes: amputaciones reales o fingidas lo mismo a cuenta de Amberes que de la Mamora, como podían haberlo sido de Roncesvalles o Numancia; pues bastaba mirarles la cara a ciertos sedicentes mutilados por la verdadera religión, el rey y la patria, para comprender que la única vez que habían visto a un hereje o un turco era de lejos y en un corral de comedias.

Terminé ante los Reales Alcázares, mirando el estandarte de los Austrias ondear sobre las almenas, y los imponentes soldados de la guardia con sus alabardas ante la puerta principal. Anduve por allí un rato, entre los grupos de sevillanos que esperaban por si sus majestades se dejaban ver al entrar o salir. Y ocurrió que, con motivo de haberse acercado demasiado la gente, y yo con ella, al camino de acceso, un sargento de la guardia española vino a decir con malos modos que desalojáramos el sitio. Obedecieron los curiosos con presteza; pero el hijo de mi padre, picado por los modales del militar, remoloneó con poca diligencia y un aire altanero que puso mostaza en las narices del otro. Me empujó sin cortesía; y yo, a quien mi edad y el reciente pasado flamenco hacían poco sufrido en esa materia, lo tuve a gran bellaquería y revolvíme como galgo joven, la mano en el mango de la daga. El sargento, un tipo corpulento y mostachudo, soltó una risotada.

—Vaya. Matamoros tenemos —dijo, recorriéndome de arriba abajo—. Demasiado pronto galleas, galán.

Le sostuve los ojos por derecho, sin vergüenza de hacer desvergüenza, con el desprecio del veterano que, pese a mi mocedad, realmente era. Aquel gordinflón había estado los dos últimos años comiendo caliente, paseándose por los palacios reales y los alcázares con su vistoso uniforme de escaques amarillos y rojos, mientras yo peleaba junto al capitán Alatriste y veía morir a los camaradas en Oudkerk, en el molino Ruyter, en Terheyden y en las caponeras de Breda, o me buscaba la vida forrajeando en campo enemigo con la caballería holandesa pegada al cogote. Qué injusto es, pensé de pronto, que los seres humanos no puedan llevar la hoja de servicios de su vida escrita en la cara. Luego me acordé del capitán Alatriste y me dije, a modo de consuelo, que algunos sí la llevan. Tal vez un día, reflexioné, también la gente sepa lo que yo hice, o lo intuya, con sólo mirarme; y a los sargentos gordos o flacos que nunca tuvieron su alma en el filo de un acero, se les muera el sarcasmo en la garganta.

—La que gallea es mi daga, animal —dije, firme.

Parpadeó el otro, que no esperaba tal. Vi que me examinaba de nuevo. Esta vez advirtió el ademán de mi mano, echada hacia atrás para apoyarse en el mango damasquinado que me sobresalía del cinto. Luego se detuvo en mis ojos con expresión estúpida, incapaz de leer lo que había en ellos.

—Voto a Cristo que voy a…

Echaba mantas el sargento, y no de lana. Alzó una mano para abofetearme, que es la más insufrible de las ofensas —en tiempo de nuestros abuelos sólo podía abofetearse a un hombre sin yelmo ni cota de malla, lo que significaba que no era caballero—, y me dije: ya está. Quien todo lo quiere vengar, presto se puede acabar; y yo acabo de meterme en un lío sin salida, porque me llamo Íñigo Balboa Aguirre y soy de Oñate, y además vengo de Flandes, y mi amo es el capitán Alatriste, y no puedo tener por cara ninguna feria donde se compre la honra con la vida. Me guste o no me guste, me tienen tomadas las veredas; así que cuando baje esa mano no tendré otra que darle a cambio a este gordinflón una puñalada en el vientre, toma y daca, y después correr como un gamo a ponerme en cobro, confiando en que nadie me alcance. Lo que dicho en corto —como habría apuntado don Francisco de Quevedo— era que, para variar, no quedaba sino batirse. Así que contuve el aliento y me dispuse a ello con la resignación fatalista de veterano que debía a mi pasado reciente. Pero Dios debe de ocupar sus ratos libres en proteger a los mozos arrogantes, porque en ese momento sonó una corneta, se abrieron las puertas y hasta nosotros llegó el sonido de ruedas y cascos sobre la gravilla. El sargento, atento a su negocio, olvidóme en el acto y corrió a formar a sus hombres; y yo me quedé allí, aliviado, pensando que acababa de escapar a una buena.

Salían carruajes de los Alcázares, y por los emblemas de los coches y la escolta a caballo comprendí que era nuestra señora la reina, con sus damas y azafatas. Entonces mi corazón, que durante el lance con el sargento había permanecido acompasado y firme, se desbocó cual si acabaran de soltarle rienda. Todo me dio vueltas. Pasaban los carruajes entre saludos y vítores de la gente que corría para agolparse a su paso, y una mano real, blanca, bella y enjoyada, se agitaba con elegancia en una de las ventanillas, correspondiendo gentil al homenaje. Pero yo estaba pendiente de otra cosa, y busqué afanoso, en el interior de los otros carruajes que pasaban, el objeto de mi desazón. Mientras lo hacía me quité la gorra y erguí el cuerpo, descubierto y muy quieto ante la visión fugaz de cabezas femeninas peinadas con moños y tirabuzones, abanicos cubriendo rostros, manos movidas en saludos, encajes, rasos y puntillas. Fue en el último coche donde vislumbré un cabello rubio sobre unos ojos azules que me observaron al pasar, reconociéndome con intensidad y sorpresa, antes de que la visión se alejara y yo permaneciese mirando, sobrecogido, la espalda del postillón encaramado en la trasera del carruaje y la polvareda que cubría las grupas de los caballos de la escolta.

Entonces oí el silbido a mi espalda. Un silbido que habría sido capaz de reconocer hasta en el infierno. Sonaba exactamente *tirurí-ta-ta*. Y al volver el rostro me encontré con un fantasma.

—Has crecido, rapaz.

Gualterio Malatesta me miraba a los ojos, y tuve la certeza de que él sí sabía leer en ellos. Vestía de negro, como siempre, con el sombrero del mismo color y ala muy ancha, y la amenazadora espada con largos gavilanes colgada de su tahalí de cuero. No llevaba capa ni herreruelo. Seguía siendo alto y flaco, con aquella cara devastada por la viruela y por las cicatrices que le daba un aspecto cadavérico y atormentado, que la sonrisa que en ese momento me dirigía, en vez de atenuar, acentuaba.

—Has crecido —repitió, reflexivo.

Pareció a punto de añadir «desde la última vez», pero no lo hizo. La última vez había sido en el camino de Toledo, el día que me condujo en un coche cerrado hasta los calabozos de la Inquisición. Por diferentes motivos, el recuerdo de aquella aventura era tan ingrato para él como para mí.

—¿Cómo anda el capitán Alatriste?

No respondí, limitándome a sostener su mirada, oscura y fija como la de una serpiente. Al pronunciar el nombre de mi amo, la sonrisa se había hecho más peligrosa bajo el fino bigote recortado del italiano.

—Veo que sigues siendo mozo de pocas palabras.

Apoyaba la mano izquierda, enguantada de negro, en la cazoleta de su espada, y se volvía a un lado y a otro, el aire distraído. Lo oí suspirar levemente. Casi con fastidio.

—Así que también Sevilla —dijo, y luego se quedó callado sin que llegase a penetrar a qué se refería. A poco le dirigió una ojeada al sargento de la guardia española, que andaba lejos, ocupado con sus hombres junto a la puerta, e hizo un gesto con el mentón, señalándolo.

—Asistí a tu incidente con ése. Yo estaba detrás, entre la gente —me estudiaba reflexivo, como si calculara los cambios que se habían operado en mí desde la última vez—… Veo que sigues siendo puntilloso en asuntos de honra.

—He estado en Flandes —no pude menos que decir—. Con el capitán.

Movió la cabeza. Ahora había unas pocas canas, observé, en su bigote y en las patillas que asomaban bajo las alas negras del sombrero. También arrugas nuevas, o cicatrices, en su cara. Los años pasan para todos, pensé. Incluso para los espadachines malvados.

—Sé dónde estuviste —dijo—. Pero Flandes mediante o no, sería bueno que recordaras algo: la honra siempre resulta complicada de adquirir, difícil de conservar y peligrosa de llevar... Pregúntaselo, si no, a tu amigo Alatriste.

Lo encaré con cuanta dureza pude mostrar.

—Vaya y pregúnteselo vuestra merced, si tiene hígados.

A Malatesta le resbaló el sarcasmo sobre la expresión imperturbable.

—Yo conozco ya la respuesta —dijo, ecuánime—. Son otros negocios menos retóricos los que tengo pendientes con él.

Seguía mirando pensativo en dirección a los guardias de la puerta. Al cabo rió muy entre dientes, como de una broma que no estuviese dispuesto a compartir con nadie.

—Hay menguados —dijo de pronto— que no aprenden nada; como ese imbécil que levantaba su mano sin cuidarse de las tuyas —los ojos de serpiente, negros y duros, volvieron a clavarse en mí—... Yo nunca te habría dado ocasión de sacar esa daga, rapaz.

Me volví a observar al sargento de la guardia. Se pavoneaba entre sus soldados mientras volvían a cerrarse las puertas de los Reales Alcázares. Y era cierto: aquel tipo ignoraba lo cerca que había estado de que le metieran un palmo de hierro en las entrañas. Y de que a mí me ahorcaran por su culpa.

—Recuérdalo la próxima vez —dijo el italiano.

Cuando me giré de nuevo, Gualterio Malatesta ya no estaba allí. Había desaparecido entre la gente y sólo pude ver una sombra negra alejándose entre los naranjos, bajo el campanario de la catedral.

Capítulo III

ALGUACILES Y CORCHETES

Aquella velada había de resultar agitada y toledana; pero antes de llegar a ello tuvimos cena e interesante plática. También hubo la imprevista aparición de un amigo: don Francisco de Quevedo no le había dicho al capitán Alatriste que la persona con la que iba a entrevistarse por la noche era su amigo Álvaro de la Marca, conde de Guadalmedina. Para sorpresa de Alatriste, y también mía, el conde apareció en la hostería de Becerra apenas se puso el sol, tan desenvuelto y cordial como siempre, abrazando al capitán, dedicándome una cariñosa cachetada, y reclamando a voces vino de calidad, una cena en condiciones y un cuarto cómodo para charlar con sus amigos.

—Vive Dios que tenéis que contarme lo de Breda.

Vestía muy a premática del rey nuestro señor; salvo el coleto de ante. El resto era ropa de precio aunque discreta, sin bordados ni cosa de oro, botas militares, guantes de ámbar, sombrero y capa larga; y bajo el cinto, amén de espada y daga, cargaba un par de pistoletes. Conociendo a don Álvaro, era obvio que su noche iba a prolongarse más allá de nuestra entrevista, y que hacia la madrugada algún marido o abadesa tendrían motivos para dormir con un ojo abierto. Recordé lo que había comentado Quevedo sobre su papel de acompañante en las correrías del rey.

—Te veo muy bien, Alatriste.

—Tampoco a vuestra merced se le ve mal.

—Psché. Me cuido. Pero no te engañes, amigo mío. En la corte, no trabajar da muchísimo trabajo.

Seguía siendo el mismo: apuesto, galán, con modales exquisitos que no estaban reñidos con aquella amable espontaneidad, algo ruda y casi a lo soldado, que siempre mantuvo con mi amo desde que éste salvó su vida cuando el desastre de las Querquenes. Brindó por Breda, por Alatriste y hasta por mí, discutió con don Francisco sobre los consonantes de un soneto, despachó con excelente apetito el cordero a la miel servido en vajilla de buena loza trianera, pidió una pipa de barro, tabaco, y entre volutas de humo se recostó en su silla, desabrochado el coleto y el aire satisfecho.

—Hablemos de asuntos serios —dijo.

Luego, entre chupadas a la pipa y tientos al vino de Aracena, me observó un instante para establecer si yo debía escuchar lo que estaba a punto de decir, y por fin nos puso sin más rodeos al corriente. Empezó explicando que el sistema de flotas para traer el oro y la plata, el monopolio comercial de Sevilla y el control estricto de quienes viajaban a las Indias, tenían por objeto impedir la injerencia extranjera y el contrabando, y mantener engrasada la descomunal máquina de impuestos, aranceles y tasas de la que se nutría la monarquía y cuantos parásitos albergaba. Ésa era la razón del almojarifazgo: el cordón aduanero en torno a Sevilla, Cádiz y su bahía, puerta exclusiva de las Indias. De ahí sacaban las arcas reales linda copia de rentas; con la particularidad de que, en una administración corrupta como la española, ajustaba más que los gestores y responsables pagasen a la corona una cantidad fija por sus cargos, y de puertas adentro se las apañaran para su capa, robando a mansalva. Sin que eso fuese obstáculo, en tiempos de vacas flacas, para que el rey ordenase a veces un escarmiento, o la incautación de tesoros de particulares que venían con las flotas.

—El problema —apuntó entre dos chupadas a la pipa— es que todos esos impuestos, destinados a costear la defensa del comercio con las Indias, devoran lo que dicen defender. Hace falta mucho oro y plata para sostener la guerra en Flandes, la corrupción y la apatía nacionales. Así que los comerciantes deben elegir entre dos males: verse desangrados por la hacienda real, o la ilegalidad del contrabando... Todo eso alumbra una abundante picaresca —miró a Quevedo, sonriente, poniéndolo por testigo—... ¿No es cierto, don Francisco?

—Aquí —asintió el poeta— hasta el más menguado hace encaje de bolillos.

—O se mete oro en la bolsa.

—Cierto —Quevedo bebió un largo trago, secándose la boca con el dorso de la mano—. A fin de cuentas, poderoso caballero es don Dinero.

Guadalmedina lo miró, admirado.

—Buena definición, pardiez. Debería vuestra merced escribir algo sobre eso.

—Ya lo hice.

—Vaya. Me alegro.

—«*Nace en las Indias honrado…*» —recitó don Francisco, la jarra de nuevo en los labios y ahuecándole la voz.

—Ah, era eso —el conde le guiñó un ojo a Alatriste—. Lo creía de Góngora.

Al poeta se le atragantó el vino a medio sorbo.

—Voto a Dios y a Cristo vivo.

—Bueno, amigo mío…

—Ni bueno ni malo, por Belcebú. Esa afrenta de vuestra merced no se diera ni entre luteranos… ¿Qué tengo que ver yo con esos cagarripios de oh, qué lindico, que después de haber sido judíos y moros se meten a pastores?

—Sólo era una chanza.

—Por tales chanzas suelo batirme, señor conde.

—Pues conmigo, ni soñarlo —el aristócrata sonreía, conciliador y bonachón, acariciándose el bigote rizado y la perilla—. Aún recuerdo la lección de esgrima que vuestra merced le dio a Pacheco de Narváez —alzó con gracia la diestra, destocándose con mucha política un sombrero imaginario—… Os presento mis excusas, don Francisco.

—Hum.

—¿Cómo que *hum*?… Soy grande de España, cuerpo de tal. Tened la bondad de apreciarme el gesto.

—Hum.

Sosegados pese a todo los ánimos del poeta, Guadalmedina siguió aportando detalles que el capitán Alatriste escuchaba atento, su jarra de vino en la mano, medio iluminado el perfil rojizo por la llama de las velas que ardían sobre la mesa. La guerra es limpia, había dicho una vez, tiempo atrás. Y en ese momento yo comprendí bien a qué se refería. En cuanto a los extranjeros, estaba diciendo Guadalmedina, para esquivar el monopolio utilizaban a intermediarios locales como terceros —se les llamaba *metedores*, con lo que todo estaba dicho—, desviando así las mercancías, el oro y la plata que nunca habrían podido conseguir directamente. Pero además, que los galeones salieran de Sevilla y volvieran a ella era una ficción legal: casi siempre se quedaban en Cádiz, El Puerto de Santa María o la barra de Sanlúcar, donde transbordaban. Todo eso animaba a muchos comerciantes a instalarse en esa zona, donde era más fácil eludir la vigilancia.

—Han llegado a construir barcos con un tonelaje oficial declarado, y otro que es el auténtico. Todo el mundo sabe que se confiesan cinco y se transportan diez; pero el soborno y la corrupción mantienen las bocas cerradas y las voluntades abiertas. Demasiados han hecho así fortuna —estudió la cazoleta de la pipa, como si algo allí atrajera su atención—... Eso incluye a altos funcionarios reales.

Álvaro de la Marca prosiguió su relato. Aletargada por los beneficios del comercio ultramarino, Sevilla, como el resto de España, era incapaz de sostener industria propia. Muchos naturales de otros países habían logrado establecerse, y con su tenacidad y su trabajo eran ahora imprescindibles. Eso les daba una situación de privilegio como intermediarios entre España y toda la Europa contra la que nos hallábamos en guerra. La paradoja era que mientras se combatía a Inglaterra, a Francia, a Dinamarca, al Turco y a las provincias rebeldes, se les compraba al mismo tiempo, mediante terceros, mercaderías, jarcia, alquitrán, velas y otros géneros necesarios tanto en la Península como al otro lado del Atlántico. El oro de las Indias escapaba así para financiar ejércitos y naves que nos combatían. Era un secreto a voces, pero nadie cortaba aquel tráfico porque todos se beneficiaban. Incluso el rey.

—El resultado salta a la vista: España se va al diablo. Todos roban, trampean, mienten y ninguno paga lo que debe.

—Y además se jactan de ello —apuntó Quevedo.

—Además.

En ese panorama, prosiguió Guadalmedina, el contrabando de oro y de plata era decisivo. Los tesoros importados por particulares solían declararse en la mitad de su valor, merced a la complicidad de los aduaneros y empleados de la Casa de Contratación. Con cada flota llegaba una fortuna que se perdía en bolsillos privados o terminaba en Londres, Amsterdam, París o Génova. Ese contrabando lo practicaban con entusiasmo extranjeros y españoles, comerciantes, funcionarios, generales de flotas, almirantes, pasajeros, marineros, militares y eclesiásticos. Era ilustrativo el escándalo del obispo Pérez de Espinosa, quien al fallecer un par de años antes en Sevilla había dejado quinientos mil reales y sesenta y dos lingotes de oro, que fueron embargados por la corona al averiguarse que procedían de las Indias sin pasar aduana.

—Aparte de mercancías diversas —añadió el aristócrata—, se calcula que la flota que está a punto de llegar trae veinte millones de reales en plata de Zacatecas y Potosí, entre el tesoro del rey y de los particulares... Y también ochenta quintales de oro en barras.

—Es sólo la cantidad oficial —precisó Quevedo.

—Así es. De la plata se calcula que una cuarta parte más viene de contrabando. En cuanto al oro, casi todo pertenece al tesoro real... Pero uno de los galeones trae una carga clandestina de lingotes. Una carga que nadie ha declarado.

Se detuvo Álvaro de la Marca y bebió un largo trago para dejar espacio a que el capitán Alatriste asumiera bien la idea. Quevedo había sacado una cajita de tabaco en polvo, del que aspiró una pizca por la nariz. Luego de estornudar discretamente, se limpió con un pañizuelo arrugado que extrajo de una manga.

—El barco se llama *Virgen de Regla* —continuó al fin Guadalmedina—. Es un galeón de dieciséis cañones, propiedad del duque de Medina Sidonia y fletado por un comerciante genovés de Sevilla que se llama Jerónimo Garaffa... A la ida transporta mercancías diversas, azogue de Almadén para las minas de plata y bulas papales; y a la vuelta, todo cuanto pueden meterle dentro. Y puede meterse mucho, entre otras cosas porque está averiguado que su desplazamiento oficial es de novecientos toneles de a veintisiete arrobas, cuando en realidad los trucos de su construcción le dan una capacidad de mil cuatrocientos...

El *Virgen de Regla*, prosiguió, venía con la flota, y su carga declarada incluía ámbar líquido, cochinilla, lana y cueros con destino a los comerciantes de Cádiz y Sevilla. También cinco millones de reales de plata acuñados —dos tercios eran propiedad de particulares—, y mil quinientos lingotes de oro destinados al tesoro real.

—Buen botín para piratas —apuntó Quevedo.

—Sobre todo si consideramos que en la flota de este año vienen otras cuatro naves con cargas parecidas —Guadalmedina miró al capitán entre el humo de su pipa—… ¿Comprendes por qué los ingleses estaban interesados en Cádiz?

—¿Y cómo lo saben los ingleses?

—Diablos, Alatriste. ¿No lo sabemos nosotros?… Si con dinero puede comprarse hasta la salvación del alma, imagínate el resto. Te veo algo ingenuo esta noche. ¿Dónde has estado los últimos años?… ¿En Flandes, o en el limbo?

Alatriste se sirvió más vino y no dijo nada. Sus ojos se posaron en Quevedo, que amagó una sonrisa y encogió los hombros. Es lo que hay, decía el gesto. Y nunca hubo otra cosa.

—En cualquier caso —estaba diciendo Guadalmedina—, importa poco lo que el galeón traiga declarado. Sabemos que carga más plata de contrabando, por un valor aproximado de un millón de reales; aunque en este caso también la plata es lo de menos. Lo importante es que el *Virgen de Regla* trae en sus bodegas otras dos mil barras de oro sin declarar —apuntó al capitán con el caño de la pipa—… ¿Sabes lo que esa carga clandestina vale, tirando muy por lo bajo?

—No tengo la menor idea.

—Pues vale doscientos mil escudos de oro.

El capitán se miró las manos inmóviles sobre la mesa. Calculaba en silencio.

—Cien millones de maravedís —murmuró.

—Exacto —Guadalmedina se reía—. Todos sabemos lo que vale un escudo.

Alatriste alzó la cabeza para observar con fijeza al aristócrata.

—Vuestra merced se equivoca —dijo—… No todos lo saben como lo sé yo.

Guadalmedina abrió la boca, sin duda para una nueva chanza, pero la expresión helada de mi amo pareció disuadirlo en el acto. Conocíamos que el capitán Alatriste había matado hombres por la diez milésima parte de tal cantidad. Sin duda en ese momento imaginaba, igual que yo mismo, cuántos ejércitos podían comprarse con semejante suma. Cuántos arcabuces, cuántas vidas y cuántos muertos. Cuántas voluntades y cuántas conciencias.

Se oyó un carraspeo de Quevedo, y luego el poeta recitó, grave y lento, en voz baja:

> *Toda esta vida es hurtar,*
> *no es el ser ladrón afrenta,*
> *que como este mundo es venta,*
> *en él es propio el robar.*
> *Nadie verás castigar*
> *porque hurta plata o cobre:*
> *que al que azotan es por pobre.*

Después de eso hubo un silencio incómodo. Álvaro de la Marca miraba su pipa. Al fin la puso sobre la mesa.

—Para cargar esos cuarenta quintales de oro suplementario —prosiguió al fin—, más la plata no declarada, el capitán del *Virgen de Regla* ha hecho retirar ocho de los cañones del galeón. Aun así navega muy pesado, según cuentan.

—¿A quién pertenece el oro? —preguntó Alatriste.

—Ese punto es vidrioso. De una parte está el duque de Medina Sidonia, que organiza la operación, pone el barco y se lleva los mayores beneficios. También hay un banquero de Lisboa y otro de Amberes, y algunos personajes de la corte... Uno de ellos parece ser el secretario real, Luis de Alquézar.

El capitán me estudió un instante. Yo le había contado, por supuesto, el encuentro con Gualterio Malatesta ante los Reales Alcázares, aunque sin mencionar el carruaje y los ojos azules que había creído ver en el séquito de la reina. Guadalmedina y Quevedo, que a su vez lo observaban atentos, se miraron entre sí.

—La maniobra —continuó Álvaro de la Marca— consiste en que, antes de descargar oficialmente en Cádiz o Sevilla, el *Virgen de Regla* fondee en la barra de Sanlúcar. Han comprado al general y al almirante de la flota para que las naves, so pretexto del tiempo, de los ingleses o lo que sea, echen allí el ancla durante al menos una noche. Entonces se hará el transbordo del oro de contrabando a otro galeón que espera en ese paraje: el *Niklaasbergen*. Una urca flamenca de Ostende, con capitán, tripulación y armador irreprochablemente católicos... Libres para ir y venir entre España y Flandes, bajo el amparo de las banderas del rey nuestro señor.

—¿Dónde llevarán el oro?

—Según parece, la parte de Medina Sidonia y los otros se queda en Lisboa, donde el banquero portugués la pondrá a buen recaudo... El resto va directamente a las provincias rebeldes.

—Eso es traición —dijo Alatriste.

Su voz era tranquila, y la mano que llevó la jarra a sus labios, mojando el mostacho en vino, no se alteró lo más mínimo. Pero yo veía ensombrecerse sus ojos claros de un modo extraño.

—Traición —repitió.

El tono de esa palabra avivó imágenes recientes en mi memoria. Las filas de infantería española impávidas en la llanura del molino Ruyter, con el tambor que redoblaba a nuestra espalda llevando a los que iban a morir la nostalgia de España. El buen gallego Rivas y el alférez Chacón, muertos por salvar la bandera ajedrezada de azul y blanco en la ladera del reducto de Terheyden. El grito de ciento cincuenta gargantas saliendo al amanecer de los canales, al asalto de Oudkerk. Los hombres que lloraban tierra después de pelear al arma blanca en las caponeras... De pronto yo también sentí deseos de beber, y vacié mi jarra de un golpe.

Quevedo y Guadalmedina cambiaban otra mirada.

—Eso es España, capitán Alatriste —dijo don Francisco—. Se nota que vuestra merced ha perdido en Flandes la costumbre.

—Sobre todo —apostilló Guadalmedina—, lo que son es negocios. Y no se trata de la primera vez. La diferencia es que ahora el rey, y en especial Olivares, desconfían de Medina Sidonia... El recibimiento que les dispensó hace dos años en sus tierras de Doña Ana, y las finezas con que los obsequia en este viaje, no ocultan el hecho de que don Manuel de Guzmán, el octavo duque, se ha convertido en un pequeño rey de Andalucía... De Huelva a Málaga y Sevilla hace su voluntad; y eso, con el moro enfrente y con Cataluña y Portugal siempre cogidos con alfileres, resulta peligroso. Olivares recela que Medina Sidonia y su hijo Gaspar, el conde de Niebla, preparen una jugada para darle un sobresalto a la corona... En otro momento esas cosas se solucionarían degollándolos tras un proceso a tono con su calidad... Pero los Medina Sidonia están muy alto, y Olivares, que pese a ser pariente suyo los aborrece, nunca osaría mezclar su nombre, sin pruebas, en un escándalo público.

—¿Y Alquézar?

—Ni siquiera el secretario real es hoy presa fácil. Ha medrado en la corte, tiene el apoyo del inquisidor Bocanegra y del Consejo de Aragón... Además, en sus peligrosos juegos dobles, el conde duque lo considera útil —Guadalmedina encogió los hombros, desdeñoso—. Así que se ha optado por una solución discreta y eficaz para todos.

—Un escarmiento —apuntó Quevedo.

—Exacto. Eso incluye levantar el oro de contrabando en las mismas narices de Medina Sidonia, e ingresarlo en las arcas reales. El propio Olivares ha planeado el lance con aprobación del rey, y ésa es la causa de este viaje a Sevilla de sus majestades: nuestro cuarto Felipe quiere asistir al espectáculo; y luego, con su impasibilidad habitual, despedirse del viejo duque con un abrazo, lo bastante cerca para oírle rechinar los dientes... El problema es que el plan ideado por Olivares tiene dos partes: una semioficial, algo delicada, y otra oficiosa, más difícil.

—La palabra exacta es peligrosa —matizó Quevedo, siempre atento a la precisión del concepto.

Guadalmedina se inclinaba sobre la mesa hacia el capitán.

—En la primera, como habrás supuesto, entra el contador Olmedilla...

Mi amo asintió despacio. Ahora cada pieza encajaba en su sitio.

—Y en la segunda —dijo— entro yo.

Álvaro de la Marca se acarició con mucha calma el bigote. Sonreía.

—Si algo me gusta de ti, Alatriste, es que nunca hay que explicarte las cosas dos veces.

Salimos a pasear las calles estrechas y mal iluminadas, ya muy entrada la noche. Había luna menguante que daba una bella claridad lechosa a los zaguanes de las casas, y permitía distinguir nuestros perfiles bajo los aleros y las copas sombrías de los naranjos. A veces cruzábamos bultos oscuros que apresuraban el paso ante nuestra presencia, pues Sevilla era tan insegura como cualquier otra ciudad a esas horas de tiniebla. Al desembocar en una pequeña plazuela, una silueta embozada, que estaba apoyada y susurrante junto a una ventana, se volvió a la defensiva mientras aquélla se cerraba de golpe, y en la sombra negra, masculina, vimos relucir por si acaso el brillo de un acero. Guadalmedina rió tranquilizador y dijo buenas noches a la sombra inmóvil, y proseguimos camino. El ruido de nuestros pasos nos precedía por las esquinas y los adarves. A veces, la claridad de un candil se dejaba ver tras las celosías de las ventanas enrejadas, y velas o lampiones de hojalata ardían en el recodo de alguna calle, bajo una imagen de azulejos de una Concepción o un Cristo atormentado.

El contador Olmedilla, explicó Guadalmedina mientras caminábamos, era un funcionario gris, un ratón de números y archivos, con auténtico talento para su oficio. Gozaba de toda la confianza del conde duque de Olivares, a quien asistía en materia contable. Y para que nos hiciéramos idea del personaje, apuntó que, además de la investigación que llevó al patíbulo a Rodrigo Calderón, había actuado también en las causas contra los duques de Lerma y Osuna. Para colmo, cosa insólita en su oficio, se le tenía por honrado. Su única pasión conocida eran las cuatro reglas; y la meta de su vida, que las cuentas cuadraran. Toda aquella información sobre el contrabando de oro era el resultado de informes obtenidos por espías del conde duque, confirmados por varios meses de paciente investigación de Olmedilla en los despachos, covachuelas y archivos oportunos.

—Faltan sólo por averiguar los últimos detalles —concluyó el aristócrata—. La flota ya ha sido avistada, así que no queda mucho tiempo. Todo debe estar resuelto mañana, en el curso de una visita que Olmedilla hará al fletador del galeón, ese tal Garaffa, para que aclare ciertos puntos sobre el transbordo del oro al *Niklaasbergen*... Por supuesto, la visita no tiene carácter oficial, y Olmedilla carece de título o autoridad que pueda mostrar —Guadalmedina enarcó las cejas, irónico— así que es probable que el genovés se llame a sagrado.

Pasamos frente a una taberna. Había luz en la ventana, y de adentro salía música de guitarra. Se abrió la puerta, dejando escapar cantos y risas. Antes de irse a desollar la zorra, alguien vomitaba con estrépito el vino en el umbral. Entre arcada y arcada oíamos su voz enronquecida, que se acordaba de Dios, y no precisamente para rezar.

—¿Por qué no meten preso a ese Garaffa? —inquirió Alatriste—... Una mazmorra, un escribano, un verdugo y un trato de cuerda hacen milagros. A fin de cuentas, se empeña la potestad del rey.

—No es tan fácil. El poder en Sevilla lo disputan la Audiencia Real y el Cabildo, y el arzobispo mete mano en cuanto se mueve. Garaffa está bien relacionado por esa parte y por la de Medina Sidonia. Habría escándalo, y entretanto el oro volaría... No. Todo debe hacerse de modo discreto. Y el genovés, después de contar lo que sabe, tiene que desaparecer unos días. Vive solo con un criado, así que a nadie le importará tampoco si desaparece para siempre —hizo una pausa significativa—... Ni siquiera al rey.

Tras decir aquello, Guadalmedina caminó un trecho en silencio. Quevedo iba a mi lado, un poco más atrás, balanceándose con su digna cojera, la mano en mi hombro como si en cierto modo pretendiera mantenerme al margen.

—En resumen, Alatriste: tú repartes los naipes.

Yo no veía el rostro del capitán. Sólo su silueta oscura delante de mí, el sombrero y el extremo de su espada que se recortaba en los rectángulos de claridad que la luna deslizaba entre los aleros. Al cabo de un rato oí sus palabras:

—Despachar al genovés es fácil. En cuanto a lo otro...

Hizo una pausa y se detuvo. Llegamos a su altura. Tenía la cabeza inclinada, y cuando alzó el rostro los ojos claros recibieron los reflejos de la noche.

—No me gusta torturar.

Lo dijo con sencillez, sin inflexiones ni dramatismos. Un hecho objetivo comentado en voz alta. Tampoco le gustaba el vino agrio, ni el guiso con demasiada sal, ni los hombres incapaces de gobernarse por reglas, aunque éstas fuesen personales, diferentes o marginales. Hubo un silencio, y la mano de Quevedo se apartó de mi hombro. Guadalmedina emitió una tosecilla incómoda.

—Eso no es cosa mía —dijo al cabo, con cierto embarazo—. Y tampoco me apetece saberlo. Conseguir la información necesaria es asunto de Olmedilla y tuyo… Él hace su oficio, y tú cobras por ayudarlo.

—De cualquier modo, lo del genovés es la parte fácil —apuntó Quevedo, con el tono de quien pretende mediar en algo.

—Sí —confirmó Guadalmedina—. Porque cuando Garaffa cuente los últimos detalles del negocio, aún quedará un pequeño trámite, Alatriste…

Estaba parado frente al capitán, y la incomodidad de antes había desaparecido de sus palabras. Yo no podía verle bien la cara, pero estoy seguro de que en ese momento sonreía.

—El contador Olmedilla te proporcionará recursos para que reclutes a un grupo escogido… Viejos amigos y gente así. Bravos de la hoja, para entendernos. Lo mejor de cada casa.

La cantinela de un limosnero que pedía por las ánimas con un candil en la mano sonó al extremo de la calle. «Acordaos de los difuntos», decía. «Acordaos». Guadalmedina estuvo mirando la luz hasta que se perdió en las sombras, y al fin se volvió de nuevo a mi amo.

—Después tendrás que asaltar ese maldito barco flamenco.

Llegamos así, charlando, a la parte de la muralla cercana al Arenal, junto al arquillo del Golpe; que, con su imagen de la Virgen de Atocha en la pared encalada, daba acceso a la mancebía famosa del Compás de la Laguna. Cuando las puertas de Triana y del Arenal estaban cerradas, aquel arquillo y la mancebía eran la forma cómoda de salir extramuros. Y Guadalmedina, según nos confió con medias palabras, tenía una cita importante en la taberna de la Gamarra, en Triana, al otro lado del puente de barcas que unía ambas orillas. La Gamarra estaba frontera a un convento cuyas monjas tenían fama de no serlo sino contra su voluntad. Su misa de los domingos era más frecuentada que comedia nueva: hervía de gente, con tocas y manos blancas a un lado de las rejas y galanes suspirando al otro. Y referente a eso, se decía que caballeros de la mejor sociedad —incluidos forasteros ilustres, como el rey nuestro señor— llevaban su fervor hasta el extremo de acudir para sus devociones en horas de poca luz.

En cuanto a la mancebía del Compás, la expresión corriente *más puta que la Méndez* se debía precisamente a que una tal Méndez —cuyo nombre usó, entre otros hombres de letras, el propio don Francisco de Quevedo en sus jácaras célebres del Escarramán— había sido pupila del sitio, que ofrecía a los viajeros y marchantes alojados en la cercana calle de Tintores y en otras posadas de la ciudad, amén de a los naturales, juego, música y mujeres de ésas de las que dijo el gran Lope:

> *¿Hay locura de un mancebo*
> *como verle andar perdido*
> *tras una de éstas, que ha sido*
> *de mil ignorantes cebo?*

… Y que remató como nadie, muy a su estilo, el no menos grande don Francisco:

> *Puto es el hombre que de putas fía,*
> *y puto el que sus gustos apetece;*
> *puto es el estipendio que se ofrece*
> *en pago de su puta compañía.*

> *Puto es el gusto, y puta la alegría*
> *que el rato putaril nos encarece;*
> *y yo diré que es puto a quien parece*
> *que no sois puta vos, señora mía.*

El burdel lo regentaba un tal Garciposadas, de familia conocida en Sevilla por tener un hermano poeta en la corte —amigo de Góngora, por cierto, y quemado aquel mismo año por sodomía con un tal Pepillo Infante, mulato, también poeta, que había sido criado del almirante de Castilla—, y otro quemado tres años atrás en Málaga por judaizante; y como no hay dos sin tres, esos antecedentes familiares le habían granjeado el apodo de Garciposadas el Tostao. Este digno sujeto desempeñaba con soltura el grave oficio de taita o padre de la mancebía, y engrasaba voluntades para el buen discurrir del negocio, procuraba que las armas se dejaran en el vestíbulo, e impedía la entrada a los menores de catorce años para no contravenir las disposiciones del corregidor. Por lo demás, el dicho Garciposadas el Tostao estaba en buenas relaciones de toma y daca con la gurullada, y con la mayor desvergüenza alguaciles y corchetes protegían su negocio; que muy en razón podía titularse con aquello de:

> *Soy pícaro y retozón,*
> *soy mancebo y soy bellaco,*
> *y si me enojan, me aplaco*
> *con cualquier satisfacción.*

La satisfacción, por supuesto, era una bolsa bien repleta. Y en torno al sitio menudeaba la chusma germanesca, jaques de los que juraban por el alma de Escamilla, rufianes, bravos del barrio de la Heria, tratantes en vidas y mercaderes de cuchilladas, olla pintoresca que se especiaba con aristócratas perdidos, peruleros golfos, burgueses con buena bolsa, clérigos disfrazados con ropa seglar, gariteros, pagotes, soplones de alguacil, virtuosos del gatazo y prójimos de toda laya; algunos tan pícaros que olían a un forastero a tiro de arcabuz, y a menudo inmunes a una Justicia de la que, ya metidos en versos, escribió el propio don Francisco de Quevedo:

> *En Sevilla es chica y poca,*
> *donde firman la sentencia*
> *al semblante de la bolsa.*

De ese modo, protegido por la autoridad, el Compás era cada noche discurrir de gente, y fiesta profana, y vino de lo mejor y más fino, y se entraba en cuadrilla y se salía convertido en racimo de uvas. Allí se bailaba la lasciva zarabanda, se templaban lo mismo primas que terceras, y cada cual hacía su avío. En la mancebía moraban más de treinta sirenas de respigón y bolsa, todas con aposento propio, a las que el sábado por la mañana —la gente de calidad iba al Compás los sábados por la noche— visitaba un alguacil para ver no estuvieran infestadas del mal francés y dejaran al cliente echando venablos, preguntándose por qué no le daba Dios al turco o al luterano donde a él le dio. Todo eso ponía, según cuentan, fuera de sí al arzobispo; ya que, como podía leerse en un memorial de aquellos días, *«lo que más en Sevilla hay son amancebados, testigos falsos, rufianes, asesinos, logreros... Pasan de 300 las casas de juego, y de 3.000 las rameras»*.

Pero volvamos a lo nuestro, que tampoco es ir muy lejos. El caso es que disponíase Álvaro de la Marca a decirnos adiós bajo el arquillo del Golpe, casi a la entrada de la mancebía, cuando la mala fortuna quiso que pasara por allí una ronda de corchetes y un alguacil con su vara. Como recordarán vuestras mercedes, el incidente del soldado ahorcado días atrás había roto hostilidades entre la Justicia y la soldadesca de las galeras, y unos y otros andaban buscándose las vueltas para hacer balance; de manera que ni durante el día se veía gurullada por la calle, ni de noche los soldados salían de Triana o pasaban puertas adentro a la ciudad.

—Vaya, vaya —dijo el alguacil al vernos.

Nos miramos Guadalmedina, Quevedo, el capitán y yo, con inicial desconcierto. También era mala ventura que, entre toda la gentuza que iba y venía por las sombras de la Laguna, aquel broche y sus alfileres fueran a prenderse precisamente en nosotros.

—A los señores fanfarrones les gusta tomar el fresco —añadió el alguacil, con mucha sorna.

La sorna y el talante se lo garantizaban sus cuatro hombres, que iban con espadas, rodelas y caras de muy malas pulgas, que la poca luz del sitio entenebrecía más. Entonces caí. A la luz del farolillo de la Virgen de Atocha, la indumentaria del capitán Alatriste y la de Guadalmedina, incluso la mía, tenían aires soldadescos. Hasta el coleto de ante de Álvaro de la Marca estaba prohibido en tiempo de paz —paradójicamente, barrunto que se lo puso esa noche para escoltar al rey—, y bastaba echarle una ojeada al capitán Alatriste para olfatear milicia a la legua. Quevedo, rápido en el juicio como siempre, vio venir el nubarrón y quiso remediarlo.

—Disimule vuestra merced —le entró con mucha cortesía al alguacil—. Pero estos hidalgos son gente de honra.

Se acercaban curiosos a echar un vistazo, haciendo corro: un par de daifas de medio manto, algún jaque, un borracho con una garnacha del tamaño de un cirio pascual. El propio Garciposadas el Tostao asomó la gaita bajo el arco. Semejante concurrencia engalló al alguacil.

—¿Y quién le pide a vuestra merced que explique lo que nosotros podemos averiguar solos?

Oí chasquear la lengua a Guadalmedina, impaciente. «No se disminuyan vuacedes», animó una voz oculta entre las sombras y los curiosos. También sonaron risas. Bajo el arquillo se congregaba más gente. Unos tomaban partido por la Justicia y otros, los más, nos alentaban a una linda montería de porquerones.

—Ténganse presos en nombre del rey.

Aquello no auguraba nada bueno. Guadalmedina y Quevedo cambiaron una mirada, y vi cómo el aristócrata terciaba la capa al hombro, descubriendo brazo y espada y aprovechando al tiempo para rebozarse el rostro.

—No es de bien nacidos sufrir este desafuero —dijo.

—Que vuestra merced lo sufra o no —expuso desabrido el alguacil—, se me da dos maravedís.

Con aquella fineza, el lance estaba servido. En cuanto a mi amo, seguía muy quieto y callado, mirando al de la vara y a los corchetes. Su perfil aquilino y el frondoso mostacho bajo las anchas alas del sombrero le daban un aspecto imponente en aquella penumbra. O al menos a mí, que lo conocía bien, así se me antojaba. Palpé el mango de mi daga de misericordia. Habría dado cualquier cosa por una espada, porque los otros eran cinco, y nosotros cuatro. Al instante rectifiqué, desconsolado. Con mis dos cuartas de acero sólo sumábamos tres y medio.

—Entreguen las espadas —dijo el alguacil— y hagan la merced de acompañarnos.

—Es gente principal —hizo el último intento Quevedo.

—Y yo soy el duque de Alba.

Resultaba claro que el alguacil estaba dispuesto a salirse con la suya, haciendo un quince con dos ochos. Eran sus pastos, y lo observaban sus parroquianos. Los cuatro porquerones sacaron las espadas y comenzaron a rodearnos en un semicírculo amplio.

—Si salimos bien y nadie nos identifica —susurró fríamente Guadalmedina, la voz sofocada por el embozo—, mañana habrá tierra sobre el asunto... Si no, señores, la iglesia más próxima es la de San Francisco.

Los de la gura estaban cada vez más cerca. Con sus ropajes negros, los corchetes parecían parte de las sombras. Bajo el arco, los curiosos animaban con palmas de chacota. «Dales lo suyo, Sánchez», le dijo alguien al alguacil, con mucha guasa. Sin prisas, muy seguro de sí y muy jaque, el tal Sánchez se metió la vara en el cinto, sacó la espada y empuñó en la zurda una pistola enorme.

—Cuento hasta tres —dijo, arrimándose más—. Uno...

Don Francisco de Quevedo me apartó con suavidad hacia atrás, interponiéndose entre los corchetes y yo. Guadalmedina observaba ahora el perfil del capitán Alatriste, que seguía en el mismo sitio, impasible, calculando las distancias y girando el cuerpo muy despacio para no perder la cara del corchete que estaba más cercano, sin descuidar de soslayo a los otros. Noté que Guadalmedina buscaba con los ojos al que mi amo miraba, y luego, desentendiéndose de él, iba a fijarse en otro, como si aquel trámite lo diera por resuelto.

—Dos...

Quevedo se desembarazó el herreruelo. «No queda sino etcétera», murmuraba entre dientes mientras soltaba el fiador para arrodelarse el paño en torno al brazo izquierdo. Por su parte, Álvaro de la Marca dispuso la capa al tercio, de modo que le protegiese medio torso de las cuchilladas que iban a llover como si granizara. Apartándome de Quevedo, me puse junto al capitán. Su mano diestra se acercaba a la cazoleta de la espada, y la izquierda rozaba el mango de la daga. Pude oír su respiración, muy recia y lenta. De pronto caí en la cuenta de que hacía varios meses, desde Breda, que no lo veía matar a un hombre.

—Tres —el alguacil alzó su pistola y volvió el rostro hacia los curiosos—. ¡En nombre del rey, favor a la Justicia!

No había terminado de hablar cuando Guadalmedina le disparó a bocajarro uno de sus pistoletes, tirándolo para atrás como estaba, aún vuelto el rostro, con el fogonazo. Chilló una mujer bajo el arco, y un murmullo expectante corrió entre las sombras; que ver reñir al prójimo o acuchillarse entre sí fue siempre antigua costumbre española. Y entonces, al mismo tiempo, Quevedo, Alatriste y Guadalmedina metieron mano a la blanca, en la calle relucieron siete aceros desnudos, y todo ocurrió a un ritmo endiablado: cling, clang, herreruzas echando chispas, los corchetes gritando «en nombre del rey, ténganse en nombre del rey», y más gritos y murmullos entre los espectadores. Y yo, que también había desenvainado mi daga, me quedé allí mirando cómo, en menos de medio avemaría, Guadalmedina le pasaba el molledo del brazo a un corchete, Quevedo marcaba a otro en la cara dejándolo contra la pared, las manos sobre la herida y sangrando cual cochino por acecinar, y Alatriste, espada en una mano y daga en la otra, manejando ambas como relámpagos, le metía dos palmos de toledana en el pecho a un tercero que decía María Santísima antes de desclavarse y caer al suelo vomitando espadañadas de sangre que parecía tinta negra. Todo había ocurrido tan rápido que el cuarto porquerón no lo pensó dos veces y tomó las de Villadiego cuando vio a mi amo revolverse luego contra él. En ésas yo enfundé mi daga y fui sobre una de las espadas que había en el suelo, la del alguacil, alzándome con ella en el momento en que dos o tres curiosos, engañados por el inicio de la riña, se adelantaban a echar una mano a los corchetes; pero tan pronto fue resuelto todo, que los vi parar en seco apenas iniciado el ademán, mirándose unos a otros, y luego quedarse muy quietos y circunspectos observando al capitán Alatriste, Guadalmedina y Quevedo, que con las espadas desnudas se volvían dispuestos a proseguir la vendimia. Me puse junto a los míos, afirmándome en guardia; y la mano que sostenía el acero temblaba no de inquietud, sino de exaltación: habría dado mi alma por añadir una estocada propia a la reyerta. Pero a los espontáneos se les iban las ganas de terciar. Estuvieron allí con mucha prudencia, murmurando de lejos tal y cual, y aguarden vuestras mercedes que ya verán, etcétera, entre las chirigotas de los curiosos, mientras nosotros retrocedíamos sin dar la espalda y dejando el campo hecho una carnicería: un corchete muerto de fijo, el alguacil con su pistoletazo a cuestas, más muerto que vivo y sin resuello ni para pedir confesión, el del brazo traspasado taponándose la herida como podía, y el de la cara picada arrodillado junto a la pared, gimiendo bajo una máscara de sangre.

—¡En las galeras del rey darán razón! —voceó Guadalmedina con el adecuado tono desafiante, mientras hacíamos cantonada tras la primera esquina. Lo que era hábil

Capítulo IV

LA MENINA DE LA REINA

Diego Alatriste aguardaba recostado en la pared, a la sombra de un zaguán de la calle del Mesón del Moro, entre macetas de geranios y albahaca. Iba sin capa, con el sombrero puesto, la espada y la daga al cinto, abierto el jubón de paño sobre una camisa bien zurcida y limpia, y ponía mucha atención en vigilar la casa del genovés Garaffa. El sitio estaba casi a las puertas de la antigua judería de Sevilla, próximo a las Descalzas y al viejo corral de comedias de Doña Elvira; y a esas horas permanecía tranquilo, con pocos transeúntes y alguna mujer que barría y regaba los portales y las plantas. En otro tiempo, cuando servía al rey como soldado de sus galeras, Alatriste había pisado muchas veces aquel barrio sin imaginar que más adelante, cuando regresó de Italia en el año dieciséis del siglo, iba a habitarlo una larga temporada, casi toda acogido entre jaques y gente ligera de espada en el famoso corral de los Naranjos, asilo de lo más florido de la valentía y la picaresca sevillana. Como tal vez recuerden vuestras mercedes, tras la represión contra los moriscos en Valencia el capitán había pedido licencia de su tercio para alistarse como soldado en Nápoles —«puesto a degollar infieles, al menos que puedan defenderse», fueron sus razones—, permaneciendo embarcado hasta la almogavaría naval del año quince, cuando después de asolar con cinco galeras y más de un millar de camaradas la costa turca, todos regresaron a Italia con ricos botines, y él diose muy buena vida en Nápoles. Todo eso terminó como en la juventud suelen terminar tales cosas: una mujer, un tercero, una marca en la cara para la mujer, una estocada para el hombre, y Diego Alatriste fugitivo de Nápoles gracias a su vieja amistad con el capitán don Alonso de Contreras, que lo metió bajo mano en una galera con destino a Sanlúcar y Sevilla. Y de ese modo, antes de pasar a Madrid, el antiguo soldado había acabado ganándose la vida como espadachín a sueldo en una ciudad que era Babilonia y semillero de todos los vicios, entre bravos y rufianes, viviendo de día acogido al sagrado del famoso patio de la Iglesia Mayor, y saliendo de noche a hacer su oficio donde un hombre de hígados con buen acero, si tenía la suerte y la destreza suficientes, podía ganarse el pan con mucha holgura. Bravos legendarios como Gonzalo Xeniz, Gayoso, Ahumada y el gran Pedro Vázquez de Escamilla, que sólo llamaban majestad al rey de la baraja, ya se habían ido por la posta, descosidos a cuchilladas o muertos por enfermedad de soga —que en tales trabajos, verse añudado el gaznate era achaque contagioso—. Pero en el corral de los Naranjos y en la cárcel real, que también habitó con regular frecuencia, Alatriste había conocido a muy dignos sucesores de tan históricos rufos, expertos en mojadas, tajos y chirlos, sin que él mismo, diestro en la estocada de Gayona y en muchas otras propias de su arte, quedase corto en méritos a la hora de hacerse un nombre en tan ilustre cofradía.

Recordaba todo eso ahora, con un punto de nostalgia que tal vez no era del pasado, sino de su perdida juventud; y lo hacía a poca distancia del mismo corral de comedias de Doña Elvira, donde en aquel momento de mocedad se había aficionado a las representaciones de Lope, Tirso de Molina y otros —allí vio por vez primera *El perro del hortelano* y *El vergonzoso en palacio*—, en noches que empezaban con versos y lances fingidos sobre el tablado, y terminaban de veras entre tabernas, vino, coimas complacientes, alegres compadres y cuchilladas. Aquella Sevilla peligrosa y fascinante seguía viva, y la diferencia no había que buscarla fuera, sino dentro de él mismo. El tiempo no pasa en vano, reflexionaba apoyado a la sombra del zaguán. Y los hombres envejecen también por dentro, a medida que lo hace su corazón.

—Cagüenlostia, capitán Alatriste... Qué pequeño es el mundo.

Se volvió, desconcertado, mirando al que acababa de pronunciar su nombre. Resultaba extraño ver a Sebastián Copons tan lejos de una trinchera flamenca y en el acto de pronunciar ocho palabras seguidas. Tardó unos instantes en situarlo en el presente: el viaje por mar, la reciente despedida del aragonés en Cádiz, su licencia e intención de viajar a Sevilla, camino del norte.

—Me alegro de verte, Sebastián.

Era cierto y no lo era del todo. En realidad no se alegraba de verlo allí en ese momento; y mientras ambos se agarraban por los brazos, con sobrio afecto de viejos camaradas, miró sobre el hombro del recién llegado hacia el extremo de la calle. Por suerte Copons era de confianza. Podía quitárselo de encima sin desairarlo, seguro de que entendería. A fin de cuentas, lo bueno de un verdadero amigo era que siempre te dejaba dar las cartas sin preocuparse de la baraja.

—¿Paras en Sevilla? —preguntó.

—Algo.

Copons, pequeño, enjuto y duro como de costumbre, vestía de su natural a lo soldado, con coleto, tahalí, espada y botas. Bajo el sombrero, en la sien izquierda, asomaba la cicatriz de la brecha que el propio Alatriste le había vendado un año atrás, durante la batalla del molino Ruyter.

—Habrá que remojarlo, Diego.

—Después.

Copons lo observó con sorpresa y mucha atención, antes de volverse a medias para seguir la dirección de su mirada.

—Estás ocupado.

—Algo así.

Copons inspeccionó de nuevo la calle, buscando indicios de lo que entretenía a su camarada. Luego tocó maquinalmente el puño de la espada.

—¿Me necesitas? —preguntó con mucha flema.

—No, por ahora —la sonrisa afectuosa de Alatriste agolpaba arrugas curtidas en su cara—… Pero tal vez haya algo para ti, antes de que dejes Sevilla. ¿Te acomoda?

El aragonés encogió los hombros, estoico: el mismo gesto que cuando el capitán Bragado ordenaba entrar daga en mano en las caponeras o asaltar un baluarte holandés.

—¿Tú estás dentro?

—Sí. Y además hay sonante.

—Aunque no lo haya.

En ese momento Alatriste vio aparecer al contador Olmedilla por el extremo de la calle. Vestía de negro, como siempre, abotonado hasta la gola, con su sombrero de ala corta y su aire de funcionario anónimo que parecía directamente salido de un despacho de la Audiencia Real.

—Tengo que dejarte… Nos vemos en la hostería de Becerra.

Puso la mano en el hombro de su camarada, y despidiéndose sin más palabras abandonó el apostadero. Cruzó la calle con aire casual, para converger con el contador ante la casa de la esquina: un edificio de ladrillo, dos plantas y un zaguán discreto con reja que daba acceso al patio interior. Entraron juntos sin llamar y sin dirigirse la palabra; sólo una breve mirada de inteligencia. Alatriste, con una mano en el puño de la espada; Olmedilla, tan avinagrado el semblante como solía. Apareció un criado de edad que se limpiaba las manos en un delantal, el semblante inquisitivo y preocupado.

—Ténganse al Santo Oficio —dijo Olmedilla con toda la frialdad del mundo.

Se demudó el sirviente; que en casa de un genovés y en Sevilla, aquellas eran palabras de mucha trastienda. Así que no dijo esta boca es mía mientras Alatriste, sin apartar la mano del puño de su toledana, indicaba una habitación donde el otro entró como un lechal, dejándose maniatar, amordazar y cerrar con llave. Cuando Alatriste salió de nuevo al patio, Olmedilla aguardaba disimulado tras una enorme maceta con un helecho, las manos juntas y moviendo los pulgares con aire impaciente. Hubo otro silencioso intercambio de miradas, y los dos hombres cruzaron el patio hasta una puerta cerrada. Entonces Alatriste sacó la espada, abrió de golpe y entró en un gabinete espacioso, amueblado con una mesa, un armario, un brasero de cobre y algunas sillas de cuero. La luz de una ventana alta y enrejada, medio cubierta con postigos de celosía, dibujaba innumerables cuadritos de luz sobre la cabeza y los hombros de un individuo de mediana edad, más grueso que corpulento, vestido con bata de seda y pantuflas, que se había puesto de pie, sobresaltado. Esta vez el contador Olmedilla no apeló al Santo Oficio ni a ninguna otra cosa, limitándose a entrar en pos de Alatriste y echar un vistazo alrededor hasta detenerse, con satisfacción profesional, en el armario abierto y atestado de papeles. Un gato, pensó el capitán, se habría relamido del mismo modo a la vista de una sardina a media pulgada de sus bigotes. En cuanto al dueño de la casa, la sangre parecía habérsele retirado del rostro: el tal Jerónimo Garaffa estaba muy callado, la boca abierta con estupor, ambas manos todavía en la mesa donde ardía una palmatoria con vela para fundir lacre. Al levantarse había derramado medio tintero sobre el papel en el que escribía cuando aparecieron los intrusos. Tenía el pelo —lo usaba teñido— en una redecilla, y una bigotera sobre el mostacho engomado. Sostenía la pluma entre los dedos como si la hubiese olvidado allí, y miraba espantado la espada que el capitán Alatriste le apoyaba en la garganta.

—Así que no sabéis de qué os estamos hablando.

El contador Olmedilla, sentado tras la mesa como si estuviera en su propio despacho, alzó la vista de los papeles para ver cómo Jerónimo Garaffa movía angustiado la cabeza, aún con su redecilla puesta. El genovés estaba en una silla, maniatado al respaldo. Pese a que la temperatura era razonable, gruesas gotas de sudor le corrían desde el pelo, por las patillas y la cara que olía a gomas, colirios y ungüento de barbero.

—Le juro a vuestra merced...

Olmedilla interrumpió la protesta con un gesto seco de la mano, y volvió a sumirse en el estudio de los documentos que tenía delante. Sobre la bigotera que le daba un aire grotesco de máscara en Carnaval, los ojos de Garaffa fueron a posarse en Diego Alatriste, que escuchaba en silencio, la toledana de nuevo en la vaina, cruzados los brazos y la espalda en la pared. La expresión helada de sus pupilas debió de inquietarlo todavía más que la adustez de Olmedilla, pues se volvió al contador como quien escoge el menor entre dos males sin remedio. Al cabo de un largo y opresivo silencio, el contador dejó los documentos que estudiaba, se echó hacia atrás en la silla y miró al genovés con las manos juntas ante sí, haciendo girar los pulgares. Seguía pareciendo un ratón gris de covachuela, apreció Alatriste. Pero ahora su expresión era la de un ratón que acabase de hacer una mala digestión y paladeara bilis.

—Vamos a poner las cosas claras —dijo Olmedilla, muy deliberado y muy frío—... Vuestra merced sabe de qué le estoy hablando, y nosotros sabemos que lo sabe. Todo lo demás es perder el tiempo.

El genovés tenía la boca tan seca que no pudo articular palabra hasta el tercer intento.

—Juro por Cristo Nuestro Señor —aseguró con voz ronca, cuyo acento extranjero resultaba más intenso a causa del miedo— que no sé nada de ese barco flamenco.

—Cristo no tiene nada que ver con este negocio.

—Esto es un desafuero… Exijo que la Justicia…

El último intento de Garaffa por dar firmeza a su protesta se quebró en un sollozo. Bastaba verle la cara a Diego Alatriste para comprender que la Justicia a la que se refería el genovés, la que estaba sin duda acostumbrado a comprar con lindos reales de a ocho, residía demasiado lejos de aquella habitación, y no había quien le echara un galgo.

—¿Dónde fondeará el *Virgen de Regla*? —volvió a preguntar Olmedilla con mucha calma.

—No sé… Virgen Santa… No sé de qué me habláis.

El contador se rascó la nariz como quien oye llover. Miraba a Alatriste de modo significativo, y éste se dijo que era en verdad la viva estampa del funcionario de aquella España austríaca, siempre minuciosa e implacable con los desdichados. Podía haber sido perfectamente un juez, un escribano, un alguacil, un abogado; cualquiera de las sabandijas que vivían y medraban al amparo de la monarquía. Guadalmedina y Quevedo habían dicho que Olmedilla era honrado, y Alatriste lo creía. Pero en cuanto al resto de su talante y actitudes, nada había de diferente, decidió, con aquella escoria de negras urracas despiadadas y avarientas que poblaban las audiencias y las procuradurías y los juzgados de las Españas, de manera que ni en sueños halláranse Luzbeles tan soberbios, ni Cacos tan ladrones, ni Tántalos tan sedientos de honores, ni hubo nunca blasfemia de infiel que se igualara a sus textos, siempre a gusto del poderoso y nefastos para el humilde. Sanguijuelas infames en quienes faltaban la caridad y el decoro, y sobraban la intemperancia, la rapiña y el fanático celo de la hipocresía; de manera que quienes debían amparar a los pobres y a los míseros, esos precisamente los despedazaban entre sus ávidas garras. Aunque el que tenían hoy entre manos no fuera precisamente el caso. Ni pobre ni mísero, se dijo. Aunque sin duda miserable.

—En fin —concluyó Olmedilla.

Ordenaba los papeles sobre la mesa sin apartar sus ojos de Alatriste, con gesto de estar ya todo dicho, al menos por su parte. Transcurrieron así unos instantes, en los que Olmedilla y el capitán siguieron observándose en silencio. Luego éste descruzó los brazos y se apartó de la pared, acercándose a Garaffa. Cuando llegó a su lado, la expresión aterrorizada del genovés era indescriptible. Alatriste se puso frente a él, inclinándose un poco hasta mirarle los ojos con mucha intensidad y mucha fijeza. Aquel individuo y lo que representaba no movían en lo más mínimo sus reservas de piedad. Bajo la redecilla, el pelo teñido del mercader dejaba regueros de sudor oscuro en su frente y a lo largo del cuello. Ahora, pese a los afeites y pomadas, olía agrio. A transpiración y a miedo.

—Jerónimo… —susurró Alatriste.

Al oír su nombre, pronunciado a tres pulgadas escasas de la cara, Garaffa se sobresaltó como si acabase de recibir una bofetada. El capitán, sin apartar el rostro, se mantuvo unos instantes inmóvil y callado, mirándolo desde esa distancia. Su mostacho casi rozaba la nariz del prisionero.

—He visto torturar a muchos hombres —dijo al fin, lentamente—. Los he visto con los brazos y las piernas descoyuntados por la mancuerda, delatando a sus propios hijos. He visto a renegados desollados vivos, suplicando entre alaridos que los mataran... En Valencia vi quemar los pies a infelices moriscos para que descubrieran el oro escondido, mientras oían los gritos de sus hijas de doce años forzadas por los soldados...

Se calló de pronto, como si hubiera podido seguir contando casos como aquellos indefinidamente, y fuera absurdo continuar. En cuanto al rostro de Garaffa, parecía que acabara de pasarle por encima la mano de la muerte. De pronto había dejado de sudar; como si bajo su piel, amarilla de terror, no quedase gota de líquido.

—Te aseguro que todos hablan tarde o temprano —concluyó el capitán—. O casi todos. A veces, si el verdugo es torpe, alguno muere antes... Pero tú no eres de ésos.

Todavía lo estuvo contemplando un poco más de ese modo, muy cerca, y luego se dirigió a la mesa. De pie frente a ella y vuelto de espaldas al prisionero, se remangó el puño y la manga de la camisa sobre el brazo izquierdo. Mientras lo hacía, su mirada se cruzó con la de Olmedilla, que lo observaba con atención, un poco desconcertado. Después cogió la palmatoria con la vela para fundir lacre y volvió junto al genovés. Al mostrársela, alzándola un poco, la luz de la llama arrancó reflejos verdigrises a sus ojos, de nuevo fijos en Garaffa. Parecían dos inmóviles placas de escarcha.

—Mira —dijo.

Le mostraba el antebrazo, donde una cicatriz delgada y larga subía entre el vello por la piel curtida, hasta el codo. Y luego, ante la nariz del espantado genovés, el capitán Alatriste acercó la llama de la vela a su propia carne desnuda. La llama crepitó entre olor a piel quemada, mientras apretaba las mandíbulas y el puño, y los tendones y músculos del antebrazo se endurecían como sarmientos de vid tallados en piedra. Frente a sus ojos, que seguían mirando glaucos e impasibles, los del genovés estaban desorbitados por el horror. Aquello duró un momento que pareció interminable. Después, con mucha flema, Alatriste dejó la palmatoria sobre la mesa, volvió a ponerse ante el prisionero y le mostró el brazo. Una atroz quemadura, del tamaño de un real de a ocho, enrojecía la piel abrasada en los bordes de la llaga.

—Jerónimo… —repitió.

Había acercado otra vez su cara a la del otro, y de nuevo le hablaba en voz baja, casi confidencial:

—Si esto me lo hago yo, imagina lo que soy capaz de hacerte a ti.

Un charco amarillento se extendía bajo las patas de la silla, piernas abajo del prisionero. Garaffa empezó a gemir y a estremecerse, y continuó así por un espacio muy largo. Al fin recobró el uso de la palabra, y entonces comenzó a hablar de un modo atropellado y prodigioso, torrencial, mientras el contador Olmedilla, diligente, mojaba la pluma en el tintero, tomando las notas oportunas. Alatriste fue a la cocina en busca de manteca, sebo o aceite para ponerse en la quemadura. Cuando regresó, vendándose el antebrazo con un lienzo limpio, Olmedilla le dirigió una mirada que en individuos de otros humores equivaldría a grande y manifiesto respeto. En cuanto a Garaffa, ajeno a todo salvo a su propio terror, continuaba hablando por los codos: nombres, lugares, fechas, bancos portugueses, oro en barras. Y siguió haciéndolo durante un buen rato.

A esa misma hora yo caminaba bajo el prolongado arco que se abre al fondo del patio de banderas, en el callejón de la antigua Aljama. Y tampoco, aunque por motivos distintos a los de Jerónimo Garaffa, a mí me quedaba gota de sangre en el cuerpo. Me detuve en el sitio indicado y puse una mano en la pared porque temí que me flaqueasen las piernas. Pero al fin y al cabo mi instinto de conservación se había desarrollado en los últimos años, de modo que, pese a todo, tuve lucidez para estudiar por lo menudo el sitio, sus dos salidas y las inquietantes puertecillas que se abrían en los muros. Rocé el mango de la daga que llevaba, como siempre, atravesada al cinto en los riñones, y luego, maquinalmente, palpé la faltriquera donde estaba el billete que me había conducido hasta allí. Lo cierto es que era digno de cualquier lance de comedia de Tirso o de Lope:

> *Si aún me tenéis afecto, es momento de averiguarlo.*
> *Me holgaré de veros a las once de la mañana, en el arco*
> *de la judería.*

El billete me había llegado a las nueve, con un mozo que pasó por la posada de la calle de Tintores, donde yo aguardaba el regreso del capitán sentado en un poyete de la puerta, viendo pasar gente. Venía sin firma, pero el nombre de su remitente estaba tan claro como las heridas profundas que se mantenían en mi corazón y en mi memoria. Juzguen vuestras mercedes los sentimientos encontrados que me venían turbando desde que recibí ese papel, y la deliciosa angustia que guiaba mis pasos. Ahorraré entrar en detalles sobre zozobras de enamorado, que me avergonzarían a mí y causarían tedio al lector. Diré tan sólo que yo entonces tenía dieciséis años y nunca había amado a una niña, o a una mujer —tampoco después amé nunca de tal modo— como en ese tiempo amaba a Angélica de Alquézar.

Es singular, pardiez. Sabía que aquel billete no podía ser sino otro episodio del peligroso juego que Angélica llevaba conmigo desde que nos habíamos conocido frente a la taberna del Turco, en Madrid. Un juego que había estado a punto de costarme la honra y la vida, y que todavía muchas veces, con el paso de los años, me haría caminar siempre al borde del abismo, por el filo mortal de la más deliciosa navaja que una mujer fue capaz de crear para el hombre que durante toda su vida, y hasta en el momento mismo de su temprana muerte, habría de ser al tiempo su amante y su enemigo. Pero ese momento aún estaba lejos, y era el caso que allí andaba yo aquella tibia mañana de invierno, en Sevilla, con todo el vigor y la audacia de mi mocedad, acudiendo a la cita de la niña —quizá, me decía, ya no lo sea tanto— que una vez, casi tres años atrás y en la fuente del Acero, al decirle yo: «Moriría por vos», había respondido, son-riendo dulce y enigmática: «Tal vez un día mueras».

El arco de la Aljama estaba desierto. Dejando a la espalda la torre de la Iglesia Mayor recortada en el cielo sobre las copas de los naranjos, me interné más por él, hasta doblar el codo y asomarme al otro lado, donde el agua canturreaba en una fuente y gruesas ramas de enre-dadera colgaban desde las almenas de los Alcázares. Tampoco allí vi a nadie. Tal vez se trata de una burla, me dije, volviendo sobre mis pasos hasta penetrar de nuevo en la penumbra del pasadizo. Fue entonces cuando oí un ruido a mi espalda, y volví el rostro mientras llevaba la mano al puño de la daga. Una de las puertas estaba abierta, y un soldado de la guardia tudesca, fuerte y ru-bio, me observaba en silencio. Hizo al cabo una seña, y me acerqué con mucha prevención, recelando un mal lance. Pero el tudesco no parecía hostil. Me examinaba con curiosidad profesional, y al llegar a su altura hizo un gesto para que le entregara mi daga. Sonreía bonachón entre las enormes patillas rubias que se le juntaban al mostacho. Luego dijo algo así como *komensi herein*, que yo —me había hartado de ver tudescos vivos y muertos en Flandes— sabía que significaba anda, pasa dentro, o algo por el estilo. No tenía elección, de modo que le en-tregué la daga, y crucé la puerta.

—Hola, soldado.

Quienes conozcan el retrato de Angélica de Al-quézar pintado por Diego Velázquez pueden imaginarla fácilmente con sólo unos pocos años menos. La sobrina del secretario real, menina de la reina nuestra señora, tenía cumplidos ya los quince y su belleza era mucho más que una promesa. Había madurado mucho desde la última vez que la vi: su corpiño de cordones pasados con buenas guarniciones de plata y coral, a juego con el amplio brial de brocado que el guardainfante sostenía graciosamente en torno a sus caderas, dejaba adivinar formas que antes no estaban allí. Tirabuzones rubios, como no los vio el Arauco en sus minas, seguían enmarcando los ojos azules, no desmentidos por una piel tersa y blanquísima que me pareció —en el futuro supe que así era— de la textura de la seda.

—Ha pasado mucho tiempo.

Estaba tan hermosa que dolía mirarla. En la habitación de columnas moriscas, abierta a un pequeño jardín de los Reales Alcázares, el sol volvía blanco el contorno de su cabello al contraluz. Sonreía como sonrió siempre: misteriosa y sugerente, con un punto de ironía, o de maldad, en su boca perfecta.

—Mucho tiempo —pude articular por fin.

El tudesco se había retirado al jardín, por donde paseaban las tocas de una dueña. Angélica fue a sentarse en un sillón de madera labrada, y me indicó un escabel situado frente a ella. Ocupé el asiento sin saber muy bien qué hacía. Me miraba con mucha atención, las manos cruzadas sobre el regazo; bajo el ruedo de su guardapiés asomaba un fino zapato de raso, y de pronto fui consciente de mi tosco jubón sin mangas sobre la camisa remendada, mis calzas de paño burdo y mis polainas militares. Por la sangre de Cristo, maldije para mis adentros. Imaginaba lindos y pisaverdes de buena sangre y mejor bolsa, vestidos de calidad, requebrando a Angélica en fiestas y saraos de la corte. Un escalofrío de celos me traspasó el alma.

—Espero —dijo en tono muy suave— que no me guardéis rencor.

Recordé, y no necesitaba mucho para rememorar tanta vergüenza, las cárceles de la Inquisición en Toledo, el auto de fe de la Plaza Mayor, el papel que la sobrina de Luis de Alquézar había jugado en mi desgracia. Ese pensamiento tuvo la virtud de devolverme la frialdad que tanto necesitaba.

—¿Qué queréis de mí? —pregunté.

Tardó en responder un instante más de lo necesario. Me observaba intensamente, la misma sonrisa en la boca. Parecía complacida de lo que veía ante ella.

—No quiero nada —dijo—. Tenía curiosidad por encontraros de nuevo… Os reconocí en la plaza.

Se calló un momento. Miraba mis manos, y otra vez mi rostro.

—Habéis crecido, caballero.

—También vos.

Se mordió levemente el labio inferior mientras asentía muy despacio con la cabeza. Los tirabuzones le rozaban con suavidad la piel pálida de las mejillas, y yo la adoraba.

—Habéis luchado en Flandes.

No era afirmación ni pregunta. Parecía reflexionar en voz alta.

—Creo que os amo —dijo de pronto.

Me levanté del escabel, con un respingo. Angélica ya no sonreía. Me miraba desde su asiento, alzados hacia mí sus ojos azules como el cielo, como el mar y como la vida. Que el diablo me lleve si no estaba enloquecedoramente bella.

—Cristo —murmuré.

Yo temblaba como las hojas de un árbol. Ella permaneció inmóvil, callada durante un largo rato. Al fin encogió un poco los hombros.

—Quiero que sepáis —dijo— que tenéis amigos incómodos. Como ese capitán Batiste, o Triste, o como se llame… Amigos que son enemigos de los míos… Y quiero que sepáis que eso tal vez os cueste la vida.

—Ya estuvo a punto de ocurrir —respondí.

—Y pronto ocurrirá de nuevo.

Había vuelto a sonreír del mismo modo que antes, reflexiva y enigmática.

—Esta tarde —prosiguió— hay una velada que ofrecen los duques de Medina Sidonia a los reyes… De regreso, mi carruaje se detendrá un rato en la Alameda. Hay hermosas fuentes y jardines, y el lugar es delicioso para pasear.

Arrugué el entrecejo. Aquello era demasiado bueno. Demasiado fácil.

—Un poco a deshora, me parece.

—Estamos en Sevilla. Las noches aquí son templadas.

No se me escapó la singular ironía de sus palabras. Miré hacia el patio, a la dueña que seguía por allí. Angélica interpretó mi gesto.

—Es otra distinta a la que me guardaba en la fuente del Acero… Ésta se vuelve, cuando yo quiero, muda y ciega. Y he pensado que tal vez os plazca estar hoy sobre las diez de la noche en la Alameda, Íñigo Balboa.

Me quedé estupefacto, analizándolo todo.

—Es una trampa —concluí—. Una emboscada como las otras.

—Tal vez —sostenía mi mirada, inescrutable—. De vuestro valor depende acudir o no a ella.

—El capitán… —dije, y callé de pronto. Angélica me estudió con una lucidez infernal. Era como si leyera mis pensamientos.

—Ese capitán es vuestro amigo. Sin duda tendréis que confiarle este pequeño secreto… Y ningún amigo os dejaría acudir solo a una emboscada.

Guardó un breve silencio para dejar que la idea penetrase bien en mí.

—Dicen —añadió al fin— que también él es un hombre valiente.

—¿Quién lo dice?

No respondió, limitándose a acentuar la sonrisa. Y yo terminé de comprender cuanto acababa de decirme. La certeza llegó con tan espantosa claridad que me estremecí ante el cálculo con que ella me lanzaba a la cara semejante desafío. La silueta negra de Gualterio Malatesta se interpuso con sus trazas de oscuro fantasma. Todo era obvio y terrible al mismo tiempo: la vieja pendencia ya no sólo incluía a Alatriste. Yo tenía edad suficiente para responder de las consecuencias de mis actos, sabía demasiadas cosas, y para nuestros enemigos era un adversario tan molesto como el propio capitán. Instrumento de la cita misma, diabólicamente avisado del peligro cierto, por una parte no podía ir a donde Angélica me pedía que fuera, y por otra tampoco podía dejar de hacerlo. Aquel «habéis luchado en Flandes», que ella había dicho un momento antes, resultaba ahora una cruel ironía. Pero en última instancia el mensaje estaba dirigido al capitán. Yo no debía ocultárselo a él. Y en tal caso, o iba a prohibirme acudir esa noche a la Alameda, o no me dejaría ir solo. El cartel de desafío nos incluía a ambos, sin remedio. Todo se concretaba en elegir entre mi vergüenza o un peligro cierto. Y mi conciencia se debatía como un pez atrapado en una red. De pronto, las palabras de Gualterio Malatesta volvieron a mi memoria con siniestros significados. La honra, había dicho, es peligrosa de llevar.

—Quiero saber —dijo Angélica— si todavía seguís dispuesto a morir por mí.

La contemplé confuso, incapaz de articular palabra. Era como si su mirada se paseara con toda libertad por mi interior.

—Si no acudís —añadió—, sabré que pese a Flandes sois un cobarde... En caso contrario, ocurra lo que ocurra, quiero que recordéis lo que antes os dije.

Crujió el brocado de su falda al ponerse en pie. Ahora estaba cerca. Muy cerca.

—Y que tal vez os ame siempre.

Miró hacia el jardín por donde paseaba la dueña. Luego se acercó un poco más.

—Recordadlo hasta el final... Llegue cuando llegue.

—Mentís —dije.

La sangre parecía haberse retirado de golpe de mi corazón y de mis venas. Angélica siguió observándome con renovada atención durante un espacio de tiempo que pareció eterno. Y entonces hizo algo inesperado. Quiero decir que alzó una mano blanca, menuda y perfecta, y apoyó sus dedos en mis labios con la suavidad de un beso.

—Marchaos —dijo.

Dio media vuelta y salió al jardín. Y yo, fuera de mí, di unos pasos tras ella, cual si pretendiera seguirla hasta los aposentos reales y los salones mismos de la reina. Me cortó el paso el tudesco de las patillas grandes, que sonreía señalándome la puerta al tiempo que me devolvía mi daga.

Fui a sentarme en los escalones de la Lonja, junto a la Iglesia Mayor, y permanecí allí largo rato, sumido en fúnebres reflexiones. En mi interior se debatían sentimientos encontrados, y la pasión por Angélica, reavivada por tan inquietante entrevista, luchaba con la certeza de la trama siniestra que nos envolvía. Al principio pensé en callar, escabullirme de noche con cualquier excusa, y acudir a la cita solo, afrontando de ese modo mi destino, con la daga de misericordia y la toledana del alguacil —un buen acero con las marcas del espadero Juanes que guardaba envuelto en trapos viejos, escondido en la posada— como única compañía. Pero aquel iba a ser, de cualquier modo, un lance sin esperanza. La figura sombría de Malatesta se perfilaba en mi imaginación como un oscuro presagio. Frente a él, yo no tenía ninguna posibilidad. Eso, además, en el improbable caso de que el italiano, o quien fuese, acudiera a la cita solo.

Sentí deseos de llorar de rabia y de impotencia. Yo era vascongado e hidalgo, hijo del soldado Lope Balboa, muerto por su rey y por la verdadera religión en Flandes.

Mi honra y la vida del hombre al que más respetaba en el mundo estaban en el alero. También lo estaba mi propia vida; pero a tales alturas de la existencia, educado desde los doce años en el áspero mundo de la germanía y de la guerra, yo había puesto demasiadas veces mi existencia al albur de una tabla, y poseía el fatalismo de quien respira sabiendo lo fácil que es dejar de hacerlo. Demasiados se habían ido ante mis ojos por la posta entre blasfemias, llantos, oraciones o silencios, desesperados unos y resignados otros, como para que morir se me antojara algo extraordinario, o terrible. Además, yo pensaba que existía otra vida más allá de ésta, donde Dios, mi buen padre y los viejos camaradas estarían aguardándome con los brazos abiertos. En cualquier caso, con otra existencia o sin ella, había aprendido que la muerte es el acontecimiento que a hombres como el capitán Alatriste termina siempre por darles la razón.

Ésas eran mis reflexiones sentado en los escalones de la Lonja, cuando vi pasar a lo lejos al capitán en compañía del contador Olmedilla. Caminaban junto a la muralla de los Alcázares, hacia la Casa de Contratación. Mi primer impulso fue correr a su encuentro; pero me contuve, limitándome a observar la delgada figura de mi amo, que iba silencioso, las anchas alas del chapeo sobre el rostro, la espada balanceándose al costado, junto a la presencia enlutada del funcionario.

Los vi perderse tras una esquina y seguí sentado donde estaba, inmóvil, los brazos en torno a las rodillas. Después de todo, concluí, la cuestión era simple. Aquella noche tocaba decidir entre hacerme matar solo, o hacerme matar junto al capitán Alatriste.

Fue el contador Olmedilla quien propuso detenerse en una taberna, y Diego Alatriste asintió no sin sorpresa. Era la primera vez que Olmedilla se mostraba locuaz, o sociable. Pararon en la taberna del Seisdedos, detrás de las Atarazanas, y descansaron en una mesa a la puerta, bajo el soportal y el toldo que protegía del sol. Alatriste se destocó, dejando su fieltro sobre un taburete. Una moza les sirvió un cuartillo de vino de Cazalla de la Sierra y un plato de aceitunas moradas, y Olmedilla bebió con el capitán. Cierto es que apenas probó el vino, dando a su jarra sólo un breve tiento, pero antes de hacerlo miró largamente al hombre que tenía a su lado. Su ceño parecía aclararse un poco.

—Bien jugado —dijo.

El capitán estudió las facciones secas del contador, su barbita, la piel apergaminada y amarillenta que parecía contaminada por las velas con que se alumbraba en los despachos. No respondió, limitándose a llevarse el vino a los labios y beber, él sí, un largo trago que vació la jarra. Su acompañante seguía mirándolo con curiosidad.

—No me engañaron sobre vuestra merced —dijo al fin.

—Lo del genovés era fácil —repuso Alatriste, sombrío.

Luego calló. He hecho otras cosas menos limpias, decía aquel silencio. Olmedilla parecía interpretarlo de forma adecuada, porque asintió despacio, con el gesto grave de quien se hace cargo y por delicadeza no pretende ir más allá de lo dicho. En cuanto al genovés y su criado, en ese momento se hallaban maniatados y amordazados dentro de un coche que los conducía fuera de Sevilla, con destino desconocido para el capitán —ni lo sabía ni tenía interés por averiguarlo—, con una escolta de alguaciles de aspecto patibulario que Olmedilla debía de tener prevenidos muy de antemano, pues aparecieron en la calle del Mesón del Moro como por arte de magia, acallada la curiosidad de los vecinos con las palabras mágicas Santo Oficio, antes de esfumarse muy discretamente con sus presas en dirección a la puerta de Carmona.

Olmedilla se desabotonó el jubón y extrajo un papel doblado, con sello de lacre. Tras mantenerlo un momento en la mano, como si venciera sus últimos escrúpulos, lo puso al fin sobre la mesa, ante el capitán.

—Es una orden de pago —dijo—. Vale al portador por cincuenta doblones viejos de oro, de dos caras... Puede hacerse efectiva en casa de don Joseph Arenzana, en la plaza de San Salvador. Nadie hará preguntas.

Alatriste miró el papel, sin tocarlo. Los doblones de dos caras eran la más codiciada moneda que podía encontrarse en ese tiempo. Habían sido batidos en oro fino hacía más de un siglo, cuando los Reyes Católicos, y nadie discutía su valor al hacerlos sonar sobre una mesa. Conocía a hombres capaces de acuchillar a su madre por una de aquellas piezas.

—Habrá seis veces esa suma —añadió Olmedilla— cuando todo haya terminado.

—Bueno es saberlo.

El contador contempló pensativo su jarra de vino. Una mosca nadaba en ella, haciendo ímprobos esfuerzos por liberarse.

—La flota llega dentro de tres días —dijo, atento a la agonía de la mosca.

—¿Cuántos hombres hacen falta?

Olmedilla señaló con un dedo manchado de tinta la orden de pago.

—Eso lo decide vuestra merced. Según el genovés, el *Niklaasbergen* lleva veintitantos marineros, capitán y piloto... Todos flamencos y holandeses, excepto el piloto. Puede que en Sanlúcar suban algunos españoles con la carga. Y sólo disponemos de una noche.

Alatriste hizo un cálculo rápido.

—Doce, o quince. Los que puedo conseguir con este oro harán de sobra el avío.

Olmedilla movió la mano, evasivo, dando a entender que el avío de Alatriste no era asunto suyo.

—Deberéis —dijo— tenerlos listos la noche anterior. El plan consiste en bajar por el río, llegando a Sanlúcar al atardecer siguiente —hundió el mentón en la golilla, como para considerar si olvidaba algo—... Yo iré también.

—¿Hasta dónde?

—Ya veremos.

El capitán lo miró sin ocultar su sorpresa.

—No será un lance de tinta y papel.

—Da lo mismo. Tengo obligación de comprobar la carga y organizar su traslado, una vez el barco esté en nuestras manos.

Ahora Alatriste disimuló una sonrisa. No imaginaba al contador entre gente de la calaña que pensaba reclutar; pero comprendía que desconfiara en negocio como aquél. Tanto oro de por medio resultaba una tentación, y era fácil que algún lingote pudiera distraerse en el camino.

—Excuso decir —apuntó el contador— que cualquier desvarío significa la horca.

—¿También para vuestra merced?

—Puede que también para mí.

Alatriste se pasó un dedo por el mostacho.

—Barrunto que vuestro salario —dijo con ironía— no incluye esa clase de sobresaltos.

—Mi salario incluye cumplir con mi obligación.

La mosca había dejado de moverse, y Olmedilla continuaba mirándola. El capitán se puso más vino en la jarra. Mientras bebía, vio que el otro levantaba de nuevo los ojos hacia él para contemplar, interesado, las dos cicatrices de su frente, y luego su brazo izquierdo, donde la manga de la camisa ocultaba la quemadura bajo el vendaje. Que por cierto, dolía como mil diablos. Al fin Olmedilla frunció otra vez el entrecejo, cual si llevara rato dándole vueltas a un pensamiento que dudaba formular en voz alta.

—Me pregunto —dijo— qué habría hecho vuestra merced si el genovés no se hubiera dejado impresionar.

Alatriste paseó la vista por la calle; el sol que reverberaba en la pared frontera le hacía entornar los ojos, acentuando su expresión inescrutable. Después miró la mosca ahogada en el vino de Olmedilla, siguió bebiendo del suyo, y no dijo nada.

Capítulo V

EL DESAFÍO

Las columnas de Hércules, altas de dos alabardas y recortadas en la claridad lunar, destacaban frente a la Alameda. Las copas de los olmos se extendían detrás hasta perderse de vista, oscureciendo la noche bajo sus enramadas. A esa hora no paseaban carruajes con damas elegantes, ni los caballeros sevillanos hacían caracolear sus caballos entre los setos, las fuentes y los estanques. Sólo se oía el sonido del agua en los caños, y a veces, en la distancia, un perro aullaba inquieto hacia la Cruz del Rodeo.

Me detuve junto a una de las gruesas columnas de piedra y escuché, contenido el aliento. Tenía la boca tan seca como si la hubiesen espolvoreado con arena, y los pulsos me latían con tal fuerza en las muñecas y las sienes, que si en ese momento hubieran abierto mi corazón, no habrían hallado dentro una gota. Observando con aprensión la Alameda, aparté el herreruelo de bayeta que llevaba sobre los hombros, para desembarazar la empuñadura de la espada metida en el cinto de cuero. Su peso, junto al de la daga, me aportaba un singular consuelo en aquella soledad. Luego fui repasando las presillas del coleto de piel de búfalo que me cubría el torso. Era del capitán Alatriste, y lo había sacado con mucho sigilo aprovechando que él estaba abajo con don Francisco de Quevedo y con Sebastián Copons, y que los tres cenaban, bebían y hablaban de Flandes. Había fingido una indisposición retirándome pronto para hacer los preparativos que tenía ingeniados tras pasar todo el día discurriendo. De ese modo me lavé bien la cara y el pelo, poniéndome una camisa limpia por si al acabar la jornada algún trozo de esa camisa terminaba dentro de mi carne. El coleto del capitán me venía grande, así que colmé la diferencia colocando debajo mi viejo juboncillo de mochilero, relleno de estopa. Completé el atavío con unas remendadas calzas de gamuza que habían sobrevivido al sitio de Breda —buenas para proteger los muslos de posibles cuchilladas—, borceguíes de suela de esparto, polainas y montera. No era traza aquella de galantear damas, pensé mirándome en el reflejo de una olla de cobre. Pero más vale parecer un rufián vivo que terminar siendo un lindo muerto.

Había salido con mucho tiento, el coleto y la espada disimulados en el herreruelo. Sólo don Francisco me había visto de lejos un momento, dirigiéndome una sonrisa mientras proseguía la charla con el capitán y Copons, que por suerte se hallaban de espaldas a la puerta. Una vez en la calle me aderecé de modo conveniente mientras caminaba hasta la plaza de San Francisco; y de allí, esquivando las vías más transitadas, seguí lo mejor que pude las inmediaciones de la calle de las Sierpes y la del Puerco hasta desembocar en la desierta Alameda.

Aunque no tan desierta, después de todo. Una mula relinchó bajo los olmos. Busqué, sobrecogido, y cuando mis ojos se acostumbraron a la oscuridad del bosquecillo, advertí la forma de un coche detenido junto a una de las fuentes de piedra. Anduve muy cauto, la mano en el puño de la espada, hasta percibir la amortiguada claridad de un farol tapado que iluminaba el interior del carruaje. Y paso a paso, cada vez más despacio, llegué junto al estribo.

—Buenas noches, soldado.

Aquella voz me privó de la mía e hizo que temblase la mano que apoyaba en el puño de la espada. Quizá no era una trampa, después de todo. Quizá era cierto que ella me amaba y que estaba allí, aguardándome según su promesa. Había una sombra masculina arriba, en el pescante, y otra en la trasera del coche: dos criados silenciosos velaban por la menina de la reina.

—Celebro comprobar que no sois un cobarde —susurró Angélica.

Me quité la montera. La luz del farol tapado apenas permitía distinguir los contornos en la penumbra, pero bastaba para alumbrar el tapizado interior, los reflejos de oro en sus cabellos, el raso del vestido cuando se movía en el asiento. Abandoné toda precaución. La portezuela estaba abierta, y fui a apoyarme en el estribo. Un perfume delicioso me envolvió como una caricia. Ese aroma, pensé, lo lleva ella sobre la piel, y la dicha de aspirarlo merece aventurar la vida.

—¿Venís solo?

—Sí.

Hubo un largo silencio. Cuando habló de nuevo, su tono parecía admirado.

—Sois muy estúpido —dijo— o sois muy hidalgo.

Callé. Era demasiado feliz para estropear ese momento con palabras. La penumbra permitía adivinar el reflejo de sus ojos. Seguía mirándome sin decir nada. Yo rozaba el raso de su falda.

—Dijisteis que me amabais —murmuré por fin.

Hubo otro larguísimo silencio, interrumpido por el relincho impaciente de las mulas. Oí cómo el cochero se agitaba en el pescante, serenándolas con un chasquido de las riendas. El postillón de la trasera seguía siendo un borrón inmóvil.

—¿Eso dije?

Quedó callada un instante, cual si realmente hiciera memoria de lo conversado por la mañana, en los Alcázares.

—Tal vez sea cierto —concluyó.

—Yo os amo a vos —declaré.

—¿Por eso estáis aquí?

—Sí.

Inclinaba su rostro hacia el mío. Juro por Dios que podía sentir el roce de sus cabellos en mi cara.

—En tal caso —susurró— eso merece su recompensa.

Posó una mano en mi cara con dulzura infinita, y de pronto sentí sus labios oprimir los míos. Los tuve en la boca, suaves y frescos, por un momento. Luego ella se retiró al fondo del coche.

—Es sólo un adelanto de mi deuda —dijo—. Si sois capaz de manteneros vivo, podréis reclamar el resto.

Dio una orden al cochero y éste hizo chasquear el látigo. El carruaje se puso en marcha, alejándose. Y yo me quedé estupefacto, la montera en una mano, los dedos de la otra tocando incrédulos la boca que Angélica de Alquézar había besado. El universo giraba enloquecido en torno a mi cabeza, y tardé un rato largo en recobrar la cordura.

Entonces miré alrededor y vi las sombras.

Salían de la oscuridad, entre los árboles. Siete bultos oscuros, hombres embozados con capas y sombreros. Se acercaron tan despacio como si dispusieran de todo el tiempo del mundo, y yo sentí que bajo el coleto de búfalo se me erizaba la piel.

—Voto a Dios, que sólo es el rapaz —dijo una voz.

Esta vez no hacía *tirurí-ta-ta*, pero reconocí en el acto su metal chirriante, ronco y roto. Provenía de la sombra más cercana, que me pareció muy alta y muy negra. Todos se habían detenido a mi alrededor, cual si no supieran qué hacer conmigo.

—Tanta red —añadió la voz— para pescar una sardina.

Aquel desdén obró la virtud de calentar mi sangre y devolverme el aplomo. El pánico que empezaba a invadirme desapareció de golpe. Tal vez aquellos embozados no sabían qué hacer con la sardina, pero ésta llevaba todo el día entre cavilaciones, preparándose por si ocurría exactamente lo que acababa de ocurrir. Cualquier desenlace, incluso el peor de ellos, había sido pesado, sopesado y asumido cien veces en mi imaginación, y yo estaba listo. Sólo me habría gustado disponer de tiempo para un acto de contrición en regla, mas para eso no quedaba espacio. Así que solté el fiador del herreruelo, inspiré profundamente, me persigné y saqué la espada. Lástima, pensaba entristecido, que el capitán Alatriste no pueda verme ahora. Le habría gustado saber que el hijo de su amigo Lope Balboa también sabe morir.

—Vaya —dijo Malatesta.

Su comentario se quebró en un sobresalto cuando afirmé los pies y le tiré una estocada que le pasó la capa, y no se lo llevó a él por delante a cuenta de una pulgada. Saltó atrás para esquivarme, y todavía pude largarle otra cuchillada de revés, con los filos, antes de que empuñara su espada. Salió ésta con siniestro siseo de la vaina, y vi relucir su hoja mientras el italiano tomaba distancia para darse tiempo a soltar la capa y afirmarse en guardia. Sintiendo que se me escapaba entre los dedos la última oportunidad, metí pies con decisión, cerrándole de nuevo; y a punto de perder la compostura, pero todavía dueño de mí, alcé el brazo con violencia para asestarle un golpe falso a la cabeza, pasé al otro lado, y con el mismo revés volví a donde comencé, de tajo, con tan afortunada mano que, de no llevar puesto el sombrero, mi enemigo habría despachado su alma para el infierno.

Gualterio Malatesta retrocedió dando traspiés mientras mascullaba sonoras blasfemias en italiano. Y entonces yo, cierto de que allí concluía mi ventaja, giré alrededor, la punta de la espada describiendo un círculo, para dar cara a los otros que, sorprendidos al principio, habían al fin metido mano a sus herreruzas y me cercaban sin consideración ninguna. Aquello estaba visto para sentencia, tan claro como la luz del día que yo no iba a ver nunca más. Pero no era mal modo de acabar para uno de

Oñate, pensé atropelladamente mientras sacaba la daga, cubriéndome también con ella en la mano zurda. Uno contra siete.

—Para mí —los detuvo Malatesta.

Venía rehecho y firme, la espada por delante, y supe que apenas me quedaban unos instantes de vida. Así que en vez de esperarlo afirmado en guardia, que era lo impuesto por la verdadera destreza, hice como que me retiraba, y de pronto me agaché a medias, saltando a matar como una liebre y buscándole el vientre. Cuando reparé al fin, mi acero no había perforado más que aire, Malatesta estaba inexplicablemente a mi espalda, y yo tenía una cuchillada en un hombro, en la juntura del coleto, por la que asomaba la estopa del juboncillo que llevaba debajo.

—Te vas como un hombre, rapaz —dijo Malatesta.

Había cólera y también admiración en su voz; pero yo había pasado aquel punto sin retorno en que huelgan las palabras, y se me daba una higa su admiración, su cólera o su desprecio. Así que me revolví sin decir nada, como había visto hacer tantas veces al capitán Alatriste: flexionadas las piernas, la daga en una mano y la espada en la otra, reservando el aliento para la última acometida. Lo que más ayuda a bien morir, le había oído decir una vez al capitán, es saber que has hecho cuanto está en tu mano para evitarlo.

Entonces, detrás de las sombras que me cercaban, sonó un pistoletazo, y el resplandor de un tiro iluminó el contorno de mis enemigos. Aún no caía uno de ellos al suelo cuando otro fogonazo alumbró la Alameda, y a su luz pude ver al capitán Alatriste, a Copons y a don Francisco de Quevedo, que espadas en mano cerraban sobre noso-tros como si salieran de las entrañas de la tierra.

Vive Cristo que fue lo que fue. La noche se volvió torbellino de cuchilladas, repicar de aceros, chispazos y gritos. Había dos cuerpos en el suelo y ocho hombres batiéndose a mi alrededor, sombras confusas que se re-conocían a ratos y por la voz, y se daban estocadas entre empujones, traspiés y revuelo de capas. Afirmé mi acero en la diestra y fui sin rodeos contra el que me pareció más próximo; y en aquella confusión, con una facilidad de la que yo era el primer sorprendido, le metí muy re-suelto una buena cuarta de hoja por la espalda. Clavé, desclavé, revolvióse el herido con un aullido —supe así que no era Malatesta—, y tiróme un tajo feroz que pude parar con la daga, aunque rompió las guardas de ella y me lastimó los dedos de la zurda. Fui sobre él echando atrás el brazo, la punta por delante, sentí una cuchillada en el coleto, y, sin hacer reparo, trabé su hoja entre el co-do y el costado para sujetarla mientras le clavaba otra vez la espada, entrándosela bien adentro esta vez, de suerte que se fue al suelo y yo con él. Alcé la daga para acabar-lo allí mismo, pero ya no se movía y su garganta soltaba el estertor rauco de quien se ahoga en su propia sangre. Así que, de rodillas sobre su pecho, desclavé el acero y volví a la pelea.

Todo estaba ahora más parejo. Copons, al que cono-cí por su baja estatura, estrechaba a un adversario al que oí jurar de modo atroz entre tajo y tajo, y que de pronto cambió los juramentos por gemidos de dolor. Don Francisco de Quevedo cojeaba de aquí para allá entre dos adversarios que no le daban la talla, batiéndose tan bien como solía. Y el capitán Alatriste, que había buscado a Malatesta en mitad de la refriega, se enfrentaba con éste algo más lejos, junto a una de las fuentes de piedra. El espejo de la luna en el agua recortaba sus siluetas y sus aceros, metiendo pies y rompiendo distancia, con tretas y fintas y espantosas estocadas. Observé que el italiano había dejado a un lado su locuacidad y su maldito silbido. La noche no estaba para perder resuello en gollerías.

Una sombra se interpuso. El brazo me dolía de tanto moverlo, y empezaba a acusar la fatiga. Comenzaron a llover estocadas de punta y de tajo, y retrocedí cubriéndome lo mejor que supe, que no fue malo. Mi recelo era dar con los pies en uno de los estanques que yo sabía cerca y a mi espalda, aunque siempre era más saludable un remojón que una mojada. Pero me vi desembarazado del dilema cuando Sebastián Copons, libre de su adversario, se vino sobre el mío, obligándolo a atender dos frentes a la vez. El aragonés se batía como una máquina, estrechando al otro y forzándolo a prestarle más atención que a mí. Eso me resolvió a deslizarme a su costado e intentar acuchillarlo con el siguiente golpe de Copons. E iba a hacerlo, cuando por el hospital del Amor de Dios, más allá de las columnas de piedra, asomaron luces y voces de ténganse a fe, ténganse a la Justicia del rey.

—¡Gurullada habemos! —masculló Quevedo entre dos estocadas.

El primero que puso pies en polvorosa fue el acosado por Copons y por mí, y en un *ite missa est* también don

Francisco se vio solo. De los contrarios quedaban tres en el suelo, y un cuarto se alejaba gimiendo dolorido, arrastrándose entre los arbustos. Fuimos hacia el capitán, y al llegar junto a la fuente lo vimos inmóvil, el acero todavía en la mano, mirando las sombras por donde se había desvanecido Gualterio Malatesta.

—Vámonos —dijo Quevedo.

Las luces y las voces de los alguaciles estaban cada vez más cerca. Seguían apellidando al rey y a la Justicia; pero venían sin prisas, recelando de malos encuentros.

—¿E Íñigo? —preguntó el capitán, aún vuelto hacia donde había huido su enemigo.

—Íñigo está bien.

Fue entonces cuando Alatriste se giró a mirarme. Creí advertir sus ojos fijos en mí con el tenue resplandor de la luna.

—Nunca más hagas eso —dijo.

Juré que nunca más lo haría. Luego recogimos nuestros sombreros y capas, y echamos a correr bajo los olmos.

Han pasado muchos años desde entonces. Con el tiempo, cada vez que vuelvo a Sevilla encamino mis pasos a aquella Alameda —que permanece casi igual a como la conocí—, y allí me dejo, una y otra vez, envolver por los recuerdos. Hay lugares que marcan la geografía de la vida de un hombre; y ése fue uno de ellos, como lo fueron el portillo de las Ánimas, las cárceles de Toledo, las llanuras de Breda o los campos de Rocroi. Entre todos, la Alameda de Hércules ocupa un lugar especial. Sin advertirlo, yo había cuajado en Flandes; pero no lo supe hasta aquella noche, en Sevilla, cuando me vi solo frente al italiano y sus esbirros, empuñando una espada. Angélica de Alquézar y Gualterio Malatesta, sin proponérselo, me hicieron la merced de que tomara conciencia de eso. Y de tal modo aprendí que es fácil batirse cuando están cerca los camaradas, o cuando te observan los ojos de la mujer a la que amas, dándote vigor y coraje. Lo difícil es pelear solo en la oscuridad, sin más testigos que tu honra y tu conciencia. Sin premio y sin esperanza.

Ha sido un largo camino, pardiez. Todos los personajes de esta historia, el capitán, Quevedo, Gualterio Malatesta, Angélica de Alquézar, murieron hace mucho; y sólo en estas páginas puedo hacerlos vivir de nuevo, recobrándolos tal y como fueron. Sus sombras, entrañables unas y destestadas otras, permanecen intactas en mi memoria, con aquella época bronca, violenta y fascinante que para mí será siempre la España de mi mocedad, y la España del capitán Alatriste. Ahora tengo el pelo gris, y una memoria tan agridulce como lo es toda memoria lúcida, y comparto el singular cansancio que todos ellos parecían arrastrar consigo. Con el paso de los años también yo aprendí que la lucidez se paga con la desesperanza, y que la vida del español fue siempre un lento camino hacia ninguna parte. Recorriendo mi espacio de ese camino perdí muchas cosas, y gané algunas otras. Ahora, en este viaje que para mí sigue siendo interminable —a veces rozo la sospecha de que Íñigo Balboa no morirá nunca—, poseo la resignación de los recuerdos y los silencios. Y al fin comprendo por qué todos los héroes que admiré en aquel tiempo eran héroes cansados.

Apenas dormí esa noche. Tumbado en mi jergón, oía la respiración pausada del capitán mientras veía la luna ocultarse en un ángulo de la ventana abierta. La frente me ardía como si tuviera cuartanas, y el sudor empapaba las sábanas alrededor de mi cuerpo. De la mancebía cercana llegaba a veces una risa de mujer o las notas sueltas de una guitarra.

Destemplado, incapaz de conciliar el sueño, me levanté descalzo y fui hasta la ventana, acodándome en el alféizar. La luna daba a los tejados una apariencia irreal, y la ropa tendida en las terrazas pendía inmóvil como blancos sudarios. Naturalmente, pensaba en Angélica.

No oí al capitán Alatriste hasta que estuvo a mi lado. Iba en camisa, descalzo como yo. Se quedó también mirando la noche sin decir nada, y observé de soslayo su nariz aquilina, los ojos claros absortos en la extraña luz de afuera, el frondoso mostacho que acentuaba su perfil formidable de soldado.

—Ella es fiel a los suyos —dijo al fin.

Ese *ella* en su boca me hizo estremecer. Luego asentí sin decir palabra. Con mis pocos años, habría discutido cualquier concepto sobre el particular; pero no aquel, tan inesperado. Yo podía comprender eso.

—Es natural —añadió.

No supe si se refería a Angélica o a mis propios y encontrados sentimientos. De pronto sentí una desazón que me subía por el pecho. Una extraña congoja.

—La amo —murmuré.

Tuve una intensa vergüenza apenas lo dije. Pero el capitán ni se burló de mí, ni hizo comentarios ociosos. Permanecía inmóvil, contemplando la noche.

—Todos amamos alguna vez —dijo—. O varias veces.

—¿Varias?

Mi pregunta pareció cogerlo a contrapié. Calló un momento, cual si considerase que era su obligación añadir algo más, pero no supiera muy bien qué. Carraspeó. Lo notaba moverse cerca, incómodo.

—Un día deja de ocurrir —añadió al fin—. Eso es todo.

—Yo la amaré siempre.

El capitán tardó un instante en responder.

—Claro —dijo.

Se quedó un rato callado y luego lo repitió en voz muy baja:

—Claro.

Sentí que alzaba la mano para ponérmela en el hombro, del mismo modo que había ocurrido en Flandes el día que Sebastián Copons degolló al holandés herido tras el combate del molino Ruyter. Pero esta vez dejó sin acabar el gesto.

—Tu padre...

También dejó esa frase en el aire, sin concluirla. Tal vez, pensé, buscaba decirme que a Lope Balboa, su amigo, le habría gustado verme aquella noche espada y daga en mano, solo frente a siete hombres, con dieciséis años apenas cumplidos. O escuchar a su hijo diciendo que estaba enamorado de una mujer.

—Estuviste bien antes, en la Alameda.

Me sonrojé de orgullo. En boca del capitán Alatriste, aquellas palabras valían el rescate de un genovés. El cubríos de un rey.

—Sabía que era una trampa —dije.

Por nada del mundo estaba dispuesto a que creyera que había ido a meterme en la celada como un mochilero pardillo. El capitán movió la cabeza, tranquilizándome.

—Sé que lo sabías. Y sé que la trampa no era para ti.

—Angélica de Alquézar —dije, con cuanta firmeza pude— sólo es asunto mío.

Ahora se quedó callado mucho rato. Yo miraba por la ventana, el aire obstinado, y el capitán me observaba en silencio.

—Claro —volvió a decir al fin.

Las escenas recientes de aquella jornada se agolpaban en mi cabeza. Me toqué la boca, donde ella había apoyado sus labios. Podrás cobrar el resto de la deuda, había dicho. Si sobrevives. Luego palidecí al recordar las siete sombras saliendo de la oscuridad, bajo los árboles. Aún me dolía el hombro de la cuchillada que habían parado el coleto del capitán y mi juboncillo de estopa.

—Algún día —murmuré, casi pensando en voz alta— mataré a Gualterio Malatesta.

Oí reír a mi lado al capitán. No había burla de por medio, ni desdén por mi arrogancia de mozo. Era una risa contenida, en voz baja. Afectuosa y suave.

—Es posible —dijo—. Pero antes debo intentar matarlo yo.

Al día siguiente plantamos nuestra bandera imaginaria y empezamos la recluta. Lo hicimos sin enseñas ni redoble de cajas ni sargentos, sino con la mayor discreción del mundo. Y para el tipo de gente que el lance requería, Sevilla era lugar que ni pintado. Si hacemos cuenta que del hombre el primer padre fue ladrón, la primera madre mentirosa y el primer hijo asesino —¿qué hay ahora que antes no hubo?—, todo ello se confirmaba en aquella ciudad rica y turbulenta, donde de los diez mandamientos, el que no se quebrantaba era hendido a cuchilladas. Allí, en tabernas, mancebías y garitos, en el corral de los Naranjos de la Iglesia Mayor y en la misma cárcel real, que era con justo título capital del hampa de las Españas, abundaban los tratantes en pescuezos y mercaderes de estocadas; lo que resultaba cosa natural en una urbe poblada de gentilhombres de fortuna, hidalgos de rapiña y caballeros que vivían del milagro sin cuidado de abril ni recelo de mayo, profesos en la regla de Monipodio, donde jueces y alguaciles se acallaban con mordaza de plata. Un aula magna, en fin, de los mayores bellacos que Dios crió, llena de iglesias para acogerse en sagrado, donde se mataba al fiado por un ochavo, por una mujer o por una palabra.

> *Quien vio a Gonzalo Xeniz,*
> *y a Gayoso y a Ahumada,*
> *hendedores de personas*
> *y pautadores de caras…*

La cuestión era que en una Sevilla de aquella España donde todo se llevaba con fieros y poca vergüenza, entre tanto matarife profeso no pocos lo eran de boquilla, de esos mancebos de la carda que menudeaban en juramentos de valentía, y entre brindis y brindis despachaban de parola a veinte o treinta a caballo; voceadores de hombres que no mataron y de guerras donde no sirvieron, que alardeaban de liquidar lo mismo al natural que de cuchillada o de tajo, pavoneándose con sombreros injertos de guardasol, coletos de ante, zambos de piernas, mirar negro, barbas de gancho y bigotazos como gavilanes de daga, pero que a la hora de la verdad no eran capaces de afufar entre veinte a un corchete metido en uvas, y se derrotaban en el potro a la primera vuelta de cordel. De manera que resultaba preciso conocer el paño, como lo conocía el capitán Alatriste, para no dejarse encandilar por la flor de tanta sota de espadas. Así empezó la leva fiado en su buen ojo, por las tabernas del barrio de La Heria y de Triana, a la busca de viejos conocidos con pronta mano y poca lengua, bravos de verdad y no de entremés de comedia; de esos que mataban sin dar tiempo a confesión, para que no terciase soplo a la Justicia. Y que, puestos a las ansias del digan cuántos, apretados por el verdugo, daban por fiadores su garganta o sus espaldas, tornábanse mudos salvo para decir nones o Iglesia me llamo, y no daban información ni para recibir un hábito de Calatrava:

> *Maestro era de esgrima Alonso Fierro,*
> *de espada y daga y diestro a maravilla;*
> *rebanaba pescuezos en Sevilla*
> *tarifando a doblón por cada entierro.*

Precisamente en lo de llamarse a iglesia, o antana, para quedar a salvo de la Justicia, Sevilla contaba con el más famoso refugio del mundo en el corral de los Naranjos de la catedral, cuyo renombre y utilidad quedan meridianos con aquello otro de:

Salí de Córdoba huyendo,
llegué a Sevilla cansado.
Híceme allí jardinero
del corral de los Naranjos.

Era el patio de la Iglesia Mayor el de la antigua mezquita árabe, del mismo modo que la torre de la Giralda correspondía al antiguo minarete de los moros. Espacioso y ameno por su fuente central y los naranjos que lo poblaban y le daban nombre, el famoso corral se abría por su puerta principal al embaldosado de mármol que, cerrado con cadenas, se alzaba en gradas alrededor del templo, y que durante el día era lugar de paseo para la vida ociosa y malandrina, y mentidero de la ciudad al modo de las gradas de San Felipe de Madrid. El corral, por su carácter de recinto sagrado, era lugar elegido como asilo por rufianes, valentones y malhechores retraídos de la Justicia, que allí hacían vida libre campando a sus anchas, visitados por sus coimas y camaradas tanto de día como de noche, y no aventurándose por la ciudad los más reclamados sino en cuadrilla numerosa, de manera que ni los mismos alguaciles osaban hacerles frente. El lugar fue descrito por las plumas mejor cortadas de las letras españolas, desde el gran don Miguel de Cervantes al mismo don Francisco de Quevedo; así que excuso abundar en la materia. No hay novela de pícaros, relación de soldado ni jácara que no mencione Sevilla y el corral de los Naranjos. Sólo traten de imaginar vuestras mercedes el ambiente que se barajaba en ese lugar legendario, tan próximo a las Alcaicerías y a la Lonja, con los retraídos, y el mundo del hampa que allí se amontonaba como chinches en costura.

Acompañé al capitán en su recluta, y nos llegamos al corral de día y con buena luz, cuando era fácil reconocer las caras. En las gradas de la entrada principal latía el pulso de aquella Sevilla variopinta y a ratos feroz. A esa hora hormigueaban de ociosos, mercaderes de baratillo, paseantes, pícaros, tapadas de medio ojo, niñas del agarro encubiertas con vieja y pajecillo, murciadores diestros en la presa, mendigos y oficiales de la hoja. Entre la gente, un ciego vendía pliegos de cordel voceando la relación de la muerte de Escamilla:

> *Era el bravo Escamilla*
> *prez y honra de Sevilla...*

Media docena de valentones congregados bajo el arco de la puerta principal asentían aprobadores al oír los turbulentos detalles sobre el legendario matachín, nata de la jácara local. Pasamos junto a ellos al entrar al patio, y no se me escapó la mirada curiosa que el grupo dirigió al capitán Alatriste. En el interior, la sombra de los naranjos y la amena fuente cobijaban a una treintena de prójimos calcados a los de la puerta. Era aquella lonja de aceros donde se descartaban hombres de palabra y se daban pólizas de vida al quitar. Allí, el que menos estaba retraído por abrirle a alguien una zanja de a palmo en la cara, o por aliviar almas de su corrupta materia. Cargaban más hierro que un espadero toledano, y todo eran coletos de cordobán, botas vueltas y sombreros de mucha falda, bigotazos y andares zambos. Por lo demás parecía campamento de gitanos, con fueguecillos para calentar pucheros, mantas por el suelo, hatillos, esteras donde dormitaban algunos, y un par de tablas de juego, una de naipes y otra de Juan Tarafe, donde varios menudeaban de un jarro mientras se jugaban hasta el alma que ya tenían empeñada al diablo cuando los destetaron. Algunos rufos se hallaban en estrecha conversación con sus hembras, jóvenes unas y otras no tanto, pero todas cortadas por el patrón del medio manto, carihartas y gananciosas que allí daban razón de los reales ganados con tantos trabajos por las esquinas sevillanas.

Alatriste se detuvo junto a la fuente y echó un vistazo. Yo estaba tras él, fascinado por cuanto veía. Una daifa de aire bravo, con el manto terciado al hombro como para acuchillar, lo saludó de buen mozo con desenfado y desvergüenza; y al oírla, dos jaques que tiraban los dados en una de las tablas se levantaron despacio, mirándonos atravesados. Vestían de natural a lo valentón, con cuellos muy abiertos de valona, medias de color y tahalís de un palmo de ancho con descomunales herreruzas. El más joven llevaba un pistolete en lugar de daga y una rodela de corcho colgada de la pretina.

—¿En qué podemos servir a vuacé? —preguntó uno.

El capitán los encaraba muy tranquilo, los pulgares en el cinto, el sombrero arriscado sobre la cara.

—Vuestras mercedes, en nada —dijo—. Busco a un amigo.

—A lo mejor lo conocemos —dijo el otro jaque.

—Puede —repuso el capitán, y dio una ojeada en torno.

Los dos fulanos se miraron el uno al otro. Un tercero que rondaba cerca se aproximó, curioso. Observé de reojo al capitán, pero lo vi muy frío y muy sereno. Aquel era también su mundo, a fin de cuentas. Tocaba la cuerda como el que más.

—A lo mejor vuacé desea… —empezó a decir uno.

Sin hacerle más caso, Alatriste siguió adelante. Le fui detrás sin perder de vista a los rufos, que cuchicheaban en voz baja decidiendo si aquello era desaire, y si como tal convenía darle o no a mi amo unas pocas puñaladas por la espalda. No debieron ponerse de acuerdo, pues así quedó la cosa. El capitán miraba ahora hacia un grupo sentado a la sombra junto al muro, donde tres hombres y dos mujeres parecían en animada conversación echándole tientos a una bota de cuero de por lo menos dos arrobas. Entonces vi que sonreía.

Se acercó al grupo, y fui con él. Según nos veían llegar fueron cesando los otros en su conversación, el aire receloso. Uno de los bravos era muy moreno de tez y pelo, con enormes patillas que le llegaban hasta las quijadas. Tenía un par de marcas en la cara que no eran precisamente de nacimiento, y manos gordas de uñas negras y remachadas. Vestía de mucho cuero, con una espada ancha y corta a modo de las del perrillo, y adornaba sus gregüescos de lienzo basto con unos insólitos lazos verdes y amarillos. Se quedó mirando a mi amo

130

según éste llegaba, sentado como estaba, a la mitad de unas palabras.

—Que me cuelguen en la ele de palo —dijo al fin, boquiabierto— si no es el capitán Alatriste.

—Lo que me extraña, señor don Juan Jaqueta, es que no os hayan colgado todavía.

El bravo soltó dos blasfemias y una carcajada y se puso en pie sacudiéndose los calzones.

—¿De dónde sale vuesamerced? —preguntó, estrechando la mano que el capitán le tendía.

—De por ahí.

—¿También andáis retraído?

—De visita.

—Por la sangre de Cristo, que me huelgo de veros.

Requirió alegremente el tal Jaqueta el cuero de vino a sus compadres, corrió éste como era debido, e incluso yo caté mi parte. Tras cambiar recuerdos de amigos comunes y algún lance compartido —supe así que el bravonel había sido soldado en Nápoles, y no de los malos, y que el propio Alatriste había estado acogido en ese mismo corral tiempo atrás—, nos alejamos un poco aparte. Sin rodeos, el capitán le dijo al otro que había un asunto para él. De lo suyo y con oro por delante.

—¿Aquí?

—En Sanlúcar.

Desolado, el bravo hizo un gesto de impotencia.

—Si fuera algo fácil y de noche, no hay problema —explicó—. Pero no puedo pasearme mucho, porque hace una semana le di una hurgonada a un mercader, cuñado de un canónigo de la catedral, y tengo a la gura encima.

—Eso puede arreglarse.

Jaqueta miró a mi amo con mucha atención.

—Rediós. Ni que tuvieseis bula del arzobispo.

—Tengo algo mejor —el capitán se palpó el jubón—. Un documento que me autoriza a reclutar amigos poniéndolos en salvo de la Justicia.

—¿Así, por las buenas?

—Como os lo cuento.

—No os va mal, por lo que veo —la atención del jaque se había trocado en respeto—... El negocio es de mover las manos, imagino.

—Imagináis bien.

—¿Vuesamerced y yo?

—Y algunos más.

El bravo se rascaba las patillas. Dirigió una ojeada hacia el corro de sus compadres y bajó la voz.

—¿Hay pecunia?

—Mucha.

—¿Con señal?

—Tres piezas de a dos caras.

Silbó el otro entre dientes, admirado.

—Vive Dios que me acomoda; porque los precios de nuestro oficio, señor capitán, están por los suelos... Ayer mismo vino a verme alguien que pretendía una mojada al querido de su legítima por sólo veinte ducados... ¿Qué os parece?

—Una vergüenza.

—Y que lo digáis —el valentón se contoneaba, el puño en la cadera, muy puesto en bravo—. Así que le respondí que por esa tarifa lo más que cuadraba era un tajo de diez puntos en la cara, o como mucho de doce...

Discutimos, no hubo arreglo, y a pique estuve de darle el hurgón al cliente, pero gratis.

Alatriste miraba alrededor.

—Para lo nuestro necesito gente de fiar... No matachines de pastel, sino espadas de las buenas. Poco amigos de cantarle coplas a un escribano.

Jaqueta movió afirmativo la cabeza, el aire entendido.

—¿Cuántos?

—Me cuadra la docena larga.

—Negocio grande, parece.

—No pretenderá vuestra merced que busque semejante jábega de marrajos para acuchillar a una vieja.

—Me hago cargo... ¿Hay mucho riesgo?

—Razonable.

El bravo arrugaba la frente, pensativo.

—Aquí casi todo es carroña —dijo—. La mayor parte sólo vale para desorejar mancos o darle cintarazos a sus hembras cuanto traen cuatro reales menos de jornal —señaló con disimulo a uno de su grupo—... Ése de ahí nos puede valer. Se llama Sangonera y también fue soldado. Crudo, con buena mano y mejores pies... También conozco a un mulato que está acogido en San Salvador: un tal Campuzano, fuerte y muy discreto, al que hace seis meses quisieron colocarle una muerte, que por cierto era suya y de algún otro, y aguantó cuatro tratos de cuerda como un hidalgo, porque es de los que saben que cualquier desliz de la lengua lo paga la gorja.

—Sabia prudencia —apuntó Alatriste.

—Además —prosiguió Jaqueta, filosófico—, las mismas letras tiene un no que un sí.

—Las mismas.

Alatriste miró al del corrillo sentado junto al muro. Reflexionaba.

—Valga por el tal Sangonera —dijo al cabo— si vuestra merced lo avala y a mí me convence su conversación... También le echaré un ojo al mulato, pero necesito más gente.

Jaqueta puso cara de hacer memoria.

—Hay algunos buenos camaradas más por Sevilla, como Ginesillo el Lindo o Guzmán Ramírez, que son gente de mucho cuajo... De Ginesillo os acordaréis seguro, porque despachó a un corchete que lo llamó puto en público hará cosa de diez o quince años, estando aquí vuesamerced.

—Me acuerdo del Lindo —confirmó Alatriste.

—Pues recordaréis también que se comió tres ansias sin pestañear ni dar el bramo.

—Es raro que aún no lo hayan asado, como suelen.

Jaqueta se echó a reír.

—Amén de mudo se ha vuelto muy peligroso, y no hay zarza con hígados para ponerle la mano encima... No sé dónde vive, pero seguro que estará velando esta noche a Nicasio Ganzúa en la cárcel real.

—No conozco al dicho Ganzúa.

En pocas palabras, Jaqueta puso al capitán al corriente. Ganzúa era uno de los más famosos bravos de Sevilla, terror de porquerones y lustre de tabernas, garitos y mancebías. Yendo por una calle estrecha, el coche del conde de Niebla lo había salpicado de barro. El conde iba con sus criados y con unos amigos jóvenes como él, hubo trabazón de palabras, metióse mano a las temerarias,

134

Ganzúa despachó por la posta a un criado y a un amigo, y el de Niebla se había librado de milagro con una cuchillada en un muslo. Hubo tercio de alguaciles y corchetes, y en la instrucción, aunque Ganzúa no dijo esta boca es mía, alguien choteó un par de asuntillos más que tenía pendientes, incluido otro par de muertes y un sonado robo de alhajas en la calle Platería. Resumiendo: a Ganzúa le daban garrote al día siguiente en la plaza de San Francisco.

—Habría ido de perlas para nuestro negocio —se lamentó Jaqueta—, pero lo de mañana es cosa hecha. Ganzúa está en capilla, y esta noche lo acompañarán los camaradas para echar tajada y aliviarle el trance, como se acostumbra en tales casos. El Lindo y Ramírez le son muy afectos, así que podréis encontrarlos allí, sin duda.

—Iré a la cárcel —dijo Alatriste.

—Entonces saludad a Ganzúa de mi parte. Los deudos están para las ocasiones, y yo iría a velarlo con mucho gusto de no verme en tales trabajos —Jaqueta me examinó con mucho detenimiento—... ¿Quién es el mozo?

—Un amigo.

—Algo tierno parece —el bravo seguía estudiándome curioso, sin que le pasara inadvertida la vizcaína que yo llevaba atravesada al cinto—. ¿También anda en esto?

—A ratos.

—Bonita vaciadora, la que carga.

—Pues ahí donde lo veis, sabe usarla.

—Pronto empieza el perillán.

Prosiguió sin más novedad la conversación, de modo que todo quedó ajustado para el día siguiente, con la promesa de Alatriste de que la Justicia sería avisada y Jaqueta podría salir del corral muy a salvo. Nos despedimos así, empleando el resto de la jornada en proseguir la recluta, que nos llevó a La Heria y a Triana, y después a San Salvador, donde el mulato Campuzano —un negrazo enorme con una espada que parecía un alfanje— resultó del agrado del capitán. De ese modo, al atardecer, mi amo contaba ya con media docena de buenas firmas en su bandera: Jaqueta, Sangonera, el mulato, un murciano muy peludo y muy recomendado por la jacaranda al que decían Pencho Bullas, y dos antiguos soldados de galeras conocidos por Enríquez el Zurdo y Andresito el de los Cincuenta: este último llamado así porque una vez le habían tejido un jubón de azotes que encajó con mucho cuajo; y a la semana el sargento que recetó el rebenque fue visto muy lindamente degollado en la puerta de la Carne, sin que nadie pudiera nunca probar —suponerlo era otra cosa— quién le había tajado la gorja.

Faltaban otros tantos pares de manos; y para completar nuestra singular y bien herrada compañía, Diego Alatriste decidió acudir aquella misma noche a la vela del bravo Ganzúa, en la cárcel real. Pero eso lo contaré por lo menudo, pues aseguro a vuestras mercedes que la cárcel de Sevilla merece capítulo aparte.

que por esos días, igual que lo había hecho Galicia, los notables jerezanos pretendían comprar con dinero una representación en las Cortes de la corona, a fin de no seguir sujetos a la influencia de Sevilla. En aquella España austríaca convertida en patio de mercaderes, lo de comprar plaza en las Cortes era trato muy al uso —también la ciudad de Palencia, entre otras, andaba en esos afanes—, y la cantidad ofrecida por los de Jerez ascendía a la respetable suma de 85.000 ducados, que irían a parar a las arcas del rey. El trato no siguió adelante porque Sevilla contraatacó sobornando al Consejo de Hacienda, y el dictamen final fue que se aceptaba la solicitud si el dinero no salía de las contribuciones de los ciudadanos, sino del peculio particular de los veinticuatro magistrados municipales que pretendían el escaño. Pero lo de rascarse el propio bolsillo era ya harina de otro costal, así que la corporación jerezana terminó por retirar la solicitud. Todo ello explica bien el papel que las Cortes tuvieron en esa época, la sumisión de las de Castilla y la actitud de las otras; que, fueros y privilegios locales aparte, sólo eran tomadas en cuenta a la hora de pedirles que votaran nuevos impuestos o subsidios para la hacienda real, la guerra o los gastos generales de una monarquía que el conde duque de Olivares soñaba unitaria y poderosa. A diferencia de Francia o Inglaterra, donde los reyes habían triturado el poder de los señores feudales y pactado con los intereses de mercaderes y comerciantes —ni la zorra bermeja de Isabel I ni el gabacho Richelieu anduvieron allí con paños calientes—, en España los nobles y los poderosos se dividían en dos grupos: los que acataban de modo manso, y casi abyecto, la autoridad real, mayormente castellanos arruinados que no gozaban de otro valimiento que el del rey, y los de la periferia, escudados en fueros locales y antiguos privilegios, que ponían el grito en el cielo cuando les pedían que sufragasen gastos o armasen ejércitos. Eso sin contar que la Iglesia iba a su aire. De modo que la mayor parte de la actividad política consistía en un tira y afloja con el dinero como fondo; y todas las crisis que más tarde habíamos de vivir bajo el cuarto Felipe, las conjuraciones de Medina Sidonia en Andalucía y la del duque de Híjar en Aragón, la secesión de Portugal y la guerra de Cataluña, estuvieron motivadas, de una parte, por la rapacidad de la hacienda real; y de la otra, por la resistencia de los nobles, los eclesiásticos y los grandes comerciantes locales a aflojar la mosca. Precisamente la visita realizada por el rey a Sevilla el año veinticuatro, y la que ahora llevaba a cabo, no tenían otro objeto que anular la oposición local a votar nuevos impuestos. En aquella desventurada España no existía más obsesión que la del dinero, y de ahí la importancia de la carrera de Indias. En cuanto a lo que la justicia y la decencia tenían que ver en todo esto, baste señalar que dos o tres años antes las Cortes habían rechazado un impuesto de lujo que gravaba especialmente los cargos, mercedes, juros y censos. Es decir, a los ricos. De manera que se hacía triste verdad aquello que el embajador Contarini, veneciano, escribía en la época: *«La mayor guerra que se les puede hacer a los españoles es dejarlos consumir y acabarse con su mal gobierno»*.

139

Volvamos a mis afanes. El caso es que por allí anduve aquella tarde, como decía, y al cabo mi tesón se vio recompensado, aunque sólo en parte, pues terminaron por abrirse las puertas, la guardia borgoñona formó un pasillo de honor, y los reyes en persona, acompañados por nobles y autoridades sevillanas, recorrieron a pie la poca distancia que los separaba de la catedral. Me fue imposible asistir en primera fila, pero entre las cabezas de la muchedumbre que aclamaba a sus majestades pude presenciar su paso solemne. La reina Isabel, joven y bellísima, saludaba con graciosos movimientos de cabeza. A veces sonreía, con aquel peculiar encanto francés que no siempre encajó en la rígida etiqueta de la Corte. Vestía a la española, de raso azul acuchillado con fondo de tela de plata y bordado en oro de canutillo, rosario de oro y librito de oraciones de nácar en las manos, y una hermosa mantilla blanca de encaje orlado de perlas sobre el peinado y los hombros. Le daba el brazo, galante en su misma juventud, el rey don Felipe Cuarto, rubio, pálido, hierático e impenetrable como solía. Iba vestido de rico terciopelo gris argentado, con valona corta de Flandes, un agnusdéi de oro y diamantes al cuello, espada dorada y sombrero con plumas blancas. Contrastaba con la simpatía y la amable sonrisa de la reina el aire solemne de su augusto esposo, sujeto siempre al grave protocolo borgoñón que había traído de Flandes el emperador Carlos; de manera que, salvo al caminar, no movía nunca pie, mano ni cabeza, siempre mirando hacia arriba como si no tuviera que dar cuentas sino a Dios. Nadie le había visto antes, ni lo vería jamás, perder su flema extraordinaria en público ni en privado. Y yo mismo —aunque no podía ni soñarlo aquella tarde—, a quien más adelante la vida puso en trance de servirlo y escoltarlo en momentos difíciles para él y para España, puedo asegurar que siempre mantuvo aquella imperturbable sangre fría que terminó haciéndose legendaria. No era un rey antipático, sin embargo; nos salió muy aficionado a la poesía, las comedias y los esparcimientos literarios, las artes y los usos caballerescos. Tenía valor personal, aunque nunca pisó un campo de batalla salvo muy de lejos y más adelante, cuando la guerra de Cataluña; pero en la caza, que era su pasión, corría riesgos más que razonables, y llegó a matar jabalíes en solitario. Era consumado jinete; y una vez, como ya conté a vuestras mercedes, ganó la admiración popular despachando a un toro en la Plaza Mayor de Madrid con certero arcabuzazo. Sus puntos flacos fueron una cierta debilidad de carácter que lo llevó a dejar en manos del conde duque de Olivares los negocios de la monarquía, y la afición desmedida a las mujeres; que en alguna ocasión —como contaré en un próximo episodio— estuvo a punto de costarle la vida. Por lo demás, nunca tuvo la grandeza ni la energía de su bisabuelo el emperador, ni la tenaz inteligencia de su abuelo el segundo Felipe; pero, aunque se divirtió siempre más de lo debido, ajeno al clamor del pueblo hambriento, al disgusto de los territorios y reinos mal gobernados, a la fragmentación del imperio que heredó y a la ruina militar y marítima, justo es decir que su bondadosa índole nunca despertó odios personales, y hasta el final fue amado por el pueblo, que atribuía la mayor parte de las desdichas a sus validos, ministros y consejeros, en aquella España demasiado extensa, con demasiados enemigos, tan sujeta a la vil condición humana, que no habría sido capaz de conservarla intacta ni el propio Cristo redivivo.

Pude ver en el cortejo al conde duque de Olivares, imponente en su apariencia física y en el poder omnímodo que se traslucía en cada uno de sus gestos y miradas; y también al joven hijo del duque de Medina Sidonia, el conde de Niebla, que muy elegante y con la flor de la nobleza sevillana acompañaba a sus majestades. Contaba a la sazón el de Niebla veintipocos años, muy lejos todavía del tiempo en que, ya noveno duque de su casa, perseguido por la enemistad y la envidia de Olivares y harto de la rapacidad real sobre sus prósperos estados —revalorizados por el papel de Sanlúcar de Barrameda en la carrera de Indias—, cayó en la tentación pactando con Portugal el intento de secesión de Andalucía de la corona de España, en la famosa conspiración que terminó siendo causa de su deshonor, su ruina y su desgracia. Venía tras él gran séquito de damas y caballeros, incluidas las azafatas de la reina. Y al mirar entre ellas sentí un vuelco en el corazón, porque Angélica de Alquézar estaba allí. Vestía hermosísima, de terciopelo amarillo con pasaduras de oro, y sostenía con gracia el ruedo de la falda realzada por el amplio guardainfante. Bajo su mantilla, de encaje finísimo, relucían al sol de la tarde aquellos tirabuzones dorados que sólo unas horas antes habían rozado mi rostro. Fuera de mí, intenté abrirme paso entre la gente, acercándome a ella; pero me impidió ir más allá la ancha espalda de un guardia borgoñón. Angélica cruzó así a pocos pasos, sin verme. Busqué sus ojos azules, pero éstos se alejaron sin leer el reproche y el desdén y el amor y la locura que se agitaban en mi cabeza.

manos y el ánimo con uno de a ocho nos condujo hasta la enfermería, que era donde solía ponerse a los presos en capilla. El resto de la cárcel, las tres puertas famosas, las rejas, los corredores y el pintoresco ambiente que en ella se vivía fue contado ya por mejores péñolas que la mía, y a don Miguel de Cervantes, a Mateo Alemán o a Cristóbal de Chaves puede acudir el curioso. Yo me limitaré a referir lo que vi en nuestra visita, a esa hora en que ya se habían cerrado las puertas, y los presos que gozaban del favor del alcaide o de los carceleros para salir y entrar del talego como Pedro por su casa se hallaban puntuales en sus calabozos, salvo los privilegiados de posición o dinero, que dormían donde les salía de la bolsa. Todas las mujeres, coimas y familiares de presos habían abandonado también el recinto, y las cuatro tabernas y bodegones —vino del alcaide y agua del bodegonero— de que gozaba la parroquia carcelaria estaban cerrados hasta el día siguiente, lo mismo que las tablas de juego del patio y los puestos de comida y verdura. En resumen, aquella España en pequeño que era la prisión real sevillana se había ido a dormir, con sus chinches en las paredes y sus pulgas en las mantas incluso en los mejores calabozos, que los presos con posibles alquilaban por seis reales al mes al sotalcaide, quien había comprado su cargo por cuatrocientos ducados al alcaide, tan bellaco como el que más, que a su vez se enriquecía con sobornos y contrabandos de todo jaez. También allí, como en el resto de la nación, todo se compraba y se vendía, y era más desahogado gozar de dinero que de justicia. Con lo que se confirmaba muy en su punto el viejo refrán español de a qué pasar hambre, si es de noche y hay higueras.

De camino al velatorio habíamos tenido un encuentro inesperado. Acabábamos de dejar atrás el pasillo de la reja grande y la cárcel de mujeres, que quedaba al entrar a mano izquierda; y junto al rancho donde paraban los que iban rematados a galeras, unos parroquianos de conversación tras los barrotes se asomaron a mirarnos. Había un hachón encendido en la pared, que iluminaba aquella parte del corredor, y a su luz uno de los de adentro reconoció a mi amo.

—O estoy ciego de uvas —dijo— o es el capitán Alatriste.

Nos paramos ante la reja. El fulano era un jayán muy grande, con unas cejas tan negras y espesas que parecían una. Vestía una camisa sucia y calzones de paño basto.

—Pardiez, Cagafuego —dijo el capitán—. ¿Qué hace vuestra merced en Sevilla?

El grandullón sonreía de oreja a oreja con una boca enorme, encantado con la sorpresa. En lugar de los incisivos de arriba tenía un agujero negro.

—Pues ya puede verlo voacé. Camino de gurapas, me tienen. Hay por delante seis años vareando peces en el charco.

—La última vez os vi retraído en San Ginés.

—Eso fue hace mucho —Bartolo Cagafuego encogía los hombros, con resignación profesional—. Ya sabe voacé lo que es la vida.

—¿Qué se come esta vez vuestra merced?

—Me como lo mío y lo de otros. Dicen que desvalijé aquí con los camaradas —al oírse mentar, los camaradas sonrieron feroces desde el fondo de la celda—

unos cuantos mesones de la Cava Baja y unos cuantos viajeros en la venta de Bubillos, cerca del puerto de la Fuenfría...

—¿Y?

—Y nada. Que faltó sonante para templar al escribano, me pusieron clavijas y cuerdas sin ser guitarra, y aquí me tiene voacé. Preparando el espinazo.

—¿Cuándo llegasteis?

—Hace seis días. Un lindo paseo de setenta y cinco leguas, voto a Dios. Engrilletado en recua y a pinrel, cercado de guardias y pasando frío... En Adamuz quisimos abrirnos aprovechando que llovía a espuertas, pero la zarzamora nos madrugó, y aquí nos trajo. Nos bajan el lunes al Puerto de Santa María.

—Lo siento.

—No lo sienta uced, señor capitán. Yo no soy hombre de cotufas, y éstos son gajes de la carda. Podría haber sido peor, porque a algún que otro camarada le cambiaron las gurapas por las minas de azogue de Almadén, que eso ya es el finibusterre. Y de ahí salen pocos.

—¿Puedo ayudaros en algo?

Cagafuego bajó la voz.

—Si tuviera voacé algún sonante que le sobrara, le quedaría muy reconocido. Aquí un servidor y los amigos no tenemos con qué socorrernos.

Alatriste sacó la bolsa y puso en las manazas del jayán cuatro escudos de plata.

—¿Cómo anda Blasa Pizorra?

—Murió, la pobre —Cagafuego se guardaba discretamente los treinta y dos reales, mirando de reojo a sus compañeros—. La recogieron enferma en el hospital de

146

Atocha. Llena de bubas y sin pelo, que daba lástima verla, a la pobreta.

—¿Os dejó algo?

—Alivio. Por su oficio tenía el mal francés, y no me lo contagió de milagro.

—Acompaño a vuestra merced en el sentimiento.

—Se agradece.

Alatriste sonrió a medias.

—A lo mejor —dijo— sale el naipe bueno, y vuestra galera la capturan los turcos, y os place renegar, e igual termináis en Constantinopla dueño de un harén...

—No diga uced eso —el jayán parecía de veras ofendido—. Que una cosa es una cosa, y otra cosa es otra cosa. Y ni el rey ni Cristo tienen la culpa de que me vea como ahora me veo.

—Tenéis razón, Cagafuego. Os deseo suerte.

—Y yo a voacé, capitán Alatriste.

Se quedó apoyado en las rejas, mirándonos ir corredor adelante. Cantaban, como dije antes, las voces de los valentones en la enfermería, entre notas de guitarra que algún preso de los calabozos próximos acompañaba con repicar de cuchillos en los barrotes, música de cañas rotas o alguna palma suelta. La sala del velatorio tenía un par de bancos y un altarcillo con un Cristo y una vela, y en el centro se le había instalado para la ocasión una mesa con candelas de sebo encima y varios taburetes, ocupados en ese momento, como los bancos, por un muestrario bien granado de lo que la jacaranda local daba de sí. Habían ido llegando desde el anochecer y seguían haciéndolo, serios, con cara de circunstancias, capas fajadas por los lomos, coletos viejos, jubonazos de estopa más agujereados que la Méndez, sombreros con las faldillas altas por delante, bigotazos a lo cuerno, cicatrices, parches, corazones con el nombre de sus coimas y otras marcas tatuadas con cardenillo en la mano o en el brazo, barbas turcas, medallas de vírgenes y santos, rosarios de cuentas negras al cuello y herrerías completas como guarnición de dagas y espadas, con cuchillos jiferos de cachas amarillas en las cañas de polainas y botas. Aquella peligrosa jábega de marrajos menudeaba en los jarros de vino dispuestos sobre la mesa con aceitunas gordales, alcaparras, queso de Flandes y tajadas de tocino frito; se apellidaban unos a otros de uced, vuacé, señor compadre y señor camarada, y pronunciaban las haches y las ges y las jotas muy a lo jácaro, diciendo gerida, aliherarse, jumo, mohar, harro y ajogarse. Se brindaba por el alma de Escamilla, por la de Escarramán y por la de Nicasio Ganzúa, esta última allí presente y todavía dentro de su pescuezo. También se brindaba por la honra del jaque en capilla —«A vuestra honra, señor camarada», decían los bravos—, y cada vez todos los presentes se llevaban muy serios los vasos a la boca para hacer la razón; que no se viera igual en un velorio de Vizcaya ni en una boda flamenca. Y me maravillaba, en aquello de la mentada honra de Ganzúa, al verlos beber, que fuera tanta.

> *El que quisiere triunfar*
> *con esta baraja*
> *salga de oros*
> *que salir siempre de espadas*
> *es de locos.*

Seguían los cantos y el sorbo y la conversación, y seguían llegando compadres del velado. Era el tal Ganzúa mocetón que frisaba la cuarentena como el filo de una daga frisa el esmeril: cetrino, peligroso, ancho de manos y de cara, con un mostacho de a cuarta cuyas feroces puntas engomadas se le alzaban casi hasta los ojos. Para la ocasión se había aderezado de rúa y domingo: jubón de paño morado con algún remiendo, mangas acuchilladas, calzones de lienzo verde, zapatos de paseo y cinto de cuatro pulgadas con hebilla de plata, que era un primor verlo tan puesto y grave, en buena compaña, asistido y animado por sus cofrades, todos con el sombrero encajado como los grandes de España, dándole tientos al vino del que habían caído ya varios azumbres y aguardaban otros tantos, que no faltaba porque —al no ser de confianza el que vendía el alcaide—, habían mandado traer muchas jarras y limetas de una taberna de la calle Cordoneros. En cuanto a Ganzúa, no parecía tomarse muy a pecho la cita de la mañana siguiente, y hacía su papel con hígados, solemnidad y decencia.

—Morir es un trámite, señores —repetía de vez en cuando, con mucho cuajo.

El capitán Alatriste, que entendía bien de la tecla, fue a presentarse a Ganzúa y la compaña con mucha política, transmitiendo saludos de Juan Jaqueta, a quien su situación en el corral de los Naranjos, dijo, impedía darse el gusto de acompañar esa noche al camarada. Le correspondió con la misma cortesía el escarramán, invitándonos a tomar asiento entre la concurrencia, lo que hizo Alatriste tras saludar a algunos conocidos que allí pastaban. Ginesillo el Lindo, un atildado jaque rubio de mirada afable y sonrisa peligrosa, que llevaba el pelo a la milanesa, largo y sedoso hasta los hombros, lo acogió con mucha amistad, holgándose de verlo bueno y por Sevilla. Como todos sabían, el tal Ginesillo era ahembrado —quiero decir con poca afición al acto venéreo—; pero en cuestión de hígados no tenía que envidiar a nadie, y resultaba tan peligroso como un alacrán doctorado en esgrima. Otros de su misma condición no tenían tanta suerte, eran detenidos por la Justicia al menor pretexto, y tratados por todos, hasta por los demás presos de las cárceles, con una crueldad extrema que sólo concluía en la leña del quemadero. Que en aquella España tan a menudo hipócrita y ruin, podía uno yacer con su hermana, con sus hijas o con su abuela, y nada pasaba; pero el pecado nefando aparejaba la hoguera. Matar, robar, corromper, sobornar, no era grave. Lo otro, sí. Como lo era blasfemar, o la herejía.

El caso es que ocupé un taburete, caté la jarra, comí unas alcaparras y estuve atento a la conversación, y a las graves razones que unos y otros aportaban a modo de consuelo o de ánimo a Nicasio Ganzúa. Más matan los médicos que el verdugo, dijo alguien. Un compadre apuntó que, a pleito malo, por amiga la lima sorda, es decir el escribano. Otro, que morir era enojoso pero inevitable incluso para los duques y para los papas. El de más allá maldecía de la casta de los abogados, cuya ralea no se viera, afirmaba, ni entre turcos o luteranos. Dénos Dios favor de juez, decía otro, y al menguado que la quisiere, justicia. Y el de más allá lamentaba sentencia como aquélla, que privaba al mundo de tan ilustre punto de la germanía.

—Pesadumbre me da —dijo un preso que también acompañaba al velado— que no esté firmada mi sentencia, que la espero de un día para otro… Y malhaya el diablo que no me llegue hoy mismo, porque con gusto acompañaría mañana a voacé.

Todos encontraron muy en sazón de buen camarada el apunte, alabando lo oportuno y haciendo ver a Ganzúa lo apreciado que era de sus amigos y lo muy honrados que estaban de hacerle corro en el trance, como se lo harían al día siguiente, los que pudieran pasear sin recaudo de alguaciles, en la plaza de San Francisco. Que hoy por uno y mañana por todos, y a bravo que padece, amigos le quedan.

—Bien hace uced de encarar el trago con las mismas asaduras con que encaró la vida —opinó un cariacuchillado de guedejas tan grasientas como el cuello de su valona, al que llamaban el Bravo de los Galeones y era fino bellaco, tinto en lana, y de Chipiona.

—Por el siglo de mi abuelo, que gran verdad es ésa —repuso Ganzúa, sereno—. Que ninguno me la hizo que no me la pagase. Y si alguno queda, el día de la resurrección de la carne, cuando yo pise de nuevo tierra, darésela a él hasta el ánima.

Asintieron solemnes los germanes, que así hablaban los hidalgos, y todos sabían que en el trance del día siguiente no había de volver el rostro ni predicar; que para algo era muchísimo hombre y vástago de Sevilla, resultaba público que La Heria no paría cobardes, y otros antes que él gustaron sin ascos aquella conserva. Con acento lusitano argumentó otro, como consuelo, que al menos era la justicia real, o como quien dice el rey en persona, quien sacaba del mundo a Ganzúa, y no un cualquiera. Que en tan ilustre bravo fuera deshonra verse despachado por un don nadie. Esta última filosofía resultó muy celebrada por la concurrencia, y el propio interesado se atusó el bigote, complacido por tan justa consideración del asunto. El concepto correspondía a un valentón con coleto hasta las rodillas, escurrido de carnes y de pelo, que era cano, abundante y rizado en torno a un respetable cráneo tostado por el sol. Había sido teólogo en Coimbra, se contaba, hasta que un mal lance púsolo en el camino de la jacarandina. Todos lo tenían por hombre de leyes y letras amén de toledana, era conocido como Saramago el Portugués, tenía el aire hidalgo y mesurado, y se decía de él que despachaba almas por necesidad, ahorrando como un hebreo para imprimir, a su costa, un interminable poema épico en el que trabajaba desde hacía veinte años, contando cómo la Península Ibérica se separaba de Europa y quedaba flotando a la deriva como una balsa en el océano, tripulada por ciegos. O algo así.

—Sólo lo siento por mi Maripizca —dijo Ganzúa, entre vino y vino.

Maripizca la Aliviosa era la coima del jaque, a la que su ejecución dejaba sola en el mundo, a juicio del velado. Había estado a visitarlo por la tarde con mucho grito y alboroto: a ver la luz de mis ojos y el sentenciado de mi alma, etcétera, desmayándose cada cinco pasos en los brazos de veinte bergantes camaradas del reo; y según se contaba, en tierno coloquio póstumo Ganzúa le había encomendado el alma, es decir unas misas —confesarse no lo hacía un bravo ni camino del patíbulo, por tener a poca honra berrearle a Dios lo que no soltaba en el potro— y concertarse de obra o dineros con el verdugo para que al día siguiente todo fuera honorable y bien llevado, y él no diera mala estampa luego de verse con la canal maestra anudada en San Francisco, donde iba a estar mucho conocido mirando. Habíase despedido al fin la cantonera con mucho garbo, encareciendo los hígados de su jayán, y con un «tan sano y tan gallardo le quiero ver en el otro mundo, valeroso». Era la Aliviosa, dijo Ganzúa a sus contertulios, mujer buena y diligente trabajadora, muy limpia en aseo y en ganancias, a la que sólo había que sacudirle la estera de vez en cuando, y no era menester encarecerla más por ser bien conocida de los presentes, de toda Sevilla y de media España. Y en cuanto a la marca de navaja de la cara, precisó, eso era algo que no la afeaba demasiado y que tampoco debía tenerse muy en cuenta, porque el día que se la hizo, Ganzúa andaba cargado delantero con oloroso de Sanlúcar. Y además, pardiez, también las parejas solían tener sus más y sus menos sin que eso fuese otra cosa que lo corriente. Amén que un jiferazo a tiempo en la cara también era saludable muestra de cariño; y la prueba era que a él mismo se le arrasaban de lágrimas los ojos cada vez que se veía en la obligación de molerla a palos. Encima, la Aliviosa había demostrado ser piadosa mujer y fiel hembra socorriéndolo en la cárcel con buenos dineros ganados con unos trabajos que iban en descuento de sus pecados, si es que pecado era velar por que nada faltase al hombre de sus entretelas. Y no había que decir más. Emocionóse un poco, aunque a lo viril, en ese punto el rufo; sorbióse los mocos disimulando dignamente con otro tiento al jarro, y terciaron varias voces tranquilizándolo. Esté sosegado voacé, que nadie le dará pesadumbre y de mi cuenta corre, dijo uno. O de la mía, apuntó otro. Para eso están los camaradas, sugirió un tercero. Templado por dejarla en tan buenas manos, seguía menudeando del jarro Ganzúa mientras Ginesillo el Lindo acompañaba con seguidillas el recuerdo de la coima.

—En cuanto al fuelle de mi fragua —dijo en ésas Ganzúa—, tampoco digo a vuacedes más.

Otro coro de protestas acogió sus palabras. Por descontado que el soplón que había puesto al señor Ganzúa en tan mal trance sería aligerado de su resuello en la primera ocasión; que eso y mucho más debían al reo sus amigos. Amén que el peor delito entre la gente profesa en germanía era alargar lengua sobre los camaradas; que todo jaque de hígados, incluso aunque mediase ofensa o daño, tenía a infamia delatar ante la Justicia, y prefería callar y vengarse.

—A ser posible, y si no es mucha molestia, despachen también al corchete Mojarrilla, que me puso mano con muy malos modos y poca consideración.

Podía contar Ganzúa con ello, lo tranquilizaron los jaques. Pese a diez y a Dios que Mojarrilla podía irse dando por sacramentado.

—Tampoco estaría de más —se acordó el rufián tras pensar un rato— saludar de mi parte al platero.

Quedó incluido el platero en la relación. Y ya puestos, se convino que si al día siguiente el verdugo no resultaba lo bastante bien templado por la Aliviosa y se propasaba al hacer su oficio, no dándole las vueltas del garrote con la limpieza y decoro requeridos, también tocaría su astilla en el reparto. Que una cosa era ajusticiar —y cada cual a fin de cuentas hacía su oficio—, y otra muy distinta, de traidores y ahembrados, no guardarle las formas a un hombre de honra, etcétera. Hubo un sinfín de razones más sobre la materia, de modo que Ganzúa quedó muy satisfecho y confortado. Al cabo miró a Alatriste, con gratitud para quien de tal modo le hacía buena compaña.

—No tengo el gusto de conocer a vuacé.

—Algunos de estos señores sí me conocen —respondió el capitán en su mismo tono—. Y me huelga mucho acompañar a vuestra merced en nombre de los amigos que no pueden hacerlo.

—No se diga más —Ganzúa me observaba, amable, tras sus enormes bigotazos—. ¿Os acompaña el mozo?

El capitán dijo que sí, y yo asentí a mi vez, con un saludo de cabeza que me salió muy cortés y motivó gestos de aprobación de los asistentes; que nadie aprecia tanto la modestia y la buena crianza en los jóvenes como la gente de la carda.

—Buena planta tiene —dijo el jaque—. Que tarde mucho en verse en éstas.

—Amén —rubricó Alatriste.

Terció Saramago el Portugués para alabar mi presencia allí. Que es edificante para la mocedad, dijo arrastrando mucho las eses con su acento lusitano, ver cómo se despide de este mundo la gente de hígados y de honra, y más en estos tiempos cuitados en que todo son desvergüenza y malas costumbres. Pues dejando aparte la fortuna de nacer en Portugal —que no estaba al alcance de todos, por desgracia— nada instruía tanto como ver bien morir, tratar a hombres sabios, conocer tierras y la lección continua de buenos libros.

—Así —concluyó, poético— con Virgilio dirá el rapaciño *Arma virumque cano*, y *Plus quam civilia campos* con Lucano.

Hubo luego prolija parla y buen menudeo del jarro. Antojósele en ésas un rentoy a Ganzúa, a modo de últimas manos con los camaradas; y Guzmán Ramírez, un jaque silencioso y de cara sombría, extrajo una grasienta descuadernada del jubón y la puso en la mesa. Diéronse hojas del libro real, jugaron unos ocho, miraron otros y bebimos todos. Echábanse dineros y, fuese por suerte o porque los camaradas le daban cuartel, Ganzúa fue teniendo buenas rachas.

—Seis granos juego, y va mi vida.

—Alce vuacé por la mano.

—Yo la doy.

—Matantes tengo.

—Pues a mí, que las vendo.

En ésas andaban cuando oyéronse pasos en el corredor, y entraron, negros como cuervos, el escribano de la Justicia, el alcaide con alguaciles y el capellán de la cárcel para leer la última sentencia. Y salvo que Ginesillo el Lindo dejó de tocar la guitarra, nadie hizo ademán de apercibirse, ni el reo principal mudó el semblante; sino que más bien siguieron todos menudeando alpiste, cada uno con sus tres cartas en la mano y atentos a la muestra, que era el dos de oros. Se aclaró la garganta el escribano y leyó que por justicia del rey a tantos de tantos y por tal y cual, denegada la apelación, el llamado Nicasio Ganzúa sería ejecutado mañana, etcétera. Oíalo recitar el mentado sin inmutarse, atento a sus naipes, y sólo cuando acabó de leerse la sentencia despegó los labios para mirar al compañero de juego y hacer un gesto con las cejas.

—Envido —dijo.

Siguió el juego como si tal cosa. Saramago el Portugués jugó una sota de bastos, otro camarada jugó un rey, y otro un as de copas.

—La puta de oros —anunció uno al que llamaban el Rojo Carmona, poniendo su sota en la mesa.

—Malilla —dijo otro, jugándola.

Ganzúa estaba de mucha suerte aquella noche, porque dijo tener borrego, que ganaba a la malilla, y lo probó con hechos tirando el cuatro de oros sobre la mesa con una sola mano y el otro brazo en jarra, apoyada la mano sobre la cadera con mucho garbo. Y sólo entonces, mientras recogía las monedas juntándolas en su montón, levantó la vista al escribano.

—¿Podría vuacé repetirme lo último, que no estaba muy atento?

Picóse el escribano, diciendo que las cosas sólo se leían una vez, y que allá Ganzúa si apagaba candela sin enterarse muy bien de qué trataba el negocio.

—A un hombre de mis hígados —respondió el reo con mucha flema—, que nunca derrotó más que para comulgar, y eso de mozo, y luego ha tenido quinientos desafíos, dado otros tantos antuviones y reñido mil veces en ayunas, los pormenores se le dan lo que a vuacé un pastel de a cuatro… Lo que quiero saber es si hay esparto, o no.

—Lo hay. A las ocho en punto.

—¿Y quién firma esa sentencia?

—El juez Fonseca.

Miró el reo a sus compañeros de modo significativo, y le respondió un círculo de guiños y mudos asentimientos. A ser posible, el soplón, el corchete y el platero no iban a hacer el viaje solos.

—Bien puede el mentado juez —dijo Ganzúa al escribano, el aire filosófico— darme sentencia como lo que es, y quitarme la vida con ella... Pero que él sea tan honrado que salga a reñir conmigo espada en mano, y veremos quién le quita la vida a quién.

Hubo más asentimientos solemnes en el corro de jaques. Aquello estaba muy puesto en razón y era el Evangelio. El escribano se encogió de hombros. El fraile, un agustino de aire manso y uñas sucias, se acercó a Ganzúa.

—¿Quieres confesión?

El reo lo observó mientras barajaba los naipes.

—No querrá su paternidad que lo que no bramé en las primeras ansias vaya a pregonarlo en la postrera.

—Me refería a tu alma.

El rufo se tocó el rosario y las medallas que llevaba al cuello.

—De mi alma me ocupo yo —dijo con mucha pausa—. Ya tendré mañana en el otro barrio unas palabras con quien sea menester.

Los marrajos del corro movieron cabezas, aprobando las palabras del bravo. Algunos habían conocido a Gonzalo Barba, un famoso valentón que al iniciar confesión con ocho muertos de un golpe y escandalizarse el cura, que era joven y chapetón, levantóse diciendo: «Comenzaba yo por lo menudillo, y ya pone ascos... Si de los primeros ocho hace tamaño espanto, ni yo soy para su reverencia ni su reverencia es para mí»… Y al insistir-le el sacerdote, remató: «Quédese con Dios, padre, que anteayer lo hicieron cura, y ya quiere confesar a un hom-bre que ha matado a medio mundo».

El caso es que tornáronse a barajar los naipes mien-tras el agustino y los otros se dirigían a la puerta. Y cuan-do estaban a medio camino, Ganzúa recordó algo y los llamó.

—Una cosa, señor escribano. El mes pasado, cuan-do le anudaron el gaznate a mi compadre Lucas Ortega, uno de los escalones del patíbulo estaba flojo, y Lucas estuvo a punto de caerse cuando subía… A mí me da lo mismo, pero háganme la merced de componerlo para quien venga después, porque no todos tienen mi cuajo.

—Tomo nota —lo tranquilizó el escribano.

—Pues no digo más.

Retiráronse los de la Justicia y el fraile, y prosiguie-ron el rentoy y el vino mientras Ginesillo el Lindo volvía a tañer su guitarra:

> *Mató a su padre y su madre*
> *y a su hermanito mayor,*
> *dos hermanas que tenía*
> *puso al oficio trotón.*
> *Y en Sevilla, al árbol seco*
> *le anudaron el tragar*
> *porque le afufó la vida*
> *a unos cuantos nada más.*

Caían los naipes sobre la mesa, a la luz grasienta de las candelas de sebo. Bebían y jugaban los valientes, solemnes, velando al camarada con mucho pardiez, a fe mía y yo lo digo.

—No ha sido una mala vida —dijo de pronto el jaque, pensativo—. Perra, pero no mala.

Por la ventana llegaron las campanadas cercanas de San Salvador. Respetuoso, Ginesillo el Lindo cesó en la canción y la música. Todos, incluido Ganzúa, se descubrieron, interrumpiendo el juego para persignarse en silencio. Era la hora de las Ánimas.

El día siguiente amaneció con un cielo como para que lo pintara Diego Velázquez, y en la plaza de San Francisco Nicasio Ganzúa subió al patíbulo con mucha flema. Acudí a verlo con Alatriste y algunos compañeros de la noche, con tiempo para coger sitio, porque la plaza estaba de bote en bote desde la embocadura de Sierpes a las Gradas, con gente agolpada alrededor del tablado y en los balcones, y se decía que hasta en una ventana con celosías de la Audiencia estaban los reyes mirando. En todo caso, allí había lo mismo gente del pueblo que personas principales; y los sitios mejores, alquilados, rebosaban con mucho relumbre de calidad, mantellinas y sayas de buenas telas las damas, y paños finos, fieltros con plumas y cadenas doradas los caballeros. Entre la muchedumbre de abajo se contaba el natural número de ociosos, pícaros y maleantes, y los diestros en la esgrima de Cortadillo hacían su agosto metiendo el dos de bastos en las faltriqueras ajenas para sacar el as de oros. Se nos juntó entre la gente don Francisco de Quevedo, que seguía el espectáculo con vivísimo interés porque, según dijo, estaba a punto de sacar su *Vida del buscón llamado don Pablos*; y para cierto pasaje que en él tenía a medio escribir aquel lance iba que ni pintado.

—No siempre se inspira uno en Séneca y Tácito —dijo, acomodándose los anteojos para ver mejor.

A Ganzúa debían de haberle contado lo de los reyes, porque cuando lo sacaron de la cárcel vestido con el sayo, maniatado y a lomos de una mula, se aderezó los bigotes llevándose las manos a la cara, y hasta saludó mirando los balcones. Estaba el valentón todo repeinado, limpio, muy gallardo y tranquilo, y la resaca de la víspera apenas se le notaba en el blanco de los ojos. Al paso, cuando topaba una cara conocida entre la gente, saludaba con mucha parsimonia, como si lo llevaran de romería al prado de Santa Justa. Iba, en fin, con tanto decoro que viéndolo daban ganas de hacerse ajusticiar.

El verdugo aguardaba junto al garrote. Cuando Ganzúa subió muy sosegado los escalones del patíbulo —el escalón seguía suelto, y eso le valió al escribano, que andaba por allí, una mirada severa del jaque—, todo el mundo se hizo lenguas de sus buenas maneras y de sus hígados. Saludó con un gesto a los camaradas y a la Aliviosa, confortada en primera fila por una docena de rufianes, y que lloraba con mucho duelo pero alabándose, eso sí, de lo bien plantado que iba su hombre camino de lo que iba; y luego se dejó predicar un poco por el agustino de la noche anterior, asintiendo con la cabeza, solemne, cuando el fraile decía alguna cosa bien dicha o de su agrado. Se impacientaba un poco el verdugo, con mal semblante, a lo que díjole Ganzúa: «Luego estoy con vuaced y no meta prisa, que ni se va el mundo ni nos corren moros». Rezó luego su Credo de pé a pá con buena voz y sin una nota en falso, besó la cruz con mucho garbo, y le pidió al verdugo que hiciera la merced de limpiarle luego el mostacho de babas y ponerle la caperuza bien arriscada y derecha, por no dar mala estampa. Y cuando el otro dijo la fórmula habitual de «perdóneme hermano, que sólo hago mi oficio», le contestó que estaba perdonado de allí a Lima, pero que lo hiciera de perlas porque en la otra vida veríanse de nuevo las caras, y a esas alturas a él iban a darle igual ocho que ochenta. Sentóse luego sin parpadear ni hacer visajes cuando le pusieron el garrote en el pescuezo, el aire como aburrido; atusóse por última vez los bigotes, y a la segunda vuelta de cordel se quedó tan sereno y bien compuesto que no había más que pedir. No parecía sino que estuviera pensando.

Capítulo VII

POR ATÚN Y A VER AL DUQUE

Llegaba la flota, y Sevilla, y toda España, y la Europa entera se aprestaban a beneficiarse del torrente de oro y plata que traía en sus bodegas. Escoltada desde las islas Azores por la Armada del Mar Océano, la inmensa escuadra que llenaba el horizonte de velas había arribado a la embocadura del Guadalquivir; y los primeros galeones, cargados de mercancías y riquezas hasta casi hundir las bordas, empezaban a echar el ancla frente a Sanlúcar o en la bahía de Cádiz. Para agradecer a Dios haber conservado la flota a salvo de los temporales, de los piratas y de los ingleses, las iglesias organizaban misas y tedeums. Los armadores y cargadores hacían cuentas del beneficio, los comerciantes disponían sus tiendas para instalar las nuevas mercancías y organizaban su transporte a otros lugares, los banqueros escribían a sus corresponsales preparando letras de cambio, los acreedores del rey ponían en regla las facturas que esperaban cobrar en breve, y los funcionarios de las aduanas se frotaban las manos pensando en su propio bolsillo. Toda Sevilla se engalanaba para el acontecimiento, revivía el comercio, poníanse a punto crisoles y troqueles para acuñar moneda, se limpiaban los almacenes de las torres del Oro y de la Plata, y bullía de actividad el Arenal, con carros, bastimentos, curiosos, y esclavos negros y moriscos preparando los muelles. Se barrían y regaban las puertas de las casas y los comercios, se adecentaban posadas, tabernas y mancebías, y desde el orgulloso noble hasta el humilde mendigo o la más ajada meretriz, a todos regocijaba la fortuna de la que cada uno confiaba en alcanzar su parte.

—Tenéis suerte —dijo el conde de Guadalmedina, mirando el cielo—. Habrá buen tiempo en Sanlúcar.

Aquella misma tarde, antes de emprender nuestra misión —estábamos citados con el contador Olmedilla en el puente de barcas a las seis en punto—, Guadalmedina y don Francisco de Quevedo quisieron despedir al capitán Alatriste. Nos habíamos reunido en un pequeño bodegón del Arenal, construido con tablas y lonas del espalmador cercano, que se apoyaba contra un muro de las atarazanas viejas. Había mesas con taburetes afuera, bajo el rústico porche. A esa hora el sitio era tranquilo y discreto, frecuentado sólo por algunos marineros, y adecuado para remojar la palabra. La vista era muy agradable, con la animación portuaria y los cargadores, carpinteros y calafates trabajando junto a los barcos amarrados en una y otra orilla. Triana, blanca, almagre y ocre, relucía pulquérrima al otro lado del Guadalquivir, con las carabelas de la sardina y los barquitos de servicio yendo y viniendo entre ambas orillas, sus velas latinas desplegadas en la brisa de la tarde.

—Por un buen botín —brindó Guadalmedina.

Bebimos todos, tras levantar nuestras jarras de loza vidriada. El vino no era gran cosa, pero sí la ocasión. Don Francisco de Quevedo, a quien de algún modo le habría gustado acompañarnos en la expedición río abajo, no podía hacerlo por razones evidentes, y eso le fastidiaba. El poeta seguía siendo hombre de acción, y no le hubiera incomodado en absoluto añadir a sus experiencias el asalto al *Niklaasbergen*.

—Me gustaría echar un vistazo a vuestros reclutas —dijo, limpiándose los anteojos con un lienzo de narices que sacó de la manga del jubón.

—A mí también —apuntó Guadalmedina—. A fe que debe de ser una pintoresca tropa. Pero no podemos mezclarnos más... A partir de ahora, la responsabilidad es tuya, Alatriste.

El poeta se encajó los lentes. Torcía el bigote en una mueca sarcástica.

—Eso es muy típico del modo de actuar de Olivares... Si sale bien no habrá honores públicos, pero si sale mal rodarán cabezas.

Bebió un par de largos tragos y se quedó contemplando el vino, pensativo.

—A veces —añadió, sincero— me preocupa haberos metido en esto, capitán.

—Nadie me obliga —dijo Alatriste, inexpresivo. Tenía la mirada fija en la orilla de Triana.

El tono estoico del capitán había arrancado una sonrisa a Álvaro de la Marca.

—Dicen —murmuró con mucha intención— que nuestro cuarto Felipe ha sido puesto al corriente de los pormenores. Está encantado con jugársela al viejo Medina

Sidonia, imaginando la cara que pondrá cuando se entere de la noticia... Amén que el oro es el oro, y su católica majestad lo necesita como cualquiera.

—Incluso más —suspiró Quevedo.

De codos sobre la mesa, Guadalmedina bajó la voz.

—Anoche, en circunstancias que no viene a cuento referir, su majestad preguntó quién dirigía el golpe —dejó un poco las palabras en el aire, a la espera de que su sentido calase en nosotros—... Se lo preguntó a un amigo tuyo, Alatriste. ¿Comprendes?... Y éste le habló de ti.

—Le habló maravillas, supongo —dijo Quevedo.

El aristócrata lo miró, ofendido por el supongo.

—Tratándose de un amigo, ya podéis imaginar, pardiez.

—¿Y qué dijo el gran Filipo?

—Como es joven y aficionado a lances, mostró vivísimo interés. Hasta habló de caer de incógnito esta noche por el lugar de embarque, para satisfacer su curiosidad... Pero Olivares puso el grito en el cielo.

Un silencio incómodo se adueñó de la mesa.

—Sólo faltaba eso —comentó al fin Quevedo—. Tener al Austria encima de la chepa.

Guadalmedina le daba vueltas a su jarra entre las manos.

—En cualquier caso —dijo tras una pausa—, el éxito nos iría muy bien a todos.

De pronto recordó algo, metió mano en el jubón y extrajo un documento doblado en cuatro. Llevaba un sello de la Audiencia Real y otro del maestre de las galeras del rey.

—Olvidaba el salvoconducto —dijo, entregándoselo al capitán—. Autoriza a viajar río abajo hasta Sanlúcar... Excuso decirte que, una vez allí, debes quemarlo. A partir de ese momento, si alguien pregunta tendrás que ingeniártelas a tu aire —el aristócrata se acariciaba la perilla, sonriente—... Siempre puedes decir, como el viejo refrán, que vais a Sanlúcar por atún y a ver al duque.

—Veremos qué tal se porta Olmedilla —dijo Quevedo.

—En cualquier caso no tiene por qué ir al barco. Su presencia sólo es necesaria para hacerse cargo del oro. De ti depende cuidar su salud, Alatriste.

El capitán miraba el documento.

—Se hará lo que se pueda.

—Más nos vale.

El capitán guardó el papel en la badana del sombrero. Se mostraba tan frío como de costumbre, pero yo me removí en el taburete. Demasiado rey y demasiado conde duque de por medio, como para que un simple mochilero estuviera tranquilo.

—Habrá protestas de los armadores del barco, por supuesto —dijo Álvaro de la Marca—. Medina Sidonia se enfurecerá, pero nadie puesto en el intríngulis osará decir esta boca es mía... Con los flamencos va a ser distinto. Ahí sí tendremos protestas, cruce de cartas y marejada en las cancillerías. Por eso resulta necesario que todo parezca un asalto particular: bandoleros, piratas y gente así —se llevó el jarro a la boca, sonriendo malicioso—... De cualquier modo, nadie reclamará un oro que oficialmente no existe.

—No se os escapa —le dijo Quevedo al capitán— que si algo sale mal, todo cristo se lavará las manos.

—Hasta don Francisco y yo —matizó Guadalmedina con muy poca sutileza.

—Eso mismo. *Ignoramus atque ignorabimus.*

El poeta y el aristócrata se quedaron mirando a Alatriste. Pero el capitán, que seguía con la vista fija en la orilla de Triana, se limitó a asentir breve con la cabeza, sin añadir comentarios.

—En ese caso —prosiguió Guadalmedina— te recomiendo abrir el ojo, porque asarán carne. Y tú pagarás los tiestos rotos.

—Si es que le echan mano —matizó Quevedo.

—En conclusión —remachó Álvaro de la Marca—: bajo ningún concepto deben echar mano a nadie —también me dirigió una rápida ojeada—… A nadie.

—Lo que significa —resumió Quevedo, con su aguda facilidad para precisar conceptos— que no hay más que dos opciones: tener éxito, o hacerse matar con la boca cerrada.

Y lo dijo tan claro, que aun si lo dijera turbio, no me pesara.

Tras despedirnos de nuestros amigos, el capitán y yo anduvimos Arenal abajo hasta el puente de barcas, donde aguardaba, puntual y riguroso como de costumbre, el contador Olmedilla. Caminó éste a nuestro lado, seco, enlutado, el aire adusto, sin despegar los labios. El sol poniente nos alumbró horizontal mientras cruzábamos el río en dirección a los siniestros muros del castillo de la Inquisición, cuya vista yo asociaba con mis peores recuerdos. Íbamos dispuestos para el viaje: Olmedilla con un gabán negro y largo, provisto el capitán de capa, sombrero, espada y daga, y yo con un enorme hato a cuestas donde llevaba, con más discreción, algunas provisiones, dos mantas ruanas, un odre con vino, un par de pistolas, mi daga —ya reparada su guarnición en la calle Vizcaínos—, pólvora y balas, la herreruza del alguacil Sánchez, el coleto de piel de búfalo de mi amo, y otro ligero, nuevo, de buen y grueso ante, que habíamos comprado para mí por veinte escudos en un jubonero de la calle Francos. La cita era en el corral del Negro, próximo a la Cruz del Altozano; así que dejando a la espalda la puente y la gran copia de barcos luengos, galeras y barquillas que estaban amarradas por toda la orilla hasta el puerto de los camaroneros, llegamos al sitio con la anochecida misma. Triana tenía varias posadas baratas, bodegones, garitos y parajes de soldados, de modo que no llamaba la atención ver por allí valientes y gente de espada. En realidad el corral del Negro era una posada infecta con el patio a cielo abierto convertido en taberna, sobre el que en días de lluvia se tendía un viejo toldo. La gente se sentaba allí con sombrero y capa bien puestos, y entre el fresco de la noche y la calaña de los parroquianos, era de lo más corriente que todo el mundo anduviese embozado hasta las cejas, con las dagas abultando en la cintura y la toledana respingando por detrás la capa. Ocupamos el capitán, Olmedilla y yo una mesa en un rincón, pedimos de beber y cenar, y echamos con mucha flema un vistazo alrededor. Ya había allí algunos de nuestros jaques. Reconocí en una mesa a Ginesillo el Lindo, que iba sin guitarra pero con una espada enorme al cinto, y a Guzmán Ramírez, los dos con el chapeo hundido hasta las orejas y las capas terciadas al hombro cubriéndoles media cara; y a nada vi entrar a Saramago el Portugués, que venía solo, y que a la luz de una candela se puso a leer un libro que sacó de la faltriquera. Al cabo entró Sebastián Copons, pequeño, duro y silencioso como de costumbre, y fue a sentarse con un jarro de vino sin mirar ni a su sombra. Nadie hacía visaje de reconocer a nadie, y poco a poco, solos o en parejas, iban llegando otros, andares zambos y recelar zaino, resonantes de hierros, tomando asiento por aquí y por allá sin que ninguno se dirigiera la palabra. El grupo más numeroso que entró fue de tres: el patilludo Juan Jaqueta, su compadre Sangonera y el mulato Campuzano, a quienes las gestiones oportunas del capitán, vía Guadalmedina, habían permitido abandonar su retraimiento eclesiástico. Pese a la costumbre, el tabernero observaba tamaña afluencia de valientes con una suspicacia que pronto disipó el capitán repasándole las manos con unas cuantas piezas de plata, recurso idóneo para volver mudo, ciego y sordo al más curioso de los hosteleros, amén de advertencia sobre lo fácil que era, hablando de más, verse con un lindo tajo en la gorja. De esa forma, en la siguiente media hora terminó por completarse la jábega. Para mi sorpresa, pues nada le había oído decir sobre ello a Alatriste, el último en llegar fue el mismísimo Bartolo Cagafuego, con una montera calada sobre su tupida y única ceja, y una enorme sonrisa en la boca mellada y oscura, que le guiñó un ojo al capitán y se estuvo paseando bajo los arcos, cerca de nosotros y disimulando fatal, con la misma discreción que un oso pardo en una misa de requiem. Y aunque mi amo nunca dijo nada sobre el particular, sospecho que, pese a ser más valentón de hojaldre que de hoja, y que sin duda podría haberse reclutado a otro sujeto de mejor acero, el capitán había gestionado la liberación del galeote más por razones sentimentales —si tales razones podemos atribuir a Alatriste— que por otra cosa. El caso es que allí estaba Cagafuego, quien a duras penas lograba ocultar su agradecimiento. Y bien podía estarlo, pardiez; que el capitán le ahorraba al rufo seis lindos años engrilletado a un remo, apaleando sardinas a la voz de ropa fuera y boga larga.

De ese modo quedó redondo el grupo, y nadie faltó a la cita. Yo acechaba la expresión de Olmedilla al comprobar el fruto de la recluta hecha por el capitán; y aunque el contador se mantenía tan antipático, inexpresivo y silencioso como solía, creí vislumbrarle un toque de aprobación. Aparte de los mentados, y según conocí por sus buenos o malos nombres de allí a poco, estaban presentes el murciano Pencho Bullas, los soldados viejos Enríquez el Zurdo y Andresito el de los Cincuenta, el cariacuchillado y grasiento Bravo de los Galeones, un marinero de Triana llamado Suárez, otro tal Mascarúa, un fulano con aire de hidalgo tronado, ojeroso y pálido al que llamaban el Caballero de Illescas, y un jienense rubicundo, barbudo y sonriente, de cráneo afeitado y fuertes brazos, que tenía por nombre Juan Eslava, y era notorio rufián de cantoneras sevillanas —vivía de cuatro o cinco, y las cuidaba como a hijas, o casi—, lo que justificaba su apodo, ganado en buena lid: el Galán de la Alameda. Imaginen vuestras mercedes el cuadro, con todas aquellas bravas piezas medio embozadas en el corral del Negro, resonándoles bajo la capa, cada vez que se movían, el tintineo amenazador de dagas, pistolas y espadas. Que de no saber uno que estaban de su parte —al menos de momento—, habría sido incapaz de hallarse los pulsos por más que los buscara. Al fin, cuando tamaña mesnada estuvo al completo, y para alivio del hostelero, Diego Alatriste dejó unas monedas sobre la mesa, nos pusimos en pie y salimos con Olmedilla en dirección al río, por las callejuelas negras como boca de lobo. No hubo necesidad de mirar atrás. Por el ruido de pasos que resonaban a nuestra espalda, supimos que los reclutas se iban deslizando uno tras otro por la puerta, y nos venían a la zaga.

Triana dormía en tinieblas, y lo que permanecía en vela procuraba apartarse, prudente, de nuestro camino. La luna ultimaba su menguante, pero aún nos servía con un poco de luz; la suficiente para ver recortada en la orilla una barca con la vela recogida en el mástil. Había un farol encendido a proa y otro en tierra, y dos bultos inmóviles, patrón y marinero, aguardaban a bordo. Fue allí donde se detuvo Alatriste, con Olmedilla y yo mismo a su lado, mientras las sombras que nos habían seguido iban congregándose alrededor. Mi amo envióme por uno de los faroles, y volví con él dejándolo en el suelo, a sus pies. Ahora la claridad tenue de la vela daba un aspecto más lúgubre a la concurrencia. Apenas se veían caras: sólo apuntes de bigotazos y barbas, embozos y sombreros calados hasta los ojos, y el destello apagado, metálico, de las armas que todos cargaban al cinto. Habían empezado los murmullos y los cuchicheos en voz muy baja, entre los camaradas que se habían ido reconociendo unos a otros, y el capitán los acalló a todos con una orden seca.

—Vamos a bajar por el río para un trabajo que se explicará cuando estemos donde debamos estar... Todos han cobrado ya una parte, así que nadie puede volverse atrás. Y excuso decir que somos mudos.

—La duda ofende —dijo alguien—. Que más de uno está probado en el potro, y supo negar como un caballero.

—Bueno es que eso quede claro... ¿Alguna pregunta?

—¿Cuándo embolsamos el resto? —preguntó otra voz anónima.

—Al terminar nuestra obligación. En principio, pasado mañana.

—¿También en oro?

—Contante y sonante. Doblones de dos caras, iguales a los que se han adelantado en señal a cada uno.

—¿Hay que aligerar muchas ánimas?

Miré de soslayo al contador Olmedilla, oscuro y negro en su gabán, y vi que parecía escarbar el suelo con la punta de un pie, incómodo, como si estuviera lejos de allí o pensando en otra cosa. Sin duda, hombre de papeles y tinteros, no estaba acostumbrado a ciertas crudezas.

—No se reúne a gente de esta calidad —respondió Alatriste— para bailar la chacona.

Hubo algunas risas, pardieces y votos a tal. Cuando se apagaron, mi amo señaló la barca.

—Embarquen y acomódense lo mejor que puedan. Y a partir de este momento considérense vuestras mercedes como en milicia.

—¿Qué significa eso? —preguntó otra voz.

A la luz parva del farol, todos pudieron ver que el capitán apoyaba su mano izquierda, como al descuido, en el puño de la toledana. Sus ojos horadaban la penumbra.

—Significa —dijo despacio— que a quien desobedezca una orden o tuerza el gesto, lo mato.

Olmedilla observó al capitán con mucha fijeza. En el corro no se oía el zumbido de un mosquito. Cada cual rumiaba aquello para sí, procurando que le hiciera buen provecho. Entonces, en mitad del silencio, se escuchó ruido de remos a poca distancia, junto a los barcos amarrados en la orilla del río. Todos los jaques se volvieron a mirar: un botecillo había salido de las sombras. En el rielar de las luces de la otra orilla se recortaba su silueta, con media docena de remeros bogando y tres bultos negros erguidos en la proa. Y en menos tiempo del que se tarda en contarlo, Sebastián Copons ya había saltado hacia allí, prevenido, apuntando con dos enormes pistolas aparecidas en sus manos casi por arte de magia; y el capitán Alatriste empuñaba, como un relámpago, el acero de su espada desnuda.

—Por atún y a ver al duque —dijo una voz familiar en la oscuridad.

Como si fueran un santo y seña, aquellas palabras nos relajaron al capitán y a mí, que también estaba a punto de echar mano a la daga.

—Es gente de paz —dijo Alatriste.

Tranquilizóse la jábega mientras mi amo envainaba y Copons guardaba las pistolas. El bote había tocado tierra más allá de la proa de nuestra embarcación, y los tres hombres que iban de pie se columbraban ahora en la vaga claridad del farol. Alatriste pasó junto a Copons, acercándose a la orilla. Lo seguí.

—Hay que despedir a un amigo —dijo la misma voz.

También yo había reconocido al conde de Guadalmedina. Iba, como sus dos acompañantes, embozado con sombrero y capa. Tras ellos, entre los remeros, vi brillar medio ocultas las mechas encendidas de un par de arcabuces. Los acompañantes de Álvaro de la Marca eran hombres dados a tomar precauciones.

—No disponemos de mucho tiempo —dijo el capitán, seco.

—Nadie pretende incomodar —respondió Guadalmedina, que seguía con los otros en el bote, sin bajar a tierra—. Id a lo vuestro.

Alatriste se quedó mirando a los embozados. Uno era corpulento, con la capa bien envuelta en torno a un torso y unos hombros poderosos. El otro era más delgado, con sombrero sin plumas y capa parda que lo cubría de los ojos a los pies. El capitán todavía estuvo un momento observándolos. Él mismo estaba iluminado por el farol de la proa de la barca, rojizo el perfil de halcón sobre el mostacho, los ojos vigilantes bajo el ala oscura del fieltro, la mano rozando la cazoleta reluciente de su espada. Se le veía sombrío y peligroso en la penumbra, e imaginé que desde el bote su aspecto era parecido. Al fin volvióse a Copons, que seguía a medio camino, y a los del grupo, que aguardaban algo más lejos, disimulados en las sombras.

—A bordo —dijo.

Uno a uno, Copons el primero, los jaques fueron pasando junto a Alatriste, y el farol de la proa los alumbró conforme subían a la barca con mucho ruido de la ferretería que cargaban encima. La mayor parte se tapaba la cara al pasar ante la luz, pero otros la descubrían con indiferencia o desafío. Alguno incluso se detuvo para echar un vistazo curioso a los tres embozados, que presenciaban el bizarro desfile sin decir esta boca es mía. El contador Olmedilla se detuvo un instante junto al capitán, contemplando a los del bote con el aire preocupado, como si dudara entre dirigirles o no la palabra. Optó por no hacerlo, pasó una pierna sobre la regala de nuestra barca, y entorpecido por su gabán habría caído al agua de no verse socorrido por un par de fuertes manos que lo metieron dentro. El último fue Bartolo Cagafuego, que traía el otro farol en la mano, y me lo entregó antes de subir a la barca con tanto ruido como si llevara media Vizcaya en el cinto y los bolsillos. Mi amo seguía inmóvil, observando a los de la otra barca.

—Es lo que hay —dijo, seco.

—No parece mala tropa —comentó el embozado alto y fuerte.

Alatriste lo miró, intentando penetrar la oscuridad. Él había oído antes aquella voz. El tercer embozado, más delgado y de menor estatura, que se hallaba entre él y Guadalmedina, y que había asistido en silencio al embarque de los hombres, estudiaba ahora con mucho detenimiento al capitán.

176

—Por vida mía —dijo al fin— que a mí me dan miedo.

Tenía una voz neutra y bien educada. Una voz acostumbrada a que nadie le llevase la contraria. Al oírla, Alatriste se quedó tan quieto como una estatua de piedra. Por unos instantes sentí su respiración, tranquila y muy pausada. Luego me puso una mano en el hombro.

—Sube a bordo —ordenó.

Obedecí, llevándome nuestro equipaje y el farol. Salté sobre la regala y fui a acomodarme en la proa, entre los hombres envueltos en sus capas que olían a sudor, hierro y cuero. Copons me hizo un sitio y allí me instalé, sentado sobre mi fardo. Desde ese lugar vi como Alatriste, de pie en la orilla, miraba todavía a los embozados del bote. Luego alzó una mano como para quitarse el sombrero, aunque sin llegar a consumar el gesto —se limitó a tocar el ala a modo de saludo—, terció la capa al hombro y embarcó a su vez.

—Buena caza —dijo Guadalmedina.

Nadie le respondió. El patrón había soltado las amarras, y el marinero, tras alejarnos de la orilla empujando con un remo, izaba la vela. Y así, con ayuda de la corriente y la suave brisa que soplaba de tierra, cortando en el agua negra el reflejo tenue de las pocas luces de Sevilla y de Triana, nuestra barca se deslizó silenciosamente río abajo.

Había innumerables estrellas en el cielo, y los árboles y los arbustos desfilaban como tupidas sombras negras a derecha e izquierda, a medida que seguíamos el Guadalquivir. Sevilla quedaba muy atrás, al otro lado de los recodos del cauce, y el relente de la noche empapaba de humedad las maderas de la barca y nuestras capas. Tendido cerca de mí, el contador Olmedilla tiritaba de frío. Yo contemplaba la noche con mi manta hasta la barbilla y la cabeza recostada en el fardo, observando de vez en cuando la silueta inmóvil de Alatriste, sentado en la popa junto al patrón. Sobre mi cabeza, la mancha clara de la vela oscilaba con la corriente, cubriendo y descubriendo los puntitos luminosos que tachonaban el cielo.

Casi todos los hombres guardaban silencio. La tropa de bultos negros estaba amontonada en el estrecho espacio de la barca. Junto al rumor del agua se oían respiraciones somnolientas y recios ronquidos, o como mucho algún cuchicheo en voz baja de los que permanecían despiertos. Alguien canturreaba una jácara en falsete. A mi lado, con el chapeo sobre la cara y la capa bien fajada, Sebastián Copons dormía a pierna suelta.

La daga se me clavaba en los riñones y me costó acomodármela. Durante un rato, admirando las estrellas con los ojos muy abiertos, quise pensar en Angélica de Alquézar; pero su imagen borrábase una y otra vez, desapareciendo tras la incertidumbre de lo que aguardaba río abajo. Yo había oído las instrucciones de Álvaro de la Marca al capitán, igual que las conversaciones que éste había mantenido con Olmedilla, y conocía a trazos gruesos el plan de ataque al galeón flamenco. La idea consistía en abordarlo mientras estaba fondeado en la barra de Sanlúcar, cortar sus amarras y aprovechar la corriente y la marea, que de noche solían ser favorables, para llevarlo a la costa, embarrancarlo allí y transportar el botín a la playa, donde aguardaría una escolta oficial prevenida al efecto: un piquete de la guardia española, que a esas horas ya debía de estar llegando a Sanlúcar por tierra, y que esperaría discreto el momento de intervenir. En cuanto a la tripulación del *Niklaasbergen*, eran marineros, no soldados, y además serían tomados por sorpresa. Respecto a su suerte, las instrucciones eran tajantes: a todo efecto, aquello iría a la cuenta de una atrevida incursión de piratas. Y si hay algo seguro en la vida, es que los muertos no hablan.

Hizo más frío al romper el alba, con la primera claridad recortando las copas de los chopos y los álamos que bordeaban la orilla oriental. Eso espabiló a algunos hombres, que se removieron juntándose unos con otros a fin de procurarse algún calor. Los más despiertos hablaban en voz baja para matar el tiempo, haciendo circular una bota de vino. Había tres o cuatro que cuchicheaban cerca de mí, creyéndome dormido. Eran Juan Jaqueta, su compadre Sangonera, y alguno más. Y hablaban del capitán Alatriste.

—Sigue siendo el mismo —decía Jaqueta—… Mudo y tranquilo como la madre que lo parió.

—¿Es de fiar? —preguntó un bravo.

—Como una bula del papa. Estuvo un tiempo en Sevilla, viviendo de la hoja a la manera del que más. Compartimos altana y naranjos una temporada... Un mal asunto en Nápoles, me dijeron. Con una muerte.

—Dicen que es soldado viejo y ha estado en Flandes.

—Sí —Jaqueta bajaba un poco la voz—. Como ese aragonés que duerme ahí, y el mozo... Pero ya estuvo antes en la otra guerra, cuando lo de Nieuport y Ostende.

—¿Tiene buena mano?

—Pardiez. Y también es muy resabiado y muy perro —Jaqueta hizo un alto para darle un tiento a la bota: oí el chorro cayendo en su boca—... Cuando te mira con esos ojos que parecen escarcha, ya puedes ir quitándote de en medio. Le he visto dar mojadas y hacer destrozos que no hiciera una bala en un coleto.

Hubo una pausa, y más visitas al vino. Supuse que los valentones observaban a mi amo, que seguía inmóvil en la popa, junto al patrón que empuñaba la caña del timón.

—¿De veras es capitán? —preguntó Sangonera.

—No creo —respondió su compadre—. Pero todo el mundo lo llama capitán Alatriste.

—Es verdad que no parece de muchas palabras.

—No. Ése es de los que parlan más con la toledana que con la mojarra. Y a fe mía que se bate mejor aún que se calla... Un conocido estuvo con él en las galeras de Nápoles hace diez o quince años, de almogavaría por el canal de Constantinopla. Y me contó que los turcos los abordaron con casi toda la gente muerta a bordo, y que Alatriste y una docena retrocedieron riñendo la crujía palmo a palmo, y luego se hicieron fuertes en el bastión de la carroza, acuchillando turcos como salvajes, hasta que se vieron muertos o heridos... Así se los llevaban canal adentro, cuando tuvieron la fortuna de que dos galeras de Malta les ahorraran verse al remo para los restos.

—Es hombre de hígados, entonces —dijo uno.

—Puede ucé jurarlo, camarada.

—Y de potra —apuntó otro.

—Eso último no lo sé. Ahora, por lo menos, las cosas no parecen irle mal… Si puede aliviarnos a nosotros de la gura, dándonos el noli me tángere como lindamente ha hecho, algo de mano tendrá.

—¿Quiénes eran los embozados del bote?

—Ni idea. Pero se mordía gente principal. Igual son los que aforan la dobla.

—¿Y el de negro?… Me refiero al torpe que casi se cae al agua.

—Sobre ése, a iglesia me llamo. Pero si es de la carda, yo soy Lutero.

Oí nuevos chorros de vino y un par de eructos satisfechos.

—Buena fatiga parece ésta, por lo menos —dijo alguien, al rato—. Hay oro y camaradas.

Jaqueta se rió en voz baja.

—Sí. Pero ya oyó antes vuacé al señor jefe. Primero hay que ganarlo… Y no lo dan por hacer la rúa en domingo.

—De cualquier manera —dijo uno—, vive Cristo que me acomoda. Por mil doscientos reales yo afufo al lucero del alba.

—Y yo —terció otro.

—Además, aforan en buenos palos de baraja: ases de oros limpios como el sol, iguales al que llevo en el bolsillo.

Les oí cuchichear. Cuantos sabían sumar hacían cuentas por lo bajo.

—¿Es cantidad fija? —preguntó Sangonera—. ¿O se paga el monto a repartir entre los que vivan?

Volvió a sonar la risa apagada de Juan Jaqueta.

—Eso no creo que lo sepamos hasta el postre... Es una forma como otra cualquiera de evitar que, a media sarracina y aprovechando el barullo, nos matemos por la espalda unos a otros.

Ya enrojecía el horizonte tras los árboles, dejando entrever los matorrales y las amenas huertas que a veces se asomaban a las orillas del río. Al fin me levanté, y pasando entre los bultos dormidos fui a popa, con el capitán. El patrón, un individuo vestido con sayo de estameña y un descolorido bonete en la cabeza, negó cuando le ofrecí vino del pellejo que traía para mi amo. Se apoyaba con un codo en la caña, atento a mantener la distancia con las orillas, a la brisa que impulsaba la vela y a los troncos sueltos que ya podían verse arrastrados por las aguas. Tenía la cara muy curtida por el sol, y ni le había oído una palabra hasta entonces, ni se la oí en adelante. Alatriste bebió un trago de vino y masticó el trozo de pan con cecina que yo le llevaba. Me quedé a su lado mirando la luz que se intensificaba en el horizonte y la ausencia de nubes en el cielo: en el río era todavía imprecisa y gris, y los hombres tumbados en el suelo de la barca seguían envueltos en sombras.

—¿Qué hace Olmedilla? —preguntó el capitán, vuelto hacia donde estaba el contador.

—Duerme. Ha pasado la noche muerto de frío.

Esbozó mi amo una sonrisa.

—No tiene costumbre —dijo.

Sonreí, a mi vez. Nosotros sí la teníamos. Él y yo.

—¿Subirá a la urca con nosotros?

Alatriste encogió un poco los hombros.

—Quién sabe —dijo.

—Habrá que cuidar de él —murmuré, preocupado.

—Cada uno deberá cuidarse solo. Cuando llegue el momento, ocúpate de ti mismo.

Nos quedamos callados, pasándonos la bota de vino. Mi amo estuvo un rato mascando.

—Te has hecho mayor —dijo entre dos bocados.

Seguía observándome, pensativo. Yo sentí una suave oleada de satisfacción entibiarme la sangre.

—Quiero ser soldado —dije a bocajarro.

—Creí que con lo de Breda tenías bastante.

—Quiero serlo. Como mi padre.

Dejó de masticar, todavía siguió atento a mí un trecho, y al cabo señaló con el mentón hacia los hombres tumbados en la barca.

—No es un gran futuro —opinó.

Estuvimos un rato sin decir nada, mecidos por el balanceo de la embarcación. Ahora el paisaje empezaba a colorearse de rojo tras los árboles, y las sombras eran menos grises.

—De cualquier modo —dijo de pronto Alatriste— faltan un par de años para que te dejen sentar plaza en una bandera. Y hemos descuidado tu educación. Así que, a partir de pasado mañana…

—Leo libros —lo interrumpí—. Hago razonable letra, sé las declinaciones latinas y las cuatro reglas.

—No es suficiente. El Dómine Pérez es un buen sujeto, y en Madrid puede ocuparse de ti.

Calló de nuevo, para dirigir otra ojeada a los hombres dormidos. La luz levante acentuaba las cicatrices de su cara.

—En este mundo —dijo al cabo—, a veces llega la pluma donde no alcanza la espada.

—Pues resulta injusto —respondí.

—Quizás.

Había tardado un poco en decirlo, y creí advertir mucha amargura en el quizás. Por mi parte, encogí los hombros bajo la manta. A los dieciséis años, yo estaba seguro de que llegaría fácilmente a donde fuera menester llegar. Y maldita la tecla que tocaba el Dómine Pérez en todo aquello.

—Todavía no es pasado mañana, capitán.

Lo dije casi con alivio, desafiante, mirando obstinado el río ante nosotros. Sin volverme, supe que Alatriste me estudiaba con mucha atención; y cuando por fin giré el rostro, vi que el sol naciente le teñía de rojo los iris glaucos.

—Tienes razón —dijo, pasándome la bota—. Todavía nos queda mucho camino.

Capítulo VIII

LA BARRA DE SANLÚCAR

El sol nos alumbró vertical ya más abajo de la venta de Tarfia, donde el Guadalquivir tuerce a poniente y empiezan a adivinarse las marismas de Doña Ana en la margen derecha. Los fértiles campos del Aljarafe y las orillas frondosas de Coria y Puebla fueron dejando paso a dunas de arena, pinares y arbustos entre los que a veces asomaban gamos, o jabalíes. El calor se hizo más intenso y húmedo, y en la barca los hombres liaron sus mantas, desabrochando capas, coletos y jubones. Apretados como arenques en barril, la luz del día dejaba ver ahora sus rostros mal afeitados, las cicatrices, barbas y mostachos cuyo aire fiero no desmentían los montones de armas con pretinas y tahalís de cuero, espadas, vizcaínas, terciados y pistolas, que todos tenían cerca. Sus ropas sucias y sus pieles grasientas por la intemperie, el mal dormir y el viaje, emanaban un olor crudo, áspero, que yo conocía bien de Flandes. Olor a hombres en campaña. Olor a guerra.

Hice un poco de rancho aparte con Sebastián Copons y con el contador Olmedilla; al que, pese a seguir tan antipático como de costumbre, me creía en la obligación moral de cuidar un poco entre semejante parroquia. Compartíamos el vino de la bota y las provisiones, y aunque ni el soldado viejo de Huesca ni el funcionario de la hacienda real eran hombres de muchas —ni de pocas— palabras, yo me mantenía cerca de ellos por un sentimiento de lealtad. Con Copons, por lo vivido juntos en Flandes; y con Olmedilla, por las circunstancias. En cuanto al capitán Alatriste, estuvo las doce leguas de viaje a lo suyo, siempre sentado a popa junto al patrón, dormitando sólo durante breves intervalos —cuando lo hacía cubría su rostro con el sombrero, como en guardia para que no lo viesen dormido—, y sin apenas quitar ojo a los hombres. Los estudiaba con detenimiento uno por uno, cual si de ese modo penetrase sus cualidades y sus vicios para conocerlos mejor. Permanecía atento a su forma de comer, de bostezar, de dormir; a las voces que daban manoseando las cartas en corro, jugándose lo que aún no tenían con la baraja de Guzmán Ramírez. Se fijaba en el que bebía mucho y en el que bebía poco; en el locuaz, en el fanfarrón y en el callado: en los juramentos de Enríquez el Zurdo, la risa atronadora del mulato Campuzano o la inmovilidad de Saramago el Portugués, que leyó durante todo el viaje tumbado sobre su capa con la mayor flema del mundo. Los había silenciosos o discretos como el Caballero de Illescas, el marinero Suárez o el vizcaíno Mascarúa, y también torpes y desplazados como Bartolo Cagafuego, que no conocía a nadie, y cuyos intentos de conversación fracasaban uno tras otro. No faltaban ocurrentes y graciosos en la parla, como era el caso de Pencho Bullas, o del escarramán Juan Eslava, siempre de humor excelente, que describía a sus cofrades con todo lujo de detalles las propiedades propicias a la virilidad —ensayadas en él mismo, afirmaba— de la limadura de cuerno de rinoceronte. También se daban esquinados como Ginesillo el Lindo, con su aire pulcro, la sonrisa equívoca y la mirada peligrosa, Andresito el de los Cincuenta y su forma de escupir por el colmillo, o ruines a la manera del Bravo de los Galeones, con la cara persignada de chirlos que no eran precisamente de barbero. Y así, mientras nuestra barca navegaba río abajo, el de allá contaba lances de hembras o dineros, el otro maldecía en corro tirando los dados para matar el tiempo, y el de acá refería anécdotas reales o fingidas de una hipotética vida soldadesca que, a poco, incluía Roncesvalles y hasta un par de campañas con Viriato. Todo, por supuesto, con los naturales pardieces, peses a tal, rodomontadas e hipérboles.

—Porque voto a Cristo que soy cristiano viejo, tan limpio de sangre y tan hidalgo como el mismo rey —oí decir a uno.

—Pues yo lo soy más, rediós —repuso otro—. Que a fin de cuentas, el rey es medio flamenco.

Y así, oyéndolos, uno habría dicho que la barca estaba ocupada por una hueste de lo mejor y más granado del reino de Aragón, Navarra y las dos Castillas. Era aquello moneda común a cada bolsa; e incluso en tan reducido espacio y menguada tropa como la nuestra, hacíanse fieros y distingos entre unas tierras y otras, juntándose éstos lejos de ésos, picados de reproches el extremeño, el andaluz, el vizcaíno o el valenciano, esgrimiendo los vicios y desgracias de sus provincias cada uno para sí, y uniéndose todos solamente en el odio común contra los castellanos, con pesadas zumbas y chacotas, no dándose ninguno que no figurase ser cien veces más de lo que era. Que aquella germanía allí hilvanada representaba, al cabo, una España en miniatura; y toda la gravedad y honra y orgullo nacional que Lope, Tirso y los otros ponían en escena en los corrales de comedias, se había ido con el siglo viejo y no existía ya más que en el teatro. Tan sólo nos quedaban la arrogancia y la crueldad; de modo que cuando uno consideraba el aprecio que todos teníamos de nuestras particulares personas, la violencia de costumbres y el desprecio a las otras provincias y naciones, se explicaba que con buen derecho los españoles fuésemos odiados de la Europa toda y de medio mundo.

En cuanto a nuestra expedición, participaba naturalmente de todos esos vicios, y la virtud le era tan natural como al diablo un arpa, un aura y unas alas blancas. Pero al menos, aunque mezquinos, crueles y fanfarrones, los hombres que viajaban en nuestra barca tenían algo en común: iban ligados por la codicia del oro prometido, sus tahalís, cintos y vainas estaban engrasados con esmero profesional, y las armas relucían bien bruñidas cuando las sacaban para afilarlas o limpiarlas bajo los rayos del sol. Y sin duda, en su cabeza fría, acostumbrada a tal tipo de gentes y de vida, el capitán Alatriste barajaba a todos aquellos hombres con los que había conocido en otros lugares; y de esa forma adivinaba, o preveía, lo que cada uno daría de sí al llegar la noche. O, dicho de otra forma, de quiénes podría fiarse, y de quiénes no.

Todavía quedaba buena luz cuando doblamos el último gran recodo del río, en cuyas orillas se alzaban las montañas blancas de las salinas. Entre los densos arenales y los pinares vimos el puerto de Bonanza, con su ensenada donde había ya numerosas galeras y otras naves; y más lejos, bien definida en la claridad de la tarde, la torre de la Iglesia Mayor y las casas más altas de Sanlúcar de Barrameda. Entonces el marinero bajó la vela, y el patrón llevó la barca hacia la orilla opuesta, buscando el margen derecho de la anchísima corriente que se vertía legua y media más allá, en el océano.

Desembarcamos mojándonos los pies, al amparo de una duna grande que prolongaba su lengua de arena en la corriente. Tres hombres al acecho bajo un bosquecillo de pinos vinieron a nuestro encuentro. Vestían de pardo, con ropas de cazadores; pero al acercarse observamos que sus armas y pistolas no eran de las que se usan para abatir conejos. El que parecía el jefe, un individuo de bigote bermejo y ademanes militares mal disimulados bajo la rústica indumentaria, fue reconocido por el contador Olmedilla; y ambos se retiraron a hablar aparte mientras nuestra tropa se congregaba a la sombra de los pinos. Estuvimos así un rato tumbados en la arena alfombrada de agujas secas, mirando a Olmedilla, que seguía su parla con el otro y de vez en cuando asentía impasible. En ocasiones, los dos observaban una gran elevación que se alzaba más abajo, a quinientos pasos siguiendo la orilla misma del río; y el del bigote bermejo parecía referirse al lugar con muchas explicaciones y mucho detalle. Al cabo Olmedilla se despidió de los supuestos cazadores, que tras dirigirnos una ojeada inquisitiva se marcharon a través del pinar, y el contador vino hasta nosotros, moviéndose en el paisaje arenoso como un insólito borrón negro.

—Todo está donde debe estar —dijo.

Luego llevó aparte a mi amo, y estuvieron hablando otro rato en voz baja. Y a veces, mientras lo hacía, Alatriste dejaba de mirar entre sus botas para observarnos. Al cabo se calló Olmedilla, y vi como el capitán hacía dos preguntas y el otro afirmaba dos veces. Entonces se pusieron en cuclillas, y Alatriste sacó la daga y estuvo haciendo con ella dibujos en el suelo; y cada vez que alzaba el rostro para interrogar al contador, éste afirmaba de nuevo. Tras estar así mucho rato, el capitán se quedó un espacio inmóvil, pensando. Después vino y nos dijo cómo íbamos a asaltar el *Niklaasbergen*. Lo explicó en pocas palabras, sin comentarios superfluos ni adornos.

—Dos grupos, en botes. Uno atacará primero la parte del alcázar, procurando hacer ruido. Pero no quiero tiros. Dejaremos las pistolas aquí.

Hubo un murmullo, y algunos hombres cambiaron vistazos insatisfechos. Un pistoletazo a tiempo permitía despachar por la posta, con más diligencia que el arma blanca, y de lejos.

—Reñiremos —dijo el capitán—, a oscuras y muy revueltos, y no quiero que nos abrasemos unos a otros… Además, si a alguien se le escapa un tiro, desde el galeón nos arcabucearán antes de que subamos a bordo.

Se detuvo, observándolos con mucho sosiego.

—¿Quiénes de vuestras mercedes han servido al rey?

Casi todos levantaron la mano. Con los pulgares en el cinto, muy serio, Alatriste los estudió uno por uno. Su voz era tan helada como sus ojos.

—Me refiero a los que han sido soldados de verdad.

Muchos titubearon, incómodos, ojeándose de soslayo. Un par bajaron la mano, y otros la dejaron en alto hasta que Alatriste se los quedó mirando y algunos terminaron bajándola también. Además de Copons, la mantenían en alto Juan Jaqueta, Sangonera, Enríquez el Zurdo y Andresito el de los Cincuenta. Alatriste señaló también a Eslava, a Saramago el Portugués, a Ginesillo el Lindo y al marinero Suárez.

—Esos nueve hombres formarán el grupo de proa. Subirán sólo cuando los de popa ya estén riñendo en el alcázar, para coger a la tripulación desprevenida y por la espalda. La idea es que aborden muy a la sorda por el ancla, empujen cubierta adelante y nos encontremos todos a popa.

—¿Hay cabos para cada grupo? —preguntó Pencho Bullas.

—Los hay; Sebastián Copons a proa, y yo mismo a popa con vuestra merced y los señores Cagafuego, Campuzano, Guzmán Ramírez, Mascarúa, el Caballero de Illescas y el Bravo de los Galeones.

Miré a unos y a otros, desconcertado al principio. En cuanto a calidad de hombres, la desproporción era poco sutil. Al cabo comprendí que Alatriste ponía a los mejores bajo el mando de Copons, reservándose para sí los más indisciplinados o menos de fiar, salvo alguna excepción como el mulato Campuzano, y tal vez Bartolo Cagafuego, que pese a ser más valentón que valiente, por vergüenza pelearía bien a la vista del capitán. Eso significaba que el grupo de proa era el que iba a decidir la partida; mientras los de popa, carne de matadero, soportarían lo peor del combate. Y si algo salía mal o los de proa se retrasaban mucho, a popa tendrían también el mayor número de bajas.

—El plan —prosiguió Alatriste— es cortar el cable del ancla para que el barco derive hacia la costa y embarranque en una de las lenguas de arena que están frente a la punta de San Jacinto. El grupo de proa llevará dos hachas para eso… Todos permaneceremos a bordo hasta que el barco toque fondo en la barra… Entonces iremos a tierra, que desde allí puede alcanzarse con el agua por el pecho, dejando el asunto en manos de otra gente que está prevenida.

Los hombres se miraron. Del bosquecillo de pinos llegaba el chirrido monótono de las cigarras. Con el zumbido de las moscas que nos acosaban en enjambres, ése fue el único sonido que se oyó mientras cada cual meditaba para sí.

—¿Habrá resistencia fuerte? —preguntó Juan Jaqueta, que se mordía pensativo las patillas.

—No lo sé. Por lo menos, esperémosla razonable.

—¿Cuántos herejes hay a bordo?

—No son herejes sino flamencos católicos, pero da lo mismo. Calculamos entre veinte y treinta, aunque muchos saltarán por la borda… Y hay algo importante: mientras queden tripulantes vivos, ninguno de nosotros pronunciará una palabra en español —Alatriste miró a Saramago el Portugués, que escuchaba atento con su grave aspecto de hidalgo flaco, el libro de costumbre asomándole por un bolsillo del jubón—. Vendría bien que este caballero grite algo en su lengua, y que quienes conozcan palabras inglesas o flamencas dejen también caer alguna —el capitán se permitió una ligera sonrisa bajo el mostacho—... La idea es que somos piratas.

Aquello distendió el ambiente. Hubo risas y los hombres se miraron entre sí, divertidos. Entre semejante parroquia, eso tampoco estaba demasiado lejos de la realidad.

—¿Y qué pasa con los que no se tiren al agua? —quiso saber Mascarúa.

—Ningún tripulante llegará vivo al banco de arena... Cuantos más asustemos al principio, menos habrá que matar.

—¿Y los heridos, o los que pidan cuartel?

—Esta noche no hay cuartel.

Algunos silbaron entre dientes. Hubo palmadas guasonas y risas en voz baja.

—¿Y qué hay de nuestros heridos? —preguntó Ginesillo el Lindo.

—Bajarán con nosotros y serán atendidos en tierra. Allí cobraremos todos, y cada mochuelo a su olivo.

—¿Y si hay muertos? —el Bravo de los Galeones sonreía con su cara acuchillada—... ¿Se cobra suma fija, o repartimos al final?

—Ya veremos.

El jaque observó a sus camaradas y después acentuó la sonrisa.

—Sería bueno verlo ahora —dijo con mala fe.

Alatriste se quitó con mucha pausa el sombrero, pasándose una mano por el pelo. Luego se lo puso de nuevo. La forma en que miraba al otro no daba lugar al menor equívoco.

—¿Bueno, para quién?

Había hablado arrastrando las palabras y en voz muy baja; con una consideración en la que ni un niño de teta habría confiado lo más mínimo. Tampoco el Bravo de los Galeones, pues captó el mensaje, apartó la vista, y no dijo más. El contador Olmedilla se había acercado un poco al capitán, y deslizó unas frases en su oído. Mi amo asintió.

—Queda algo importante que acaba de recordarme el caballero… Nadie, bajo ningún concepto —Alatriste paseaba sus ojos de escarcha por la concurrencia—, absolutamente nadie, bajará a las bodegas del barco, ni habrá botines personales, ni nada de nada.

Sangonera alzó una mano, curioso.

—¿Y si algún tripulante se embanasta dentro?

—Si eso pasa, yo diré quién baja a buscarlo.

El Bravo de los Galeones se acariciaba reflexivo el pelo grasiento, recogido en una coleta. Al cabo terminó diciendo lo que todos pensaban.

—¿Y qué es lo que hay en ese tabernáculo, que no puede verse?

—No es asunto vuestro. En realidad ni siquiera es asunto mío. Espero no tener que recordárselo a nadie.

El otro soltó una risa grosera.

—Ni que fuera la vida en ello.

Alatriste lo miró con mucha fijeza.

—Es que va.

—Pardiez, que es tallar demasiado —el jaque se apoyaba en una pierna, bravucón, y luego en la otra—… A fe de quien soy, recuerde vuacé que no trata con hombres mansos que sufran tanta amenaza. Entre yo y los camaradas, el que más y el que menos…

—Lo que sufra o no sufra vuestra merced, se me da un ardite —lo interrumpió muy seco Alatriste—. Es lo que hay, se previno a todos, y nadie puede volverse atrás.

—¿Y si ahora no nos place?

—Muy bellacos suenan esos plurales —el capitán se pasó despacio dos dedos por el mostacho, y luego hizo un gesto indicando el pinar—… En cuanto al singular de vuestra merced, con mucho gusto podemos discutirlo los dos en aquel bosquecillo.

El bravonel apeló en silencio a sus camaradas. Unos lo observaban con remota solidaridad, y otros no. Por su parte, con el espeso ceño fruncido, Bartolo Cagafuego se había incorporado, acercándose amenazador para respaldar al capitán; y yo mismo llevé la mano a la espalda tanteando mi daga. La mayor parte de los hombres desviaba los ojos, sonreía a medias o miraba cómo Alatriste rozaba fríamente la cazoleta de su espada. A nadie parecía incomodarle asistir a una buena riña, con el capitán a cargo de las lecciones de esgrima. Cuantos estaban al tanto de su currículo ya habían tenido ocasión de ilustrar a los demás; y el Bravo de los Galeones, con su bajuna arrogancia y sus aires exagerados de matasiete —que ya era exagerar, entre aquella jábega— no gozaba de simpatías.

—Ya hablaremos otro día —dijo por fin el jaque.

Se lo había pensado mucho, pero no deseaba perder la faz. Algunos de los germanes hicieron muecas decepcionadas, o se dieron con el codo. Lástima. No habría bosquecillo aquella tarde.

—Lo hablaremos —respondió suavemente Alatriste— cuando queráis.

Nadie discutió más, ni sostuvo el envite, ni hizo semblante de pretenderlo. Todo quedó sereno, Cagafuego desarrugó el ceño, y cada cual fue a sus ocupaciones. Entonces observé que Sebastián Copons retiraba la mano de la empuñadura de su pistola.

Zumbaban las moscas posándose en nuestras caras cuando asomamos con precaución la cabeza por la cresta de la duna grande. Ante nosotros, la barra de Sanlúcar estaba muy bien iluminada por la luz del atardecer. Entre la ensenada de Bonanza y la punta de Chipiona, donde el Guadalquivir abríase en el mar cosa de una legua, la boca del río era un bosque de mástiles empavesados y velas de barcos, urcas, galeazas, carabelas, naves pequeñas y grandes, embarcaciones oceánicas y costeras fondeadas entre los bancos de arena o en movimiento por todas partes, y prolongándose todavía el panorama por la costa hacia levante, en dirección a Rota y a la bahía de Cádiz. Algunos aguardaban la marea ascendente para subir hasta Sevilla, otros descargaban las mercancías en embarcaciones auxiliares, o aparejaban para rendir viaje en Cádiz después que los funcionarios reales subieran para comprobar su carga. En la otra orilla podíamos ver a lo lejos la próspera Sanlúcar extendida sobre la margen izquierda, con sus casas nuevas bajando hasta el borde mismo del agua y el enclave antiguo y amurallado sobre la colina, donde destacaban las torres del castillo, el palacio de los duques, la Iglesia Mayor y el edificio de la aduana vieja, que a tanta gente enriquecía en jornadas como aquélla. Dorada por la luz del sol, con la arena de su marina salpicada de barquitas de pescadores varadas, la ciudad baja hervía de gente y de pequeños botes con velas yendo y viniendo hacia los barcos.

—Ahí está el *Virgen de Regla* —dijo el contador Olmedilla.

Hablaba bajando la voz, como si pudieran oírnos al otro lado del río, y se enjugaba el sudor del rostro con un pañizuelo empapado. Estaba más pálido que nunca. No era hombre de caminatas ni de arrastrarse tras dunas ni arbustos, y el esfuerzo y el calor empezaban a hacerle mella. Su índice manchado de tinta indicaba un galeón grande, fondeado entre Bonanza y Sanlúcar, al resguardo de una lengua de arena que la bajamar empezaba a descubrir. Tenía la proa en dirección al vientecillo del sur que rizaba la superficie del agua.

—Y aquél —añadió señalando otro más próximo— es el *Niklaasbergen*.

Seguí la mirada de Alatriste. Con el ala del sombrero sobre los ojos para protegérselos del sol, el capitán observó cuidadosamente el galeón holandés. Estaba fondeado aparte, cerca de nuestra orilla, hacia la punta de San Jacinto y la torre vigía que allí se levantaba para prevenir incursiones de los piratas berberiscos, holandeses e ingleses. El *Niklaasbergen* era una urca negra de brea, con tres palos en cuyas gavias estaban aferradas las velas. Era corto y feo, de apariencia torpe, con la popa muy alta pintada bajo el fanal en colores blancos, rojos y amarillos: un barco de lo más común, dedicado al transporte, que no llamaba la atención. También apuntaba su proa al sur, y tenía las portas de los cañones abiertas para ventilar las cubiertas bajas. Veíamos poco movimiento a bordo.

—Estuvo fondeado junto al *Virgen de Regla* hasta que se hizo de día —explicó Olmedilla—. Luego vino a echar el ancla ahí.

El capitán estudiaba cada detalle del paisaje, como un ave rapaz que debiera lanzarse luego a oscuras sobre su presa.

—¿Tienen todo el oro a bordo? —preguntó.

—Falta una parte. No han querido quedarse junto al otro barco para no despertar sospechas... El resto lo traen al anochecer, en botes.

—¿De cuánto tiempo disponemos?

—No zarpa hasta mañana, con la pleamar.

Olmedilla indicó las piedras de un viejo cobertizo de almadraba en ruinas que había en la orilla. Más allá podía verse un banco arenoso que la bajamar dejaba al descubierto.

—Aquél es el sitio —dijo—. Incluso con marea alta, puede llegarse a pie hasta la orilla.

Alatriste entornó más los ojos. Observaba con prevención unas rocas negras que velaban en el agua, algo más adentro.

—Ahí está el bajo que llaman del Cabo —dijo—. Lo recuerdo bien... Las galeras procuraban evitarlo siempre.

—No creo que deba preocuparnos —respondió Olmedilla—. A esa hora nos favorecerán la marea, la brisa y la corriente del río.

—Más vale. Porque si en vez de dar con la quilla en la arena damos en esas piedras, nos iremos al fondo... Y el oro también.

A rastras, procurando no alzar las cabezas, retrocedimos hasta reunirnos con el resto de los hombres. Estaban tumbados sobre capas y gabanes, aguardando con la estolidez propia de su oficio; y sin que nadie hubiese dicho nada al respecto, por instinto se habían juntado unos a otros hasta agruparse en la misma compaña que tendrían durante el abordaje.

El sol desaparecía tras el bosquecillo de pinos. Alatriste fue a sentarse en su capa, cogió la bota de vino y bebió un trago. Yo extendí mi manta en el suelo, al lado de Sebastián Copons; el aragonés dormitaba boca arriba, un pañuelo sobre la cara para protegerse de las moscas, las manos cruzadas sobre el mango de su daga. Olmedilla vino junto al capitán. Tenía los dedos entrelazados y giraba los pulgares.

—Yo también voy —dijo en voz baja.

Observé cómo Alatriste, con la bota a medio camino, lo miraba atento.

—No es buena idea —dijo tras un instante.

Al contador, la piel pálida, el bigotillo, la barbita descuidada por el viaje, le daban un aspecto frágil; pero apretaba los labios, obstinado.

—Es mi obligación —insistió—. Soy funcionario del rey.

El capitán estuvo un rato pensativo, secándose el vino del mostacho con el dorso de la mano. Al fin dejó la bota y se recostó en la arena.

—Como gustéis —dijo de pronto—. Yo en cuestiones de obligación nunca me meto.

Todavía se quedó un poco callado, caviloso. Luego encogió los hombros.

—Iréis con el grupo de proa —dijo al cabo.

—¿Por qué no con vuestra merced?

—No pongamos todos los huevos en el mismo cesto.

Olmedilla me dirigió un vistazo, que sostuve sin pestañear.

—¿Y el mozo?

Alatriste me miró como al descuido, y luego soltó la hebilla del cinto con la espada y la daga, enrollando la pretina en torno a las armas. Después lo puso todo bajo la manta doblada que le servía de almohada, y se desabrochó el jubón.

—Íñigo viene conmigo.

Se tumbó con el sombrero echado sobre la cara, dispuesto a descansar. Olmedilla cruzaba los dedos, observaba al capitán y volvía a juguetear con las manos. Su impasibilidad parecía menos firme que otras veces; como si una idea que no se atreviese a expresar le rondara la cabeza.

—¿Y qué pasará —se decidió por fin— si el grupo de proa se retrasa, o no consigue limpiar a tiempo la cubierta?... Quiero decir si... Bueno... Si a vuestra merced, capitán, le pasa algo.

Alatriste no se movió bajo el chapeo que le ocultaba las facciones.

—En tal caso —dijo— el *Niklaasbergen* ya no será asunto mío.

Me dormí. Como muchas veces había ocurrido en Flandes antes de una marcha o de un combate, cerré los párpados y aproveché el espacio que tenía por delante para reponer fuerzas. Al principio fue una duermevela indecisa, abriendo de vez en cuando los ojos para percibir las últimas luces del día, los cuerpos tumbados a mi alrededor, sus respiraciones y ronquidos, las charlas en voz baja y la figura inmóvil del capitán con el sombrero encima. Luego el sopor se hizo más profundo, y me dejé flotar en las aguas negras y mansas, a la deriva por un mar inmenso surcado por velas innumerables que lo llenaban hasta el horizonte. Angélica de Alquézar apareció al fin, como tantas otras veces. Y esta vez me ahogué en sus ojos y sentí de nuevo en mis labios la dulce presión de los suyos. Busqué alrededor, en demanda de alguien a quien gritar mi felicidad; y allí estaban, inmóviles entre la bruma de un canal flamenco, las sombras de mi padre y del capitán Alatriste. Me uní a ellos chapoteando en el barro, a punto para desenvainar la espada frente a un ejército inmenso de espectros que salían de sus tumbas, soldados muertos, con petos y morriones oxidados, que empuñaban armas en sus manos huesudas, mirándonos desde los abismos de sus calaveras. Y abrí la boca para gritar en silencio palabras viejas que ya carecían de sentido, porque el tiempo me las iba arrancando una por una.

Desperté con la mano del capitán Alatriste en mi hombro. «Ya es la hora», susurró en voz muy baja, casi rozándome la oreja con el mostacho. Abrí los ojos a la noche. Nadie había encendido fuegos, ni se veían luces. La luna, menguante y muy escasa, apenas iluminaba ya; pero su claridad aún daba vagos perfiles a las siluetas negras que se movían en torno a mí. Oí deslizar de aceros en sus vainas, hebillas de cintos y corchetes al abrocharse, frases cortas dichas en murmullos. Los hombres se ajustaban las ropas, cambiaban los sombreros por lienzos y pañizuelos anudados en torno a la frente, y envolvían las armas con trapos para que el entrechocar de hierro no los delatase. Como había ordenado el capitán, las pistolas se dejaban allí, con el resto de la impedimenta. El *Niklaasbergen* iba a ser abordado al arma blanca.

Deshice a tientas el fardo de nuestra ropa y me enfundé mi coleto nuevo de ante, todavía lo bastante rígido y grueso para protegerme el torso de las cuchilladas. Luego me até bien las esparteñas, aseguré mi daga en el cinto para no perderla, con un cordel atado a la guarnición, y me colgué de un tahalí de cuero la espada del alguacil. A mi alrededor los hombres bebían un último trago de sus pellejos de vino, orinaban para aliviarse antes de la acción, cuchicheaban. Alatriste y Copons tenían las cabezas próximas mientras el aragonés recibía las últimas instrucciones. Al retroceder un paso topé con el contador Olmedilla, que me reconoció, dándome una corta y seca palmadita en la espalda; lo que en tan agrio personaje podía considerarse razonable expresión de afecto. Advertí que también llevaba espada al cinto.

—Vámonos —dijo Alatriste.

Echamos a andar, hundiendo los pies en la arena. Reconocí algunas de las sombras que pasaban a mi lado: la alta y delgada figura de Saramago el Portugués, el corpachón de Bartolo Cagafuego, la menuda silueta de Sebastián Copons. Alguien dijo una chanza en susurros, y oí, apagada, la risa del mulato Campuzano. Tronó entonces la voz del capitán ordenando silencio, y nadie volvió a hablar alto.

Al pasar junto al bosquecillo de pinos resonó el rebuzno de una mula, y miré hacia allá, curioso. Había caballerías ocultas entre los árboles, y confusas figuras humanas junto a ellas. Sin duda se trataba de la gente que más tarde, cuando el galeón estuviese varado en la barra, se encargaría de transbordar el oro. Para confirmar mis sospechas, tres siluetas negras se destacaron del pinar, y Olmedilla y el capitán se detuvieron con ellas, de conciliábulo. Creí reconocer a los falsos cazadores que habíamos visto por la tarde. Luego desaparecieron, Alatriste dio una orden, y reanudamos la marcha. Ahora ascendíamos por la ladera empinada de una duna, hundiéndonos en ella hasta los tobillos, y la claridad de la arena recortaba con más nitidez nuestras figuras. En la cima, el rumor del mar llegó hasta nosotros y la brisa nos acarició la cara. Había una mancha oscura y extensa en la que brillaban, hasta el horizonte negro como el cielo, los puntitos luminosos de los fanales de los barcos fondeados, de manera que las estrellas parecían reflejadas en el mar. A lo lejos, en la otra orilla, veíamos las luces de Sanlúcar.

Bajamos a la playa, con la arena amortiguando el ruido de los pasos. A mi espalda oí la voz de Saramago el Portugués, recitando bajito:

Porem eu cos pilotos na arenosa
praia, por vermos em que parte estou,
me detenho em tomar do sol a altura
e compassar a universal pintura...

Alguien preguntó qué diablos era aquello, y el Portugués, sin alterarse, respondió con su educado acento y sus eses prolongadas que era Camoens, que no todo iban a ser malditos Lopes y Cervantes, que él antes de batirse recitaba lo que le salía de los hígados, y que si a alguien incomodaba *Os Lusíadas* tendría mucho gusto en acuchillarse con él y con su santa madre.

—Éramos pocos y parió el Tajo —murmuró alguien.

No hubo más comentarios, el Portugués continuó entre dientes con sus versos, y seguimos camino. Junto a las estacas de una encañizada de pescadores vimos dos barcas esperando, con un hombre en cada una. Nos agrupamos en la orilla, expectantes.

—Conmigo los míos —dijo Alatriste.

Iba sin sombrero, con el coleto de piel de búfalo, la espada y la vizcaína al cinto. A su orden los hombres se dividieron en los grupos previstos. Oíanse despedidas y deseos de buena suerte, alguna broma y las naturales fanfarronadas sobre las almas que pensaba aliviar cada uno. No faltaban los nervios disimulados, los tropezones en la oscuridad ni los pardieces. Sebastián Copons pasó cerca, seguido de su gente.

—Dame un rato —le dijo en voz baja el capitán—. Pero no mucho.

El otro asintió en silencio, como solía, y se quedó allí mientras sus hombres embarcaban. El último era el contador Olmedilla. Su ropa negra lo hacía parecer más oscuro aún. Chapoteó heroicamente torpe en el agua mientras lo ayudaban a subir al bote, porque se había trabado las piernas con su propia espada.

—También cuídalo, si puedes —le dijo Alatriste a Copons.

—Cagüendiela, Diego —respondió el aragonés, que se anudaba el cachirulo en torno a la cabeza—. Demasiados encargos para una noche.

Alatriste emitió una risa queda, entre dientes.

—Quién nos lo iba a decir, ¿verdad?... Degollar flamencos en Sanlúcar.

Copons soltó un gruñido.

—Cuenta. Puestos a degollar, igual da un sitio que otro.

El grupo de popa ya embarcaba también. Fui con ellos, me mojé los pies, pasé la pierna sobre la regala y me acomodé en un banco. Un momento más tarde, el capitán se reunió con nosotros.

—A los remos —dijo.

Pusimos los cordeles de los maderos en los escálamos y empezamos a bogar, alejándonos de la orilla, mientras el marinero del bote dirigía el timón hacia una luz cercana que rielaba en el agua rizada por la brisa. El otro bote se mantenía cerca, silencioso, metiendo y sacando con mucho tiento los remos en el agua.

—Despacio —dijo Alatriste—... Despacio.

Con los pies apoyados en el banco de delante, sentado junto a Bartolo Cagafuego, yo doblaba el espinazo en las paladas, antes de echar el cuerpo hacia atrás tirando fuerte del remo. Al final de cada movimiento quedaba mirando hacia arriba, a las estrellas que se dibujaban nítidas en la bóveda del cielo. Al inclinarme hacia adelante, a veces me volvía observando a mi espalda, entre las cabezas de los camaradas. La luz de popa del galeón estaba cada vez más cerca.

—A la postre —murmuraba Cagafuego, rezongante sobre el remo— no me libré de bogallas.

El otro bote empezó a alejarse del nuestro, con la pequeña silueta de Copons erguida en la proa. Pronto desapareció en la oscuridad y sólo se oyó el rumor apagado de sus remos. Después, ni eso. Ahora la brisa era un poco más fresca y el agua se movía en una marejadilla suave que balanceaba la embarcación, obligándonos a estar más atentos al ritmo de la boga. A medio camino el capitán ordenó relevarnos, para que todo el mundo estuviese en condiciones a la hora de subir a bordo. Pencho Bullas se hizo cargo de mi puesto, y Mascarúa ocupó el de Cagafuego.

—Silencio y mucho cuidado —dijo Alatriste.

Estábamos muy cerca del galeón. Yo podía observar con más detalle su oscura y maciza silueta, los palos recortados en el cielo nocturno. El fanal encendido en el alcázar nos indicaba la popa con toda exactitud. Había otro farol en cubierta, iluminando obenques, cordajes y la base del palo mayor, y una luz se filtraba por dos de las portas de los cañones abiertas en el costado. No se veía a nadie.

—¡Quietos los remos! —susurró Alatriste.

Los hombres dejaron de bogar, y el bote quedó balanceándose en la marejadilla. Estábamos a menos de veinte varas de la enorme popa. La luz del fanal se reflejaba en el agua, casi ante nuestras narices. Al costado del galeón, hacia la aleta, había amarrado un chinchorro sobre el que pendía una escala.

—Preparen los arpeos.

Los hombres sacaron de bajo los bancos cuatro ganchos de abordaje que llevaban atadas cuerdas con nudos.

—A los remos otra vez… En silencio y muy despacio.

Avanzamos de nuevo, mientras el marinero nos dirigía hacia el chinchorro y la escala. Pasamos así bajo la altísima y negra popa, buscando los sitios que la luz del fanal dejaba en sombras. Todos mirábamos hacia arriba conteniendo el resuello, con la aprensión de ver aparecer allí un rostro en cualquier momento, seguido de un grito de alerta y una granizada de balas o un cañonazo de metralla. Por fin los remos cayeron al fondo del bote, y éste se deslizó hasta dar con las tablas del costado, junto al chinchorro y exactamente bajo la escala. El ruido del golpe, pensé, habrá despertado a toda la bahía. Pero lo cierto es que nadie gritó dentro, ni hubo alarma alguna. Un estremecimiento de tensión recorrió el bote mientras los hombres liberaban de trapos las armas y se disponían a subir. Me ajusté bien las presillas del coleto. Por un instante, el rostro del capitán Alatriste quedó muy cerca del mío. No podía ver sus ojos, pero supe que me estaba observando.

—Cada cual para sí, zagal —me dijo en voz baja.

Asentí a sabiendas de que no podía ver mi gesto. Luego noté su mano posarse en mi hombro, muy firme y breve. Alcé la vista a lo alto y tragué saliva. La cubierta estaba a cinco o seis codos sobre nuestras cabezas.

—¡Arriba! —susurró el capitán.

Al fin pude ver su rostro a la luz distante del fanal, el perfil de halcón sobre el mostacho cuando empezó a trepar por la escala, mirando hacia lo alto, con la espada y la daga tintineándole al cinto. Fui tras él sin pensarlo mientras oía a los hombres, ya sin disimulo, arrojar los ganchos de abordaje, que resonaron sobre las tablas de cubierta y al encajarse en la regala. Ahora todo era esfuerzo por trepar, y prisas, y una tensión casi dolorosa que laceraba mis músculos y mi estómago mientras agarraba las cuerdas de la escala y subía a tirones, peldaño a peldaño, resbalando en la tablazón húmeda del costado del barco.

—Mierda de Dios —dijo alguien abajo.

Entonces sonó un grito de alarma sobre nuestras cabezas, y al mirar vi asomarse un rostro iluminado a medias por el fanal. Tenía expresión espantada, y nos veía trepar como si no diera crédito a lo que pasaba. Y tal vez murió sin llegar a creerlo del todo, porque el capitán Alatriste, que ya alcanzaba su altura, le metió la daga por la gola hasta el puño, y el otro desapareció de nuestra vista. Ahora sonaban más voces arriba, y carreras por las entrañas del barco. Algunas cabezas aparecieron cautas por las portas de los cañones y volvieron a meterse dentro, gritando en flamenco. Las botas del capitán me golpearon la cara cuando llegó arriba, saltando a cubierta. En ese momento otro rostro asomó por la borda algo más arriba, sobre el alcázar; vimos una mecha encendida, un tiro de arcabuz resonó con el fogonazo, y algo zurreó rápido y fuerte entre nosotros, dando en un chasquido de carne y huesos rotos. Alguien que estaba subiendo desde el bote, a mi lado, cayó de espaldas al mar con un chapuzón y sin decir esta boca es mía.

—¡Arriba!... ¡Arriba! —apremiaban los hombres tras de mí, empujándose unos a otros para subir.

Apretados los dientes, encogida la cabeza como si pudiera ocultarla entre los hombros, trepé lo que me quedaba tan aprisa como pude, fui al otro lado de la borda, pisé la cubierta, y nada más hacerlo resbalé sobre un enorme charco de sangre. Me incorporé pringoso y aturdido, apoyándome sobre el cuerpo inmóvil del marinero degollado, y detrás de mí apareció en la borda la cara barbuda de Bartolo Cagafuego, los ojos desorbitados por la tensión, acentuada la mueca mellada y feroz por el machete enorme que traía sujeto entre los dientes. Estábamos justo al pie del palo de mesana, junto a la escala que conducía al alcázar. Había ahora más de los nuestros llegando a cubierta por las cuerdas de los arpeos, y era un milagro que no estuviese allí todo el galeón despierto para darnos una linda bienvenida, con el tiro de arcabuz y todo aquel escándalo de pasos y ruidos y carreras y chirriar de aceros al salir de las vainas.

Saqué la espada con la diestra y eché mano con la zurda a la daga, mirando alrededor, confuso, en busca de un enemigo. Y entonces vi que un tropel de hombres armados salía a cubierta desde el interior del barco, y que muchos eran grandes y rubios como los que conocíamos de Flandes, y que había otros a popa y en el combés, y que eran demasiados, y que el capitán Alatriste ya estaba dando tajos como un diablo para abrirse paso hacia la escala del alcázar. Acudí en socorro de mi amo, sin comprobar si Cagafuego y los otros nos seguían o no. Lo hice musitando el nombre de Angélica como postrera oración; y con la última sensatez, mientras me lanzaba al asalto aullando enloquecido, comprendí que si Sebastián Copons no llegaba a tiempo, la del *Niklaasbergen* iba a ser nuestra última aventura.

Capítulo IX

VIEJOS AMIGOS
Y VIEJOS ENEMIGOS

También la mano y el brazo se cansan de matar. Diego Alatriste habría dado lo que le quedaba de vida —que tal vez era muy poco— por bajar las armas y tumbarse en un rincón durante un rato. A esas alturas del combate seguía luchando por fatalismo y por oficio; y tal vez la indiferencia respecto al resultado lo mantenía paradójicamente vivo en medio de la confusa refriega. Peleaba tan sereno como de costumbre, fiado en su golpe de vista y en la respuesta de sus músculos, sin reflexionar. En hombres como él, y en tales lances, dejar a un lado la imaginación y encomendar la piel al instinto, era el modo más eficaz de tener a raya al destino.

Arrancó su espada del hombre que acababa de atravesar y lo empujó de una patada, para ayudarse a liberar la hoja. A su alrededor todo eran gritos, maldiciones y gemidos; y de vez en cuando un pistoletazo o un tiro de arcabuz flamenco iluminaban la penumbra, dejando entrever los grupos de hombres que se acuchillaban en tropel, y los charcos rojos que el oscilar de la cubierta encaminaba hacia los imbornales.

Sintiéndose dueño de una singular lucidez, paró un golpe de alfanje, hurtó el cuerpo, y respondió con una estocada en el vacío que apenas le importó no lograr. El otro se puso en cobro, y fue a empeñarse con alguien que lo acosaba por detrás. Alatriste aprovechó el respiro para apoyar la espalda en un mamparo y descansar. La escala del alcázar estaba ante él, iluminada desde arriba por el fanal, franca en apariencia. Había tenido que abatir a tres hombres para llegar allí, y nadie lo previno de que encontrarían tantos. El alto castillo de popa era un buen baluarte para resistir hasta que Copons llegase con los suyos; pero cuando Alatriste miró en torno, comprobó que la mayor parte de la gente propia se hallaba trabada a vida o muerte, y que casi todos luchaban y morían en el mismo sitio donde pisaran la cubierta.

Resignado, olvidó el alcázar y volvió sobre sus pasos. Encontró una espalda, tal vez la del mismo hombre que lo había esquivado antes; así que le hundió la daga en los riñones, movió la muñeca para que la hoja describiera dentro un círculo con el máximo destrozo posible, y la sacó mientras el otro caía al suelo aullando como un condenado. Un tiro a bocajarro lo deslumbró muy de cerca; y sabiendo que ninguno de los suyos llevaba pistola, cerró contra el sitio de donde venía el resplandor, dando tajos a ciegas. Topó con alguien, fue a trabarse de brazos, y cayó a la cubierta ensangrentada mientras golpeaba al otro con cabezazos en la cara, una y otra vez, hasta que pudo manejar la daga e introducirla entre ambos. Chilló el flamenco al sentirse herido, y escapó a gatas; revolvióse Alatriste, y un cuerpo le vino encima murmurando en español: «Madre Santísima, Jesús, Madre Santísima».

No supo quién era ni tuvo tiempo de averiguarlo. Se desembarazó del caído, poniéndose en pie con la espada en una mano y la daga en la zurda, sintiendo que la oscuridad se volvía roja a su alrededor. Los hombres gritaban de forma espantosa y era imposible dar tres pasos por la cubierta sin resbalar en la sangre.

Cling, clang. Todo parecía transcurrir tan despacio que le sorprendió que entre cada estocada suya no le colaran diez o doce los otros. Sintió un golpe en la cara, muy fuerte, y la boca se le llenó con el gusto metálico y familiar de la sangre. Alzó la espada con la guarda hasta la frente para descargar un tajo de revés contra un rostro cercano: una mancha muy pálida, borrosa, que se desvaneció con un alarido. El flujo y reflujo de la lucha llevaban de nuevo a Alatriste hasta la escala del alcázar, donde había más luz. Entonces comprobó que entre la axila y el codo del brazo izquierdo sostenía la espada arrebatada a alguien, hacía siglos. La dejó caer, revolviéndose a punta de daga porque creía tener enemigos detrás, y en ese instante, cuando iba a dar un contragolpe con la toledana, reconoció el rostro barbudo y feroz de Bartolo Cagafuego, que daba tajos a todas partes sin conocer a nadie, echando espumarajos por la boca. Giró Alatriste en otra dirección, buscando adversarios, justo a tiempo para hacer frente a una pica de abordaje cuya moharra le buscaba la cara. Esquivó, paró, tajó y luego clavó, haciéndose daño en los dedos cuando, al ir a fondo, la punta de la toledana se detuvo en seco con un chasquido, topando en hueso. Retiró el codo para liberar el arma, y al dar un paso atrás tropezó con unos rollos de cordaje y fue a dar de espaldas contra la escalera. Cloc. Ay. Creyó que se había roto el espinazo allí mismo. Alguien le asestaba ahora golpes con la culata de un arcabuz, así que hurtó la cabeza, agachándose. Dio con otro, e incapaz de saber si era amigo o enemigo, dudó, acuchilló y dejó de acuchillar, por si acaso. La espalda le dolía mucho; quiso gemir, para aliviarse —gemir largo, entre dientes, era buena forma de engañar el dolor, desahogándolo—, pero de su garganta no brotó sonido alguno. La cabeza le zumbaba, seguía notando sangre dentro de la boca, y los dedos estaban entumecidos de apretar espada y daga. Por un momento lo invadió el deseo de saltar por la borda. Ya estoy, pensó desolado, demasiado viejo para soportar esto.

Descansó lo preciso para recobrar aliento, y volvió resignado a la pelea. Aquí mueres, se dijo. Y en ese instante, cuando se hallaba al pie de la escala y en el círculo de luz del fanal, alguien gritó su nombre. Lo hizo con una exclamación que era al mismo tiempo de rencor y de sorpresa. Desconcertado, Alatriste se volvió hacia aquella voz, la espada por delante. Y entonces hizo un esfuerzo para tragar saliva y sangre, incrédulo. Que me crucifiquen en el Gólgota, pensó, si no tengo delante a Gualterio Malatesta.

Pencho Bullas murió a mi lado. El murciano estaba batiéndose a cuchilladas con un flamenco, y de pronto el otro le pegó un pistoletazo en la cabeza, tan de cerca que se la arrancó de quijada arriba, plaf, rociándome con los fragmentos. De cualquier modo, antes siquiera de que el flamenco bajara la pistola, yo le había pasado el filo de mi espada por el cuello, muy rápido y seco y apretando fuerte, y el adversario se fue encima de Bullas gorgo-te-ando en su lengua. Hice molinetes alrededor para mantener lejos a quien pretendiera acercarse. La escala del alcázar distaba demasiado para alcanzarla, así que procuré lo que todos: mantenerme vivo el tiempo necesario para que Sebastián Copons nos sacara de allí. Ya no me quedaba resuello para pronunciar el nombre de Angélica ni el de Cristo bendito: reservaba todo el aliento para mi pellejo. Durante un buen rato esquivé estocadas y golpes, devolviendo cuantos pude. A veces, entre la confusión del asalto, creía ver de lejos al capitán Alatriste; pero mis intentos por acercarme resultaron inútiles. Había demasiada gente matándose entre él y yo.

Los nuestros aguantaban el tipo con mucho oficio, peleando con la resolución profesional de quien lo pone todo a la sota de espadas; pero los del galeón eran más de los que esperábamos, y poco a poco nos empujaban hacia la borda por la que habíamos subido. Al menos, me dije, yo sé nadar. El suelo estaba lleno de cuerpos inmóviles o que se arrastraban entre quejidos, haciéndonos tropezar a cada paso. Y empecé a tener miedo. Un miedo que no era exactamente a la muerte —morir es un trámite, había dicho Nicasio Ganzúa en la cárcel de Sevilla—, sino a la vergüenza. A la mutilación, a la derrota y al fracaso.

Alguien atacó. No parecía grande y rubio como la mayor parte de los flamencos, sino cetrino y barbudo. Tiróme varios tajos con los filos, a modo de mandobles, con muy escasa fortuna; pero yo no perdí la cabeza, sino que reparé bien, asenté los pies con buena destreza, y al tercer o cuarto viaje en que el otro apartó el brazo, le entré por los pechos con la rapidez de un gamo, hasta la guarnición misma. Casi choqué con su cara al hacerlo —sentí su aliento en la mía—, fuime con él al suelo sin soltar el puño, y oí quebrarse en su espalda, contra las tablas de cubierta, la hoja de mi toledana. Allí, tal como estaba, le di cinco o seis buenas puñaladas en la barriga. A las primeras me sorprendió oírlo gritar en español, y por un momento pensé que me había equivocado, y que acababa de despachar a un camarada. Pero la luz del combés alumbró a medias un rostro desconocido. Había españoles a bordo, comprendí. Y por el aspecto y el coleto de aquel pájaro, gente de armas.

Me incorporé, confuso. Eso alteraba la situación, pardiez, y no para mejorarla. Quise pensar en lo que significaba; pero el hervor de la refriega era demasiado intenso como para darle vueltas al caletre. Busqué un arma mejor que mi daga, y di con un alfanje de abordaje: hoja ancha, corta, y enorme cazoleta en la empuñadura. Su peso en la mano diome cumplido consuelo. A diferencia de la espada, de filos más sutiles y punta necesaria para herir, aquél permitía abrirse camino a tajos. Así lo hice, chaf, chaf, impresionado yo mismo del chasquido que producía al golpear. Acabé junto a un pequeño grupo formado por el mulato Campuzano, que peleaba con la frente abierta por una brecha sangrante, y el Caballero de Illescas, quien ya se batía con poca resolución, agotado, buscando a ojos vistas un hueco para tirarse al mar.

Una espada enemiga relució ante mí. Alcé el alfanje para desviar el golpe, y aún no había acabado el movimiento cuando, con súbita sensación de pánico, comprendí el error. Pero ya era tarde: en ese instante, por

216

abajo y hacia el costado, algo punzante y metálico perforó el coleto, adentrándose en la carne; y me estremecí hasta la médula cuando sentí el acero deslizarse, rechinando, entre los huesos de mis costillas.

Todo encajaba, pensó fugazmente Diego Alatriste mientras se ponía en guardia. El oro, Luis de Alquézar, la presencia de Gualterio Malatesta en Sevilla y luego allí, a bordo del galeón flamenco. El italiano escoltaba el cargamento, y por eso habían encontrado una resistencia tan inesperada a bordo del *Niklaasbergen*: la mayor parte de los que les hacían frente no eran marineros sino mercenarios españoles, como ellos. En realidad, aquella era una escabechina entre perros de la misma jauría.

No tuvo tiempo de meditar nada más, porque tras la sorpresa inicial —a Malatesta se le veía tan desconcertado como lo estaba él mismo— el italiano ya le venía encima, negro y amenazador, con la espada por delante. De pronto al capitán se le esfumó la fatiga como por ensalmo. Nada tonifica tanto los humores de la sangre como el viejo odio; y el suyo ardió como era debido, bien reavivado y candente. De modo que el deseo de matar resultó más poderoso que el instinto de supervivencia. Alatriste fue incluso más rápido que su adversario, porque cuando llegó la primera estocada, él ya se había afirmado, desviándola con un golpe seco, y la punta de su espada llegó a una pulgada del rostro del otro, que se fue dando traspiés para evitarla. Esa vez, advirtió el capitán yéndole encima, al muy hideputa se le habían quitado las ganas de silbar *tirurí-ta-ta* o alguna otra maldita cosa.

Antes de que se rehiciera el italiano, Alatriste metió pies acosándolo muy de cerca, con los medios de la espada y el tiento de la vizcaína, de manera que a Malatesta no le quedó otra que retroceder, buscando espacio para dar su herida. Chocaron de nuevo, bien recio, bajo la misma escala del alcázar, y siguieron luego de cerca con las dagas y golpeándose con las guarniciones de las toledanas hasta la obencadura de la otra borda. Entonces el italiano dio contra el cascabel de uno de los cañones de bronce que allí estaban, desequilibrándose, y Alatriste gozó viéndole el miedo en los ojos cuando él se volvió de medio lado, le tiró de zurda y luego de diestra, a punta y a revés, con la mala suerte de que en ese último tajo se le volvió al capitán la espada de plano. Aquello bastó al otro para lanzar una exclamación de alegría feroz; y con la eficacia de una serpiente dio tan recia cuchillada, que si Alatriste no llega a saltar atrás, del todo descompuesto, allí mismo habría entregado el ánima.

—Qué pequeño es el mundo —murmuró Malatesta, entrecortado el aliento.

Aún parecía sorprendido de ver allí al viejo enemigo. Por su parte el capitán no dijo nada, limitándose a afirmar de nuevo los pies, muy en guardia. Se quedaron así estudiándose, espadas y dagas en las manos, encorvados y dispuestos a arremeter. En torno continuaba la refriega, y la gente de Alatriste seguía llevando la peor parte. Malatesta echó un vistazo.

—Esta vez pierdes, capitán... Era demasiado ambicioso el mordisco.

Me arrastré mientras oprimía la herida con las manos, hasta apoyar la espalda en unos cabos adujados en el suelo, junto a la borda. Allí desabroché mis ropas buscándome el tajo, que estaba en el costado derecho; pero no pude verlo en la oscuridad. Apenas dolía, salvo en las costillas que el acero había tocado. Sentí cómo la sangre se derramaba dulcemente entre mis dedos, corriéndome cintura abajo, por los muslos, hasta mezclarse con la que ya empapaba las tablas de la cubierta. Debo hacer algo, pensé, o me desangro aquí como un verraco. La idea me hizo desfallecer, y aspiré aire en boqueadas luchando por seguir consciente; un desvanecimiento era el modo más cierto de vaciarme por la herida. Alrededor seguía la pelea, y todos estaban harto ocupados para que yo pidiese ayuda; con el agravante de que podía acudir un enemigo que me rebanase lindamente el pescuezo. Así que resolví cerrar la boca y apañármelas solo. Dejándome caer despacio sobre el costado sano, metí un dedo en la herida para comprobar lo honda que era. No pasaba de dos pulgadas, calculé: el coleto de ante había amortizado de sobra los veinte escudos del precio. Podía respirar bien y el pulmón parecía indemne; pero la sangre seguía fluyendo y me debilitaba cada vez más. Tengo que atajar esto, me dije, o encargar misas. En otro sitio habría bastado un puñado de tierra para formar el coágulo, pero allí no había nada de eso. Ni siquiera un pañuelo limpio. De algún modo había arrastrado mi daga conmigo, porque la tenía entre las piernas. Corté un trozo del faldón de la camisa, y me lo apreté en la herida. Aquello escoció de veras. Dolió muchísimo, y tuve que morderme los labios para no gritar.

Empezaba a perder el sentido. Hice lo que pude, me dije, intentando consolarme antes de caer en el pozo negro que se abría a mis pies. No pensaba en Angélica ni pensaba en nada. Cada vez más débil, apoyé la cabeza en la borda, y entonces me pareció que ésta se movía. Sin duda es mi cabeza que da vueltas, concluí. Pero entonces reparé en que el ruido del combate había amainado allí, y que ahora había muchas voces y escándalo algo más lejos en cubierta, hacia el combés y la proa. Algunos hombres me pasaron por encima, casi pateándome en sus prisas, y se arrojaron al agua. Oía sus chapoteos y sus gritos de pánico. Miré hacia arriba, aturdido, y me pareció que alguien había trepado a la gavia de la vela mayor y cortaba los matafiones, porque ésta se desplegó de pronto, cayendo medio hinchada por la brisa. Entonces torcí la boca en una mueca estúpida y feliz. Una mueca que debía de ser una sonrisa, pues comprendí que habíamos vencido, que el grupo de proa había logrado cortar el cabo del ancla, y que el galeón derivaba en la noche, hacia los bancos de arena de San Jacinto.

Espero que tenga lo que hay que tener y no se rinda, pensó Diego Alatriste, afirmándose de nuevo con la espada. Confío en que este perro siciliano tenga la decencia de no pedir cuartel, porque voy a matarlo de cualquier manera, y no quiero hacerlo cuando esté desarmado. Con ese pensamiento, espoleando por la urgencia de zanjar aquello y no cometer errores de última hora mientras lo intentaba, reunió cuantas fuerzas le quedaban para asestarle a Gualterio Malatesta una furiosa serie de estocadas, tan rápidas y brutales que ni el mejor esgrimista del mundo las habría encajado sin sacar pies. El otro retrocedió cubriéndose a duras penas; pero tuvo la frialdad suficiente, cuando el capitán apuró el último golpe, de meter una cuchillada oblicua, alta, que no le tajó la cara por el grueso de un cabello. La pausa bastó a Malatesta para echar un rápido vistazo alrededor, comprobar el estado de las cosas en cubierta y advertir que el galeón derivaba hacia la costa.

—Rectifico, Alatriste. Esta vez ganas tú.

No había terminado de hablar cuando el capitán le dio un piquete con la punta, en un ojo; y el italiano apretó los dientes y soltó un quejido, llevándose el dorso de la mano libre a la cara, por donde le corría un reguero de sangre. Todavía así, con mucho cuajo, compuso una estocada furiosa, a ciegas, que casi traspasó el coleto de Alatriste, haciéndolo retroceder tres pasos.

—Al infierno —masculló Malatesta—. Tú y el oro.

Entonces le tiró la espada, intentando acertarle en el rostro, se encaramó a los obenques y saltó como una sombra en la oscuridad. Corrió Alatriste a la borda, tajando el aire, pero sólo pudo oír el chapuzón en las aguas negras. Y se quedó allí inmóvil, exhausto, mirando estúpidamente el mar en tinieblas.

—Siento el retraso, Diego —dijo una voz a su espalda.

Sebastián Copons estaba a su lado, resoplando de fatiga, con su cachirulo en torno a la frente y la espada en la mano, cubierto de sangre como por una máscara. Alatriste asintió con la cabeza, el aire todavía ausente.

—¿Muchas bajas?...

—La mitad.

—¿Íñigo?

—Regular. Un tajo pequeño en el pecho… Pero no le sale aire.

Alatriste asintió de nuevo, y siguió mirando la siniestra mancha negra del mar. A su espalda resonaban los gritos de triunfo de sus hombres, y los alaridos de los últimos defensores del *Niklaasbergen* al ser degollados mientras se rendían.

Me sentí mejor cuando dejó de fluir la sangre, y mis piernas recobraron las fuerzas. Sebastián Copons había hecho un vendaje de fortuna sobre la herida, y con ayuda de Bartolo Cagafuego fui a reunirme con los otros al pie de la escalera del alcázar. Los nuestros desalojaban la cubierta arrojando cadáveres por la borda, tras despojarlos de cuanto objeto de valor les encontraban encima. Caían con siniestras zambullidas, y nunca llegué a saber cuántos del barco, flamencos y españoles, murieron aquella noche. Quince o veinte; tal vez más. El resto se había arrojado al mar durante el combate y ahora nadaba o se ahogaba atrás, en la estela que el galeón, favorecido por la brisa del nordeste, iba dejando en el agua oscura, en su deriva de través hacia los bancos de arena.

En la cubierta, aún resbaladiza de sangre, yacían a la luz del farol los cuerpos de nuestros muertos. Los del grupo de popa habíamos llevado la peor parte. Estaban allí inmóviles, el pelo revuelto, los ojos abiertos o cerrados, en las actitudes que tenían al sorprenderlos la Parca:

Sangonera, Mascarúa, el Caballero de Illescas y el murciano Pencho Bullas. Guzmán Ramírez se había perdido en el mar, y Andresito el de los Cincuenta agonizaba gimiendo en voz baja, encogido junto a la cureña de un cañón, cubierto por el jubón que alguien le había echado encima para taparle las tripas que se derramaban hasta las rodillas. Salían heridos de menos consideración Enríquez el Zurdo, el mulato Campuzano y Saramago el Portugués. Había otro cadáver tendido en la cubierta, y lo estuve mirando un rato sorprendido, pues semejante posibilidad no me había pasado por la imaginación: el contador Olmedilla conservaba los párpados medio abiertos, como si hasta el último instante hubiese velado por que todo fuera en cumplimiento de lo debido a quienes pagaban su estipendio de funcionario. Estaba algo más pálido que de costumbre, impreso el rictus malhumorado bajo su bigotito de ratón cual si lamentara no disponer de tiempo para reseñarlo todo con tinta, papel y buena letra, en el acostumbrado documento oficial. La máscara de la muerte hacía más insignificante su aspecto, estaba muy quieto y parecía muy solo. Y me contaron que había subido al abordaje con el grupo de proa, trepando con enternecedora torpeza por los cordajes, dando ciegos mandobles con la espada que apenas sabía manejar, y que había caído enseguida, sin gritar ni quejarse, por un oro que no era suyo. Por un rey al que apenas vio alguna vez de lejos, que ignoraba su nombre, y que de haberse cruzado con él en cualquier despacho, ni siquiera le habría dirigido la palabra.

Cuando me vio, Alatriste vino, palpó con suavidad la herida, y luego me puso una mano en el hombro. A la luz del farol pude ver que sus ojos mantenían la expresión absorta de la lucha, más allá de cuanto nos rodeaba.

—Celebro verte, zagal —dijo.

Pero yo supe que no era cierto. Que tal vez lo celebrara más tarde, cuando los pulsos recobrasen el ritmo habitual y todo encajara de nuevo en su sitio; pero en ese momento las palabras no eran más que palabras. Sus pensamientos estaban todavía pendientes de Gualterio Malatesta, y también de la deriva del galeón hacia los bancos de San Jacinto. Apenas miró los cadáveres de los nuestros, e incluso a Olmedilla dedicó sólo una breve ojeada. Nada parecía sorprenderle, ni alterar el hecho de que él seguía vivo y quedaban cosas por hacer. Mandó al Galán Eslava a la banda de sotavento para que avisara si dábamos en la barra de arena o en el bajo del Cabo, ordenó a Juan Jaqueta que mantuviese la vigilancia por si quedaba algún enemigo escondido, y recordó que nadie bajaría a las cubiertas inferiores con ningún pretexto. Pena de vida, repitió sombrío; y Jaqueta, tras observarlo fijamente, asintió con la cabeza. Luego, acompañado por Sebastián Copons, Alatriste descendió a las entrañas del barco. Por nada del mundo me habría perdido aquello, de modo que aproveché los privilegios de mi situación para irles a la zaga, pese al dolor de mi herida, procurando no hacer movimientos bruscos que la hicieran sangrar más.

Copons llevaba un farol y una pistola que había cogido de cubierta; y Alatriste, la espada desnuda. Recorrimos así las cámaras y las bodegas sin encontrar a nadie —vimos una mesa puesta, con la comida intacta en una docena de platos—, y al fin llegamos a una escala que se hundía en la oscuridad. Al final había una puerta cerrada con una gruesa barra de hierro y dos candados. Copons me entregó el farol, fue en busca de un hacha de abordaje, y al cabo de unos cuantos golpes quedó derribada la puerta. Alumbré dentro.

—Cagüenlostia —murmuró el aragonés.

Allí estaban el oro y la plata por los que nos habíamos matado en cubierta. Estibado a modo de lastre en la bodega, el tesoro venía apilado en barriles y cajas bien amarradas unas a otras. Los lingotes y barras de oro relucían como un increíble sueño dorado, empedrando la cala. En las minas lejanas del Perú y Méjico, lejos de la luz del sol, bajo el látigo de los capataces, miles de esclavos indios habían dejado la salud y la vida para que ese metal precioso llegara hasta allí y fuese a pagar las deudas del imperio, los ejércitos y las guerras que España libraba contra media Europa, o aumentara la fortuna de banqueros, funcionarios, nobles sin escrúpulos, y en este caso la bolsa del mismo rey. Las barras de oro reflejaban su brillo en las pupilas del capitán Alatriste, en los ojos muy abiertos de Copons. Y yo asistía al espectáculo, fascinado.

—Somos idiotas, Diego —dijo el aragonés.

Lo éramos, sin duda. Y vi que el capitán asentía lentamente a las palabras de su camarada. Lo éramos por no izar todas las velas, si hubiéramos sabido cómo hacerlo, y seguir navegando, no hacia los bancos de arena, sino hacia el mar abierto, hacia las aguas que bañaban tierras habitadas por hombres libres sin amo, sin dios y sin rey.

—Virgen santa —dijo una voz a nuestra espalda.

Nos volvimos. El Bravo de los Galeones y el marinero Suárez estaban en la escalera, mirando el tesoro con las caras desencajadas. Traían sus armas en las manos, y talegos a la espalda donde habían ido metiendo cuanto de valor encontraban a su paso.

—¿Qué hacen aquí? —preguntó Alatriste.

Cualquiera que lo hubiese conocido habría tenido mucho tiento con el tono de su voz. Pero aquellos dos no lo conocían demasiado.

—Dar un paseo —repuso el Bravo de los Galeones con mucha desvergüenza.

El capitán se pasó dos dedos por el mostacho. Sus ojos estaban inmóviles como cuentas de vidrio.

—Ordené que no bajara nadie.

—Ya —el Bravo chasqueó la lengua. Sonreía codicioso, con una mueca feroz en el rostro lleno de marcas y puntos—. Y ahora vemos por qué.

Seguía contemplando con ojos de insania el tesoro que centelleaba en la bodega. Luego cambió una mirada con Suárez, que había dejado su talego en los escalones y se rascaba la cabeza incrédulo, aturdido por el descubrimiento.

—Me parece, compañero —le dijo el Bravo de los Galeones—, que habrá que hablar de esto con los otros... Sería linda chanza que...

Las palabras se ahogaron en su garganta cuando Alatriste, sin más preámbulos, le pasó el pecho con la espada, y con tanta rapidez que cuando el jaque se miró el golpe, estupefacto, el acero ya estaba otra vez fuera de la herida. Cayó con la boca abierta y un suspiro desesperado, primero sobre el capitán, que se apartó, y luego rodando por los escalones, hasta el pie mismo de un barril lleno de plata. Al ver aquello, Suárez soltó un horrorizado voto a Cristo y levantó el alfanje que llevaba en la mano; pero pareció pensarlo mejor, pues en el acto giró sobre sus talones y empezó a subir por la escalera a toda prisa, ahogando un chillido de angustia. Y siguió chillando hasta que Sebastián Copons, que había desenvainado la daga, corrióle al alcance, atrapándolo por un pie, y tras hacerlo caer, le fue encima, lo asió por el pelo, y echándole hacia atrás con violencia la cabeza, lo degolló en un jesús.

Yo asistí a la escena paralizado por el estupor. Inmóvil y sin atreverme a mover un dedo, vi que Alatriste limpiaba la espada en el cuerpo del Bravo de los Galeones, cuya sangre se derramaba hasta manchar los lingotes de oro apilados en el suelo. Luego hizo algo extraño: escupió, cual si tuviera algo sucio en la boca. Escupió al aire como para sí mismo, o como quien suelta una blasfemia silenciosa; y al encontrarse mis ojos con los suyos me estremecí, porque miraba igual que si no me conociera, y por un instante llegué a temer que también me clavara a mí la espada.

—Vigila la escalera —le dijo a Copons.

Asintió el aragonés, que también limpiaba su daga arrodillado junto al cuerpo inerte de Suárez. Después Alatriste pasó a su lado sin mirar apenas el cadáver del marinero, y subió a cubierta. Lo seguí, aliviado por dejar atrás el paisaje atroz de la bodega, y una vez arriba vi que Alatriste se detenía respirando hondo, como en busca del aire que le hubiera faltado abajo. Entonces el Galán Eslava gritó desde la borda, y casi al mismo tiempo sentimos rechinar la arena bajo la quilla del galeón. Cesó el movimiento, la cubierta quedó inclinada de través, y los hombres señalaron las luces que se movían en tierra, viniendo a nuestro encuentro. El *Niklaasbergen* había embarrancado en los bajos de San Jacinto.

Fuimos a la borda. Había barcas remando en la oscuridad, y una fila de luces se adelantaba despacio, al extremo de la lengua de arena que, al iluminarla con faroles, clareaba el agua bajo el galeón. Alatriste echó una ojeada a la cubierta.

—Nos vamos —le dijo a Juan Jaqueta.

El otro dudó un momento.

—¿Dónde están Suárez y el Bravo? —preguntó, inquieto—. Lo siento, capitán, pero no pude evitar... —se interrumpió de pronto, observando con mucha atención a mi amo bajo la luz del combés—. Disculpad... Habría tenido que matarlos, para impedir que bajaran.

Se calló un instante.

—Matarlos —repitió en voz baja, confuso.

Sonó más a interrogación que a otra cosa. Pero no hubo respuesta. Alatriste seguía mirando alrededor.

—Abandonamos el barco —dijo, dirigiéndose a los hombres de la cubierta—. Socorran a los heridos.

Jaqueta continuaba observándolo. Aún parecía aguardar una respuesta.

—¿Qué ha pasado? —preguntó sombrío.

—Ellos no vienen.

Habíase vuelto al fin a encararlo, con mucha frialdad y mucha calma. Abrió la boca el otro, pero al cabo no dijo nada. Se quedó así un momento y luego terminó por volverse a los hombres, apremiándolos a obedecer. Las barcas y las luces se acercaban más, y los nuestros empezaron a descender por la escala hasta la lengua de arena que la bajamar descubría bajo el galeón. Sosteniendo con cuidado a Enríquez el Zurdo, que sangraba mucho por la nariz rota y tenía un par de feos tajos en los brazos, bajaron Bartolo Cagafuego y el mulato Campuzano, que llevaba la frente vendada como si luciera un turbante. Por su parte, Ginesillo el Lindo ayudaba a Saramago, que se dolía cojeando de una cuchillada de palmo y medio en un muslo.

—Casi me llevan los aparejos —se lamentaba el Portugués.

Los últimos fueron Jaqueta, que antes cerró los ojos de su compadre Sangonera, y el Galán Eslava. En cuanto a Andresito el de los Cincuenta, nadie tuvo que ocuparse de él porque hacía rato que estaba muerto. Copons apareció por la escala de la bodega, y sin reparar en nadie se dirigió a la borda. En ese momento asomó por ella un hombre, en el que reconocí al del bigote bermejo que por la tarde había estado conferenciando con el contador Olmedilla. Venía con las mismas ropas de cazador, armado hasta las encías, y tras él subieron varios más. Pese al disfraz, todos tenían aspecto de soldados. Repasaron con curiosidad profesional los cuerpos muertos de los nuestros, la cubierta manchada de sangre, y el del bigote bermejo se quedó observando un rato el cadáver de Olmedilla. Luego vino hasta el capitán.

—¿Cómo pasó? —quiso saber, señalando el cuerpo del contador.

—Pasó —dijo Alatriste, lacónico.

El otro se lo quedó mirando con mucha atención.

—Buen trabajo —dijo por fin, ecuánime.

Alatriste no respondió. Por la borda seguían subiendo hombres muy bien armados. Algunos traían arcabuces con las mechas encendidas.

—Me hago cargo del barco —dijo el del bigote bermejo— en nombre del rey.

Vi que mi amo asentía, y lo seguí al dirigirse a la borda por donde Sebastián Copons se descolgaba ya. Entonces Alatriste se volvió hacia mí, el aire todavía ausente, y me pasó un brazo por detrás, para ayudarme. Fui a apoyarme en él, sintiendo en sus ropas el olor del cuero y el hierro mezclado con la sangre de los hombres que había matado aquella noche. Bajó así por la escala sosteniéndome con cuidado, hasta que pusimos pie en la arena. El agua nos llegaba por los tobillos. Después nos mojamos algo más al caminar hacia la playa, hundiéndonos hasta la cintura, de modo que llegó a escocerme mucho la herida. Y a poco, sosteniéndome siempre el capitán, salimos a tierra firme donde los nuestros se congregaban en la oscuridad. Había alrededor más sombras de hombres armados, y también las formas confusas de muchas mulas y carros listos para cargar lo que había en las bodegas del barco.

—A fe mía —dijo alguien— que nos hemos ganado el jornal.

Aquellas palabras, dichas en tono festivo, rompieron el silencio y la tensión que aún quedaba del combate. Como siempre después de la acción —eso lo había visto repetirse una y otra vez en Flandes—, poco a poco los hombres empezaron a hablar, primero de modo aislado, con frases breves, quejidos y suspiros. Luego de modo más abierto. Llegaron al fin los pardieces, las risas y las fanfarronadas, el vive Dios y pese a Cristo que yo hice tal, o fulano hizo cual. Algunos reconstruían los lances del abordaje o se interesaban por el modo en que habían muerto este o aquel compañero. No oí lamentar la pérdida del contador Olmedilla: aquel tipo seco y vestido de negro nunca les fue simpático, y además saltaba a la vista que no era hombre de tales menesteres. Nadie le había dado vela en su propio entierro.

—¿Qué fue del Bravo de los Galeones? —preguntó uno—. No lo vi reventar.

—Estaba vivo a lo último —dijo otro.

—El marinero —añadió un tercero— tampoco bajó del barco.

Nadie supo dar razón, o los que podían darla se callaron. Hubo algunos comentarios a media voz; pero a fin de cuentas el marinero Suárez no tenía amigos en aquella balumba, y el Bravo era detestado por la mayoría. En realidad nadie lamentaba su ausencia.

—A más tocamos, supongo —apuntó uno.

Alguien se rió, grosero, dando por zanjado el asunto. Y me pregunté —sin muchas dudas en la respuesta— si en caso de estar yo mismo tirado en la cubierta, frío y tieso como la mojama, habría merecido el mismo epitafio. Veía cerca la sombra callada de Juan Jaqueta; y aunque era imposible distinguir su cara, supe que miraba al capitán Alatriste.

Seguimos camino hasta una venta cercana, que ya estaba dispuesta para que pasáramos la noche. Al ventero —gente bellaca donde las haya— le bastó vernos las caras, los vendajes y los hierros para volverse tan diligente y obsequioso como si fuésemos grandes de España.

De modo que allí hubo vino de Jerez y Sanlúcar para todos, fuego para secar las ropas y comida abundante de la que no perdonamos letra, pues con la sarracina teníamos bien mochos los estómagos. Se entregaron jarras y cabrito asado al brazo secular, y terminamos haciendo la razón por los camaradas muertos y por las relucientes monedas de oro que cada cual vio apilar ante sí sobre la mesa, traídas antes del amanecer por el hombre del bigote bermejo, al que acompañaba un cirujano que atendió a nuestros heridos, limpió el roto de mi costado, cosióme dos puntos en la herida, y puso en ella ungüento y un vendaje nuevo y limpio. Poco a poco los hombres se fueron quedando dormidos entre los vapores del vino. De vez en cuando el Zurdo o el Portugués se quejaban de sus heridas, o resonaban los ronquidos de Copons, que dormía tirado sobre una estera con la misma flema que yo le había visto en el fango de las trincheras de Flandes.

A mí, el malestar de la herida me impidió conciliar el sueño. Era la primera que sufría, y mentiría si negase que su dolor me hacía experimentar un nuevo e indecible orgullo. Ahora, con el paso del tiempo, tengo otras marcas en el cuerpo y en la memoria: aquélla es sólo un trazo casi imperceptible sobre mi piel, minúscula en comparación con la de Rocroi, o con la que me hizo la daga de Angélica de Alquézar; pero a veces paso los dedos por encima y recuerdo como si fuera ayer la noche en la barra de Sanlúcar, el combate en la cubierta del *Niklaasbergen* y la sangre del Bravo de los Galeones manchando de rojo el oro del rey.

Tampoco olvido al capitán Alatriste como lo vi esa madrugada en que el dolor no me dejaba dormir, sentado aparte en un taburete, la espalda contra la pared, viendo el alba penetrar grisácea por la ventana, bebiendo vino lenta y metódicamente, como tantas veces lo vi hacerlo, hasta que sus ojos parecieron de vidrio opaco y su perfil aquilino se inclinó despacio sobre el pecho, y el sueño, un letargo semejante a la muerte, se adueñó de su cuerpo y su conciencia. Y yo había vivido junto a él tiempo suficiente para conocer que, incluso en sueños, Diego Alatriste seguía moviéndose a través de aquel páramo personal que era su vida, callado, solitario y egoísta, cerrado a todo lo que no fuese la indiferencia lúcida de quien conoce el escaso trecho que media entre estar vivo y estar muerto. De quien mata por oficio para conservar el resuello, para comer caliente. Para cumplir, resignado, las reglas del extraño juego: el viejo ritual a que hombres como él se veían abocados desde que existía el mundo. Lo demás, el odio, las pasiones, las banderas, nada tenía que ver con aquello. Habría sido más llevadero, sin duda, que en lugar de la amarga lucidez que impregnaba cada uno de sus actos y pensamientos, el capitán Alatriste hubiera gozado de los dones magníficos de la estupidez, el fanatismo o la maldad. Porque sólo los estúpidos, los fanáticos o los canallas viven libres de fantasmas, o de remordimientos.

234

Epílogo

Imponente en su uniforme amarillo y rojo, el sargento de la guardia española me observó irritado, reconociéndome cuando franqueé la puerta de los Reales Alcázares con don Francisco de Quevedo y el capitán Alatriste. Era el individuo fuerte y mostachudo con el que yo había tenido días atrás unas palabras frente a las murallas; y sin duda le sorprendía verme ahora con jubón nuevo, bien repeinado y más galán que Narciso, mientras don Francisco le mostraba el documento por el que se nos autorizaba a asistir a la recepción que sus majestades los reyes daban al municipio y al consulado de Sevilla, para celebrar la llegada de la flota de Indias. Otros invitados entraban al mismo tiempo: ricos comerciantes con esposas bien provistas de joyas, mantillas y abanicos, caballeros de la nobleza menor que sin duda habían empeñado sus últimos bienes para estrenar ropa aquella tarde, eclesiásticos de sotana y manteo, y representantes de los gremios locales. Casi todos miraban a uno y otro lado extasiándose boquiabiertos e inseguros, impresionados por la espléndida apariencia de las guardias española, borgoñona y tudesca que custodiaban el recinto, cual si temieran que de un momento a otro alguien preguntase qué hacían allí antes de echarlos a la calle. Hasta el último invitado sabía que sólo iba a ver a los reyes un instante y de lejos, y que todo se limitaría a descubrirse la cabeza, inclinarla al paso de sus augustas majestades y poco más; pero hollar los jardines del antiguo palacio árabe y asistir a una jornada como aquélla, adoptando el continente hidalgo y endomingado propio de un grande de España, y poder contarlo al día siguiente, colmaba las ínfulas que todo español del siglo, hasta el más plebeyo, cultivaba dentro. Y de ese modo, cuando también al otro día el cuarto Felipe plantease al municipio la aprobación de un nuevo impuesto o una tasa extraordinaria sobre el tesoro recién llegado, Sevilla tendría en la boca el almíbar necesario para endulzar lo amargo del trago —las más mortales estocadas son las que traspasan el bolsillo—, y aflojaría la mosca sin excesivos melindres.

—Allí está Guadalmedina —dijo don Francisco.

Álvaro de la Marca, que se entretenía de parla con unas damas, nos vio de lejos, disculpóse mediante una graciosa cortesía y vino a nuestro encuentro con mucha política, luciendo la mejor de sus sonrisas.

—Pardiez, Alatriste. Cuánto me alegra.

Con su desenvoltura habitual saludó a Quevedo, elogió mi jubón nuevo y golpeó con amistosa suavidad un brazo del capitán.

—Hay quien se alegra mucho también —añadió.

Vestía tan elegante como solía: de azul pálido con pasamanería de plata y una hermosa pluma de faisán en el chapeo; y su aspecto cortesano contrastaba con el sobrio indumento de Quevedo, negro y con la cruz de Santiago al pecho, y también con el de mi amo, que iba de pardo y negro, con un jubón viejo pero cepillado y limpio, gregüescos de lienzo, botas, y la espada reluciente en el cinto recién pulido. Sus únicas prendas nuevas eran el sombrero —un fieltro de anchas alas con una pluma roja en la toquilla—, la blanquísima valona almidonada que llevaba abierta, a lo soldado, y la daga que reemplazaba la rota durante el encuentro con Gualterio Malatesta: una magnífica hoja larga de casi dos cuartas, con las marcas del espadero Juan de Orta, que había costado diez escudos.

—No quería venir —dijo don Francisco, señalando al capitán con un gesto.

—Ya lo supongo —respondió Guadalmedina—. Pero hay órdenes que no se pueden discutir —guiñó un ojo, familiar—… Mucho menos un veterano como tú, Alatriste. Y ésta es una orden.

El capitán no decía nada. Miraba en torno, incómodo, y a veces se tentaba la ropa como si no supiera qué hacer con las manos. A su lado, Guadalmedina sonreía al paso de éste o aquél, saludaba con un gesto a un conocido, con una inclinación de cabeza a la mujer de un mercader o a la de un leguleyo, que se curaban el pudor con golpes de abanico.

—Te diré, capitán, que el paquete llegó a su destinatario, y que todo el mundo se huelga mucho de ello —interrumpióse, con una risa, y bajó la voz—… A decir verdad, unos se huelgan menos que otros… Al duque de Medina Sidonia le ha dado un ataque que casi se muere del disgusto. Y cuando Olivares regrese a Madrid, tu amigo el secretario real Luis de Alquézar tendrá que dar unas cuantas explicaciones.

Guadalmedina seguía riendo bajito, muy puesto en chanza, sin dejar los saludos, haciendo gala de una impecable apariencia de cortesano.

—El conde duque está en la gloria —prosiguió—. Más feliz que si Cristo fulminase a Richelieu... Por eso quiere que estés hoy aquí: para saludarte, aunque sea de lejos, cuando pase con los reyes... No me digas que no es un honor. Invitación personal del privado.

—Nuestro capitán —dijo Quevedo— opina que el mejor honor que podría hacérsele es olvidar por completo este asunto.

—No le falta razón —opinó el aristócrata—. Que a menudo el favor de los grandes es más peligroso y mezquino que su desfavor... De cualquier modo, tienes suerte de ser soldado, Alatriste, porque como cortesano serías un desastre... A veces me pregunto si mi oficio no es más difícil que el tuyo.

—Cada cual —dijo el capitán— se las arregla como puede.

—Y que lo digas. Pero volviendo a lo de aquí, te diré que el rey mismo le pidió ayer a Olivares que le contara la historia. Yo estaba delante, y el privado pintó un cuadro bastante vivo... Y aunque ya sabes que nuestra católica majestad no es hombre que exteriorice sus emociones, que me ahorquen como a un villano si no lo vi parpadear seis o siete veces durante el relato; lo que en él es el colmo.

—¿Eso va a traducirse en algo? —preguntó Quevedo, práctico.

—Si os referís a algo que suene y tenga cara y cruz, no lo creo. Ya sabéis que en deshilar lana, si Olivares es tacaño, su majestad nos sale tacaño y medio... Consideran que el negocio quedó pagado en su momento, y bien pagado además.

—Eso es verdad —concedió Alatriste.

—Así será, si tú lo dices —Álvaro de la Marca encogía los hombros—. Lo de hoy es, digamos, un colofón honorífico... Al rey le han picado la curiosidad, recordándole que fuiste tú el de las estocadas del príncipe de Gales en el corral del Príncipe hace un par de años. Así que tiene antojo de verte la cara —el aristócrata hizo una pausa cargada de intención—... La otra noche, la orilla de Triana estaba demasiado oscura.

Dicho eso calló de nuevo, atento al rostro impasible de Alatriste.

—¿Has oído lo que acabo de decir?

Mi amo sostuvo aquello sin responder, como si lo que planteaba Álvaro de la Marca fuese algo que ni le importaba ni deseaba recordar. Algo de lo que prefería mantenerse al margen. Tras un instante el aristócrata pareció entenderlo; porque sin dejar de observarlo movió lentamente la cabeza mientras sonreía a medias, el aire comprensivo y amistoso. Después ojeó alrededor y se detuvo en mí.

—Cuentan que el chico estuvo bien —dijo, cambiando de tecla—... Y que hasta se llevó un lindo recuerdo.

—Estuvo muy bien —confirmó Alatriste, haciéndome ruborizar de arrogancia.

—En cuanto a lo de esta tarde, conocéis el protocolo —Guadalmedina indicó las grandes puertas que comunicaban los jardines con el palacio—... Aparecerán por ese lado sus majestades, se inclinarán todos estos palurdos, y los reyes desaparecerán por esa otra parte. Visto y no visto. En cuanto a ti, Alatriste, no tendrás más que descubrirte e inclinar por una vez en tu maldita vida esa cabezota de soldado... El rey, que pasará oteando las alturas como acostumbra, te mirará un momento. Olivares hará lo mismo. Tú saludas, y en paz.

—Gran honor —dijo Quevedo, irónico. Y luego recitó, en voz muy baja, haciéndonos acercar en corro las cabezas:

> *¿Veslos arder en púrpura, y sus manos*
> *en diamantes y piedras diferentes?*
> *Pues asco dentro son, tierra y gusanos.*

Guadalmedina, que aquella tarde estaba muy puesto en vena cortesana, dio un respingo. Volvíase en torno, molesto, acallando al poeta con gestos para que fuese más comedido.

—A fe, don Francisco. Reportaos, que no está el horno para bollos... Además, hay quien se dejaría arrancar una mano por una simple mirada del rey —se volvió al capitán, persuasivo—... De cualquier modo, bueno es que también Olivares te recuerde, y bueno es que desee verte aquí. En Madrid tienes unos cuantos enemigos, y no es baladí contar al privado entre los amigos... Ya es tiempo de que deje de seguirte la miseria como la sombra al cuerpo. Y como tú mismo le dijiste una vez al propio don Gaspar en mi presencia, nunca se sabe.

—Es cierto —repitió Alatriste—. Nunca se sabe.

Sonó un redoble de tambor al extremo del patio, seguido de un toque corto de corneta, y las conversaciones se apagaron mientras los abanicos interrumpían su aleteo, algunos sombreros se abatían, y todo el mundo atendía hacia el otro lado de las fuentes, los setos recortados y las amenas rosaledas. Allí había unas grandes colgaduras y tapices, y bajo ellas acababan de aparecer los reyes y su séquito.

—Debo reunirme con ellos —se despidió Guadalmedina—. Hasta luego, Alatriste. Y si es posible, intenta sonreír un poco cuando te vea el privado... Aunque pensándolo bien, mejor quédate serio... ¡Una sonrisa tuya hace temer una estocada!

Se alejó y quedamos donde nos había dispuesto, en la orilla misma del camino de albero que cruzaba por la mitad del jardín, mientras la gente abría plaza a uno y otro lado, todos pendientes de la comitiva que avanzaba despacio por la avenida. Iban delante dos oficiales y cuatro arqueros de la guardia, y detrás una elegante muestra del séquito real: gentileshombres y azafatas de los reyes, ellas con sombreros y mantellinas con plumas, joyeles, puntillas y ricas telas; y ellos vestidos de buenos paños con diamantes, cadenas de oro y espadas de corte con empuñaduras doradas.

—Ahí la tienes, chico —susurró Quevedo.

No hacía falta que lo dijera, porque yo estaba atento, mudo e inmóvil. Entre las meninas de la reina venía Angélica de Alquézar, por supuesto, con una mantilla blanca finísima, casi transparente, sobre los hombros que rozaban sus tirabuzones rubios. Lucía tan bella como de costumbre, con el detalle de un gracioso pistolete de plata y piedras preciosas sujeto a la cintura, que parecía de veras capaz de disparar una bala, y que portaba en forma de joya o adorno sobre la amplia falda de raso de aguas rojo. Un abanico de Nápoles pendía de su muñeca, pero el cabello iba sin tocado ninguno, excepto una delicada peineta de nácar.

Me vio, al fin. Sus ojos azules, que mantenía indiferentes ante sí, volviéronse de pronto cual si adivinaran mi presencia o como si, por alguna extraña brujería, esperasen encontrarme precisamente allí. De ese modo Angélica me observó con mucho espacio y mucha fijeza, sin volver la cara ni descomponer su continente. Y de pronto, cuando ya estaba a punto de rebasarme y no podía seguir mirando sin volver el rostro, sonrió. Y la suya fue una sonrisa espléndida, luminosa como el sol que doraba las almenas de los Alcázares. Después pasó de largo, alejándose por la avenida, y quedé boquiabierto como un perfecto menguado; sometidas sin cuartel, a su amor, mis tres potencias: memoria, entendimiento y voluntad. Pensando que, sólo por verla mirarme así de nuevo, habría regresado a la Alameda de Hércules o a bordo del *Niklaasbergen*, una y mil veces, dispuesto a hacerme matar en el acto. Y fue tan intenso el latido de mi corazón y de mis venas, que noté una suave punzada y una humedad tibia en el costado, bajo el vendaje, donde acababa de abrirse otra vez la herida.

—Ah, chico —murmuró don Francisco de Quevedo, poniéndome una mano afectuosa en un hombro—… Así es y será siempre: mil veces morirás, y nunca acabarán con la vida tus congojas.

Suspiré, pues era incapaz de articular palabra. Y oí recitar muy quedamente al poeta:

Aquella hermosa fiera
en una reja dice que me espera...

Llegaban ya a nuestra altura sus majestades los reyes con mucha pausa y protocolo: Felipe Cuarto, joven, rubio, de buen talle, muy erguido y mirando hacia arriba como solía, vestido de terciopelo azul con guarnición de negro y plata, el Toisón con una cinta negra y una cadena de oro sobre el pecho. La reina doña Isabel de Borbón vestía en argentina con vueltas de tafetán anaranjado, y un tocado de plumas y joyas que acentuaba la expresión juvenil, simpática, de su rostro. Ella sí sonreía con donaire a todo el mundo, a diferencia de su marido; y era grato espectáculo el paso de aquella hermosa reina española de nación francesa, hija, hermana y esposa de reyes, cuya alegre naturaleza alegró la sobria corte durante dos décadas, despertó suspiros y pasiones que contaré en otro episodio a vuestras mercedes, y se negó siempre a vivir en El Escorial: el impresionante, oscuro y austero palacio construido por el abuelo de su esposo, hasta que —paradojas de la vida, que a nadie excluyen— la pobrecilla terminó morando en él a perpetuidad, enterrada allí a su muerte con el resto de las reinas de España.

Pero todo eso estaba muy lejos, en aquella festiva tarde sevillana. Los reyes eran jóvenes y apuestos, y a su paso se destocaban las cabezas inclinándose ante la majestad de la realeza. Venía con ellos el conde duque de Olivares, corpulento e imponente, viva estampa del poder en traje de tafetán negro, con aquella recia espalda que, a modo de Atlante, sostenía el arduo peso de la monarquía inmensa de las Españas; tarea imposible que el talento de don Francisco de Quevedo pudo, años más tarde, resumir en sólo tres versos:

Y es más fácil, ¡oh España!, en muchos modos,
que lo que a todos les quitaste sola,
te puedan a ti sola quitar todos.

Llevaba don Gaspar de Guzmán, conde duque de Olivares y ministro del rey nuestro señor, rica valona de Bruselas y la cruz de Calatrava bordada en el pecho; y sobre el enorme mostacho que le subía fiero hasta casi los ojos, éstos, penetrantes y avisados, iban de un lado a otro, identificando, estableciendo, conociendo siempre, sin tregua. Muy pocas veces se detenían sus majestades, siempre a indicación del conde duque; y en tal caso el rey, la reina o ambos a la vez, miraban a algún afortunado que por razones, servicios o influencias era acreedor de tal honor. En tales casos, las mujeres hacían reverencias hasta el suelo, y los hombres se doblaban por la cintura, bien descubiertos como es natural desde el principio; y luego, tras concederles el privilegio de esa contemplación y un instante de silencio, los reyes proseguían su solemne marcha. Iban detrás nobles escogidos y grandes de España, entre los que se contaba el conde de Guadalmedina; y al llegar cerca de nosotros, mientras Alatriste y Quevedo se quitaban los sombreros como el resto de la gente, Álvaro de la Marca dijo unas palabras al oído de Olivares y éste dirigió a nuestro grupo una de sus ojeadas feroces, implacables como sentencias. Vimos entonces que el privado deslizaba a su vez unas palabras al oído del rey, y cómo Felipe Cuarto, bajando la vista de las alturas, la fijaba en nosotros, deteniéndose. El conde duque seguía hablándole al oído, y mientras el Austria, adelantado el labio prognático, escuchaba impasible, sus ojos de un azul desvaído se posaron en el capitán Alatriste.

—Hablan de vuestra merced —susurró Quevedo.

Observé al capitán. Permanecía erguido, el sombrero en una mano y la otra en el puño de la espada, con su recio perfil mostachudo y la cabeza serena de soldado, mirando a la cara de su rey; al monarca cuyo nombre había voceado en los campos de batalla, y por cuyo oro había reñido tres noches atrás, a vida o muerte. Observé que el capitán no parecía impresionado, ni tímido. Toda su incomodidad ante el protocolo había desaparecido, y sólo quedaba allí su mirada digna y franca que sostenía la de Felipe Cuarto con la equidad de quien nada debe y nada espera. Recordé en ese momento el motín del tercio viejo de Cartagena frente a Oudkerk, cuando yo estuve a punto de unirme a los revoltosos, y las banderas salían de las filas para no verse deshonradas por la revuelta, y Alatriste me dio un pescozón para obligarme a ir tras ellas, con las palabras: «Tu rey es tu rey». Y era allí, en el patio de los Reales Alcázares de Sevilla, donde yo empezaba a penetrar por fin la enjundia de aquel singular dogma que no supe entender en su momento: la lealtad que el capitán Alatriste profesaba, no al joven rubio que ahora estaba ante él, ni a su majestad católica, ni a la verdadera religión, ni a la idea que uno y otras representaban sobre la tierra; sino a la simple norma personal, libremente elegida a falta de otra mejor, resto del naufragio de ideas más generales y entusiastas, desvanecidas con la inocencia y con la juventud. La regla que, fuera cual fuese, cierta o errada, lógica o no, justa o injusta, con razón o sin ella, los hombres como Diego Alatriste necesitaron siempre para ordenar —y soportar— el aparente caos de la vida. Y de ese modo, paradójicamente, mi amo se descubría con escrupuloso respeto ante su rey, no por resignación ni por disciplina, sino por desesperanza. A fin de cuentas, a falta de viejos dioses en los que confiar, y de grandes palabras que vocear en el combate, siempre era bueno para la honra de cada cual, o al menos mejor que nada, tener a mano un rey por quien luchar y ante el que descubrirse, incluso aunque no se creyera en él. De manera que el capitán Alatriste se atenía escrupulosamente a ese principio; de igual modo que tal vez, de haber profesado una lealtad distinta, habría sido capaz de abrirse paso entre la multitud y acuchillar a ese mismo rey, sin dársele un ardite las consecuencias.

En ese momento ocurrió algo insólito que interrumpió mis reflexiones. El conde duque de Olivares concluyó su breve relación, y los ojos por lo común impasibles del monarca, que ahora adoptaban una expresión de curiosidad, se mantuvieron fijos en el capitán mientras aquél hacía un levísimo gesto de aprobación con la cabeza. Y entonces, llevando muy pausadamente la mano a su augusto pecho, el cuarto Felipe descolgó la cadena de oro que en él lucía, y se la pasó al conde duque. Sopesóla en la mano el privado, con una sonrisa pensativa; y luego, para asombro general, vino hasta nosotros.

—A su majestad le place tengáis esta cadena —dijo.

Había hablado con aquel tono recio y arrogante que era tan suyo, asaeteándolo con las puntas negras y duras de sus ojos, la sonrisa todavía visible bajo el fiero mostacho.

—Oro de las Indias —añadió el privado con manifiesta ironía.

Alatriste había palidecido. Estaba inmóvil como una estatua de piedra, y atendía al conde duque cual si no alcanzase sus palabras. Olivares seguía mostrando la cadena en la palma de la mano.

—No me tendréis así toda la tarde —se impacientó.

El capitán pareció despertar por fin. Y al cabo, rehechos la serenidad y el gesto, tomó la joya, y murmurando unas confusas palabras de agradecimiento miró de nuevo al rey. El monarca seguía observándolo con la misma curiosidad mientras Olivares regresaba a su lado, Guadalmedina sonreía entre los asombrados cortesanos, y la comitiva se dispuso a continuar camino. Entonces el capitán Alatriste inclinó la cabeza con respeto, el rey asintió de nuevo, casi imperceptiblemente, y todos reanudaron la marcha.

Paseé la vista alrededor, desafiante, orgulloso de mi amo, por los rostros curiosos que contemplaban con asombro al capitán, preguntándose quién diablos era ese afortunado a quien el conde duque en persona entregaba un presente del rey. Don Francisco de Quevedo reía en voz baja, encantado con aquello, haciendo castañetas con los dedos, y hablaba de ir a remojar en el acto el gaznate y la palabra a la hostería de Becerra, donde urgía poner en un papel ciertos versos que se le acababan de ocurrir, voto a Dios, allí mismo:

Si no temo perder lo que poseo,
ni deseo tener lo que no gozo,
poco de la fortuna en mí el destrozo
valdrá, cuando me elija actor o reo.

... Recitó en nuestro obsequio, feliz como siempre que daba con una buena rima, una buena riña o una buena jarra de vino:

Vive Alatriste solo, si pudieres,
pues sólo para ti, si mueres, mueres.

En cuanto al capitán, permanecía inmóvil en el sitio, entre la gente, todavía con el sombrero en la mano, mirando alejarse la comitiva por los jardines del Alcázar. Y para mi sorpresa vi ensombrecido su rostro, como si cuanto acababa de ocurrir lo atase de pronto, simbólicamente, más de lo que él mismo deseaba. El hombre es libre cuanto menos debe; y en la naturaleza de mi amo, capaz de matar por un doblón o una palabra, había cosas nunca escritas, nunca dichas, que vinculaban igual que una amistad, una disciplina o un juramento. Y mientras a mi lado don Francisco de Quevedo seguía improvisando los versos de su nuevo soneto, yo supe, o intuí, que al capitán Alatriste aquella cadena del rey le pesaba como si fuera de hierro.

Madrid, octubre 2000

EXTRACTOS DE LAS

FLORES DE POESÍA
DE VARIOS INGENIOS DE ESTA CORTE

Impreso del siglo XVII sin pie de imprenta
conservado en la Sección «Condado de Guadalmedina» del Archivo y
Biblioteca de los Duques del Nuevo Extremo (Sevilla).

VELATORIO Y POSTRIMERÍAS DEL RVFO NICASIO GANZVA, MVERTO EN SEVILLA DE VNA ESQVINENCIA DE SOGA

ଜର*Jácara primera*ଜ୦ଓ

 N la trena de Sevilla
Se ha dado cita la carda,
Jayanes de calidad,
Lo mejor de cada casa.
Tal junta de valentones
 Ha venido a echar tajada,
 Porque a Nicasio Ganzúa
 Le dan pasaporte al alba
Y en cas de Su Majestad
 Se hace solemne velada,
 Que no hay como ir por la posta
 Cuando es el Rey quien lo manda.
Los cofrades de la heria,
 Los de a tanto la estocada
 (Engrasado el sotalcaide
 Con sendos de a ocho de plata).
Bien embozados de luto
 Y herrados hasta en el alma,
 Al de córpore insepulto
 Laudes dan, mas no sagradas.
Asentábase a una mesa
 La flor de la jacaranda,
 Que a un velorio de tal lustre
 Ningún jaque honrado falta.
Allí vierais fieros godos

(Que a las godas no hay entrada).
Con los sombreros calados
Como los grandes de España,
Dándole paz a los jarros,
 A San Trago haciendo salvas,
 Pues no hay mejor devoción
 Para gente acuchillada.
Todos hacen la razón
 Por la honra del camarada,
 Y bien se ve cuánta tiene,
 A tenor de lo que embalsan.
Acá está Ginés el Lindo,
 Diestro, y zurdo por la espalda,
 Ahigadado, fondo en puto,
 Templador de la guitarra.
Saramago el Portugués
 Filosofa allá en voz alta,
 Pues es doctor *in utriusque*,
 Ora en pluma, ora en espada.
Aculla un fino bellaco,
 De Chipiona, y tinto en lana,
 El Bravo de los Galeones
 Por sobrenombre lo llaman.
De esotra parte echa mano
 De la desencuadernada

Guzmán Ramírez, un bravo
De los de pocas palabras.
Al lado el Rojo Carmona
En el juego le acompaña,
Que en los garitos de flores
Ramos variados alza.
Otra gente de la briba
Y de pendón verde estaba,
Aventureros de tronga,
Amigos de ajenas capas.
También allí a la sazón
Diego Alatriste se hallaba,
Que entre los finibusterre

A ido a levantar mesnada,
Llevando a Íñigo Balboa
Consigo, mozo de agallas,
Que ya de Bredá en el sitio
Mostró que no se acobarda.
Cantando por seguidillas,
Jugando de la baraja,
Trasegando de lo caro,
Al buen Ganzúa velaban,
Que es de gente bien nacida
Acudir cuando hace falta,
Y quien a otro da consuelo,
Lo encontrará en su desgracia.

✠ Jácara segunda ✠

LLOS en aquesto estando,
Se presentó la justicia,
Leyó en alto la sentencia,
Porque el reo se aperciba.
El cual estaba jugando
Y aunque tanto en ello le iba,
Más ocupado en los tantos,
No se le dio ni una higa.
El escribano y las guardas
Del tropel ya se retiran,
Y la confesión le ofrece
Su reverencia agustina.
La cual Nicasio Ganzúa
Muy gentilmente declina,
Pues no va a entonar en vísperas
Lo que no cantó de prima.
Sin fraile y sin gurullada,
El jaque en derecho envida
Y sacó luego borrego.

Conque ganó a la malilla.
Alzado al fin con el triunfo,
El barato repartía
Y del hirsuto bigote
Se atusó la enhiesta guía.
Y con grave continente
Habióle a la cofradía
Con singulares razones,
Bien oiréis lo que diría:
«Zampuzado en el banasto
Me tienen sus señorías
Y a la mañana me espera
De la soga la caricia.
»Pues su amor es del que mata
Y ya no queda salida,
Quiero ante vuacés, señores,
Preparar la despedida.
»Póngoles, pues, por testigos
En esta santa capilla.

De mi última voluntad,
Y cúmplase, por mi vida.
Si no fuera por un fuelle
Que sopló más que debía,
En el momento presente
Yo en estas no me vería.
»Mándole pues al parlero
Una cuarta de cuchilla
Con que se haga en el gaznate
Beneficiosa sangría.
»Pues la de ir suelto de lengua
Plaga es por demás dañina,
Con que no les digo más
Sino lo que prescribía.
»Item más, mando saludos
Al seor de la platería,
Porque hizo en delatarme
Tremenda bellaquería.
»De antuvión me lo saluden,
Que en modo alguno querría
Que no admitiese recuerdos
De un jaque de nombradía.
»Item más, varias mojadas
Al corchete Mojarrilla,
Porque con muy malos modos

Me puso la mano encima.
»Idem de lienzo al seor juez,
Ropón de la ropería,
Pues por más que sea Fonseca,
Ha de manar por la herida.
»Les encomiendo por último
La Aliviosa Maripizca,
Coima fiel donde las haya,
De sangre y de bubas limpia.
»Ampárenmela, compadres,
Que aunque no es ella muy niña,
No conviene que ande sola
Por las Sierpes una ninfa.
»Y fecha a tantos del tal,
En la cárcel de Sevilla,
Este testamento abierto
El bravo citado arriba».
Con esto acabó Ganzúa
Una relación tan digna
Que asintieron los germanos
Con el alma conmovida.
Y los jácaros presentes,
Con votos y con porvidas,
Ejerciendo de albaceas,
Juraron que así se haría.

৪০৫৪ Jácara tercera ৪০৫৪

ADEREZADO de rúa
Ganzúa en capilla estaba,
No se le vio más galano
Que el día que lo velaban.
Jubón de paño morado,
Las mangas acuchilladas,
Calzones de lienzo verde,
Cinto de cuatro pulgadas.

Los zapatos de paseo,
Con lustre y cinta encarnada,
Y sobre el betún el brillo
De su hebillita de plata.
A la mañana siguiente,
Para acudir a la plaza,
Mudóse a toga sayal,
Según conviene a tal gala

Cual salir a la escalera,
    No como hacen los garnachas,
    Que cuando salen a vistas,
    No llegan más que a la sala.
Del estaribel fue en mula,
    Con crucifijo y con varas,
    Iba delante el bramón,
    Cantando lo que aquél calla.
Gallardo avanza, y tranquilo,
    Sin huellas de la resaca,
    Saludando a quien conoce
    Con parsimonia y con calma.
No lo hallaran más tranquilo
    Si a romero lo sacaran;
    De dejarse ajusticiar
    Viéndolo ganas entraban.
Al ascender al patíbulo
    Subió muy grave las gradas,
    Sin dar traspiés, pese estar
    De un peldaño quebrantadas.
Y en alcanzando el tablado,
    Se vuelve y sin alharacas
    Al público congregado
    Dirigió tales palabras:

«Es un trámite morir,
    Pero cuando el Rey lo manda,
    Nadie osará desmentirme
    Que sea una muerte honrada».
A todos pareció bien
    Los que a la sazón se hallaban,
    Su Maripizca y los jaques
    En junta testamentaria.
También se tuvo por bueno
    Que la Aliviosa mentada
    Trajese golpe de ciegos
    Para rezar por su alma.
Hubo su algo de sermón
    Y su Credo en voz templada,
    Que irse un jaque de falsete
    Es deshonra acreditada.
Ciñó el verdugo, a la postre,
    Con esparto su garganta
    Y tras el «Perdone, hermano»,
    El resuello le atraganta.
No hizo Ganzúa visajes,
    Ni muecas ni caras raras,
    Mas con mucha compostura
    Quedó como si pensara.

PREVENCIÓN MORAL
AL CAPITÁN DIEGO ALATRISTE

Soneto

I no temo perder lo que poseo,
Ni deseo tener lo que no gozo.
Poco de la Fortuna en mí el destrozo
Valdrá, cuando me elija actor o reo.

Si no es el mal ajeno mi recreo,
Ni el bien mundano causa en mí alborozo.
Venir podrá la muerte sin rebozo,
Que no he de huirla, si ante mí la veo.

Y tú, a salvo también de las cadenas
Con que el siglo cautiva corazones,
Mantente, Diego, libre de pasiones.

Y lejos de los goces y las penas,
Vive Alatriste solo, si pudieres,
Pues sólo para ti, si mueres, mueres.

Índice

Nacido en Bruselas en 1914, durante una estancia temporal de sus padres en esa ciudad, **Julio Cortázar** es uno de los escritores argentinos más importantes de todos los tiempos. Realizó estudios de Letras y de Magisterio y trabajó como docente en varias ciudades del interior de Argentina. En 1951 fijó su residencia definitiva en París, desde donde desarrolló una obra literaria única dentro de la lengua castellana. Algunos de sus cuentos se encuentran entre los más perfectos del género. Su novela *Rayuela* conmocionó el panorama cultural de su tiempo y marcó un hito insoslayable dentro de la narrativa contemporánea. Cortázar murió en París en 1984.

Julio Cortázar

Todos los fuegos el fuego

DEBOLS!LLO

Papel certificado por el Forest Stewardship Council®

Primera edición en Debolsillo: mayo de 2016
Decimoquinta reimpresión: enero de 2024

Printed in Spain – Impreso en España

ISBN: 978-84-663-3187-6
Depósito legal: B-21.687-2015

Impreso en Liberdúplex
Sant Llorenç d'Hortons (Barcelona)

P 3 3 1 8 7 B

Índice

A Francisco Porrúa

marcha y habrá que correr para que los de atrás no inicien la guerra de las bocinas y los insultos), y así llegar a la altura de un Taunus delante del Dauphine de la muchacha que mira a cada momento la hora, y cambiar unas frases descorazonadas o burlonas con los dos hombres que viajan con el niño rubio cuya inmensa diversión en esas precisas circunstancias consiste en hacer correr libremente su autito de juguete sobre los asientos y el reborde posterior del Taunus, o atreverse y avanzar todavía un poco más, puesto que no parece que los autos de adelante vayan a reanudar la marcha, y contemplar con alguna lástima al matrimonio de ancianos en el ID Citroën que parece una gigantesca bañadera violeta donde sobrenadan los dos viejitos, él descansando los antebrazos en el volante con un aire de paciente fatiga, ella mordisqueando una manzana con más aplicación que ganas.

A la cuarta vez de encontrarse con todo eso, de hacer todo eso, el ingeniero había decidido no salir más de su coche, a la espera de que la policía disolviese de alguna manera el embotellamiento. El calor de agosto se sumaba a ese tiempo a ras de neumáticos para que la inmovilidad fuese cada vez más enervante. Todo era olor a gasolina, gritos destemplados de los jovencitos del Simca, brillo del sol rebotando en los cristales y en los bordes cromados, y para colmo la sensación contradictoria del encierro en plena selva de máquinas pensadas para correr. El 404 del ingeniero ocupaba el segundo lugar de la pista de la derecha contando desde la franja divisoria de las dos pistas, con lo cual tenía otros cuatro autos a su derecha y siete a su izquierda, aunque de hecho sólo pudiera ver distintamente los ocho coches que lo rodeaban y sus ocupantes que ya había detallado hasta cansarse. Había charlado con todos, salvo con los muchachos del Simca que le caían antipáticos; entre trecho y trecho se había discutido la situación en sus menores detalles, y la impresión general era que hasta Corbeil-Essonnes se avanzaría al paso o poco menos, pero que entre Corbeil y Juvisy el ritmo iría acelerándose una vez que los helicópteros y los motociclistas lograran quebrar lo peor del embotellamiento. A nadie le cabía duda de que algún accidente muy grave debía haberse producido en la zona, única explicación de una lentitud tan increíble. Y con eso el gobierno, el calor, los impuestos, la vialidad, un tópico tras otro, tres metros, otro lugar común, cinco metros, una frase sentenciosa o una maldición contenida.

A las dos monjitas del 2HP les hubiera convenido tanto llegar a Milly-la-Fôret antes de las ocho, pues llevaban una cesta de hortalizas para la cocinera. Al matrimonio del Peugeot 203 le importaba sobre todo no perder los juegos televisados de las nueve y media; la muchacha del Dauphine le había dicho al ingeniero que le daba lo mismo llegar más tarde a París pero que se quejaba por principio, porque le parecía un atropello someter a millares de personas a un régimen de caravana de camellos. En esas últimas horas (debían ser casi las cinco pero el calor los hostigaba insoportablemente) habían avanzado unos cincuenta metros a juicio del ingeniero, aunque uno de los hombres del Taunus que se había acercado a charlar llevando de la mano al niño con su autito, mostró irónicamente la copa de un plátano solitario y la muchacha del Dauphine recordó que ese plátano (si no era un castaño) había estado en la misma línea que

13

su auto durante tanto tiempo que ya ni valía la pena mirar el reloj pulsera para perderse en cálculos inútiles.

No atardecía nunca, la vibración del sol sobre la pista y las carrocerías dilataba el vértigo hasta la náusea. Los anteojos negros, los pañuelos con agua de colonia en la cabeza, los recursos improvisados para protegerse, para evitar un reflejo chirriante o las bocanadas de los caños de escape a cada avance, se organizaban y perfeccionaban, eran objeto de comunicación y comentario. El ingeniero bajó otra vez para estirar las piernas, cambió unas palabras con la pareja de aire campesino del Ariane que precedía al 2HP de las monjas. Detrás del 2HP había un Volkswagen con un soldado y una muchacha que parecían recién casados. La tercera fila hacia el exterior dejaba de interesarle porque hubiera tenido que alejarse peligrosamente del 404; veía colores, formas, Mercedes Benz, ID, 4R, Lancia, Skoda, Morris Minor, el catálogo completo. A la izquierda, sobre la pista opuesta, se tendía otra maleza inalcanzable de Renault, Anglia, Peugeot, Porsche, Volvo; era tan monótono que al final, después de charlar con los dos hombres del Taunus y de intentar sin éxito un cambio de impresiones con el solitario conductor del Caravelle, no quedaba nada mejor que volver al 404 y reanudar la misma conversación sobre la hora, las distancias y el cine con la muchacha del Dauphine.

A veces llegaba un extranjero, alguien que se deslizaba entre los autos viniendo desde el otro lado de la pista o desde las filas exteriores de la derecha, y que traía alguna noticia probablemente falsa repetida de auto en auto a lo largo de calientes kilómetros. El extranjero

saboreaba el éxito de sus novedades, los golpes de portezuelas cuando los pasajeros se precipitaban para comentar lo sucedido, pero al cabo de un rato se oía alguna bocina o el arranque de un motor, y el extranjero salía
corriendo, se lo veía zigzaguear entre los autos para
reintegrarse al suyo y no quedar expuesto a la justa cólera de los demás. A lo largo de la tarde se había sabido así
del choque de un Floride contra un 2HP cerca de Corbeil, tres muertos y un niño herido, el doble choque de
un Fiat 1500 contra un furgón Renault que había aplastado un Austin lleno de turistas ingleses, el vuelco de un
autocar de Orly colmado de pasajeros procedentes del
avión de Copenhague. El ingeniero estaba seguro de que
todo o casi todo era falso, aunque algo grave debía haber
ocurrido cerca de Corbeil e incluso en las proximidades
de París para que la circulación se hubiera paralizado
hasta ese punto. Los campesinos del Ariane, que tenían
una granja del lado de Montereau y conocían bien la región, contaban de otro domingo en que el tránsito había
estado detenido durante cinco horas, pero ese tiempo
empezaba a parecer casi nimio ahora que el sol, acostán-
dose hacia la izquierda de la ruta, volcaba en cada auto
una última avalancha de jalea anaranjada que hacía hervir los metales y ofuscaba la vista, sin que jamás una copa
de árbol desapareciera del todo a la espalda, sin que otra
sombra apenas entrevista a la distancia se acercara como
para poder sentir de verdad que la columna se estaba
moviendo aunque fuera apenas, aunque hubiera que detenerse y arrancar y bruscamente clavar el freno y no salir nunca de la primera velocidad, del desencanto insul-
tante de pasar una vez más de la primera al punto

muerto, freno de pie, freno de mano, stop, y así otra vez y otra vez y otra.

En algún momento, harto de inacción, el ingeniero se había decidido a aprovechar un alto especialmente interminable para recorrer las filas de la izquierda, y dejando a su espalda el Dauphine había encontrado un DKW, otro 2HP, un Fiat 600, y se había detenido junto a un De Soto para cambiar impresiones con el azorado turista de Washington que no entendía casi el francés pero que tenía que estar a las ocho en la Place de l'Opéra sin falta *you understand, my wife will be awfully anxious, damn it,* y se hablaba un poco de todo cuando un hombre con aire de viajante de comercio salió del DKW para contarles que alguien había llegado un rato antes con la noticia de que un Piper Cub se había estrellado en plena autopista, varios muertos. Al americano el Piper Cub lo tenía profundamente sin cuidado, y también al ingeniero que oyó un coro de bocinas y se apresuró a regresar al 404, trasmitiendo de paso las novedades a los dos hombres del Taunus y al matrimonio del 203. Reservó una explicación más detallada para la muchacha del Dauphine mientras los coches avanzaban lentamente unos pocos metros (ahora el Dauphine estaba ligeramente retrasado con relación al 404, y más tarde sería al revés, pero de hecho las doce filas se movían prácticamente en bloque, como si un gendarme invisible en el fondo de la autopista ordenara el avance simultáneo sin que nadie pudiese obtener ventajas). Piper Cub, señorita, es un pequeño avión de paseo. Ah. Y la mala idea de estrellarse en plena autopista un domingo de tarde. Esas cosas. Si por lo menos hiciera menos calor en los condenados autos, si esos árboles de la derecha quedaran por fin a la espalda, si la última cifra del cuentakilómetros acabara de caer en su agujerito negro en vez de seguir suspendida por la cola, interminablemente.

En algún momento (suavemente empezaba a anochecer, el horizonte de techos de automóviles se teñía de lila) una gran mariposa blanca se posó en el parabrisas del Dauphine, y la muchacha y el ingeniero admiraron sus alas en la breve y perfecta suspensión de su reposo; la vieron alejarse con una exasperada nostalgia, sobrevolar el Taunus, el ID violeta de los ancianos, ir hacia el Fiat 600 ya invisible desde el 404, regresar hacia el Simca donde una mano cazadora trató inútilmente de atraparla, aletear amablemente sobre el Ariane de los campesinos que parecían estar comiendo alguna cosa, y perderse después hacia la derecha. Al anochecer la columna hizo un primer avance importante, de casi cuarenta metros; cuando el ingeniero miró distraídamente el cuentakilómetros, la mitad del 6 había desaparecido y un asomo de 7 empezaba a descolgarse de lo alto. Casi todo el mundo escuchaba sus radios, los del Simca la habían puesto a todo trapo y coreaban un twist con sacudidas que hacían vibrar la carrocería; las monjas pasaban las cuentas de sus rosarios, el niño del Taunus se había dormido con la cara pegada a un cristal, sin soltar el auto de juguete. En algún momento (ya era noche cerrada) llegaron extranjeros con más noticias, tan contradictorias como las otras ya olvidadas. No había sido un Piper Cub sino un planeador piloteado por la hija de un general. Era exacto que un furgón Renault había aplastado un Austin, pero no en Juvisy sino casi en las puertas de París; uno de los extranjeros explicó al matrimonio del 203 que el macadam de la autopista había cedido a la altura de Igny y que cinco autos habían volcado al meter las ruedas delanteras en la grieta. La idea de una catástrofe natural se propagó hasta el ingeniero, que se encogió de hombros sin hacer comentarios. Más tarde, pensando en esas primeras horas de oscuridad en que habían respirado un poco más libremente, recordó que en algún momento había sacado el brazo por la ventanilla para tamborilear en la carrocería del Dauphine y despertar a la muchacha que se había dormido reclinada sobre el volante, sin preocuparse de un nuevo avance. Quizá ya era medianoche cuando una de las monjas le ofreció tímidamente un sándwich de jamón, suponiendo que tendría hambre. El ingeniero lo aceptó por cortesía (en realidad sentía náuseas) y pidió permiso para dividirlo con la muchacha del Dauphine, que aceptó y comió golosamente el sándwich y la tableta de chocolate que le había pasado el viajante del DKW, su vecino de la izquierda. Mucha gente había salido de los autos recalentados, porque otra vez llevaban horas sin avanzar; se empezaba a sentir sed, ya agotadas las botellas de limonada, la coca-cola y hasta los vinos de a bordo. La primera en quejarse fue la niña del 203, y el soldado y el ingeniero abandonaron los autos junto con el padre de la niña para buscar agua. Delante del Simca, donde la radio parecía suficiente alimento, el ingeniero encontró un Beaulieu ocupado por una mujer madura de ojos inquietos. No, no tenía agua pero podía darle unos caramelos para la niña. El matrimonio del ID se consultó un momento antes de que la anciana metiera la mano en un bolso y sacara una pequeña lata de jugo de frutas.

El ingeniero agradeció y quiso saber si tenían hambre y si podía serles útil; el viejo movió negativamente la cabeza, pero la mujer pareció asentir sin palabras. Más tarde la muchacha del Dauphine y el ingeniero exploraron juntos las filas de la izquierda, sin alejarse demasiado; volvieron con algunos bizcochos y los llevaron a la anciana del ID, con el tiempo justo para regresar corriendo a sus autos bajo una lluvia de bocinas.

Aparte de esas mínimas salidas, era tan poco lo que podía hacerse que las horas acababan por superponerse, por ser siempre la misma en el recuerdo; en algún momento el ingeniero pensó en tachar ese día en su agenda y contuvo una risotada, pero más adelante, cuando empezaron los cálculos contradictorios de las monjas, los hombres del Taunus y la muchacha del Dauphine, se vio que hubiera convenido llevar mejor la cuenta. Las radios locales habían suspendido las emisiones, y sólo el viajante del DKW tenía un aparato de ondas cortas que se empeñaba en transmitir noticias bursátiles. Hacia las tres de la madrugada pareció llegarse a un acuerdo tácito para descansar, y hasta el amanecer la columna no se movió. Los muchachos del Simca sacaron unas camas neumáticas y se tendieron al lado del auto; el ingeniero bajó el respaldo de los asientos delanteros del 404 y ofreció las cuchetas a las monjas, que rehusaron; antes de acostarse un rato, el ingeniero pensó en la muchacha del Dauphine, muy quieta contra el volante, y como sin darle importancia le propuso que cambiaran de autos hasta el amanecer; ella se negó, alegando que podía dormir muy bien de cualquier manera. Durante un rato se oyó llorar al niño del Taunus, acostado en el asiento trasero donde debía tener demasiado calor. Las monjas rezaban todavía cuando el ingeniero se dejó caer en la cucheta y se fue quedando dormido, pero su sueño seguía demasiado cerca de la vigilia y acabó por despertarse sudoroso e inquieto, sin comprender en un primer momento dónde estaba; enderezándose, empezó a percibir los confusos movimientos del exterior, un deslizarse de sombras entre los autos, y vio un bulto que se alejaba hacia el borde de la autopista; adivinó las razones, y más tarde también él salió del auto sin hacer ruido y fue a aliviarse al borde de la ruta; no había setos ni árboles, solamente el campo negro y sin estrellas, algo que parecía un muro abstracto limitando la cinta blanca del macadam con su río inmóvil de vehículos. Casi tropezó con el campesino del Ariane, que balbuceó una frase ininteligible; al olor de la gasolina, persistente en la autopista recalentada, se sumaba ahora la presencia más ácida del hombre, y el ingeniero volvió lo antes posible a su auto. La chica del Dauphine dormía apoyada sobre el volante, un mechón de pelo contra los ojos; antes de subir al 404, el ingeniero se divirtió explorando en la sombra su perfil, adivinando la curva de los labios que soplaban suavemente. Del otro lado, el hombre del DKW miraba también dormir a la muchacha, fumando en silencio.

Por la mañana se avanzó muy poco pero lo bastante como para darles la esperanza de que esa tarde se abriría la ruta hacia París. A las nueve llegó un extranjero con buenas noticias: habían rellenado las grietas y pronto se podría circular normalmente. Los muchachos del Simca encendieron la radio y uno de ellos trepó al techo del auto y gritó y cantó. El ingeniero se dijo que la noticia era tan dudosa como las de la víspera, y que el extranjero había aprovechado la alegría del grupo para pedir y obtener una naranja que le dio el matrimonio del Ariane. Más tarde llegó otro extranjero con la misma treta, pero nadie quiso darle nada. El calor empezaba a subir y la gente prefería quedarse en los autos a la espera de que se concretaran las buenas noticias. A mediodía la niña del 203 empezó a llorar otra vez, y la muchacha del Dauphine fue a jugar con ella y se hizo amiga del matrimonio. Los del 203 no tenían suerte: a su derecha estaba el hombre silencioso del Caravelle, ajeno a todo lo que ocurría en torno, y a su izquierda tenían que aguantar la verbosa indignación del conductor de un Floride, para quien el embotellamiento era una afrenta exclusivamente personal. Cuando la niña volvió a quejarse de sed, al ingeniero se le ocurrió ir a hablar con los campesinos del Ariane, seguro de que en ese auto había cantidad de provisiones. Para su sorpresa los campesinos se mostraron muy amables; comprendían que en una situación semejante era necesario ayudarse, y pensaban que si alguien se encargaba de dirigir el grupo (la mujer hacía un gesto circular con la mano, abarcando la docena de autos que los rodeaba) no se pasarían apreturas hasta llegar a París. Al ingeniero lo molestaba la idea de erigirse en organizador, y prefirió llamar a los hombres del Taunus para conferenciar con ellos y con el matrimonio del Ariane. Un rato después consultaron sucesivamente a todos los del grupo. El joven soldado del Volkswagen estuvo inmediatamente de acuerdo, y el matrimonio del 203 ofreció las pocas provisiones que les quedaban (la muchacha del Dauphine había conseguido un vaso de granadina con agua para la niña, que reía y jugaba). Uno de los hombres del Taunus, que había ido a consultar a los muchachos del Simca, obtuvo un asentimiento burlón; el hombre pálido del Caravelle se encogió de hombros y dijo que le daba lo mismo, que hicieran lo que les pareciese mejor. Los ancianos del ID y la señora del Beaulieu se mostraron visiblemente contentos, como si se sintieran más protegidos. Los pilotos del Floride y del DKW no hicieron observaciones, y el americano del De Soto los miró asombrado y dijo algo sobre la voluntad de Dios. Al ingeniero le resultó fácil proponer que uno de los ocupantes del Taunus, en el que tenía una confianza instintiva, se encargara de coordinar las actividades. A nadie le faltaría de comer por el momento, pero era necesario conseguir agua; el jefe, al que los muchachos del Simca llamaban Taunus a secas para divertirse, pidió al ingeniero, al soldado y a uno de los muchachos que exploraran la zona circundante de la autopista y ofrecieran alimentos a cambio de bebidas. Taunus, que evidentemente sabía mandar, había calculado que deberían cubrirse las necesidades de un día y medio como máximo, poniéndose en la posición menos optimista. En el 2HP de las monjas y en el Ariane de los campesinos había provisiones suficientes para ese tiempo, y si los exploradores volvían con agua el problema quedaría resuelto. Pero solamente el soldado regresó con una cantimplora llena, cuyo dueño exigía en cambio comida para dos personas. El ingeniero no encontró a nadie que pudiera ofrecer agua, pero el viaje le sirvió para advertir que más allá de su grupo se estaban constituyendo otras células con problemas semejantes; en un momento dado el ocupante de un Alfa

Romeo se negó a hablar con él del asunto, y le dijo que se dirigiera al representante de su grupo, cinco autos atrás en la misma fila. Más tarde vieron volver al muchacho del Simca que no había podido conseguir agua, pero Taunus calculó que ya tenían bastante para los dos niños, la anciana del ID y el resto de las mujeres. El ingeniero le estaba contando a la muchacha del Dauphine su circuito por la periferia (era la una de la tarde, y el sol los acorralaba en los autos) cuando ella lo interrumpió con un gesto y le señaló el Simca. En dos saltos el ingeniero llegó hasta el auto y sujetó por el codo a uno de los muchachos, que se repantigaba en su asiento para beber a grandes tragos de la cantimplora que había traído escondida en la chaqueta. A su gesto iracundo, el ingeniero respondió aumentando la presión en el brazo; el otro muchacho bajó del auto y se tiró sobre el ingeniero, que dio dos pasos atrás y lo esperó casi con lástima. El soldado ya venía corriendo, y los gritos de las monjas alertaron a Taunus y a su compañero; Taunus escuchó lo sucedido, se acercó al muchacho de la botella y le dio un par de bofetadas. El muchacho gritó y protestó, lloriqueando, mientras el otro rezongaba sin atreverse a intervenir. El ingeniero le quitó la botella y se la alcanzó a Taunus. Empezaban a sonar bocinas y cada cual regresó a su auto, por lo demás inútilmente puesto que la columna avanzó apenas cinco metros.

A la hora de la siesta, bajo un sol todavía más duro que la víspera, una de las monjas se quitó la toca y su compañera le mojó las sienes con agua de colonia. Las mujeres improvisaban de a poco sus actividades samaritanas, yendo de un auto a otro, ocupándose de los niños para que los hombres estuvieran más libres; nadie se quejaba pero el buen humor era forzado, se basaba siempre en los mismos juegos de palabras, en un escepticismo de buen tono. Para el ingeniero y la muchacha del Dauphine, sentirse sudorosos y sucios era la vejación más grande; los enternecía casi la rotunda indiferencia del matrimonio de campesinos al olor que les brotaba de las axilas cada vez que venían a charlar con ellos o a repetir alguna noticia de último momento. Hacia el atardecer el ingeniero miró casualmente por el retrovisor y encontró como siempre la cara pálida y de rasgos tensos del hombre del Caravelle, que al igual que el gordo piloto del Floride se había mantenido ajeno a todas las actividades. Le pareció que sus facciones se habían afilado todavía más, y se preguntó si no estaría enfermo. Pero después, cuando al ir a charlar con el soldado y su mujer tuvo ocasión de mirarlo desde más cerca, se dijo que ese hombre no estaba enfermo; era otra cosa, una separación, por darle algún nombre. El soldado del Volkswagen le contó más tarde que a su mujer le daba miedo ese hombre silencioso que no se apartaba jamás del volante y que parecía dormir despierto. Nacían hipótesis, se creaba un folklore para luchar contra la inacción. Los niños del Taunus y el 203 se habían hecho amigos y se habían peleado y luego se habían reconciliado; sus padres se visitaban, y la muchacha del Dauphine iba cada tanto a ver cómo se sentían la anciana del ID y la señora del Beaulieu. Cuando al atardecer soplaron bruscamente unas ráfagas tormentosas y el sol se perdió entre las nubes que se alzaban al oeste, la gente se alegró pensando que iba a refrescar. Cayeron algunas gotas, coincidiendo con un avance extraordinario de casi cien metros; a lo lejos brilló un relámpago y el calor subió todavía más. Había tanta electricidad en la atmósfera que Taunus, con un instinto que el ingeniero admiró sin comentarios, dejó al grupo en paz hasta la noche, como si temiera los efectos del cansancio y el calor. A las ocho las mujeres se encargaron de distribuir las provisiones; se había decidido que el Ariane de los campesinos sería el almacén general, y que el 2HP de las monjas serviría de depósito suplementario. Taunus había ido en persona a hablar con los jefes de los cuatro o cinco grupos vecinos; después, con ayuda del soldado y el hombre del 203, llevó una cantidad de alimentos a los otros grupos, regresando con más agua y un poco de vino. Se decidió que los muchachos del Simca cederían sus colchones neumáticos a la anciana del ID y la señora del Beaulieu; la muchacha del Dauphine les llevó dos mantas escocesas y el ingeniero ofreció su coche, que llamaba burlonamente el wagon-lit, a quienes lo necesitaran. Para su sorpresa, la muchacha del Dauphine aceptó el ofrecimiento y esa noche compartió las cuchetas del 404 con una de las monjas; la otra fue a dormir al 203 junto a la niña y su madre, mientras el marido pasaba la noche sobre el macadam, envuelto en una frazada. El ingeniero no tenía sueño y jugó a los dados con Taunus y su amigo; en algún momento se les agregó el campesino del Ariane y hablaron de política bebiendo unos tragos del aguardiente que el campesino había entregado a Taunus esa mañana. La noche no fue mala; había refrescado y brillaban algunas estrellas entre las nubes.

Hacia el amanecer los ganó el sueño, esa necesidad de estar a cubierto que nacía con la grisalla del alba.

Mientras Taunus dormía junto al niño en el asiento trasero, su amigo y el ingeniero descansaron un rato en la delantera. Entre dos imágenes de sueño, el ingeniero creyó oír gritos a la distancia y vio un resplandor indistinto; el jefe de otro grupo vino a decirles que treinta autos más adelante había habido un principio de incendio en un Estafette, provocado por alguien que había querido hervir clandestinamente unas legumbres. Taunus bromeó sobre lo sucedido mientras iba de auto en auto para ver cómo habían pasado todos la noche, pero a nadie se le escapó lo que quería decir. Esa mañana la columna empezó a moverse muy temprano y hubo que correr y agitarse para recuperar los colchones y las mantas, pero como en todas partes debía estar sucediendo lo mismo casi nadie se impacientaba ni hacía sonar las bocinas. A mediodía habían avanzado más de cincuenta metros, y empezaba a divisarse la sombra de un bosque a la derecha de la ruta. Se envidiaba la suerte de los que en ese momento podían ir hasta la banquina y aprovechar la frescura de la sombra; quizás había un arroyo, o un grifo de agua potable. La muchacha del Dauphine cerró los ojos y pensó en una ducha cayéndole por el cuello y la espalda, corriéndole por las piernas; el ingeniero, que la miraba de reojo, vio dos lágrimas que le resbalaban por las mejillas.

Taunus, que acababa de adelantarse hasta el ID, vino a buscar a las mujeres más jóvenes para que atendieran a la anciana que no se sentía bien. El jefe del tercer grupo a retaguardia contaba con un médico entre sus hombres, y el soldado corrió a buscarlo. El ingeniero, que había seguido con irónica benevolencia los esfuerzos de los muchachitos del Simca para hacerse perdonar su travesura, entendió que era el momento de darles su oportunidad. Con los elementos de una tienda de campaña los muchachos cubrieron las ventanillas del 404, y el wagon-lit se transformó en ambulancia para que la anciana descansara en una oscuridad relativa. Su marido se tendió a su lado, teniéndole la mano, y los dejaron solos con el médico. Después las monjas se ocuparon de la anciana, que se sentía mejor, y el ingeniero pasó la tarde como pudo, visitando otros autos y descansando en el de Taunus cuando el sol castigaba demasiado; sólo tres veces le tocó correr hasta su auto, donde los viejitos parecían dormir, para hacerlo avanzar junto con la columna hasta el alto siguiente. Los ganó la noche sin que hubiesen llegado a la altura del bosque.

Hacia las dos de la madrugada bajó la temperatura, y los que tenían mantas se alegraron de poder envolverse en ellas. Como la columna no se movería hasta el alba (era algo que se sentía en el aire, que venía desde el horizonte de autos inmóviles en la noche) el ingeniero y Taunus se sentaron a fumar y a charlar con el campesino del Ariane y el soldado. Los cálculos de Taunus no correspondían ya a la realidad, y lo dijo francamente; por la mañana habría que hacer algo para conseguir más provisiones y bebidas. El soldado fue a buscar a los jefes de los grupos vecinos, que tampoco dormían, y se discutió el problema en voz baja para no despertar a las mujeres. Los jefes habían hablado con los responsables de los grupos más alejados, en un radio de ochenta o cien automóviles, y tenían la seguridad de que la situación era análoga en todas partes. El campesino conocía bien la

27

región y propuso que dos o tres hombres de cada grupo salieran al alba para comprar provisiones en las granjas cercanas, mientras Taunus se ocupaba de designar pilotos para los autos que quedaran sin dueño durante la expedición. La idea era buena y no resultó difícil reunir dinero entre los asistentes; se decidió que el campesino, el soldado y el amigo de Taunus irían juntos y llevarían todas las bolsas, redes y cantimploras disponibles. Los jefes de los otros grupos volvieron a sus unidades para organizar expediciones similares, y al amanecer se explicó la situación a las mujeres y se hizo lo necesario para que la columna pudiera seguir avanzando. La muchacha del Dauphine le dijo al ingeniero que la anciana ya estaba mejor y que insistía en volver a su ID; a las ocho llegó el médico, que no vio inconveniente en que el matrimonio regresara a su auto. De todos modos, Taunus decidió que el 404 quedaría habilitado permanentemente como ambulancia; los muchachos, para divertirse, fabricaron un banderín con una cruz roja y lo fijaron en la antena del auto. Hacía ya rato que la gente prefería salir lo menos posible de sus coches; la temperatura seguía bajando y a mediodía empezaron los chaparrones y se vieron relámpagos a la distancia. La mujer del campesino se apresuró a recoger agua con un embudo y una jarra de plástico, para especial regocijo de los muchachos del Simca. Mirando todo eso, inclinado sobre el volante donde había un libro abierto que no le interesaba demasiado, el ingeniero se preguntó por qué los expedicionarios tardaban tanto en regresar; más tarde Taunus lo llamó discretamente a su auto y cuando estuvieron dentro le dijo que habían fracasado. El amigo de Taunus dio detalles:

las granjas estaban abandonadas o la gente se negaba a venderles nada, aduciendo las reglamentaciones sobre ventas a particulares y sospechando que podían ser inspectores que se valían de las circunstancias para ponerlos a prueba. A pesar de todo habían podido traer una pequeña cantidad de agua y algunas provisiones, quizá robadas por el soldado que sonreía sin entrar en detalles. Desde luego ya no podía pasar mucho tiempo sin que cesara el embotellamiento, pero los alimentos de que se disponía no eran los más adecuados para los dos niños y la anciana. El médico, que vino hacia las cuatro y media para ver a la enferma, hizo un gesto de exasperación y cansancio y dijo a Taunus que en su grupo y en todos los grupos vecinos pasaba lo mismo. Por la radio se había hablado de una operación de emergencia para despejar la autopista, pero aparte de un helicóptero que apareció brevemente al anochecer no se vieron otros aprestos. De todas maneras hacía cada vez menos calor, y la gente parecía esperar la llegada de la noche para taparse con las mantas y abolir en el sueño algunas horas más de espera. Desde su auto el ingeniero escuchaba la charla de la muchacha del Dauphine con el viajante del DKW, que le contaba cuentos y la hacía reír sin ganas. Los sorprendió ver a la señora del Beaulieu que casi nunca abandonaba su auto, y bajó para saber si necesitaba alguna cosa, pero la señora buscaba solamente las últimas noticias y se puso a hablar con las monjas. Un hastío sin nombre pesaba sobre ellos al anochecer; se esperaba más del sueño que de las noticias siempre contradictorias o desmentidas. El amigo de Taunus llegó discretamente a buscar al ingeniero, al soldado y al hombre del 203. Taunus les anunció que el tripulante del Floride acababa de desertar; uno de los muchachos del Simca había visto el coche vacío, y después de un rato se había puesto a buscar a su dueño para matar el tedio. Nadie conocía mucho al hombre gordo del Floride, que tanto había protestado el primer día aunque después acabara por quedarse tan callado como el piloto del Caravelle. Cuando a las cinco de la mañana no quedó la menor duda de que Floride, como se divertían en llamarlo los chicos del Simca, había desertado llevándose una valija de mano y abandonando otra llena de camisas y ropa interior, Taunus decidió que uno de los muchachos se haría cargo del auto abandonado para no inmovilizar la columna. A todos los había fastidiado vagamente esa deserción en la oscuridad, y se preguntaban hasta dónde habría podido llegar Floride en su fuga a través de los campos. Por lo demás parecía ser la noche de las grandes decisiones: tendido en su cucheta del 404, al ingeniero le pareció oír un quejido, pero pensó que el soldado y su mujer serían responsables de algo que, después de todo, resultaba comprensible en plena noche y en esas circunstancias. Después lo pensó mejor y levantó la lona que cubría la ventanilla trasera; a la luz de unas pocas estrellas vio a un metro y medio el eterno parabrisas del Caravelle y detrás, como pegada al vidrio y un poco ladeada, la cara convulsa del hombre. Sin hacer ruido salió por el lado izquierdo para no despertar a las monjas, y se acercó al Caravelle. Después buscó a Taunus, y el soldado corrió a prevenir al médico. Desde luego el hombre se había suicidado tomando algún veneno; las líneas a lápiz en la agenda bastaban, y la carta dirigida a una tal Yvette, alguien que lo había abandonado en Vierzon. Por suerte la costumbre de dormir en los autos estaba bien establecida (las noches eran ya tan frías que a nadie se le hubiera ocurrido quedarse afuera) y a pocos les preocupaba que otros anduvieran entre los coches y se deslizaran hacia los bordes de la autopista para aliviarse. Taunus llamó a un consejo de guerra, y el médico estuvo de acuerdo con su propuesta. Dejar el cadáver al borde de la autopista significaba someter a los que venían más atrás a una sorpresa por lo menos penosa; llevarlo más lejos, en pleno campo, podía provocar la violenta repulsa de los lugareños, que la noche anterior habían amenazado y golpeado a un muchacho de otro grupo que buscaba de comer. El campesino del Ariane y el viajante del DKW tenían lo necesario para cerrar herméticamente el portaequipajes del Caravelle. Cuando empezaban su trabajo se les agregó la muchacha del Dauphine, que se colgó temblando del brazo del ingeniero. Él le explicó en voz baja lo que acababa de ocurrir y la devolvió a su auto, ya más tranquila. Taunus y sus hombres habían metido el cuerpo en el portaequipajes, y el viajante trabajó con scotch tape y tubos de cola líquida a la luz de la linterna del soldado. Como la mujer del 203 sabía conducir, Taunus resolvió que su marido se haría cargo del Caravelle que quedaba a la derecha del 203; así, por la mañana, la niña del 203 descubrió que su papá tenía otro auto, y jugó horas y horas a pasar de uno a otro y a instalar parte de sus juguetes en el Caravelle.

Por primera vez el frío se hacía sentir en pleno día, y nadie pensaba en quitarse las chaquetas. La muchacha del Dauphine y las monjas hicieron el inventario de los abrigos disponibles en el grupo. Había unos pocos pulóveres

31

que aparecían por casualidad en los autos o en alguna valija, mantas, alguna gabardina o abrigo ligero. Se estableció una lista de prioridades, se distribuyeron los abrigos. Otra vez volvía a faltar el agua, y Taunus envió a tres de sus hombres, entre ellos el ingeniero, para que trataran de establecer contacto con los lugareños. Sin que pudiera saberse por qué, la resistencia exterior era total; bastaba salir del límite de la autopista para que desde cualquier sitio llovieran piedras. En plena noche alguien tiró una guadaña que golpeó sobre el techo del DKW y cayó al lado del Dauphine. El viajante se puso muy pálido y no se movió de su auto, pero el americano del De Soto (que no formaba parte del grupo de Taunus pero que todos apreciaban por su buen humor y sus risotadas) vino a la carrera y después de revolear la guadaña la devolvió campo afuera con todas sus fuerzas, maldiciendo a gritos. Sin embargo, Taunus no creía que conviniera ahondar la hostilidad; quizá fuese todavía posible hacer una salida en busca de agua.

Ya nadie llevaba la cuenta de lo que se había avanzado ese día o esos días; la muchacha del Dauphine creía que entre ochenta y doscientos metros; el ingeniero era menos optimista pero se divertía en prolongar y complicar los cálculos con su vecina, interesado a ratos en quitarle la compañía del viajante del DKW que le hacía la corte a su manera profesional. Esa misma tarde el muchacho encargado del Floride corrió a avisar a Taunus que un Ford Mercury ofrecía agua a buen precio. Taunus se negó, pero al anochecer una de las monjas le pidió al ingeniero un sorbo de agua para la anciana del ID que sufría sin quejarse, siempre tomada de la mano de su marido y atendida alternativamente por las monjas y la muchacha del Dauphine. Quedaba medio litro de agua, y las mujeres lo destinaron a la anciana y a la señora del Beaulieu. Esa misma noche Taunus pagó de su bolsillo dos litros de agua; el Ford Mercury prometió conseguir más para el día siguiente, al doble del precio.

Era difícil reunirse para discutir, porque hacía tanto frío que nadie abandonaba los autos como no fuera por un motivo imperioso. Las baterías empezaban a descargarse y no se podía hacer funcionar todo el tiempo la calefacción; Taunus decidió que los dos coches mejor equipados se reservarían llegado el caso para los enfermos. Envueltos en mantas (los muchachos del Simca habían arrancado el tapizado de su auto para fabricarse chalecos y gorros, y otros empezaban a imitarlos), cada uno trataba de abrir lo menos posible las portezuelas para conservar el calor. En alguna de esas noches heladas el ingeniero oyó llorar ahogadamente a la muchacha del Dauphine. Sin hacer ruido, abrió poco a poco la portezuela y tanteó en la sombra hasta rozar una mejilla mojada. Casi sin resistencia la chica se dejó atraer al 404; el ingeniero la ayudó a tenderse en la cucheta, la abrigó con la única manta y le echó encima una gabardina. La oscuridad era más densa en el coche ambulancia, con sus ventanillas tapadas por las lonas de la tienda. En algún momento el ingeniero bajó los dos parasoles y colgó de ellos su camisa y un pulóver para aislar completamente el auto. Hacia el amanecer ella le dijo al oído que antes de empezar a llorar había creído ver a lo lejos, sobre la derecha, las luces de una ciudad.

Quizá fuera una ciudad pero las nieblas de la mañana no dejaban ver ni a veinte metros. Curiosamente ese día la columna avanzó bastante más, quizá doscientos o trescientos metros. Coincidió con nuevos anuncios de la radio (que casi nadie escuchaba, salvo Taunus que se sentía obligado a mantenerse al corriente); los locutores hablaban enfáticamente de medidas de excepción que liberarían la autopista, y se hacían referencias al agotador trabajo de las cuadrillas camineras y de las fuerzas policiales. Bruscamente, una de las monjas deliró. Mientras su compañera la contemplaba aterrada y la muchacha del Dauphine le humedecía las sienes con un resto de perfume, la monja habló de Armagedón, del noveno día, de la cadena de cinabrio. El médico vino mucho después, abriéndose paso entre la nieve que caía desde el mediodía y amurallaba poco a poco los autos. Deploró la carencia de una inyección calmante y aconsejó que llevaran a la monja a un auto con buena calefacción. Taunus la instaló en su coche, y el niño pasó al Caravelle donde también estaba su amiguita del 203; jugaban con sus autos y se divertían mucho porque eran los únicos que no pasaban hambre. Todo ese día y los siguientes nevó casi de continuo, y cuando la columna avanzaba unos metros había que despejar con medios improvisados las masas de nieve amontonadas entre los autos.

A nadie se le hubiera ocurrido asombrarse por la forma en que se obtenían las provisiones y el agua. Lo único que podía hacer Taunus era administrar los fondos comunes y tratar de sacar el mejor partido posible de algunos trueques. El Ford Mercury y un Porsche venían cada noche a traficar con las vituallas; Taunus y el ingeniero se encargaban de distribuirlas de acuerdo con el estado físico de cada uno. Increíblemente la anciana del ID sobrevivía, perdida en un sopor que las mujeres se cuidaban de disipar. La señora del Beaulieu que unos días antes había sufrido de náuseas y vahídos, se había repuesto con el frío y era de las que más ayudaban a la monja a cuidar a su compañera, siempre débil y un poco extraviada. La mujer del soldado y la del 203 se encargaban de los dos niños; el viajante del DKW, quizá para consolarse de que la ocupante del Dauphine hubiera preferido al ingeniero, pasaba horas contándoles cuentos a los niños. En la noche los grupos ingresaban en otra vida sigilosa y privada; las portezuelas se abrían silenciosamente para dejar entrar o salir alguna silueta aterida; nadie miraba a los demás, los ojos estaban tan ciegos como la sombra misma. Bajo mantas sucias, con manos de uñas crecidas, oliendo a encierro y a ropa sin cambiar, algo de felicidad duraba aquí y allá. La muchacha del Dauphine no se había equivocado: a lo lejos brillaba una ciudad, y poco a poco se irían acercando. Por las tardes el chico del Simca se trepaba al techo de su coche, vigía incorregible envuelto en pedazos de tapizado y estopa verde. Cansado de explorar el horizonte inútil, miraba por milésima vez los autos que lo rodeaban; con alguna envidia descubría a Dauphine en el auto del 404, una mano acariciando un cuello, el final de un beso. Por pura broma, ahora que había reconquistado la amistad del 404, les gritaba que la columna iba a moverse; entonces Dauphine tenía que abandonar al 404 y entrar en su auto, pero al rato volvía a pasarse en busca de calor, y al muchacho del Simca le hubiera gustado tanto poder traer a su coche a alguna chica de otro grupo, pero no era ni para pensarlo con ese frío y esa hambre, sin contar que el grupo de más adelante estaba en franco tren de hostilidad con el de Taunus por una historia de un tubo de leche condensada, y salvo las transacciones oficiales con Ford Mercury y con Porsche no había relación posible con los otros grupos. Entonces el muchacho del Simca suspiraba descontento y volvía a hacer de vigía hasta que la nieve y el frío lo obligaban a meterse tiritando en su auto.

Pero el frío empezó a ceder, y después de un período de lluvias y vientos que enervaron los ánimos y aumentaron las dificultades de aprovisionamiento, siguieron días frescos y soleados en que ya era posible salir de los autos, visitarse, reanudar relaciones con los grupos vecinos. Los jefes habían discutido la situación, y finalmente se logró hacer la paz con el grupo de más adelante. De la brusca desaparición de Ford Mercury se habló mucho tiempo sin que nadie supiera lo que había podido ocurrirle, pero Porsche siguió viniendo y controlando el mercado negro. Nunca faltaban del todo el agua o las conservas, aunque los fondos del grupo disminuían y Taunus y el ingeniero se preguntaban qué ocurriría el día en que no hubiera más dinero para Porsche. Se habló de un golpe de mano, de hacerlo prisionero y exigirle que revelara la fuente de los suministros, pero en esos días la columna había avanzado un buen trecho y los jefes prefirieron seguir esperando y evitar el riesgo de echarlo todo a perder por una decisión violenta. Al ingeniero, que había acabado por ceder a una indiferencia casi agradable, lo sobresaltó por un momento el tímido anuncio de la muchacha del Dauphine, pero después comprendió que no se podía hacer nada para evitarlo y la idea de tener un hijo de ella acabó por parecerle tan natural como el reparto nocturno de las provisiones o los viajes furtivos hasta el borde de la autopista. Tampoco la muerte de la anciana del ID podía sorprender a nadie. Hubo que trabajar otra vez en plena noche, acompañar y consolar al marido que no se resignaba a entender. Entre dos de los grupos de vanguardia estalló una pelea y Taunus tuvo que oficiar de árbitro y resolver precariamente la diferencia. Todo sucedía en cualquier momento, sin horarios previsibles; lo más importante empezó cuando ya nadie lo esperaba, y al menos responsable le tocó darse cuenta el primero. Trepado en el techo del Simca, el alegre vigía tuvo la impresión de que el horizonte había cambiado (era al atardecer, un sol amarillento deslizaba su luz rasante y mezquina) y que algo inconcebible estaba ocurriendo a quinientos metros, a trescientos, a doscientos cincuenta. Se lo gritó al 404 y el 404 le dijo algo a Dauphine que se pasó rápidamente a su auto cuando ya Taunus, el soldado y el campesino venían corriendo y desde el techo del Simca el muchacho señalaba hacia adelante y repetía interminablemente el anuncio como si quisiera convencerse de que lo que estaba viendo era verdad; entonces oyeron la conmoción, algo como un pesado pero incontenible movimiento migratorio que despertaba de un interminable sopor y ensayaba sus fuerzas. Taunus les ordenó a gritos que volvieran a sus coches; el Beaulieu, el ID, el Fiat 600 y el De Soto arrancaron con un mismo impulso. Ahora el 2HP, el Taunus, el Simca y el Ariane empezaban a moverse, y el muchacho del Simca, orgulloso de algo que era como su triunfo, se volvía hacia el 404 y agitaba el brazo mientras el 404, el Dauphine, el 2HP de las monjas y el DKW se ponían a su vez en marcha. Pero todo estaba en saber cuánto iba a durar eso; el 404 se lo preguntó casi por rutina mientras se mantenía a la par de Dauphine y le sonreía para darle ánimo. Detrás, el Volkswagen, el Caravelle, el 203 y el Floride arrancaban a su vez lentamente, un trecho en primera velocidad, después la segunda, interminablemente la segunda pero ya sin desembragar como tantas veces, con el pie firme en el acelerador, esperando poder pasar a tercera. Estirando el brazo izquierdo el 404 buscó la mano de Dauphine, rozó apenas la punta de sus dedos, vio en su cara una sonrisa de incrédula esperanza y pensó que iban a llegar a París y que se bañarían, que irían juntos a cualquier lado, a su casa o a la de ella a bañarse, a comer, a bañarse interminablemente y a comer y beber, y que después habría muebles, habría un dormitorio con muebles y un cuarto de baño con espuma de jabón para afeitarse de verdad, y retretes, comidas y retretes y sábanas, París era un retrete y dos sábanas y el agua caliente por el pecho y las piernas, y una tijera de uñas, y vino blanco, beberían vino blanco antes de besarse y sentirse oler a lavanda y a colonia, antes de conocerse de verdad a plena luz, entre sábanas limpias, y volver a bañarse por juego, amarse y bañarse y beber y entrar en la peluquería, entrar en el baño, acariciar las sábanas y acariciarse entre las sábanas y amarse entre la espuma y la lavanda y los cepillos antes de empezar a pensar en lo que iban a hacer, en el hijo y los problemas y el futuro, y todo eso siempre que no se detuvieran, que la columna

continuara aunque todavía no se pudiese subir a la tercera velocidad, seguir así en segunda, pero seguir. Con los
paragolpes rozando el Simca, el 404 se echó atrás en el
asiento, sintió aumentar la velocidad, sintió que podía
acelerar sin peligro de irse contra el Simca, y que el Simca aceleraba sin peligro de chocar contra el Beaulieu, y
que detrás venía el Caravelle y que todos aceleraban más
y más, y que ya se podía pasar a tercera sin que el motor
penara, y la palanca calzó increíblemente en la tercera y
la marcha se hizo suave y se aceleró todavía más, y el 404
miró enternecido y deslumbrado a su izquierda buscando los ojos de Dauphine. Era natural que con tanta ace-
leración las filas ya no se mantuvieran paralelas, Dauphine se había adelantado casi un metro y el 404 le veía la
nuca y apenas el perfil, justamente cuando ella se volvía
para mirarlo y hacía un gesto de sorpresa al ver que el
404 se retrasaba todavía más. Tranquilizándola con una
sonrisa el 404 aceleró bruscamente, pero casi enseguida
tuvo que frenar porque estaba a punto de rozar el Simca;
le tocó secamente la bocina y el muchacho del Simca lo
miró por el retrovisor y le hizo un gesto de impotencia,
mostrándole con la mano izquierda el Beaulieu pegado a
su auto. El Dauphine iba tres metros más adelante, a la
altura del Simca, y la niña del 203, al nivel del 404, agitaba los brazos y le mostraba su muñeca. Una mancha roja
a la derecha desconcertó al 404; en vez del 2HP de las
monjas o del Volkswagen del soldado vio un Chevrolet
desconocido, y casi enseguida el Chevrolet se adelantó
seguido por un Lancia y por un Renault 8. A su izquierda se le apareaba un ID que empezaba a sacarle ventaja
metro a metro, pero antes de que fuera sustituido por un

403, el 404 alcanzó a distinguir todavía en la delantera el 203 que ocultaba ya a Dauphine. El grupo se dislocaba, ya no existía, Taunus debía de estar a más de veinte metros adelante, seguido de Dauphine; al mismo tiempo la tercera fila de la izquierda se atrasaba porque en vez del DKW del viajante, el 404 alcanzaba a ver la parte trasera de un viejo furgón negro, quizás un Citroën o un Peugeot. Los autos corrían en tercera, adelantándose o perdiendo terreno según el ritmo de su fila, y a los lados de la autopista se veían huir los árboles, algunas casas entre las masas de niebla y el anochecer. Después fueron las luces rojas que todos encendían siguiendo el ejemplo de los que iban adelante, la noche que se cerraba bruscamente. De cuando en cuando sonaban bocinas, las agujas de los velocímetros subían cada vez más, algunas filas corrían a setenta kilómetros, otras a sesenta y cinco, algunas a sesenta. El 404 había esperado todavía que el avance y el retroceso de las filas le permitiera alcanzar otra vez a Dauphine, pero cada minuto lo iba convenciendo de que era inútil, que el grupo se había disuelto irrevocablemente, que ya no volverían a repetirse los encuentros rutinarios, los mínimos rituales, los consejos de guerra en el auto de Taunus, las caricias de Dauphine en la paz de la madrugada, las risas de los niños jugando con sus autos, la imagen de la monja pasando las cuentas del rosario. Cuando se encendieron las luces de los frenos del Simca, el 404 redujo la marcha con un absurdo sentimiento de esperanza, y apenas puesto el freno de mano saltó del auto y corrió hacia adelante. Fuera del Simca y el Beaulieu (más atrás estaría el Caravelle, pero poco le importaba) no reconoció ningún auto; a través de cristales diferentes lo miraban con sorpresa y quizás escándalo otros rostros que no había visto nunca. Sonaban las bocinas, y el 404 tuvo que volver a su auto; el chico del Simca le hizo un gesto amistoso, como si comprendiera, y señaló alentadoramente en dirección de París. La columna volvía a ponerse en marcha, lentamente durante unos minutos y luego como si la autopista estuviera definitivamente libre. A la izquierda del 404 corría un Taunus, y por un segundo al 404 le pareció que el grupo se recomponía, que todo entraba en el orden, que se podría seguir adelante sin destruir nada. Pero era un Taunus verde, y en el volante había una mujer con anteojos ahumados que miraba fijamente hacia adelante. No se podía hacer otra cosa que abandonarse a la marcha, adaptarse mecánicamente a la velocidad de los autos que lo rodeaban, no pensar. En el Volkswagen del soldado debía estar su chaqueta de cuero. Taunus tenía la novela que él había leído en los primeros días. Un frasco de lavanda casi vacío en el 2HP de las monjas. Y él tenía ahí, tocándolo a veces con la mano derecha, el osito de felpa que Dauphine le había regalado como mascota. Absurdamente se aferró a la idea de que a las nueve y media se distribuirían los alimentos, habría que visitar a los enfermos, examinar la situación con Taunus y el campesino del Ariane; después sería la noche, sería Dauphine subiendo sigilosamente a su auto, las estrellas o las nubes, la vida. Sí, tenía que ser así, no era posible que eso hubiera terminado para siempre. Tal vez el soldado consiguiera una ración de agua, que había escaseado en las últimas horas; de todos modos se podía contar con Porsche, siempre que se le pagara el precio que pedía. Y en la antena de la radio

La salud de los enfermos

Cuando inesperadamente tía Clelia se sintió mal en la familia hubo un momento de pánico y por varias horas nadie fue capaz de reaccionar y discutir un plan de acción, ni siquiera tío Roque que encontraba siempre la salida más atinada. A Carlos lo llamaron por teléfono a la oficina, Rosa y Pepe despidieron a los alumnos de piano y solfeo, y hasta tía Clelia se preocupó más por mamá que por ella misma. Estaba segura de que lo que sentía no era grave, pero a mamá no se le podían dar noticias inquietantes con su presión y su azúcar, de sobra sabían todos que el doctor Bonifaz había sido el primero en comprender y aprobar que le ocultaran a mamá lo de Alejandro. Si tía Clelia tenía que guardar cama era necesario encontrar alguna manera de que mamá no sospechara que estaba enferma, pero ya lo de Alejandro se había vuelto tan difícil y ahora se agregaba esto; la menor equivocación, y acabaría por saber la verdad. Aunque la casa era grande, había que tener en cuenta el oído tan afinado de mamá y su inquietante capacidad para adivinar dónde estaba cada uno. Pepa, que había llamado al doctor Bonifaz desde el teléfono de arriba, avisó a sus hermanos que el médico vendría lo antes posible y que dejaran entornada la puerta cancel para que entrase sin llamar. Mientras Rosa y tío Roque atendían a tía Clelia que había tenido dos desmayos y se quejaba de un insoportable dolor de cabeza, Carlos se quedó con mamá para contarle las novedades del conflicto diplomático con el Brasil y leerle las últimas noticias. Mamá estaba de buen humor esa tarde y no le dolía la cintura como casi siempre a la hora de la siesta. A todos les fue preguntando qué les pasaba que parecían tan nerviosos, y en la casa se habló de la baja presión y de los efectos nefastos de los mejoradores en el pan. A la hora del té vino tío Roque a charlar con mamá, y Carlos pudo darse un baño y quedarse a la espera del médico. Tía Clelia seguía mejor, pero le costaba moverse en la cama y ya casi no se interesaba por lo que tanto la había preocupado al salir del primer vahído. Pepa y Rosa se turnaron junto a ella, ofreciéndole té y agua sin que les contestara; la casa se apaciguó con el atardecer y los hermanos se dijeron que tal vez lo de tía Clelia no era grave, y que a la tarde siguiente volvería a entrar en el dormitorio de mamá como si no le hubiese pasado nada.

Con Alejandro las cosas habían sido mucho peores, porque Alejandro se había matado en un accidente de auto a poco de llegar a Montevideo donde lo esperaban en casa de un ingeniero amigo. Ya hacía casi un año de eso, pero siempre seguía siendo el primer día para los hermanos y los tíos, para todos menos para mamá, ya que para mamá Alejandro estaba en el Brasil donde una firma de Recife le había encargado la instalación de una fábrica de cemento. La idea de preparar a mamá, de insinuarle que Alejandro había tenido un accidente y que estaba levemente herido, no se les había ocurrido siquiera después de las prevenciones del doctor Bonifaz. Hasta María Laura, más allá de toda comprensión en esas primeras horas, había admitido que no era posible darle la noticia a mamá. Carlos y el padre de María Laura viajaron al Uruguay para traer el cuerpo de Alejandro, mientras la familia cuidaba como siempre de mamá que ese día estaba dolorida y difícil. El club de ingeniería aceptó que el velorio se hiciera en su sede y Pepa, la más ocupada con mamá, ni siquiera alcanzó a ver el ataúd de Alejandro mientras los otros se turnaban de hora en hora y acompañaban a la pobre María Laura perdida en un horror sin lágrimas. Como casi siempre, a tío Roque le tocó pensar. Habló de madrugada con Carlos, que lloraba silenciosamente a su hermano con la cabeza apoyada en la carpeta verde de la mesa del comedor donde tantas veces habían jugado a las cartas. Después se les agregó tía Clelia, porque mamá dormía toda la noche y no había que preocuparse por ella. Con el acuerdo tácito de Rosa y de Pepa, decidieron las primeras medidas, empezando por el secuestro de *La Nación* —a veces mamá se animaba a leer el diario unos minutos— y todos estuvieron de acuerdo con lo que había pensado el tío Roque. Fue así como una empresa brasileña contrató a Alejandro para que pasara un año en Recife, y Alejandro tuvo que renunciar en pocas horas a sus breves vacaciones en casa del ingeniero amigo, hacer su valija y saltar al primer avión. Mamá tenía que comprender que eran nuevos tiempos, que los industriales no entendían de sentimientos, pero Alejandro ya encontraría la manera de tomarse una semana de vacaciones a mitad de año y bajar a Buenos Aires. A mamá le pareció muy bien todo eso, aunque lloró un poco y hubo que darle a respirar sus sales. Carlos, que sabía hacerla reír, le dijo que era una vergüenza que llorara por el primer éxito del benjamín de la familia, y que a Alejandro no le hubiera gustado enterarse de que recibían así la noticia de su contrato. Entonces mamá se tranquilizó y dijo que bebería un dedo de málaga a la salud de Alejandro. Carlos salió bruscamente a buscar el vino, pero fue Rosa quien lo trajo y quien brindó con mamá.

La vida de mamá era bien penosa, y aunque poco se quejaba había que hacer todo lo posible por acompañarla y distraerla. Cuando al día siguiente del entierro de Alejandro se extrañó de que María Laura no hubiese venido a visitarla como todos los jueves, Pepa fue por la tarde a casa de los Novalli para hablar con María Laura. A esa hora tío Roque estaba en el estudio de un abogado amigo, explicándole la situación; el abogado prometió escribir inmediatamente a su hermano que trabajaba en Recife (las ciudades no se elegían al azar en casa de mamá) y organizar lo de la correspondencia. El doctor Bonifaz ya había visitado como por casualidad a mamá, y después de examinarle la vista la encontró bastante mejor pero le pidió que por unos días se abstuviera de leer los diarios. Tía Clelia se encargó de comentarle las noticias más interesantes; por suerte a mamá no le gustaban los noticieros radiales porque eran vulgares y a cada rato había avisos de remedios nada seguros que la gente tomaba contra viento y marea y así les iba.

María Laura vino el viernes por la tarde y habló de lo mucho que tenía que estudiar para los exámenes de arquitectura.

—Sí, mi hijita —dijo mamá, mirándola con afecto—. Tenés los ojos colorados de leer, y eso es malo. Ponete unas compresas con hamamelis, que es lo mejor que hay.

Rosa y Pepa estaban ahí para intervenir a cada momento en la conversación, y María Laura pudo resistir y hasta sonrió cuando mamá se puso a hablar de ese pícaro de novio que se iba tan lejos y casi sin avisar. La juventud moderna era así, el mundo se había vuelto loco y todos andaban apurados y sin tiempo para nada. Después mamá se perdió en las ya sabidas anécdotas de padres y abuelos, y vino el café y después entró Carlos con bromas y cuentos, y en algún momento tío Roque se paró en la puerta del dormitorio y los miró con su aire bonachón, y todo pasó como tenía que pasar hasta la hora del descanso de mamá.

La familia se fue habituando, a María Laura le costó más pero en cambio sólo tenía que ver a mamá los jueves; un día llegó la primera carta de Alejandro (mamá se había extrañado ya dos veces de su silencio) y Carlos se la leyó al pie de la cama. A Alejandro le había encantado Recife, hablaba del puerto, de los vendedores de papagayos y del sabor de los refrescos, a la familia se le hacía agua la boca cuando se enteraba de que los ananás no costaban nada, y que el café era de verdad y con una fragancia… Mamá pidió que le mostraran el sobre, y dijo que habría que darle la estampilla al chico de los Marolda que era filatelista, aunque a ella no le gustaba nada que los chicos anduvieran con las estampillas porque después no se lavaban las manos y las estampillas habían rodado por todo el mundo.

—Les pasan la lengua para pegarlas —decía siempre mamá— y los microbios quedan ahí y se incuban, es sabido. Pero dásela lo mismo, total ya tiene tantas que una más...

Al otro día mamá llamó a Rosa y le dictó una carta para Alejandro, preguntándole cuándo iba a poder tomarse vacaciones y si el viaje no le costaría demasiado. Le explicó cómo se sentía y le habló del ascenso que acababan de darle a Carlos y del premio que había sacado uno de los alumnos de piano de Pepa. También le dijo que María Laura la visitaba sin faltar ni un solo jueves, pero que estudiaba demasiado y que eso era malo para la vista. Cuando la carta estuvo escrita, mamá la firmó al pie con un lápiz, y besó suavemente el papel. Pepa se levantó con el pretexto de ir a buscar un sobre, y tía Clelia vino con las pastillas de las cinco y unas flores para el jarrón de la cómoda.

Nada era fácil, porque en esa época la presión de mamá subió todavía más y la familia llegó a preguntarse si no habría alguna influencia inconsciente, algo que desbordaba del comportamiento de todos ellos, una inquietud y un desánimo que hacían daño a mamá a pesar de las precauciones y la falsa alegría. Pero no podía ser, porque a fuerza de fingir las risas todos habían acabado por reírse de veras con mamá, y a veces se hacían bromas y se tiraban manotazos aunque no estuvieran con ella, y después se miraban como si se despertaran bruscamente, y Pepa se ponía muy colorada y Carlos encendía un cigarrillo con la cabeza gacha. Lo único importante en el fondo era que pasara el tiempo y que mamá no se diese cuenta de nada. Tío Roque había hablado con el doctor

Bonifaz, y todos estaban de acuerdo en que había que continuar indefinidamente la comedia piadosa, como la calificaba tía Clelia. El único problema eran las visitas de María Laura porque mamá insistía naturalmente en hablar de Alejandro, quería saber si se casarían apenas él volviera de Recife o si ese loco de hijo iba a aceptar otro contrato lejos y por tanto tiempo. No quedaba más remedio que entrar a cada momento en el dormitorio y distraer a mamá, quitarle a María Laura que se mantenía muy quieta en su silla, con las manos apretadas hasta hacerse daño, pero un día mamá le preguntó a tía Clelia por qué todos se precipitaban en esa forma cuando María Laura venía a verla, como si fuera la única ocasión que tenían de estar con ella. Tía Clelia se echó a reír y le dijo que todos veían un poco a Alejandro en María Laura, y que por eso les gustaba estar con ella cuando venía.

—Tenés razón, María Laura es tan buena —dijo mamá—. El bandido de mi hijo no se la merece, creeme.

—Mirá quién habla —dijo tía Clelia—. Si se te cae la baba cuando nombrás a tu hijo.

Mamá también se puso a reír, y se acordó de que en esos días iba a llegar carta de Alejandro. La carta llegó y tío Roque la trajo junto con el té de las cinco. Esa vez mamá quiso leer la carta y pidió sus anteojos de ver cerca. Leyó aplicadamente, como si cada frase fuera un bocado que había que dar vueltas y vueltas paladeándolo.

—Los muchachos de ahora no tienen respeto —dijo sin darle demasiada importancia—. Está bien que en mi tiempo no se usaban esas máquinas, pero yo no me hubiera atrevido jamás a escribir así a mi padre, ni vos tampoco.

—Claro que no —dijo tío Roque—. Con el genio que tenía el viejo.

—A vos no se te cae nunca eso del viejo, Roque. Sabés que no me gusta oírtelo decir, pero te da igual. Acordate cómo se ponía mamá.

—Bueno, está bien. Lo de viejo es una manera de decir, no tiene nada que ver con el respeto.

—Es muy raro —dijo mamá, quitándose los anteojos y mirando las molduras del cielo raso—. Ya van cinco o seis cartas de Alejandro, y en ninguna me llama… Ah, pero es un secreto entre los dos. Es raro sabés. ¿Por qué no me ha llamado así ni una sola vez?

—A lo mejor al muchacho le parece tonto escribírtelo. Una cosa es que te diga… ¿cómo te dice…?

—Es un secreto —dijo mamá—. Un secreto entre mi hijito y yo.

Ni Pepa ni Rosa sabían de ese nombre, y Carlos se encogió de hombros cuando le preguntamos.

—¿Qué querés, tío? Lo más que puedo hacer es falsificarle la firma. Yo creo que mamá se va a olvidar de eso, no te lo tomés tan a pecho.

A los cuatro o cinco meses, después de una carta de Aleandro en la que explicaba lo mucho que tenía que hacer (aunque estaba contento porque era una gran oportunidad para un ingeniero joven), mamá insistió en que ya era tiempo de que se tomara unas vacaciones y bajara a Buenos Aires. A Rosa, que escribía la respuesta de mamá, le pareció que dictaba más lentamente, como si hubiera estado pensando mucho cada frase.

—Vaya a saber si el pobre podrá venir —comentó Rosa como al descuido—. Sería una lástima que se malquiste con la empresa justamente ahora que le va tan bien y está tan contento.

Mamá siguió dictando como si no hubiera oído. Su salud dejaba mucho que desear y le hubiera gustado ver a Alejandro, aunque sólo fuese por unos días. Alejandro tenía que pensar también en María Laura, no porque ella creyese que descuidaba a su novia, pero un cariño no vive de palabras bonitas y promesas a la distancia. En fin, esperaba que Alejandro le escribiera pronto con buenas noticias. Rosa se fijó que mamá no besaba el papel después de firmar, pero que miraba fijamente la carta como si quisiera grabársela en la memoria. «Pobre Alejandro», pensó Rosa, y después se santiguó bruscamente sin que mamá la viera.

—Mirá —le dijo tío Roque a Carlos cuando esa noche se quedaron solos para su partida de dominó—, yo creo que esto se va a poner feo. Habrá que inventar alguna cosa plausible, o al final se dará cuenta.

—Qué sé yo, tío. Lo mejor será que Alejandro conteste de una manera que la deje contenta por un tiempo más. La pobre está tan delicada, no se puede ni pensar en...

—Nadie habló de eso, muchacho. Pero yo te digo que tu madre es de las que no aflojan. Está en la familia, che.

Mamá leyó sin hacer comentarios la respuesta evasiva de Alejandro, que trataría de conseguir vacaciones apenas entregara el primer sector instalado de la fábrica. Cuando esa tarde llegó María Laura, le pidió que intercediera para que Alejandro viniese aunque no fuera más que una semana a Buenos Aires. María Laura le dijo después a Rosa que mamá se lo había pedido en el único momento en que nadie más podía escucharla. Tío Roque fue el primero en sugerir lo que todos habían pensado ya tantas veces sin animarse a decirlo por lo claro, y cuando mamá le dictó a Rosa otra carta para Alejandro, insistiendo en que viniera, se decidió que no quedaba más remedio que hacer la tentativa y ver si mamá estaba en condiciones de recibir una primera noticia desagradable. Carlos consultó al doctor Bonifaz, que aconsejó prudencia y unas gotas. Dejaron pasar el tiempo necesario, y una tarde tío Roque vino a sentarse a los pies de la cama de mamá, mientras Rosa cebaba un mate y miraba por la ventana del balcón, al lado de la cómoda de los remedios.

—Fijate que ahora empiezo a entender un poco por qué este diablo de sobrino no se decide a venir a vernos —dijo tío Roque—. Lo que pasa es que no te ha querido afligir, sabiendo que todavía no estás bien.

Mamá lo miró como si no comprendiera.

—Hoy telefonearon los Novalli, parece que María Laura recibió noticias de Alejandro. Está bien, pero no va a poder viajar por unos meses.

—¿Por qué no va a poder viajar? —preguntó mamá.

—Porque tiene algo en un pie, parece. En el tobillo, creo. Hay que preguntarle a María Laura para que diga lo que pasa. El viejo Novalli habló de una fractura o algo así.

—¿Fractura de tobillo? —dijo mamá.

Antes de que tío Roque pudiera contestar, ya Rosa estaba con el frasco de sales. El doctor Bonifaz vino enseguida, y todo pasó en unas horas, pero fueron horas largas y el doctor Bonifaz no se separó de la familia hasta entrada la noche. Recién dos días después mamá se sintió lo bastante repuesta como para pedirle a Pepa que le escribiera a Alejandro. Cuando Pepa, que no había entendido bien, vino como siempre con el bloc y la lapicera, mamá cerró los ojos y negó con la cabeza.

—Escribile vos, nomás. Decile que se cuide.

Pepa obedeció, sin saber por qué escribía una frase tras otra puesto que mamá no iba a leer la carta. Esa noche le dijo a Carlos que todo el tiempo, mientras escribía al lado de la cama de mamá, había tenido la absoluta seguridad de que mamá no iba a leer ni a firmar esa carta. Seguía con los ojos cerrados y no los abrió hasta la hora de la tisana; parecía haberse olvidado, estar pensando en otras cosas.

Alejandro contestó con el tono más natural del mundo, explicando que no había querido contar lo de la fractura para no afligirla. Al principio se habían equivocado y le habían puesto un yeso que hubo que cambiar, pero ya estaba mejor y en unas semanas podría empezar a caminar. En total tenía para unos dos meses, aunque lo malo era que su trabajo se había retrasado una barbaridad en el peor momento, y…

Carlos, que leía la carta en voz alta, tuvo la impresión de que mamá no lo escuchaba como otras veces. De cuando en cuando miraba el reloj, lo que en ella era signo de impaciencia. A las siete Rosa tenía que traerle el caldo con las gotas del doctor Bonifaz, y eran las siete y cinco.

—Bueno —dijo Carlos, doblando la carta—. Ya ves que todo va bien, al pibe no le ha pasado nada serio.

—Claro —dijo mamá—. Mirá, decile a Rosa que se apure, querés.

A María Laura, mamá le escuchó atentamente las explicaciones sobre la fractura de Alejandro, y hasta le dijo que le recomendara unas fricciones que tanto bien le habían hecho a su padre cuando la caída del caballo en Matanzas. Casi enseguida, como si formara parte de la misma frase, preguntó si no le podían dar unas gotas de agua de azahar, que siempre le aclaraban la cabeza.

La primera en hablar fue María Laura, esa misma tarde. Se lo dijo a Rosa en la sala, antes de irse, y Rosa se quedó mirándola como si no pudiera creer lo que había oído.

—Por favor —dijo Rosa—. ¿Cómo podés imaginarte una cosa así?

—No me la imagino, es la verdad —dijo María Laura—. Y yo no vuelvo más, Rosa, pídanme lo que quieran, pero yo no vuelvo a entrar en esa pieza.

En el fondo a nadie le pareció demasiado absurda la fantasía de María Laura. Pero Clelia resumió el sentimiento de todos cuando dijo que en una casa como la de ellos un deber era un deber. A Rosa le tocó ir a lo de los Novalli, pero María Laura tuvo un ataque de llanto tan histérico que no quedó más remedio que acatar su decisión; Pepa y Rosa empezaron esa misma tarde a hacer comentarios sobre lo mucho que tenía que estudiar la pobre chica y lo cansada que estaba. Mamá no dijo nada, y cuando llegó el jueves no preguntó por María Laura. Ese jueves se cumplían diez meses de la partida de Alejandro al Brasil. La empresa estaba tan satisfecha de sus servicios, que unas semanas después le propusieron una renovación del contrato por otro año, siempre que aceptara irse de inmediato a Belén para instalar otra fábrica. A tío Roque le parecía eso formidable, un gran triunfo para un muchacho de tan pocos años.

—Alejandro fue siempre el más inteligente —dijo mamá—. Así como Carlos es el más tesonero.

—Tenés razón —dijo tío Roque, preguntándose de pronto qué mosca le habría picado aquel día a María Laura—. La verdad es que te han salido unos hijos que valen la pena, hermana.

—Oh, sí, no me puedo quejar. A su padre le hubiera gustado verlos ya grandes. Las chicas, tan buenas, y el pobre Carlos, tan de su casa.

—Y Alejandro, con tanto porvenir.

—Ah, sí —dijo mamá.

—Fijate nomás en ese nuevo contrato que le ofrecen… En fin, cuando estés con ánimo le contestarás a tu hijo; debe andar con la cola entre las piernas pensando que la noticia de la renovación no te va a gustar.

—Ah, sí —repitió mamá, mirando al cielo raso—. Decile a Pepa que le escriba, ella ya sabe.

Pepa escribió, sin estar muy segura de lo que debía decirle a Alejandro, pero convencida de que siempre era mejor tener un texto completo para evitar contradicciones en las respuestas. Alejandro, por su parte, se alegró mucho de que mamá comprendiera la oportunidad que se le presentaba. Lo del tobillo iba muy bien, apenas pudiera pediría vacaciones para venirse a estar con ellos una quincena. Mamá asintió con un leve gesto, y preguntó si ya había llegado *La Razón* para que Carlos le leyera los telegramas. En la casa todo se había ordenado sin esfuerzo, ahora que parecían haber terminado los sobresaltos y la salud de mamá se mantenía estacionaria. Los hijos se turnaban para acompañarla; tío Roque y tía Clelia entraban y salían en cualquier momento. Carlos le leía el diario a mamá por la noche, y Pepa por la mañana. Rosa y tía Clelia se ocupaban de los medicamentos y los baños; tío Roque tomaba mate en su cuarto dos o tres veces al día. Mamá no estaba nunca sola, no preguntaba nunca por María Laura; cada tres semanas recibía sin comentarios las noticias de Alejandro; le decía a Pepa que contestara y hablaba de otra cosa, siempre inteligente y atenta y alejada.

Fue en esa época cuando tío Roque empezó a leerle las noticias de la tensión con el Brasil. Las primeras las había escrito en los bordes del diario, pero mamá no se preocupaba por la perfección de la lectura y después de unos días tío Roque se acostumbró a inventar en el momento. Al principio acompañaba los inquietantes telegramas con algún comentario sobre los problemas que eso podría traerle a Alejandro y a los demás argentinos en el Brasil, pero como mamá no parecía preocuparse dejó de insistir aunque cada tantos días agravaba un poco la situación. En las cartas de Alejandro se mencionaba la posibilidad de una ruptura de relaciones, aunque el muchacho era el optimista de siempre y estaba convencido de que los cancilleres arreglarían el litigio.

Mamá no hacía comentarios, tal vez porque aún faltaba mucho para que Alejandro pudiera pedir licencia, pero una noche le preguntó bruscamente al doctor Bonifaz si la situación con el Brasil era tan grave como decían los diarios.

—¿Con el Brasil? Bueno, sí, las cosas no andan muy bien —dijo el médico—. Esperemos que el buen sentido de los estadistas...

Mamá lo miraba como sorprendida de que le hubiese respondido sin vacilar. Suspiró levemente, y cambió la conversación. Esa noche estuvo más animada que otras veces, y el doctor Bonifaz se retiró satisfecho. Al otro día se enfermó tía Clelia; los desmayos parecían cosa pasajera, pero el doctor Bonifaz habló con tío Roque y aconsejó que internaran a tía Clelia en un sanatorio. A mamá, que en ese momento escuchaba las noticias del Brasil que le traía Carlos con el diario de la noche, le dijeron que tía Clelia estaba con una jaqueca que no la dejaba moverse de la cama. Tuvieron toda la noche para pensar en lo que harían, pero tío Roque estaba como anonadado después de hablar con el doctor Bonifaz, y a Carlos y a las chicas les tocó decidir. A Rosa se le ocurrió lo de la quinta de Manolita Valle y el aire puro; al segundo día de la jaqueca de tía Clelia, Carlos llevó la conversación con tanta habilidad que fue como si mamá en persona hubiera aconsejado una temporada en la quinta de Manolita que tanto bien le haría a Clelia. Un compañero de oficina de Carlos se ofreció para llevarla en su auto, ya que el tren era fatigoso con esa jaqueca. Tía Clelia fue la primera en querer despedirse de mamá, y entre Carlos y tío Roque la llevaron pasito a paso para que mamá le recomendase que no tomara frío en esos autos de ahora y que se acordara del laxante de frutas cada noche.

—Clelia estaba muy congestionada —le dijo mamá a Pepa por la tarde—. Me hizo mala impresión, sabés.

—Oh, con unos días en la quinta se va a reponer lo más bien. Estaba un poco cansada estos meses; me acuerdo de que Manolita le había dicho que fuera a acompañarla a la quinta.

—¿Sí? Es raro, nunca me lo dijo.

—Por no afligirte, supongo.

—¿Y cuánto tiempo se va a quedar, hijita?

Pepa no sabía, pero ya le preguntarían al doctor Bonifaz que era el que había aconsejado el cambio de aire. Mamá no volvió a hablar del asunto hasta algunos días después (tía Clelia acababa de tener un síncope en el sanatorio, y Rosa se turnaba con tío Roque para acompañarla).

—Me pregunto cuándo va a volver Clelia —dijo mamá.

—Vamos, por una vez que la pobre se decide a dejarte y a cambiar un poco de aire...

—Sí, pero lo que tenía no era nada, dijeron ustedes.

—Claro que no es nada. Ahora se estará quedando por gusto, o por acompañar a Manolita; ya sabés cómo son de amigas.

—Telefoneá a la quinta y averiguá cuándo va a volver —dijo mamá.

Rosa telefoneó a la quinta, y le dijeron que tía Clelia estaba mejor, pero que todavía se sentía un poco débil, de manera que iba a aprovechar para quedarse. El tiempo estaba espléndido en Olavarría.

—No me gusta nada eso —dijo mamá—. Clelia ya tendría que haber vuelto.

—Por favor, mamá, no te preocupés tanto. ¿Por qué no te mejorás vos lo antes posible, y te vas con Clelia y Manolita a tomar sol a la quinta?

—¿Yo? —dijo mamá, mirando a Carlos con algo que se parecía al asombro, al escándalo, al insulto. Carlos se echó a reír para disimular lo que sentía (tía Clelia estaba gravísima, Pepa acababa de telefonear) y la besó en la mejilla como a una niña traviesa.

—Mamita tonta —dijo, tratando de no pensar en nada.

Esa noche mamá durmió mal y desde el amanecer preguntó por Clelia, como si a esa hora se pudieran tener noticias de la quinta (tía Clelia acababa de morir y habían decidido velarla en la funeraria). A las ocho llamaron a la quinta desde el teléfono de la sala, para que mamá pudiera escuchar la conversación, y por suerte tía Clelia había pasado bastante buena noche aunque el médico de Manolita aconsejaba que se quedase mientras siguiera el buen tiempo. Carlos estaba muy contento con el cierre de la oficina por inventario y balance, y vino en piyama a tomar mate al pie de la cama de mamá y a darle conversación.

—Mirá —dijo mamá—, yo creo que habría que escribirle a Alejandro que venga a ver a su tía. Siempre fue el preferido de Clelia, y es justo que venga.

—Pero si tía Clelia no tiene nada, mamá. Si Alejandro no ha podido venir a verte a vos, imaginate…

—Allá él —dijo mamá—. Vos escribile y decile que Clelia está enferma y que debería venir a verla.

—¿Pero cuántas veces te vamos a repetir que lo de tía Clelia no es grave?

—Si no es grave, mejor. Pero no te cuesta nada escribirle.

Le escribieron esa misma tarde y le leyeron la carta a mamá. En los días en que debía llegar la respuesta de Alejandro (tía Clelia seguía bien, pero el médico de

Manolita insistía en que aprovechara el buen aire de la quinta), la situación diplomática con el Brasil se agravó todavía más y Carlos le dijo a mamá que no sería raro que las cartas de Alejandro se demoraran.

—Parecería a propósito —dijo mamá—. Ya vas a ver que tampoco podrá venir él.

Ninguno de ellos se decidía a leerle la carta de Alejandro. Reunidos en el comedor, miraban al lugar vacío de tía Clelia, se miraban entre ellos, vacilando.

—Es absurdo —dijo Carlos—. Ya estamos tan acostumbrados a esta comedia, que una escena más o menos.

—Entonces llevásela vos —dijo Pepa, mientras se le llenaban los ojos de lágrimas y se los secaba una vez más con la servilleta.

—Qué querés, hay algo que no anda. Ahora cada vez que entro en su cuarto estoy como esperando una sorpresa, una trampa, casi.

—La culpa la tiene María Laura —dijo Rosa—. Ella nos metió la idea en la cabeza y ya no podemos actuar con naturalidad. Y para colmo tía Clelia…

—Mirá, ahora que lo decís se me ocurre que convendría hablar con María Laura —dijo tío Roque—. Lo más lógico sería que viniera después de sus exámenes y le diera a tu madre la noticia de que Alejandro no va a poder viajar.

—¿Pero a vos no te hiela la sangre que mamá no pregunte más por María Laura, aunque Alejandro la nombra en todas sus cartas?

—No se trata de la temperatura de mi sangre —dijo tío Roque—. Las cosas se hacen o no se hacen, y se acabó.

A Rosa le llevó dos horas convencer a María Laura, pero era su mejor amiga y María Laura los quería mucho, hasta a mamá aunque le diera miedo. Hubo que preparar una nueva carta, que María Laura trajo junto con un ramo de flores y las pastillas de mandarina que le gustaban a mamá. Sí, por suerte ya habían terminado los exámenes peores, y podría irse unas semanas a descansar a San Vicente.

—El aire del campo te hará bien —dijo mamá—. En cambio a Clelia... ¿Hoy llamaste a la quinta, Pepa? Ah, sí, recuerdo que me dijiste... Bueno, ya hace tres semanas que se fue Clelia, y mirá vos...

María Laura y Rosa hicieron los comentarios del caso, vino la bandeja del té, y María Laura le leyó a mamá unos párrafos de la carta de Alejandro con la noticia de la internación provisional de todos los técnicos extranjeros, y la gracia que le hacía estar alojado en un espléndido hotel por cuenta del gobierno, a la espera de que los cancilleres arreglaran el conflicto. Mamá no hizo ninguna reflexión, bebió su taza de tilo y se fue adormeciendo. Las muchachas siguieron charlando en la sala, más aliviadas. María Laura estaba por irse cuando se le ocurrió lo del teléfono y se lo dijo a Rosa. A Rosa le parecía que también Carlos había pensado en eso, y más tarde le habló a tío Roque, que se encogió de hombros. Frente a cosas así no quedaba más remedio que hacer un gesto y seguir leyendo el diario. Pero Rosa y Pepa se lo dijeron también a Carlos, que renunció a encontrarle explicación a menos de aceptar lo que nadie quería aceptar.

—Ya veremos —dijo Carlos—. Todavía puede ser que se le ocurra y nos lo pida. En ese caso...

Pero mamá no pidió nunca que le llevaran el teléfono para hablar personalmente con tía Clelia. Cada mañana preguntaba si había noticias de la quinta, y después se volvía a su silencio donde el tiempo parecía contarse por dosis de remedios y tazas de tisana. No le desagradaba que tío Roque viniera con *La Razón* para leerle las últimas noticias del conflicto con el Brasil, aunque tampoco parecía preocuparse si el diariero llegaba tarde o tío Roque se entretenía más que de costumbre con un problema de ajedrez. Rosa y Pepa llegaron a convencerse de que a mamá la tenía sin cuidado que le leyeran las noticias, o telefonearan a la quinta, o trajeran una carta de Alejandro. Pero no se podía estar seguro porque a veces mamá levantaba la cabeza y las miraba con la mirada profunda de siempre, en la que no había ningún cambio, ninguna aceptación. La rutina los abarcaba a todos, y para Rosa telefonear a un agujero negro en el extremo del hilo era simple y cotidiano como para tío Roque seguir leyendo falsos telegramas sobre un fondo de anuncios de remates o noticias de fútbol, o para Carlos entrar con las anécdotas de su visita a la quinta de Olavarría y los paquetes de frutas que les mandaban Manolita y tía Clelia. Ni siquiera durante los últimos meses de mamá cambiaron las costumbres, aunque poca importancia tuviera ya. El doctor Bonifaz les dijo que por suerte mamá no sufriría nada y que se apagaría sin sentirlo. Pero mamá se mantuvo lúcida hasta el fin, cuando ya los hijos la rodeaban sin poder fingir lo que sentían.

—Qué buenos fueron todos conmigo —dijo mamá con ternura—. Todo ese trabajo que se tomaron para que no sufriera.

Tío Roque estaba sentado junto a ella y le acarició jovialmente la mano, tratándola de tonta. Pepa y Rosa, fingiendo buscar algo en la cómoda, sabían ya que María Laura había tenido razón; sabían lo que de alguna manera habían sabido siempre.

—Tanto cuidarme... —dijo mamá, y Pepa apretó la mano de Rosa, porque al fin y al cabo esas dos palabras volvían a poner todo en orden, restablecían la larga comedia necesaria. Pero Carlos, a los pies de la cama, miraba a mamá como si supiera que iba a decir algo más.

—Ahora podrán descansar —dijo mamá—. Ya no les daremos más trabajo.

Tío Roque iba a protestar, a decir algo, pero Carlos se le acercó y le apretó violentamente el hombro. Mamá se perdía poco a poco en una modorra, y era mejor no molestarla.

Tres días después del entierro llegó la última carta de Alejandro, donde como siempre preguntaba por la salud de mamá y de tía Clelia. Rosa, que la había recibido, la abrió y empezó a leerla sin pensar, y cuando levantó la vista porque de golpe las lágrimas la cegaban, se dio cuenta de que mientras la leía había estado pensando en cómo habría que darle a Alejandro la noticia de la muerte de mamá.

Reunión

Recordé un viejo cuento de Jack London, donde el protagonista, apoyado en un tronco de árbol, se dispone a acabar con dignidad su vida.

ERNESTO «CHE» GUEVARA,
en *La sierra y el llano*, La Habana, 1961

Nada podía andar peor, pero al menos ya no estábamos en la maldita lancha, entre vómitos y golpes de mar y pedazos de galleta mojada, entre ametralladoras y babas, hechos un asco, consolándonos cuando podíamos con el poco tabaco que se conservaba seco porque Luis (que no se llamaba Luis, pero habíamos jurado no acordarnos de nuestros nombres hasta que llegara el día) había tenido la buena idea de meterlo en una caja de lata que abríamos con más cuidado que si estuviera llena de escorpiones. Pero qué tabaco ni tragos de ron en esa condenada lancha, bamboleándose cinco días como una tortuga borracha, haciéndole frente a un norte que la cacheteaba sin lástima, y ola va y ola viene, los baldes despellejándonos las manos, yo con un asma del demonio y medio mundo enfermo, doblándose para vomitar como si fueran a partirse por la mitad. Hasta Luis, la segunda noche, una bilis verde que le sacó las ganas de reírse, entre eso y el norte que no nos dejaba ver el faro de Cabo Cruz, un desastre que nadie se había imaginado; y llamarle a eso una expedición de desembarco era como para seguir vomitando pero de pura tristeza. En fin, cualquier cosa con tal de dejar atrás la lancha, cualquier cosa aunque fuera lo que nos esperaba en tierra —pero sabíamos que nos estaba esperando y por eso no importaba tanto—, el tiempo que se compone justamente en el peor momento y zas la avioneta de reconocimiento, nada que hacerle, a vadear la ciénaga o lo que fuera con el agua hasta las costillas buscando el abrigo de los sucios pastizales, de los mangles, y yo como un idiota con mi pulverizador de adrenalina para poder seguir adelante, con Roberto que me llevaba el Springfield para ayudarme a vadear mejor la ciénaga (si era una ciénaga, porque a muchos ya se nos había ocurrido que a lo mejor habíamos errado el rumbo y que en vez de tierra firme habíamos hecho la estupidez de largarnos en algún cayo fangoso dentro del mar, a veinte millas de la isla...); y todo así, mal pensado y peor dicho, en una continua confusión de actos y nociones, una mezcla de alegría inexplicable y de rabia contra la maldita vida que nos estaban dando los aviones y lo que nos esperaba del lado de la carretera si llegábamos alguna vez, si estábamos en una ciénaga de la costa y no dando vueltas como alelados en un circo de barro y de total fracaso para diversión del babuino en su Palacio.

Ya nadie se acuerda cuánto duró, el tiempo lo medíamos por los claros entre los pastizales, los tramos donde podían ametrallarnos en picada, el alarido que escuché a mi izquierda, lejos, y creo fue de Roque (a él le puedo dar su nombre, a su pobre esqueleto entre las lianas y los sapos), porque de los planes ya no quedaba más que la meta final, llegar a la Sierra y reunirnos con Luis si también él conseguía llegar; el resto se había hecho trizas con el norte, el desembarco improvisado, los y tan despierto al borde del epílogo. Nada podía resultarme más gracioso que hacer rabiar a Roberto recitándole al oído unos versos del viejo Pancho que le parecían abominables. «Si por lo menos nos pudiéramos sacar el barro», se quejaba el Teniente. «O fumar de verdad» (alguien, más a la izquierda, ya no sé quién, alguien que se perdió al alba). Organización de la agonía: centinelas, dormir por turnos, mascar tabaco, chupar galletas infladas como esponjas. Nadie mencionaba a Luis, el temor de que lo hubieran matado era el único enemigo real, porque su confirmación nos anularía mucho más que el acoso, la falta de armas o las llagas en los pies. Sé que dormí un rato mientras Roberto velaba, pero antes estuve pensando que todo lo que habíamos hecho en esos días era demasiado insensato para admitir así de golpe la posibilidad de que hubieran matado a Luis. De alguna manera la insensatez tendría que continuar hasta el final, que quizá fuera la victoria, y en ese juego absurdo donde se había llegado hasta el escándalo de prevenir al enemigo que desembarcaríamos, no entraba la posibilidad de perder a Luis. Creo que también pensé que si triunfábamos, que si conseguíamos reunirnos otra vez con Luis, sólo entonces empezaría el juego en serio, el rescate de tanto romanticismo necesario y desenfrenado y peligroso. Antes de dormirme tuve como una visión: Luis junto a un árbol, rodeado por todos nosotros, se llevaba lentamente la mano a la cara y se la quitaba como si fuese una máscara. Con la cara en la mano se acercaba a su hermano Pablo, a mí, al Teniente, a Roque, pidiéndonos con un gesto que la aceptáramos, que nos la pusiéramos. Pero todos se iban negando uno a uno, y yo también me negué, sonriendo hasta las lágrimas, y entonces Luis volvió a ponerse la cara y le vi un cansancio infinito mientras se encogía de hombros y sacaba un cigarro del bolsillo de la guayabera. Profesionalmente hablando, una alucinación de la duermevela y la fiebre, fácilmente interpretable. Pero si realmente habían matado a Luis durante el desembarco, ¿quién subiría ahora a la Sierra con su cara? Todos trataríamos de subir pero nadie con la cara de Luis, nadie que pudiera o quisiera asumir la cara de Luis. «Los diádocos», pensé ya entredormido. «Pero todo se fue al diablo con los diádocos, es sabido.»

Aunque esto que cuento pasó hace rato, quedan pedazos y momentos tan recortados en la memoria que sólo se pueden decir en presente, como estar tirado otra vez boca arriba en el pastizal, junto al árbol que nos protege del cielo abierto. Es la tercera noche, pero al amanecer de ese día franqueamos la carretera a pesar de los jeeps y la metralla. Ahora hay que esperar otro amanecer porque nos han matado al baqueano y seguimos perdidos, habrá que dar con algún paisano que nos lleve adonde se pueda comprar algo de comer, y cuando digo comprar casi me da risa y me ahogo de nuevo, pero en eso como en lo demás a nadie se le ocurriría desobedecer a Luis, y la comida hay que pagarla y explicarle antes a la gente quiénes somos y por qué andamos en lo que andamos. La cara de Roberto en la choza abandonada de la loma, dejando cinco pesos debajo de un plato a cambio de la poca cosa que encontramos y que sabía a cielo, a comida en el Ritz si es que ahí se come bien. Tengo tanta fiebre que se me va pasando el asma, no hay mal que por bien no venga, pero pienso de nuevo en la cara de

Roberto dejando los cinco pesos en la choza vacía, y me da un tal ataque de risa que vuelvo a ahogarme y me maldigo. Habría que dormir, Tinti monta la guardia, los muchachos descansan unos contra otros, yo me he ido un poco más lejos porque tengo la impresión de que los fastidio con la tos y los silbidos del pecho, y además hago una cosa que no debería hacer, y es que dos o tres veces en la noche fabrico una pantalla de hojas y meto la cara por debajo y enciendo despacito el cigarro para reconciliarme un poco con la vida.

En el fondo lo único bueno del día ha sido no tener noticias de Luis, el resto es un desastre, de los ochenta nos han matado por lo menos a cincuenta o sesenta; Javier cayó entre los primeros, el Peruano perdió un ojo y agonizó tres horas sin que yo pudiera hacer nada, ni siquiera rematarlo cuando los otros no miraban. Todo el día temimos que algún enlace (hubo tres con un riesgo increíble, en las mismas narices del ejército) nos trajera la noticia de la muerte de Luis. Al final es mejor no saber nada, imaginarlo vivo, poder esperar todavía. Fríamente peso las posibilidades y concluyo que lo han matado, todos sabemos cómo es, de qué manera el gran condenado es capaz de salir al descubierto con una pistola en la mano, y el que venga atrás que arree. No, pero López lo habrá cuidado, no hay como él para engañarlo a veces, casi como a un chico, convencerlo de que tiene que hacer lo contrario de lo que le da la gana en ese momento. Pero y si López... Inútil quemarse la sangre, no hay elementos para la menor hipótesis, y además es rara esta calma, este bienestar boca arriba como si todo estuviera bien así, como si todo se estuviera cumpliendo (casi pensé:

«consumando», hubiera sido idiota) de conformidad con los planes. Será la fiebre o el cansancio, será que nos van a liquidar a todos como a sapos antes de que salga el sol. Pero ahora vale la pena aprovechar de este respiro absurdo, dejarse ir mirando el dibujo que hacen las ramas del árbol contra el cielo más claro, con algunas estrellas, siguiendo con ojos entornados ese dibujo casual de las ramas y las hojas, esos ritmos que se encuentran, se cabalgan y se separan, y a veces cambian suavemente cuando una bocanada de aire hirviendo pasa por encima de las copas, viniendo de las ciénagas. Pienso en mi hijo pero está lejos, a miles de kilómetros, en un país donde todavía se duerme en la cama, y su imagen me parece irreal, se me adelgaza y pierde entre las hojas del árbol, y en cambio me hace tanto bien recordar un tema de Mozart que me ha acompañado desde siempre, el movimiento inicial del cuarteto *La caza*, la evocación del alalí en la mansa voz de los violines, esa trasposición de una ceremonia salvaje a un claro goce pensativo. Lo pienso, lo repito, lo canturreo en la memoria, y siento al mismo tiempo cómo la melodía y el dibujo de la copa del árbol contra el cielo se van acercando, traban amistad, se tantean una y otra vez hasta que el dibujo se ordena de pronto en la presencia visible de la melodía, un ritmo que sale de una rama baja, casi a la altura de mi cabeza, remonta hasta cierta altura y se abre como un abanico de tallos, mientras el segundo violín es esa rama más delgada que se yuxtapone para confundir sus hojas en un punto situado a la derecha, hacia el final de la frase, y dejarla terminar para que el ojo descienda por el tronco y pueda, si quiere, repetir la melodía. Y todo eso es también

71

nuestra rebelión, es lo que estamos haciendo aunque Mozart y el árbol no puedan saberlo, también nosotros a nuestra manera hemos querido transponer una torpe guerra a un orden que le dé sentido, la justifique y en último término la lleve a una victoria que sea como la restitución de una melodía después de tantos años de roncos cuernos de caza, que sea ese allegro final que sucede al adagio como un encuentro con la luz. Lo que se divertiría Luis si supiera que en este momento lo estoy comparando con Mozart, viéndolo ordenar poco a poco esta insensatez, alzarla hasta su razón primordial que aniquila con su evidencia y su desmesura todas las prudentes razones temporales. Pero qué amarga, qué desesperada tarea la de ser un músico de hombres, por encima del barro y la metralla y el desaliento urdir ese canto que creíamos imposible, el canto que trabará amistad con la copa de los árboles, con la tierra de vuelta a sus hijos. Sí, es la fiebre. Y cómo se reiría Luis aunque también a él le guste Mozart, me consta.

Y así al final me quedaré dormido, pero antes alcanzaré a preguntarme si algún día sabremos pasar del movimiento donde todavía suena el alalí del cazador, a la conquistada plenitud del adagio y de ahí al allegro final que me canturreo con un hilo de voz, si seremos capaces de alcanzar la reconciliación con todo lo que haya quedado vivo frente a nosotros. Tendríamos que ser como Luis, no ya seguirlo, sino ser como él, dejar atrás inapelablemente el odio y la venganza, mirar al enemigo como lo mira Luis, con una implacable magnanimidad que tantas veces ha suscitado en mi memoria (pero esto, ¿cómo decírselo a nadie?) una imagen de pantocrátor, un juez que empieza por ser el acusado y el testigo y que no juzga, que simplemente separa las tierras de las aguas para que al fin, alguna vez, nazca una patria de hombres en un amanecer tembloroso, a orillas de un tiempo más limpio.

Pero otra que adagio, si con la primera luz se nos vinieron encima por todas partes, y hubo que renunciar a seguir hacia el noreste y meterse en una zona mal conocida, gastando las últimas municiones mientras el Teniente con un compañero se hacía fuerte en una loma y desde ahí les paraba un rato las patas, dándonos tiempo a Roberto y a mí para llevarnos a Tinti herido en un muslo y buscar otra altura más protegida donde resistir hasta la noche. De noche ellos no atacaban nunca, aunque tuvieran bengalas y equipos eléctricos, les entraba como un pavor de sentirse menos protegidos por el número y el derroche de armas; pero para la noche faltaba casi todo el día, y éramos apenas cinco contra esos muchachos tan valientes que nos hostigaban para quedar bien con el babuino, sin contar los aviones que a cada rato picaban en los claros del monte y estropeaban cantidad de palmas con sus ráfagas.

A la media hora el Teniente cesó el fuego y pudo reunirse con nosotros, que apenas adelantábamos camino. Como nadie pensaba en abandonar a Tinti, porque conocíamos de sobra el destino de los prisioneros, pensamos que ahí, en esa ladera y en esos matorrales íbamos a quemar los últimos cartuchos. Fue divertido descubrir que los regulares atacaban en cambio una loma bastante más al este, engañados por un error de la aviación, y ahí nomás nos largamos cerro arriba por un sendero infernal, hasta llegar en dos horas a una loma casi pelada donde un compañero tuvo el ojo de descubrir una cueva tapada por las hierbas, y nos plantamos resollando después de calcular una posible retirada directamente hacia el norte, de peñasco en peñasco, peligrosa, pero hacia el norte, hacia la Sierra donde a lo mejor ya habría llegado Luis.

Mientras yo curaba a Tinti desmayado, el Teniente me dijo que poco antes del ataque de los regulares al amanecer había oído un fuego de armas automáticas y de pistolas hacia el poniente. Podía ser Pablo con sus muchachos, o a lo mejor el mismo Luis. Teníamos la razonable convicción de que los sobrevivientes estábamos divididos en tres grupos, y quizás el de Pablo no anduviera tan lejos. El Teniente me preguntó si no valdría la pena intentar un enlace al caer la noche.

—Si vos me preguntás eso es porque te estás ofreciendo para ir —le dije. Habíamos acostado a Tinti en una cama de hierbas secas, en la parte más fresca de la cueva, y fumábamos descansando. Los otros dos compañeros montaban guardia afuera.

—Te figuras —dijo el Teniente, mirándome divertido—. A mí estos paseos me encantan, chico.

Así seguimos un rato, cambiando bromas con Tinti que empezaba a delirar, y cuando el Teniente estaba por irse entró Roberto con un serrano y un cuarto de chivito asado. No lo podíamos creer, comimos como quien se come a un fantasma, hasta Tinti mordisqueó un pedazo que se le fue a las dos horas junto con la vida. El serrano nos traía la noticia de la muerte de Luis; no dejamos de comer por eso, pero era mucha sal para tan poca carne, él no lo había visto aunque su hijo mayor, que también se nos había pegado con una vieja escopeta de caza, formaba parte del grupo que había ayudado a Luis y a cinco compañeros a vadear un río bajo la metralla, y estaba seguro de que Luis había sido herido casi al salir del agua y antes de que pudiera ganar las primeras matas. Los serranos habían trepado al monte que conocían como nadie, y con ellos dos hombres del grupo de Luis, que llegarían por la noche con las armas sobrantes y un poco de parque.

El Teniente encendió otro cigarro y salió a organizar el campamento y a conocer mejor a los nuevos; yo me quedé al lado de Tinti que se derrumbaba lentamente, casi sin dolor. Es decir que Luis había muerto, que el chivito estaba para chuparse los dedos, que esa noche seríamos nueve o diez hombres y que tendríamos municiones para seguir peleando. Vaya novedades. Era como una especie de locura fría que por un lado reforzaba el presente con hombres y alimentos, pero todo eso para borrar de un manotazo el futuro, la razón de esa insensatez que acababa de culminar con una noticia y un gusto a chivito asado. En la oscuridad de la cueva, haciendo durar largo mi cigarro, sentí que en ese momento no podía permitirme el lujo de aceptar la muerte de Luis, que solamente podía manejarla como un dato más dentro del plan de campaña, porque si también Pablo había muerto el jefe era yo por voluntad de Luis, y eso lo sabían el Teniente y todos los compañeros, y no se podía hacer otra cosa que tomar el mando y llegar a la Sierra y seguir adelante como si no hubiera pasado nada. Creo que cerré los ojos, y el recuerdo de mi visión fue otra vez la visión misma, y por un segundo me pareció que Luis se separaba de su cara y me la tendía, y yo defendí mi cara con las dos manos diciendo: «No, no, por favor no, Luis», y cuando abrí los ojos el Teniente estaba de vuelta mirando a Tinti que respiraba resollando, y le oí decir que acababan de agregársenos dos muchachos del monte, una buena noticia tras otra, parque y boniatos fritos, un botiquín, los regulares perdidos en las colinas del este, un manantial estupendo a cincuenta metros. Pero no me miraba en los ojos, mascaba el cigarro y parecía esperar que yo dijera algo, que fuera yo el primero en volver a mencionar a Luis.

Después hay como un hueco confuso, la sangre se fue de Tinti y él de nosotros, los serranos se ofrecieron para enterrarlo, yo me quedé en la cueva descansando aunque olía a vómito y a sudor frío, y curiosamente me dio por pensar en mi mejor amigo de otros tiempos, de antes de esa cesura en mi vida que me había arrancado a mi país para lanzarme a miles de kilómetros, a Luis, al desembarco en la isla, a esa cueva. Calculando la diferencia de hora imaginé que en ese momento, miércoles, estaría llegando a su consultorio, colgando el sombrero en la percha, echando una ojeada al correo. No era una alucinación, me bastaba pensar en esos años en que habíamos vivido tan cerca uno de otro en la ciudad, compartiendo la política, las mujeres y los libros, encontrándonos diariamente en el hospital; cada uno de sus gestos me era tan familiar, y esos gestos no eran solamente los suyos sino que abarcaban todo mi mundo de entonces, a mí mismo, a mi mujer, a mi padre, abarcaban mi periódico con sus editoriales inflados, mi café a mediodía con los médicos de guardia, mis lecturas y mis películas y mis ideales. Me pregunté qué estaría pensando mi amigo de todo esto, de Luis o de mí, y fue como si viera dibujarse la respuesta en su cara (pero entonces era la fiebre, habría que tomar quinina), una cara pagada de sí misma, empastada por la buena vida y las buenas ediciones y la eficacia del bisturí acreditado. Ni siquiera hacía falta que abriera la boca para decirme yo pienso que tu revolución no es más que... No era en absoluto necesario, tenía que ser así, esas gentes no podían aceptar una mutación que ponía en descubierto las verdaderas razones de su misericordia fácil y a horario, de su caridad reglamentada y a escote, de su bonhomía entre iguales, de su antirracismo de salón pero cómo la nena se va a casar con ese mulato, che, de su catolicismo con dividendo anual y efemérides en las plazas embanderadas, de su literatura de tapioca, de su folklorismo en ejemplares numerados y mate con virola de plata, de sus reuniones de cancilleres genuflexos, de su estúpida agonía inevitable a corto o largo plazo (quinina, quinina, y de nuevo el asma). Pobre amigo, me daba lástima imaginarlo defendiendo como un idiota precisamente los falsos valores que iban a acabar con él o en el mejor de los casos con sus hijos; defendiendo el derecho feudal a la propiedad y a la riqueza ilimitadas, él que no tenía más que su consultorio y una casa bien puesta, defendiendo los principios de la Iglesia cuando el catolicismo burgués de su mujer no había servido más que para obligarlo a buscar consuelo en las amantes, defendiendo una supuesta libertad individual cuando la

policía cerraba las universidades y censuraba las publica-
ciones, y defendiendo por miedo, por el horror al cambio, por el escepticismo y la desconfianza que eran los
únicos dioses vivos en su pobre país perdido. Y en eso
estaba cuando entró el Teniente a la carrera y me gritó
que Luis vivía, que acababan de cerrar un enlace con el
norte, que Luis estaba más vivo que la madre de la chin-
gada, que había llegado a lo alto de la Sierra con cincuenta guajiros y todas las armas que les habían sacado a
un batallón de regulares copado en una hondonada, y
nos abrazamos como idiotas y dijimos esas cosas que
después, por largo rato, dan rabia y vergüenza y perfume, porque eso y comer chivito asado y echar para adelante era lo único que tenía sentido, lo único que contaba y crecía mientras no nos animábamos a mirarnos en los
ojos y encendíamos cigarros con el mismo tizón, con
los ojos clavados atentamente en el tizón y secándonos
las lágrimas que el humo nos arrancaba de acuerdo con
sus conocidas propiedades lacrimógenas.

Ya no hay mucho que contar, al amanecer uno de
nuestros serranos llevó al Teniente y a Roberto hasta
donde estaban Pablo y tres compañeros, y el Teniente
subió a Pablo en brazos porque tenía los pies destroza-
dos por las ciénagas. Ya éramos veinte, me acuerdo de
Pablo abrazándome con su manera rápida y expeditiva, y
diciéndome sin sacarse el cigarrillo de la boca: «Si Luis
está vivo, todavía podemos vencer», y yo vendándole los
pies que era una belleza, y los muchachos tomándole el
pelo porque parecía que estrenaba zapatos blancos y di-
ciéndole que su hermano lo iba a regañar por ese lujo in-
tempestivo. «Que me regañe», bromeaba Pablo fumando

como un loco, «para regañar a alguien hay que estar vivo, compañero, y ya oíste que está vivo, vivito, está más vivo que un caimán, y vamos arriba ya mismo, mira que me has puesto vendas, vaya lujo...». Pero no podía durar, con el sol vino el plomo de arriba y abajo, ahí me tocó un balazo en la oreja que si acierta dos centímetros más cerca, vos, hijo, que a lo mejor leés todo esto, te quedás sin saber en las que anduvo tu viejo. Con la sangre y el dolor y el susto las cosas se me pusieron estereoscópicas, cada imagen seca y en relieve, con unos colores que debían ser mis ganas de vivir y además no me pasaba nada, un pañuelo bien atado y a seguir subiendo; pero atrás se quedaron dos serranos, y el segundo de Pablo con la cara hecha un embudo por una bala cuarenta y cinco. En esos momentos hay tonterías que se fijan para siempre; me acuerdo de un gordo, creo que también del grupo de Pablo, que en lo peor de la pelea quería refugiarse detrás de una caña, se ponía de perfil, se arrodillaba detrás de la caña, y sobre todo me acuerdo de ese que se puso a gritar que había que rendirse, y de la voz que le contestó entre dos ráfagas de Thompson, la voz del Teniente, un bramido por encima de los tiros, un: «¡Aquí no se rinde nadie, carajo!», hasta que el más chico de los serranos, tan callado y tímido hasta entonces, me avisó que había una senda a cien metros de ahí, torciendo hacia arriba y a la izquierda, y yo se lo grité al Teniente y me puse a hacer punta con los serranos siguiéndome y tirando como demonios, en pleno bautismo de fuego y saboreándolo que era un gusto verlos, y al final nos fuimos juntando al pie de la seiba donde nacía el sendero y el serranito trepó y nosotros atrás, yo con un asma que no me dejaba andar y el pescuezo con más sangre que un chancho degollado, pero seguro de que también ese día íbamos a escapar y no sé por qué, pero era evidente como un teorema que esa misma noche nos reuniríamos con Luis.

Uno nunca se explica cómo deja atrás a sus perseguidores, poco a poco ralea el fuego, hay las consabidas maldiciones y «cobardes, se rajan en vez de pelear», entonces de golpe es el silencio, los árboles que vuelven a aparecer como cosas vivas y amigas, los accidentes del terreno, los heridos que hay que cuidar, la cantimplora de agua con un poco de ron que corre de boca en boca, los suspiros, alguna queja, el descanso y el cigarro, seguir adelante, trepar siempre aunque se me salgan los pulmones por las orejas, y Pablo diciéndome oye, me los hiciste del cuarenta y dos y yo calzo del cuarenta y tres, compadre, y la risa, lo alto de la loma, el ranchito donde un paisano tenía un poco de yuca con mojo y agua muy fresca, y Roberto, tesonero y concienzudo, sacando sus cuatro pesos para pagar el gasto y todo el mundo, empezando por el paisano, riéndose hasta herniarse, y el mediodía invitando a esa siesta que había que rechazar como si dejáramos irse a una muchacha preciosa mirándole las piernas hasta lo último.

Al caer la noche el sendero se empinó y se puso más que difícil, pero nos relamíamos pensando en la posición que había elegido Luis para esperarnos, por ahí no iba a subir ni un gamo. «Vamos a estar como en la iglesia», decía Pablo a mi lado, «hasta tenemos el armonio», y me miraba zumbón mientras yo jadeaba una especie de pasacaglia que solamente a él le hacía gracia. No me acuerdo muy bien de esas horas, anochecía cuando llegamos al último centinela y pasamos uno tras otro, dándonos a conocer y respondiendo por los serranos, hasta salir por fin al claro entre los árboles donde estaba Luis apoyado en un tronco, naturalmente con su gorra de interminable visera y el cigarro en la boca. Me costó el alma quedarme atrás, dejarlo a Pablo que corriera y se abrazara con su hermano, y entonces esperé que el Teniente y los otros fueran también y lo abrazaran, y después puse en el suelo el botiquín y el Springfield y con las manos en los bolsillos me acerqué y me quedé mirándolo, sabiendo lo que iba a decirme, la broma de siempre:

—Mira que usar esos anteojos —dijo Luis.

—Y vos esos espejuelos —le contesté, y nos doblamos de risa, y su quijada contra mi cara me hizo doler el balazo como el demonio, pero era un dolor que yo hubiera querido prolongar más allá de la vida.

—Así que llegaste, che —dijo Luis.

Naturalmente, decía «che» muy mal.

—¿Qué tú crees? —le contesté, igualmente mal. Y volvimos a doblarnos como idiotas, y medio mundo se reía sin saber por qué. Trajeron agua y las noticias, hicimos la rueda mirando a Luis, y sólo entonces nos dimos cuenta de cómo había enflaquecido y cómo le brillaban los ojos detrás de los jodidos espejuelos.

Más abajo volvían a pelear, pero el campamento estaba momentáneamente a cubierto. Se pudo curar a los heridos, bañarse en el manantial, dormir, sobre todo dormir, hasta Pablo que tanto quería hablar con su hermano. Pero como el asma es mi amante y me ha enseñado a aprovechar la noche, me quedé con Luis apoyado en el tronco de un árbol, fumando y mirando los dibujos de las hojas contra el cielo, y nos contamos de a ratos lo que nos había pasado desde el desembarco, pero sobre todo hablamos del futuro, de lo que iba a empezar cuando llegara el día en que tuviéramos que pasar del fusil al despacho con teléfonos, de la sierra a la ciudad, y yo me acordé de los cuernos de caza y estuve a punto de decirle a Luis lo que había pensado aquella noche, nada más que para hacerlo reír. Al final no le dije nada, pero sentía que estábamos entrando en el adagio del cuarteto, en una precaria plenitud de pocas horas que sin embargo era una certidumbre, un signo que no olvidaríamos. Cuántos cuernos de caza esperaban todavía, cuántos de nosotros dejaríamos los huesos como Roque, como Tinti, como el Peruano. Pero bastaba mirar la copa del árbol para sentir que la voluntad ordenaba otra vez su caos, le imponía el dibujo del adagio que alguna vez ingresaría en el allegro final, accedería a una realidad digna de ese nombre. Y mientras Luis me iba poniendo al tanto de las noticias internacionales y de lo que pasaba en la capital y en las provincias, yo veía cómo las hojas y las ramas se plegaban poco a poco a mi deseo, eran mi melodía, la melodía de Luis que seguía hablando ajeno a mi fantaseo, y después vi inscribirse una estrella en el centro del dibujo, y era una estrella pequeña y muy azul, y aunque no sé nada de astronomía y no hubiera podido decir si era una estrella o un planeta, en cambio me sentí seguro de que no era Marte ni Mercurio, brillaba demasiado en el centro del adagio, demasiado en el centro de las palabras de Luis como para que alguien pudiera confundirla con Marte o con Mercurio.

La señorita Cora

We'll send your love to college, all for
[a year or two
And then perhaps in time the boy will
[do for you.
«The trees that grow so high»
(canción folklórica inglesa).

No entiendo por qué no me dejan pasar la noche en la clínica con el nene, al fin y al cabo soy su madre y el doctor De Luisi nos recomendó personalmente al director. Podrían traer un sofá cama y yo lo acompañaría para que se vaya acostumbrando, entró tan pálido el pobrecito como si fueran a operarlo enseguida, yo creo que es ese olor de las clínicas, su padre también estaba nervioso y no veía la hora de irse, pero yo estaba segura de que me dejarían con el nene. Después de todo tiene apenas quince años y nadie se los daría, siempre pegado a mí aunque ahora con los pantalones largos quiere disimular y hacerse el hombre grande. La impresión que le habrá hecho cuando se dio cuenta de que no me dejaban quedarme, menos mal que su padre le dio charla, le hizo poner el piyama y meterse en la cama. Y todo por esa mocosa de enfermera, yo me pregunto si verdaderamente tiene órdenes de los médicos o si lo hace por pura maldad. Pero bien que se lo dije, bien que le pregunté si estaba segura de que tenía que irme. No hay más que mirarla para darse cuenta de quién es, con esos aires de vampiresa y ese delantal ajustado, una chiquilina de porquería, que se cree la directora de la clínica. Pero eso sí, no se la llevó de arriba, le dije lo que pensaba y eso que el nene no sabía dónde meterse de vergüenza y su padre se hacía el desentendido y de paso seguro que le miraba las piernas como de costumbre. Lo único que me consuela es que el ambiente es bueno, se nota que es una clínica para personas pudientes; el nene tiene un velador de lo más lindo para leer sus revistas, y por suerte su padre se acordó de traerle caramelos de menta que son los que más le gustan. Pero mañana por la mañana, eso sí, lo primero que hago es hablar con el doctor De Luisi para que la ponga en su lugar a esa mocosa presumida. Habrá que ver si la frazada lo abriga bien al nene, voy a pedir que por las dudas le dejen otra a mano. Pero sí, claro que me abriga, menos mal que se fueron de una vez, mamá cree que soy un chico y me hace hacer cada papelón. Seguro que la enfermera va a pensar que no soy capaz de pedir lo que necesito, me miró de una manera cuando mamá le estaba protestando... Está bien, si no la dejaban quedarse qué le vamos a hacer, ya soy bastante grande para dormir solo de noche, me parece. Y en esta cama se dormirá bien, a esta hora ya no se oye ningún ruido, a veces de lejos el zumbido del ascensor que me hace acordar a esa película de miedo que también pasaba en una clínica, cuando a medianoche se abría poco a poco la puerta y la mujer paralítica en la cama veía entrar al hombre de la máscara blanca...

La enfermera es bastante simpática, volvió a las seis y media con unos papeles y me empezó a preguntar mi nombre completo, la edad y esas cosas. Yo guardé la revista enseguida porque hubiera quedado mejor estar leyendo un libro de veras y no una fotonovela, y creo que ella se dio cuenta pero no dijo nada, seguro que todavía estaba enojada por lo que le había dicho mamá y pensaba que yo era igual que ella y que le iba a dar órdenes o algo así. Me preguntó si me dolía el apéndice, y le dije que no, que esa noche estaba muy bien. «A ver el pulso», me dijo, y después de tomármelo anotó algo más en la planilla y la colgó a los pies de la cama. «¿Tenés hambre?», me preguntó, y yo creo que me puse colorado porque me tomó de sorpresa que me tuteara, es tan joven que me hizo impresión. Le dije que no, aunque era mentira porque a esa hora siempre tengo hambre. «Esta noche vas a cenar muy liviano», dijo ella, y cuando quise darme cuenta ya me había quitado el paquete de caramelos de menta y se iba. No sé si empecé a decirle algo, creo que no. Me daba una rabia que me hiciera eso como a un chico, bien podía haberme dicho que no tenía que comer caramelos, pero llevárselos... Seguro que estaba furiosa por lo de mamá y se desquitaba conmigo, de puro resentida; qué sé yo, después que se fue se me pasó de golpe el fastidio, quería seguir enojado con ella pero no podía. Qué joven es, clavado que no tiene ni diecinueve años, debe haberse recibido de enfermera hace muy poco. A lo mejor viene para traerme la cena; le voy a preguntar cómo se llama, si va a ser mi enfermera tengo que darle un nombre. Pero en cambio vino otra, una señora muy amable vestida de azul que me trajo un caldo y bizcochos y me hizo tomar unas pastillas verdes. También ella me preguntó cómo me llamaba y si me sentía bien, y me dijo que en esta pieza dormiría tranquilo porque era una de las mejores de la clínica, y es verdad porque dormí hasta casi las ocho en que me despertó una enfermera chiquita y arrugada como un mono pero muy amable, que me dijo que podía levantarme y lavarme pero antes me dio un termómetro y me dijo que me lo pusiera como se hace en estas clínicas, y yo no entendí porque en casa se pone debajo del brazo, y entonces me explicó y se fue. Al rato vino mamá y qué alegría verlo tan bien, yo que me temía que hubiera pasado la noche en blanco el pobre querido, pero los chicos son así, en la casa tanto trabajo y después duermen a pierna suelta aunque estén lejos de su mamá que no ha cerrado los ojos la pobre. El doctor De Luisi entró para revisar al nene y yo me fui un momento afuera porque ya está grandecito, y me hubiera gustado encontrármela a la enfermera de ayer para verle bien la cara y ponerla en su sitio nada más que mirándola de arriba abajo, pero no había nadie en el pasillo. Casi enseguida salió el doctor De Luisi y me dijo que al nene iban a operarlo a la mañana siguiente, que estaba muy bien y en las mejores condiciones para la operación, a su edad una apendicitis es una tontería. Le agradecí mucho y aproveché para decirle que me había llamado la atención la impertinencia de la enfermera de la tarde, se lo decía porque no era cosa de que a mi hijo fuera a faltarle la atención necesaria. Después entré en la pieza para acompañar al nene que estaba leyendo sus revistas y ya sabía que lo iban a operar al otro día. Como si fuera el fin del mundo, me mira de un modo la pobre, pero si no me voy a morir, mamá, haceme un poco el favor. Al Cacho le sacaron el apéndice en el hospital y a los seis días ya estaba queriendo jugar al fútbol. Andate tranquila que estoy muy bien y no me falta nada. Sí, mamá, sí, diez minutos queriendo saber si me duele aquí o más allá, menos mal que se tiene que ocupar de mi hermana en casa, al final se fue y yo pude terminar la fotonovela que había empezado anoche.

La enfermera de la tarde se llama la señorita Cora, se lo pregunté a la enfermera chiquita cuando me trajo el almuerzo; me dieron muy poco de comer y de nuevo pastillas verdes y unas gotas con gusto a menta; me parece que esas gotas hacen dormir porque se me caían las revistas de la mano y de golpe estaba soñando con el colegio y que íbamos a un picnic con las chicas del normal como el año pasado y bailábamos a la orilla de la pileta, era muy divertido. Me desperté a eso de las cuatro y media y empecé a pensar en la operación, no que tenga miedo, el doctor De Luisi dijo que no es nada, pero debe ser raro la anestesia y que te corten cuando estás dormido, el Cacho decía que lo peor es despertarse, que duele mucho y por ahí vomitás y tenés fiebre. El nene de mamá ya no está tan garifo como ayer, se le nota en la cara que tiene un poco de miedo, es tan chico que casi me da lástima. Se sentó de golpe en la cama cuando me vio entrar y escondió la revista debajo de la almohada. La pieza estaba un poco fría y fui a subir la calefacción, después traje el termómetro y se lo di. «¿Te lo sabés poner?», le pregunté, y las mejillas parecía que iban a reventársele de rojo que se puso. Dijo que sí con la cabeza y se estiró en la cama mientras yo bajaba las persianas y encendía el velador. Cuando me acerqué para que me diera el termómetro seguía tan ruborizado que estuve a punto de reírme, pero con los chicos de esa edad siempre pasa lo mismo, les cuesta acostumbrarse a esas cosas. Y para peor me mira en los ojos, por qué no le puedo aguantar esa mirada si al final no es más que una mujer, cuando saqué el termómetro de debajo de las frazadas y se lo alcancé, ella me miraba y yo creo que se sonreía un poco, se me debe notar tanto que me pongo colorado, es algo que no puedo evitar, es más fuerte que yo. Después anotó la temperatura en la hoja que está a los pies de la cama y se fue sin decir nada. Ya casi no me acuerdo de lo que hablé con papá y mamá cuando vinieron a verme a las seis. Se quedaron poco porque la señorita Cora les dijo que había que prepararme y que era mejor que estuviese tranquilo la noche antes. Pensé que mamá iba a soltarle alguna de las suyas pero la miró nomás de arriba abajo, y papá también pero yo al viejo le conozco las miradas, es algo muy diferente. Justo cuando se estaba yendo la oí a mamá que le decía a la señorita Cora: «Le agradeceré que lo atienda bien, es un niño que ha estado siempre muy rodeado por su familia», o alguna idiotez por el estilo, y me hubiera querido morir de rabia, ni siquiera escuché lo que le contestó la señorita Cora, pero estoy seguro de que no le gustó, a lo mejor piensa que me estuve quejando de ella o algo así.

Volvió a eso de las seis y media con una mesita de esas de ruedas llena de frascos y algodones, y no sé por qué de golpe me dio un poco de miedo, en realidad no era miedo pero empecé a mirar lo que había en la mesita, toda clase de frascos azules o rojos, tambores de gasa y también pinzas y tubos de goma, el pobre debía estar empezando a asustarse sin la mamá que parece un papagayo endomingado, le agradeceré que atienda bien al nene, mire que he hablado con el doctor De Luisi, pero sí, señora, se lo vamos a atender como a un príncipe.

Es bonito su nene, señora, con esas mejillas que se le arrebolan apenas me ve entrar. Cuando le retiré las frazadas hizo un gesto como para volver a taparse, y creo que se dio cuenta de que me hacía gracia verlo tan pudoroso. «A ver, bajate el pantalón del piyama», le dije sin mirarlo en la cara. «¿El pantalón?», preguntó con una voz que se le quebró en un gallo. «Sí, claro, el pantalón», repetí, y empezó a soltar el cordón y a desabotonarse con unos dedos que no le obedecían. Le tuve que bajar yo misma el pantalón hasta la mitad de los muslos, y era como me lo había imaginado. «Ya sos un chico crecidito», le dije, preparando la brocha y el jabón aunque la verdad es que poco tenía para afeitar. «¿Cómo te llaman en tu casa?», le pregunté mientras lo enjabonaba. «Me llaman Pablo», me contestó con una voz que me dio lástima, tanta era la vergüenza. «Pero te darán algún sobrenombre», insistí, y fue todavía peor porque me pareció que se iba a poner a llorar mientras yo le afeitaba los pocos pelitos que andaban por ahí. «¿Así que no tenés ningún sobrenombre? Sos el nene solamente, claro». Terminé de afeitarlo y le hice una seña para que se tapara, pero él se adelantó y en un segundo estuvo cubierto hasta el pescuezo. «Pablo es un bonito nombre,» le dije para consolarlo un poco; casi me daba pena verlo tan avergonzado, era la primera vez que me tocaba atender a un muchachito tan joven y tan tímido, pero me seguía fastidiando algo en él que a lo mejor le venía de la madre, algo más fuerte que su edad y que no me gustaba, y hasta me molestaba que fuera tan bonito y tan bien hecho para sus años, un mocoso que ya debía creerse un hombre y que a la primera de cambio sería capaz de soltarme un piropo.

Me quedé con los ojos cerrados, era la única manera de escapar un poco de todo eso, pero no servía de nada porque justamente en ese momento agregó: «¿Así que no tenés ningún sobrenombre? Sos el nene solamente, claro», y yo hubiera querido morirme, o agarrarla por la garganta y ahogarla, y cuando abrí los ojos le vi el pelo castaño casi pegado a mi cara porque se había agachado para sacarme un resto de jabón, y olía a shampoo de almendra como el que se pone la profesora de dibujo, o algún perfume de ésos, y no supe qué decir y lo único que se me ocurrió fue preguntarle: «¿Usted se llama Cora, verdad?». Me miró con aire burlón, con esos ojos que ya me conocían y que me habían visto por todos lados, y dijo: «La señorita Cora». Lo dijo para castigarme, lo sé, igual que antes había dicho: «Ya sos un chico crecidito», nada más que para burlarse. Aunque me daba rabia tener la cara colorada, eso no lo puedo disimular nunca y es lo peor que me puede ocurrir, lo mismo me animé a decirle: «Usted es tan joven que… Bueno, Cora es un nombre muy lindo». No era eso, lo que yo había querido decirle era otra cosa y me parece que se dio cuenta y le molestó, ahora estoy seguro de que está resentida por culpa de mamá, yo solamente quería decirle que era tan joven que me hubiera gustado poder llamarla Cora a secas, pero cómo se lo iba a decir en ese momento cuando se había enojado y ya se iba con la mesita de ruedas y yo tenía unas ganas de llorar, ésa es otra cosa que no puedo impedir, de golpe se me quiebra la voz y veo todo nublado, justo cuando necesitaría estar más tranquilo para decir lo que pienso. Ella iba a salir pero al llegar a la puerta se quedó un momento como para ver si no se olvidaba de alguna cosa, y yo quería decirle lo que estaba pensando pero no encontraba las palabras y lo único que se me ocurrió fue mostrarle la taza con el jabón, se había sentado en la cama y después de aclararse la voz dijo: «Se le olvida la taza con el jabón», muy seriamente y con un tono de hombre grande. Volví a buscar la taza y un poco para que se calmara le pasé la mano por la mejilla. «No te aflijas, Pablito», le dije. «Todo irá bien, es una operación de nada.» Cuando lo toqué echó la cabeza atrás como ofendido, y después resbaló hasta esconder la boca en el borde de las frazadas. Desde ahí, ahogadamente, dijo: «Puedo llamarla Cora, ¿verdad?». Soy demasiado buena, casi me dio lástima tanta vergüenza que buscaba desquitarse por otro lado, pero sabía que no era el caso de ceder porque después me resultaría difícil dominarlo, y a un enfermo hay que dominarlo o es lo de siempre, los líos de María Luisa en la pieza catorce o los retos del doctor De Luisi que tiene un olfato de perro para esas cosas. «Señorita Cora», me dijo tomando la taza y yéndose. Me dio una rabia, unas ganas de pegarle, de saltar de la cama y echarla a empujones, o de... Ni siquiera comprendo cómo pude decirle: «Si yo estuviera sano a lo mejor me trataría de otra manera». Se hizo la que no oía, ni siquiera dio vuelta la cabeza, y me quedé solo y sin ganas de leer, sin ganas de nada, en el fondo hubiera querido que me contestara enojada para poder pedirle disculpas porque en realidad no era lo que yo había pensado decirle, tenía la garganta tan cerrada que no sé cómo me habían salido las palabras, se lo había dicho de pura rabia pero no era eso, a lo mejor sí pero de otra manera.

Y sí, son siempre lo mismo, una los acaricia, les dice una frase amable, y ahí nomás asoma el machito, no quieren convencerse de que todavía son unos mocosos. Esto tengo que contárselo a Marcial, se va a divertir y cuando mañana lo vea en la mesa de operaciones le va a hacer todavía más gracia, tan tiernito el pobre con esa carucha arrebolada, maldito calor que me sube por la piel, cómo podría hacer para que no me pase eso, a lo mejor respirando hondo antes de hablar, qué sé yo. Se debe haber ido furiosa, estoy seguro de que escuchó perfectamente, no sé cómo le dije eso, yo creo que cuando le pregunté si podía llamarla Cora no se enojó, me dijo lo de señorita porque es su obligación pero no estaba enojada, la prueba es que vino y me acarició la cara; pero no, eso fue antes, primero me acarició y entonces yo le dije lo de Cora y lo eché todo a perder. Ahora estamos peor que antes y no voy a poder dormir aunque me den un tubo de pastillas. La barriga me duele de a ratos, es raro pasarse la mano y sentirse tan liso, lo malo es que me vuelvo a acordar de todo y del perfume de almendras, la voz de Cora, tiene una voz muy grave para una chica tan joven y linda, una voz como de cantante de boleros, algo que acaricia aunque esté enojada. Cuando oí pasos en el corredor me acosté del todo y cerré los ojos, no quería verla, no me importaba verla, mejor que me dejara en paz, sentí que entraba y que encendía la luz del cielo raso, se hacía el dormido como un angelito, con una mano tapándose la cara, y no abrió los ojos hasta que llegué al lado de la cama. Cuando vio lo que traía se puso tan colorado que me volvió a dar lástima y un poco de risa, era demasiado idiota realmente. «A ver, m'hijito, bájese el pantalón y dese vuelta para el otro lado», y el pobre a punto de patalear como haría con la mamá cuando tenía cinco años, me imagino, a decir que no y a llorar y a meterse debajo de las cobijas y a chillar, pero el pobre no podía hacer nada de eso ahora, solamente se había quedado mirando el irrigador y después a mí que esperaba, y de golpe se dio vuelta y empezó a mover las manos debajo de las frazadas pero no atinaba a nada mientras yo colgaba el irrigador en la cabecera, tuve que bajarle las frazadas y ordenarle que levantara un poco el trasero para correrle mejor el pantalón y deslizarle una toalla. «A ver, subí un poco las piernas, así está bien, echate más de boca, te digo que te eches más de boca, así.» Tan callado que era casi como si gritara, por una parte me hacía gracia estarle viendo el culito a mi joven admirador, pero de nuevo me daba un poco de lástima por él, era realmente como si lo estuviera castigando por lo que me había dicho. «Avisá si está muy caliente», le previne, pero no contestó nada, debía estar mordiéndose un puño y yo no quería verle la cara y por eso me senté al borde de la cama y esperé a que dijera algo, pero aunque era mucho líquido lo aguantó sin una palabra hasta el final, y cuando terminó le dije, y eso sí se lo dije para cobrarme lo de antes: «Así me gusta, todo un hombrecito», y lo tapé mientras le recomendaba que aguantase lo más posible antes de ir al baño. «¿Querés que te apague la luz o te la dejo hasta que te levantes?», me preguntó desde la puerta. No sé cómo alcancé a decirle que era lo mismo, algo así, y escuché el ruido de la puerta al cerrarse y entonces me tapé la cabeza con las frazadas y qué le iba a hacer, a pesar de los cólicos me mordí las dos manos muy larga. Es raro, habrán encontrado alguna complicación: a veces el apéndice no está tan a la vista, le voy a preguntar a Marcial esta noche. Pero sí, m'hijito, estoy aquí, quéjese todo lo que quiera pero no se mueva tanto, yo le voy a mojar los labios con este pedacito de hielo en una gasa, así se le va pasando la sed. Sí, querido, vomitá más, aliviate todo lo que quieras. Qué fuerza tenés en las manos, me vas a llenar de moretones, sí, sí, llorá si tenés ganas, llorá, Pablito, eso alivia, llorá y quejate, total estás tan dormido y creés que soy tu mamá. Sos bien bonito, sabés, con esa nariz un poco respingada y esas pestañas como cortinas, parecés mayor ahora que estás tan pálido. Ya no te pondrías colorado por nada, verdad, mi pobrecito. Me duele, mamá, me duele aquí, dejame que me saque ese peso que me han puesto, tengo algo en la barriga que pesa tanto y me duele, mamá, decile a la enfermera que me saque eso. Sí, m'hijito, ya se le va a pasar, quédese un poco quieto, por qué tendrás tanta fuerza, voy a tener que llamar a María Luisa para que me ayude. Vamos, Pablo, me enojo si no te estás quieto, te va a doler mucho más si seguís moviéndote tanto. Ah, parece que empezás a darte cuenta, me duele aquí, señorita Cora, me duele tanto aquí, hágame algo por favor, me duele tanto aquí, suélteme las manos, no puedo más, señorita Cora, no puedo más.

Menos mal que se ha dormido el pobre querido, la enfermera me vino a buscar a las dos y media y me dijo que me quedara un rato con él que ya estaba mejor, pero lo veo tan pálido, ha debido perder tanta sangre, menos mal que el doctor De Luisi dijo que todo había salido bien. La enfermera estaba cansada de luchar con él, yo no entiendo por qué no me hizo entrar antes, en esta clínica son demasiado severos. Ya es casi de noche y el nene ha dormido todo el tiempo, se ve que está agotado, pero me parece que tiene mejor cara, un poco de color. Todavía se queja de a ratos pero ya no quiere tocarse el vendaje y respira tranquilo, creo que pasará bastante buena noche. Como si yo no supiera lo que tengo que hacer, pero era inevitable; apenas se le pasó el primer susto a la buena señora le salieron otra vez los desplantes de patrona, por favor que al nene no le vaya a faltar nada por la noche, señorita. Decí que te tengo lástima, vieja estúpida, si no ya ibas a ver cómo te trataba. Las conozco a éstas, creen que con una buena propina el último día lo arreglan todo. Y a veces la propina ni siquiera es buena, pero para qué seguir pensando, ya se mandó mudar y todo está tranquilo. Marcial, quedate un poco, no ves que el chico duerme, contame lo que pasó esta mañana. Bueno, si estás apurado lo dejamos para después. No, mirá que puede entrar María Luisa, aquí no, Marcial. Claro, el señor se sale con la suya, ya te he dicho que no quiero que me beses cuando estoy trabajando, no está bien. Parecería que no tenemos toda la noche para besarnos, tonto. Andate. Váyase le digo, o me enojo. Bobo, pajarraco. Sí, querido, hasta luego. Claro que sí. Muchísimo.

Está muy oscuro pero es mejor, no tengo ni ganas de abrir los ojos. Casi no me duele, qué bueno estar así respirando despacio, sin esas náuseas. Todo está tan callado, ahora me acuerdo que vi a mamá, me dijo no sé qué, yo me sentía tan mal. Al viejo lo miré apenas, estaba a los pies de la cama y me guiñaba un ojo, el pobre manos para que no me arrancara el vendaje. Ya no está enojada conmigo, a lo mejor mamá le pidió disculpas o algo así, me miraba de otra manera cuando me dijo: «Cierre los ojos y duérmase». Me gusta que me mire así, parece mentira lo del primer día cuando me quitó los caramelos. Me gustaría decirle que es tan linda, que no tengo nada contra ella, al contrario, que me gusta que sea ella la que me cuida de noche y no la enfermera chiquita. Me gustaría que me pusiera otra vez agua colonia en el pelo. Me gustaría que con una sonrisa me pidiera perdón, que me dijera que la puedo llamar Cora.

Se quedó dormido un buen rato, a las ocho calculé que el doctor De Luisi no tardaría y lo desperté para tomarle la temperatura. Tenía mejor cara y le había hecho bien dormir. Apenas vio el termómetro sacó una mano fuera de las cobijas, pero le dije que se estuviera quieto. No quería mirarlo en los ojos para que no sufriera pero lo mismo se puso colorado y empezó a decir que él podía muy bien solo. No le hice caso, claro, pero estaba tan tenso el pobre que no me quedó más remedio que decirle: «Vamos, Pablo, ya sos un hombrecito, no te vas a poner así cada vez, ¿verdad?». Es lo de siempre, con esa debilidad no pudo contener las lágrimas; haciéndome la que no me daba cuenta anoté la temperatura y me fui a prepararle la inyección. Cuando volvió yo me había secado los ojos con la sábana y tenía tanta rabia contra mí mismo que hubiera dado cualquier cosa por poder hablar, decirle que no me importaba, que en realidad no me importaba pero que no lo podía impedir. «Esto no duele nada», me dijo con la jeringa en la mano. «Es para que duermas bien toda la noche.» Me destapó tiembla un poco como si tuviera frío. Debe ser muy tarde, Marcial. Ah, entonces puedo quedarme un rato todavía, la otra inyección le toca a las cinco y media, la galleguita no llega hasta las seis. Perdoname, Marcial, soy una boba, mirá que preocuparme tanto por ese mocoso, al fin y al cabo lo tengo dominado pero de a ratos me da lástima, a esa edad son tontos, tan orgullosos, si pudiera le pediría al doctor Suárez que me cambiara, hay dos operados en el segundo piso, gente grande, uno les pregunta tranquilamente si han ido de cuerpo, les alcanza la chata, los limpia si hace falta, todo eso charlando del tiempo o de la política, es un ir y venir de cosas naturales, cada uno está en lo suyo, Marcial, no como aquí, comprendés. Sí, claro que hay que hacerse a todo, cuántas veces me van a tocar chicos de esa edad, es una cuestión de técnica como decís vos. Sí, querido, claro. Pero es que todo empezó mal por culpa de la madre, eso no se ha borrado, sabés, desde el primer minuto hubo como un malentendido, y el chico tiene su orgullo y le duele, sobre todo que al principio no se daba cuenta de todo lo que iba a venir y quiso hacerse el grande, mirarme como si fueras vos, como un hombre. Ahora ya ni le puedo preguntar si quiere hacer pis, lo malo es que sería capaz de aguantarse toda la noche si yo me quedara en la pieza. Me da risa cuando me acuerdo, quería decir que sí y no se animaba, entonces me fastidió tanta tontería y lo obligué para que aprendiera a hacer pis sin moverse, bien tendido de espaldas. Siempre cierra los ojos en esos momentos pero es casi peor, está a punto de llorar o de insultarme, está entre las dos cosas y no puede, es tan chico, Marcial, y esa buena señora que lo ha de haber mujer, tan humilde, con ella sí da gusto hablar, dice que el nene durmió hasta las ocho y que bebió un poco de leche, parece que ahora van a empezar a alimentarlo, tengo que decirle al doctor Suárez que el cacao le hace mal, o a lo mejor su padre ya se lo dijo porque estuvieron hablando un rato. Si quiere salir un momento, señora, vamos a ver cómo anda este hombre. Usted quédese, señor Morán, es que a la mamá le puede hacer impresión tanto vendaje. Vamos a ver un poco, compañero. ¿Ahí duele? Claro, es natural. Y ahí, decime si ahí te duele o solamente está sensible. Bueno, vamos muy bien, amiguito. Y así cinco minutos, si me duele aquí, si estoy sensible más acá, y el viejo mirándome la barriga como si me la viera por primera vez. Es raro pero no me siento tranquilo hasta que se van, pobres viejos tan afligidos pero qué le voy a hacer, me molestan, dicen siempre lo que no hay que decir, sobre todo mamá, y menos mal que la enfermera chiquita parece sorda y le aguanta todo con esa cara de esperar propina que tiene la pobre. Mirá que venir a jorobar con lo del cacao, ni que yo fuese un niño de pecho. Me dan unas ganas de dormir cinco días seguidos sin ver a nadie, sobre todo sin ver a Cora, y despertarme justo cuando me vengan a buscar para ir a casa. A lo mejor habrá que esperar unos días más, señor Morán, ya sabrá por De Luisi que la operación fue más complicada de lo previsto, a veces hay pequeñas sorpresas. Claro que con la constitución de ese chico yo creo que no habrá problema, pero mejor dígale a su señora que no va a ser cosa de una semana como se pensó al principio. Ah, claro, bueno, de eso usted hablará con el administrador, son cosas internas. Ahora vos fijate si no es mala suerte, como asustado. Era fatal, siempre seré la misma estúpida, por evitarle el mal momento le doy el termómetro y naturalmente el muy chiquilín no pierde tiempo en enterarse de que está volando de fiebre. «Siempre es así los primeros cuatro días, y además nadie te mandó que miraras», le dije, más furiosa contra mí que contra él. Le pregunté si había movido el vientre y me dijo que no. Le sudaba la cara, se la sequé y le puse un poco de agua colonia; había cerrado los ojos antes de contestarme y no los abrió mientras yo lo peinaba un poco para que no le molestara el pelo en la frente. Treinta y nueve y nueve era mucha fiebre, realmente. «Tratá de dormir un rato», le dije, calculando a qué hora podría avisarle al doctor Suárez. Sin abrir los ojos hizo un gesto como de fastidio, y articulando cada palabra me dijo: «Usted es mala conmigo, Cora». No atiné a contestarle nada, me quedé a su lado hasta que abrió los ojos y me miró con toda su fiebre y toda su tristeza. Casi sin darme cuenta estiré la mano y quise hacerle una caricia en la frente, pero me rechazó de un manotón y algo debió tironearle en la herida porque se crispó de dolor. Antes de que pudiera reaccionar me dijo en voz muy baja: «Usted no sería así conmigo si me hubiera conocido en otra parte». Estuve al borde de soltar una carcajada, pero era tan ridículo que me dijera eso mientras se le llenaban los ojos de lágrimas que me pasó lo de siempre, me dio rabia y casi miedo, me sentí de golpe como desamparada delante de ese chiquilín pretencioso. Conseguí dominarme (eso se lo debo a Marcial, me ha enseñado a controlarme y cada vez lo hago mejor), y me enderecé como si no hubiera sucedido nada, puse la toalla en la percha y tapé el frasco de agua colonia. En fin, ahora sabíamos a qué atenernos, en el fondo era mucho mejor así. Enfermera, enfermo, y pare de contar. Que el agua colonia se la pusiera la madre, yo tenía otras cosas que hacerle y se las haría sin más contemplaciones. No sé por qué me quedé más de lo necesario. Marcial me dijo cuando se lo conté que había querido darle la oportunidad de disculparse, de pedir perdón. No sé, a lo mejor fue eso o algo distinto, a lo mejor me quedé para que siguiera insultándome, para ver hasta dónde era capaz de llegar. Pero seguía con los ojos cerrados y el sudor le empapaba la frente y las mejillas, era como si me hubieran metido en agua hirviendo, veía manchas violeta y rojas cuando apretaba los ojos para no mirarla sabiendo que todavía estaba allí, y hubiera dado cualquier cosa para que se agachara y volviera a secarme la frente como si yo no le hubiera dicho eso, pero ya era imposible, se iba a ir sin hacer nada, sin decirme nada, y yo abriría los ojos y encontraría la noche, el velador, la pieza vacía, un poco de perfume todavía, y me repetiría diez veces, cien veces, que había hecho bien en decirle lo que le había dicho, para que aprendiera, para que no me tratara como a un chico, para que me dejara en paz, para que no se fuera.

Empiezan siempre a la misma hora, entre seis y siete de la mañana, debe ser una pareja que anida en las cornisas del patio, un palomo que arrulla y la paloma que le contesta, al rato se cansan, se lo dije a la enfermera chiquita que viene a lavarme y a darme el desayuno, se encogió de hombros y dijo que ya otros enfermos se habían quejado de las palomas pero que el director no quería que las echaran. Ya ni sé cuánto hace que las oigo, las primeras mañanas estaba demasiado dormido o dolorido para fijarme, pero desde hace tres días escucho a las palomas y me entristecen, quisiera estar en casa oyendo ladrar a Milord, oyendo a la tía Esther que a esta hora se levanta para ir a misa. Maldita fiebre que no quiere bajar, me van a tener aquí hasta quién sabe cuándo, se lo voy a preguntar al doctor Suárez esta misma mañana, al fin y al cabo podría estar lo más bien en casa. Mire, señor Morán, quiero ser franco con usted, el cuadro no es nada sencillo. No, señorita Cora, prefiero que usted siga atendiendo a ese enfermo, y le voy a decir por qué. Pero entonces, Marcial... Vení, te voy a hacer un café bien fuerte, mirá que sos potrilla todavía, parece mentira. Escuchá, vieja, he estado hablando con el doctor Suárez, y parece que el pibe...

Por suerte después se callan, a lo mejor se van volando por ahí, por toda la ciudad, tienen suerte las palomas. Qué mañana interminable, me alegré cuando se fueron los viejos, ahora les da por venir más seguido desde que tengo tanta fiebre. Bueno, si me tengo que quedar cuatro o cinco días más aquí, qué importa. En casa sería mejor, claro, pero lo mismo tendría fiebre y me sentiría tan mal de a ratos. Pensar que no puedo ni mirar una revista, es una debilidad como si no me quedara sangre. Pero todo es por la fiebre, me lo dijo anoche el doctor De Luisi y el doctor Suárez me lo repitió esta mañana, ellos saben. Duermo mucho pero lo mismo es como si no pasara el tiempo, siempre es antes de las tres como si a mí me importaran las tres o las cinco. Al contrario, a las tres se va la enfermera chiquita y es una lástima porque con ella estoy tan bien. Si me pudiera dormir de un tirón hasta la medianoche sería mucho mejor. Pablo, soy yo, la señorita Cora. Tu enfermera de la noche que te hace doler con las inyecciones. Ya sé que no te duele, tonto, es una broma. Seguí durmiendo si querés, ya está. Me dijo: «Gracias» sin abrir los ojos, pero hubiera podido abrirlos, sé que con la galleguita estuvo charlando a mediodía aunque le han prohibido que hable mucho. Antes de salir me di vuelta de golpe y me estaba mirando, sentí que todo el tiempo me había estado mirando de espaldas. Volví y me senté al lado de la cama, le tomé el pulso, le arreglé las sábanas que arrugaba con sus manos de fiebre. Me miraba el pelo, después bajaba la vista y evitaba mis ojos. Fui a buscar lo necesario para prepararlo y me dejó hacer sin una palabra, con los ojos fijos en la ventana, ignorándome. Vendrían a buscarlo a las cinco y media en punto, todavía le quedaba un rato para dormir, los padres esperaban en la planta baja porque le hubiera hecho impresión verlos a esa hora. El doctor Suárez iba a venir un rato antes para explicarle que tenían que completar la operación, cualquier cosa que no lo inquietara demasiado. Pero en cambio mandaron a Marcial, me tomó de sorpresa verlo entrar así pero me hizo una seña para que no me moviera y se quedó a los pies de la cama leyendo la hoja de temperatura hasta que Pablo se acostumbrara a su presencia. Le empezó a hablar un poco en broma, armó la conversación como él sabe hacerlo, el frío en la calle, lo bien que se estaba en ese cuarto, y él lo miraba sin decir nada, como esperando, mientras yo me sentía tan rara, hubiera querido que Marcial se fuera y me dejara sola con él, los pobres, y cuando llegó el doctor Suárez me preguntó en voz baja si quería que me relevara María Luisa, pero le hice una seña de que me quedaba y se fue. María Luisa me acompañó un rato porque tuvimos que sujetarlo y calmarlo, después se tranquilizó de golpe y casi no tuvo vómitos; está tan débil que se volvió a dormir sin quejarse mucho hasta las diez. Son las palomas, vas a ver, mamá, ya están arrullando como todas las mañanas, no sé por qué no las echan, que se vuelen a otro árbol. Dame la mano, mamá, tengo tanto frío. Ah, entonces estuve soñando, me parecía que ya era de mañana y que estaban las palomas. Perdóneme, la confundí con mamá. Otra vez desviaba la mirada, se volvía a su encono, otra vez me echaba a mí toda la culpa. Lo atendí como si no me diera cuenta de que seguía enojado, me senté junto a él y le mojé los labios con hielo. Cuando me miró, después que le puse agua colonia en las manos y la frente, me acerqué más y le sonreí. «Llamame Cora», le dije. «Yo sé que no nos entendimos al principio, pero vamos a ser tan buenos amigos, Pablo.» Me miraba callado. «Decime: Sí, Cora.» Me miraba, siempre. «Señorita Cora», dijo después, y cerró los ojos. «No, Pablo, no», le pedí, besándolo en la mejilla, muy cerca de la boca. «Yo voy a ser Cora para vos, solamente para vos.» Tuve que echarme atrás, pero lo mismo me salpicó la cara. Lo sequé, le sostuve la cabeza para que se enjuagara la boca, lo volví a besar hablándole al oído. «Discúlpeme», dijo con un hilo de voz, «no lo pude contener». Le dije que no fuera tonto, que para eso estaba yo cuidándolo, que vomitara todo lo que quisiera para aliviarse. «Me gustaría que viniera mamá», me dijo, mirando a otro lado con los ojos vacíos.

arrecifes y las caletas. Marini vio que las playas desiertas corrían hacia el norte y el oeste, lo demás era la montaña entrando a pique en el mar. Una isla rocosa y desierta, aunque la mancha plomiza cerca de la playa del norte podía ser una casa, quizá un grupo de casas primitivas. Empezó a abrir la lata de jugo, y al enderezarse la isla se borró de la ventanilla; no quedó más que el mar, un verde horizonte interminable. Miró su reloj pulsera sin saber por qué; era exactamente mediodía.

A Marini le gustó que lo hubieran destinado a la línea Roma-Teherán, porque el pasaje era menos lúgubre que en las líneas del norte y las muchachas parecían siempre felices de ir a Oriente o de conocer Italia. Cuatro días después, mientras ayudaba a un niño que había perdido la cuchara y mostraba desconsolado el plato del postre, descubrió otra vez el borde de la isla. Había una diferencia de ocho minutos pero cuando se inclinó sobre una ventanilla de la cola no le quedaron dudas; la isla tenía una forma inconfundible, como una tortuga que sacara apenas las patas del agua. La miró hasta que lo llamaron, esta vez con la seguridad de que la mancha plomiza era un grupo de casas; alcanzó a distinguir el dibujo de unos pocos campos cultivados que llegaban hasta la playa. Durante la escala de Beirut miró el atlas de la stewardess, y se preguntó si la isla no sería Horos. El radiotelegrafista, un francés indiferente, se sorprendió de su interés. «Todas esas islas se parecen, hace dos años que hago la línea y me importan muy poco. Sí, muéstremela la próxima vez.» No era Horos sino Xiros, una de las muchas islas al margen de los circuitos turísticos. «No durará ni cinco años», le dijo la stewardess mientras bebían una copa en Roma. «Apúrate si piensas ir, las hordas estarán allí en cualquier momento, Gengis Cook vela.» Pero Marini siguió pensando en la isla, mirándola cuando se acordaba o había una ventanilla cerca, casi siempre encogiéndose de hombros al final. Nada de eso tenía sentido, volar tres veces por semana a mediodía sobre Xiros era tan irreal como soñar tres veces por semana que volaba a mediodía sobre Xiros. Todo estaba falseado en la visión inútil y recurrente; salvo, quizás, el deseo de repetirla, la consulta al reloj pulsera antes de mediodía, el breve, punzante contacto con la deslumbradora franja blanca al borde de un azul casi negro, y las casas donde los pescadores alzarían apenas los ojos para seguir el paso de esa otra irrealidad.

Ocho o nueve semanas después, cuando le propusieron la línea de Nueva York con todas sus ventajas, Marini se dijo que era la oportunidad de acabar con esa manía inocente y fastidiosa. Tenía en el bolsillo el libro donde un vago geógrafo de nombre levantino daba sobre Xiros más detalles que los habituales en las guías. Contestó negativamente, oyéndose como desde lejos, y después de sortear la sorpresa escandalizada de un jefe y dos secretarias se fue a comer a la cantina de la compañía donde lo esperaba Carla. La desconcertada decepción de Carla no lo inquietó; la costa sur de Xiros era inhabitable pero hacia el oeste quedaban huellas de una colonia lidia o quizá cretomicénica, y el profesor Goldmann había encontrado dos piedras talladas con jeroglíficos que los pescadores empleaban como pilotes del pequeño muelle. A Carla le dolía la cabeza y se marchó casi enseguida; los pulpos eran el recurso principal del puñado de habitantes, cada cinco días llegaba un barco para cargar la pesca y dejar algunas provisiones y géneros. En la agencia de viajes le dijeron que habría que fletar un barco especial desde Rynos, o quizá se pudiera viajar en la falúa que recogía los pulpos, pero esto último sólo lo sabría Marini en Rynos donde la agencia no tenía corresponsal. De todas maneras la idea de pasar unos días en la isla no era más que un plan para las vacaciones de junio; en las semanas que siguieron hubo que reemplazar a White en la línea de Túnez, y después empezó una huelga y Carla se volvió a casa de sus hermanas en Palermo. Marini fue a vivir a un hotel cerca de Piazza Navona, donde había librerías de viejo; se entretenía sin muchas ganas en buscar libros sobre Grecia, hojeaba de a ratos un manual de conversación. Le hizo gracia la palabra *kalimera* y la ensayó en un cabaret con una chica pelirroja, se acostó con ella, supo de su abuelo en Odos y de unos dolores de garganta inexplicables. En Roma empezó a llover, en Beirut lo esperaba siempre Tania, había otras historias, siempre parientes o dolores; un día fue otra vez la línea de Teherán, la isla a mediodía. Marini se quedó tanto tiempo pegado a la ventanilla que la nueva stewardess lo trató de mal compañero y le hizo la cuenta de las bandejas que llevaba servidas. Esa noche Marini invitó a la stewardess a comer en el Firouz y no le costó que le perdonaran la distracción de la mañana. Lucía le aconsejó que se hiciera cortar el pelo a la americana; él le habló un rato de Xiros, pero después comprendió que ella prefería el vodka-lime del Hilton. El tiempo se iba en cosas así, en infinitas bandejas de comida, cada una con la sonrisa a la que tenía derecho el pasajero. En los viajes de vuelta el avión sobrevolaba Xiros a las ocho de la mañana, el sol daba contra las ventanillas de babor y dejaba apenas entrever la tortuga dorada; Marini prefería esperar los mediodías del vuelo de ida, sabiendo que entonces podía quedarse un largo minuto contra la ventanilla mientras Lucía (y después Felisa) se ocupaba un poco irónicamente del trabajo. Una vez sacó una foto de Xiros pero le salió borrosa; ya sabía algunas cosas de la isla, había subrayado las raras menciones en un par de libros. Felisa le contó que los pilotos lo llamaban el loco de la isla, y no le molestó. Carla acababa de escribirle que había decidido no tener el niño, y Marini le envió dos sueldos y pensó que el resto no le alcanzaría para las vacaciones. Carla aceptó el dinero y le hizo saber por una amiga que probablemente se casaría con el dentista de Treviso. Todo tenía tan poca importancia a mediodía, los lunes y los jueves y los sábados (dos veces por mes, el domingo).

Con el tiempo fue dándose cuenta de que Felisa era la única que lo comprendía un poco; había un acuerdo tácito para que ella se ocupara del pasaje a mediodía, apenas él se instalaba junto a la ventanilla de la cola. La isla era visible unos pocos minutos, pero el aire estaba siempre tan limpio y el mar la recortaba con una crueldad tan minuciosa que los más pequeños detalles se iban ajustando implacables al recuerdo del pasaje anterior: la mancha verde del promontorio del norte, las casas plomizas, las redes secándose en la arena. Cuando faltaban las redes Marini lo sentía como un empobrecimiento, casi un insulto. Pensó en filmar el paso de la isla, para repetir la imagen en el hotel, pero prefirió ahorrar el dinero de la cámara ya que apenas le faltaba un mes para pesca, cinco casas, italiano visitante pagaría alojamiento Klaios.

Los muchachos rieron cuando Klaios discutió dracmas; también Marini, ya amigo de los más jóvenes, mirando salir el sol sobre un mar menos oscuro que desde el aire, una habitación pobre y limpia, un jarro de agua, olor a salvia y a piel curtida.

Lo dejaron solo para irse a cargar la falúa, y después de quitarse a manotazos la ropa de viaje y ponerse un pantalón de baño y unas sandalias, echó a andar por la isla. Aún no se veía a nadie, el sol cobraba lentamente impulso y de los matorrales crecía un olor sutil, un poco ácido, mezclado con el yodo del viento. Debían ser las diez cuando llegó al promontorio del norte y reconoció la mayor de las caletas. Prefería estar solo aunque le hubiera gustado más bañarse en la playa de arena; la isla lo invadía y lo gozaba con una tal intimidad que no era capaz de pensar o de elegir. La piel le quemaba de sol y de viento cuando se desnudó para tirarse al mar desde una roca; el agua estaba fría y le hizo bien; se dejó llevar por corrientes insidiosas hasta la entrada de una gruta, volvió mar afuera, se abandonó de espaldas, lo aceptó todo en un solo acto de conciliación que era también un nombre para el futuro. Supo sin la menor duda que no se iría de la isla, que de alguna manera iba a quedarse para siempre en la isla. Alcanzó a imaginar a su hermano, a Felisa, sus caras cuando supieran que se había quedado a vivir de la pesca en un peñón solitario. Ya los había olvidado cuando giró sobre sí mismo para nadar hacia la orilla.

El sol lo secó enseguida, bajó hacia las casas donde dos mujeres lo miraron asombradas antes de correr a encerrarse. Hizo un saludo en el vacío y bajó hacia las redes. Uno de los hijos de Klaios lo esperaba en la playa, y Marini le señaló el mar, invitándolo. El muchacho vaciló, mostrando sus pantalones de tela y su camisa roja. Después fue corriendo hacia una de las casas, y volvió casi desnudo; se tiraron juntos a un mar ya tibio, deslumbrante bajo el sol de las once.

Secándose en la arena, Ionas empezó a nombrar las cosas. «Kalimera», dijo Marini, y el muchacho rió hasta doblarse en dos. Después Marini repitió las frases nuevas, enseñó palabras italianas a Ionas. Casi en el horizonte, la falúa se iba empequeñeciendo; Marini sintió que ahora estaba realmente solo en la isla con Klaios y los suyos. Dejaría pasar unos días, pagaría su habitación y aprendería a pescar; alguna tarde, cuando ya lo conocieran bien, les hablaría de quedarse y de trabajar con ellos. Levantándose, tendió la mano a Ionas y echó a andar lentamente hacia la colina. La cuesta era escarpada y trepó saboreando cada alto, volviéndose una y otra vez para mirar las redes en la playa, las siluetas de las mujeres que hablaban animadamente con Ionas y con Klaios y lo miraban de reojo, riendo. Cuando llegó a la mancha verde entró en un mundo donde el olor del tomillo y de la salvia era una misma materia con el fuego del sol y la brisa del mar. Marini miró su reloj pulsera y después, con un gesto de impaciencia, lo arrancó de la muñeca y lo guardó en el bolsillo del pantalón de baño. No sería fácil matar al hombre viejo, pero allí en lo alto, tenso de sol y de espacio, sintió que la empresa era posible. Estaba en Xiros, estaba allí donde tantas veces había dudado que pudiera llegar alguna vez. Se dejó caer de espaldas entre las piedras calientes, resistió sus aristas y sus lomos encendidos, y miró verticalmente el cielo; lejanamente le llegó el zumbido de un motor.

Cerrando los ojos se dijo que no miraría el avión, que no se dejaría contaminar por lo peor de sí mismo, que una vez más iba a pasar sobre la isla. Pero en la penumbra de los párpados imaginó a Felisa con las bandejas, en ese mismo instante distribuyendo las bandejas, y su reemplazante, tal vez Giorgio o alguno nuevo de otra línea, alguien que también estaría sonriendo mientras alcanzaba las botellas de vino o el café. Incapaz de luchar contra tanto pasado abrió los ojos y se enderezó, y en el mismo momento vio el ala derecha del avión, casi sobre su cabeza, inclinándose inexplicablemente, el cambio de sonido de las turbinas, la caída casi vertical sobre el mar. Bajó a toda carrera por la colina, golpeándose en las rocas y desgarrándose un brazo entre las espinas. La isla le ocultaba el lugar de la caída, pero torció antes de llegar a la playa y por un atajo previsible franqueó la primera estribación de la colina y salió a la playa más pequeña. La cola del avión se hundía a unos cien metros, en un silencio total. Marini tomó impulso y se lanzó al agua, esperando todavía que el avión volviera a flotar; pero no se veía más que la blanda línea de las olas, una caja de cartón oscilando absurdamente cerca del lugar de la caída, y casi al final, cuando ya no tenía sentido seguir nadando, una mano fuera del agua, apenas un instante, el tiempo para que Marini cambiara de rumbo y se zambullera hasta atrapar por el pelo al hombre que luchó por aferrarse a él y tragó roncamente el aire que Marini le dejaba respirar sin acercarse demasiado. Remolcándolo poco a

119

poco lo trajo hasta la orilla, tomó en brazos el cuerpo vestido de blanco, y tendiéndolo en la arena miró la cara llena de espuma donde la muerte estaba ya instalada, sangrando por una enorme herida en la garganta. De qué podía servir la respiración artificial si con cada convulsión la herida parecía abrirse un poco más y era como una boca repugnante que llamaba a Marini, lo arrancaba a su pequeña felicidad de tan pocas horas en la isla, le gritaba entre borbotones algo que él ya no era capaz de oír. A toda carrera venían los hijos de Klaios y más atrás las mujeres. Cuando llegó Klaios, los muchachos rodeaban el cuerpo tendido en la arena, sin comprender cómo había tenido fuerzas para nadar a la orilla y arrastrarse desangrándose hasta ahí. «Ciérrale los ojos», pidió llorando una de las mujeres. Klaios miró hacia el mar, buscando algún otro sobreviviente. Pero, como siempre, estaban solos en la isla y el cadáver de ojos abiertos era lo único nuevo entre ellos y el mar.

aburrirse lo saludaron como si su visita hubiera estado prevista e incluso descontada. «Desde luego usted se presta admirablemente», dijo el más alto de los dos. El otro hombre inclinó la cabeza, con un aire de mudo. «No tenemos mucho tiempo», dijo el hombre alto, «pero trataré de explicarle su papel en dos palabras». Hablaba mecánicamente, casi como si prescindiera de la presencia real de Rice y se limitara a cumplir una monótona consigna. «No entiendo», dijo Rice dando un paso atrás. «Casi es mejor», dijo el hombre alto. «En estos casos el análisis es más bien una desventaja; verá que apenas se acostumbre a los reflectores empezará a divertirse. Usted ya conoce el primer acto; ya sé, no le gustó. A nadie le gusta. Es a partir de ahora que la pieza puede ponerse mejor. Depende, claro.» «Ojalá mejore», dijo Rice que creía haber entendido mal, «pero en todo caso ya es tiempo de que me vuelva a la sala». Como había dado otro paso atrás no lo sorprendió demasiado la blanda resistencia del hombre de gris, que murmuraba una excusa sin apartarse. «Parecería que no nos entendemos», dijo el hombre alto, «y es una lástima porque faltan apenas cuatro minutos para el segundo acto. Le ruego que me escuche atentamente. Usted es Howell, el marido de Eva. Ya ha visto que Eva engaña a Howell con Michael, y que probablemente Howell se ha dado cuenta aunque prefiere callar por razones que no están todavía claras. No se mueva, por favor, es simplemente una peluca». Pero la admonición parecía casi inútil porque el hombre de gris y el hombre mudo lo habían tomado de los brazos, y una muchacha alta y flaca que había aparecido bruscamente le estaba calzando algo tibio en la cabeza.

obediencia o la lucha abierta; a Rice le pareció que una cosa hubiera sido tan absurda o quizá tan falsa como la otra. «Howell entra ahora», dijo el hombre alto, mostrando el estrecho pasaje entre los bastidores. «Una vez allí haga lo que quiera, pero nosotros lamentaríamos que...» Lo decía amablemente, sin turbar el repentino silencio de la sala; el telón se alzó con un frotar de terciopelo, y los envolvió una ráfaga de aire tibio. «Yo que usted lo pensaría, sin embargo», agregó cansadamente el hombre alto. «Vaya, ahora.» Empujándolo sin empujarlo, los tres lo acompañaron hasta la mitad de los bastidores. Una luz violeta enceguedió a Rice; delante había una extensión que le pareció infinita, y a la izquierda adivinó la gran caverna, algo como una gigantesca respiración contenida, eso que después de todo era el verdadero mundo donde poco a poco empezaban a recortarse pecheras blancas y quizá sombreros o altos peinados. Dio un paso o dos, sintiendo que las piernas no le respondían, y estaba a punto de volverse y retroceder a la carrera cuando Eva, levantándose precipitadamente, se adelantó y le tendió una mano que parecía flotar en la luz violeta al término de un brazo muy blanco y largo. La mano estaba helada, y Rice tuvo la impresión de que se crispaba un poco en la suya. Dejándose llevar hasta el centro de la escena, escuchó confusamente las explicaciones de Eva sobre su dolor de cabeza, la preferencia por la penumbra y la tranquilidad de la biblioteca, esperando que callara para adelantarse al proscenio y decir, en dos palabras, que los estaban estafando. Pero Eva parecía esperar que él se sentara en el sofá de gusto tan dudoso como el argumento de la pieza y los decorados, y Rice comprendió que era imposible, casi grotesco, seguir de pie mientras ella, tendiéndole otra vez la mano, reiteraba la invitación con sonrisa cansada. Desde el sofá distinguió mejor las primeras filas de platea, apenas separadas de la escena por la luz que había ido virando del violeta a un naranja amarillento, pero curiosamente a Rice le fue más fácil volverse hacia Eva y sostener su mirada que de alguna manera lo ligaba todavía a esa insensatez, aplazando un instante más la única decisión posible a menos de acatar la locura y entregarse al simulacro. «Las tardes de este otoño son interminables», había dicho Eva buscando una caja de metal blanco perdida entre los libros y los papeles de la mesita baja, y ofreciéndole un cigarrillo. Mecánicamente Rice sacó su encendedor, sintiéndose cada vez más ridículo con la peluca y los anteojos; pero el menudo ritual de encender los cigarrillos y aspirar las primeras bocanadas era como una tregua, le permitía sentarse más cómodamente, aflojando la insoportable tensión del cuerpo que se sabía mirado por frías conste-laciones invisibles. Oía sus respuestas a las frases de Eva, las palabras parecían suscitarse unas a otras con un míni-mo esfuerzo, sin que se estuviera hablando de nada en concreto; un diálogo de castillo de naipes en el que Eva iba poniendo los muros del frágil edificio, y Rice sin es-fuerzo intercalaba sus propias cartas y el castillo se alza-ba bajo la luz anaranjada hasta que al terminar una proli-ja explicación que incluía el nombre de Michael («Ya ha visto que Eva engaña a Howell con Michael») y otros nombres y otros lugares, un té al que había asistido la madre de Michael (¿o era la madre de Eva?) y una justi-ficación ansiosa y casi al borde de las lágrimas, con un movimiento de ansiosa esperanza Eva se inclinó hacia Rice como si quisiera abrazarlo o esperara que él la tomase en los brazos, y exactamente después de la última palabra dicha con una voz clarísima, junto a la oreja de Rice murmuró: «No dejes que me maten», y sin transición volvió a su voz profesional para quejarse de la soledad y del abandono. Golpeaban en la puerta del fondo y Eva se mordió los labios como si hubiera querido agregar algo más (pero eso se le ocurrió a Rice, demasiado confundido para reaccionar a tiempo), y se puso de pie para dar la bienvenida a Michael que llegaba con la fatua sonrisa que ya había enarbolado insoportablemente en el primer acto. Una dama vestida de rojo, un anciano: de pronto la escena se poblaba de gente que cambiaba saludos, flores y noticias. Rice estrechó las manos que le tendían y volvió a sentarse lo antes posible en el sofá, escudándose tras de otro cigarrillo; ahora la acción parecía prescindir de él y el público recibía con murmullos satisfechos una serie de brillantes juegos de palabras de Michael y de los actores de carácter, mientras Eva se ocupaba del té y daba instrucciones al criado. Quizá fuera el momento de acercarse a la boca del escenario, dejar caer el cigarrillo y aplastarlo con el pie, a tiempo para anunciar: «Respetable público...». Pero acaso fuera más elegante *(No dejes que me maten)* esperar la caída del telón y entonces, adelantándose rápidamente, revelar la superchería. En todo eso había como un lado ceremonial que no era penoso acatar; a la espera de su hora, Rice entró en el diálogo que le proponía el anciano caballero, aceptó la taza de té que Eva le ofrecía sin mirarlo de frente, como si se supiese observada por Michael y la dama de rojo. Todo estaba en resistir, en hacer frente a un tiempo interminablemente tenso, ser más fuerte que la torpe coalición que pretendía convertirlo en un pelele. Ya le resultaba fácil advertir cómo las frases que le dirigían (a veces Michael, a veces la dama de rojo, casi nunca Eva, ahora) llevaban implícita la respuesta; que el pelele contestara lo previsible, la pieza podía continuar. Rice pensó que de haber tenido un poco más de tiempo para dominar la situación, hubiera sido divertido contestar a contrapelo y poner en dificultades a los actores; pero no se lo consentirían, su falsa libertad de acción no permitía más que la rebelión desaforada, el escándalo. *No dejes que me maten*, había dicho Eva; de alguna manera, tan absurda como todo el resto, Rice seguía sintiendo que era mejor esperar. El telón cayó sobre una réplica sentenciosa y amarga de la dama de rojo, y los actores le parecieron a Rice como figuras que súbitamente bajaran un peldaño invisible: disminuidos, indiferentes (Michael se encogía de hombros, dando la espalda y yéndose por el foro), abandonaban la escena sin mirarse entre ellos, pero Rice notó que Eva giraba la cabeza hacia él mientras la dama de rojo y el anciano se la llevaban amablemente del brazo hacia los bastidores de la derecha. Pensó en seguirla, tuvo una vaga esperanza de camarín y conversación privada. «Magnífico», dijo el hombre alto, palmeándole el hombro. «Muy bien, realmente lo ha hecho usted muy bien.» Señalaba hacia el telón que dejaba pasar los últimos aplausos. «Les ha gustado de veras. Vamos a tomar un trago.» Los otros dos hombres estaban algo más lejos, sonriendo amablemente, y Rice desistió de seguir a Eva. El hombre alto abrió una puerta al final del primer pasillo y entraron en una sala pequeña donde había sillones desvencijados, un armario, una botella de whisky ya empezada y hermosísimos vasos de cristal tallado. «Lo ha hecho usted muy bien», insistió el hombre alto mientras se sentaban en torno a Rice. «Con un poco de hielo, ¿verdad? Desde luego, cualquiera tendría la garganta seca.» El hombre de gris se adelantó a la negativa de Rice y le alcanzó un vaso casi lleno. «El tercer acto es más difícil pero a la vez más entretenido para Howell», dijo el hombre alto. «Ya ha visto cómo se van descubriendo los juegos.» Empezó a explicar la trama, ágilmente y sin vacilar. «En cierto modo usted ha complicado las cosas», dijo. «Nunca me imaginé que procedería tan pasivamente con su mujer, yo hubiera reaccionado de otra manera.» «¿Cómo?», preguntó secamente Rice. «Ah, querido amigo, no es justo preguntar eso. Mi opinión podría alterar sus propias decisiones, puesto que usted ha de tener ya un plan preconcebido. ¿O no?» Como Rice callaba, agregó: «Si le digo eso es precisamente porque no se trata de tener planes preconcebidos. Estamos todos demasiado satisfechos para arriesgarnos a malograr el resto». Rice bebió un largo trago de whisky. «Sin embargo, en el segundo acto usted me dijo que podía hacer lo que quisiera», observó. El hombre de gris se echó a reír, pero el hombre alto lo miró y el otro hizo un rápido gesto de excusa. «Hay un margen para la aventura o el azar, como usted quiera», dijo el hombre alto. «A partir de ahora le ruego que se atenga a lo que voy a indicarle, se entiende que dentro de la máxima libertad en los detalles.» Abriendo la mano derecha con la palma hacia arriba, la miró fijamente mientras el índice de la otra mano iba a apoyarse en ella una y otra vez. Entre dos tragos (le habían llenado otra vez el vaso) Rice escuchó las instrucciones para John Howell. Sostenido por el alcohol y por algo que era como un lento volver hacia sí mismo que lo iba llenando de una fría cólera, descubrió sin esfuerzo el sentido de las instrucciones, la preparación de la trama que debía hacer crisis en el último acto. «Espero que esté claro», dijo el hombre alto, con un movimiento circular del dedo en la palma de la mano. «Está muy claro», dijo Rice levantándose, «pero además me gustaría saber si en el cuarto acto...». «Evitemos las confusiones, querido amigo», dijo el hombre alto. «En el próximo intervalo volveremos sobre el tema, pero ahora le sugiero que se concentre exclusivamente en el tercer acto. Ah, el traje de calle, por favor.» Rice sintió que el hombre mudo le desabotonaba la chaqueta; el hombre de gris había sacado del armario un traje de tweed y unos guantes; mecánicamente Rice se cambió de ropa bajo las miradas aprobadoras de los tres. El hombre alto había abierto la puerta y esperaba; a lo lejos se oía la campanilla. «Esta maldita peluca me da calor», pensó Rice acabando el whisky de un solo trago. Casi enseguida se encontró entre nuevos bastidores, sin oponerse a la amable presión de una mano en el codo. «Todavía no», dijo el hombre alto, más atrás. «Recuerde que hace fresco en el parque. Quizá, si se subiera el cuello de la chaqueta... Vamos, es su entrada.» Desde un banco al borde del sendero Michael se adelantó hacia él, saludándolo con una broma. Le tocaba responder pasivamente y discutir los méritos del otoño en Regent's Park, hasta la llegada de Eva y la dama de rojo que estarían dando de comer a los cisnes. Por primera vez —y a él lo sorprendió casi tanto como a los demás— Rice cargó el acento en una alusión que el público pareció apreciar y que obligó a Michael a ponerse a la defensiva, forzándolo a emplear los recursos más visibles del oficio para encontrar una salida; dándole bruscamente la espalda mientras encendía un cigarrillo, como si quisiera protegerse del viento, Rice miró por encima de los anteojos y vio a los tres hombres entre los bastidores, el brazo del hombre alto que le hacía un gesto conminatorio. Rió entre dientes (debía estar un poco borracho y además se divertía, el brazo agitándose le hacía una gracia extraordinaria) antes de volverse y apoyar una mano en el hombro de Michael. «Se ven cosas regocijantes en los parques», dijo Rice. «Realmente no entiendo que se pueda perder el tiempo con cisnes o amantes cuando se está en un parque londinense.» El público rió más que Michael, excesivamente interesado por la llegada de Eva y la dama de rojo. Sin vacilar Rice siguió marchando contra la corriente, violando poco a poco las instrucciones en una esgrima feroz y absurda contra actores habilísimos que se esforzaban por hacerlo volver a su papel y a veces lo conseguían, pero él se les escapaba de nuevo para ayudar de alguna manera a Eva, sin saber bien por qué pero diciéndose (y le daba risa, y debía ser el whisky) que todo lo que cambiara en ese momento alteraría inevitablemente el último acto (*No dejes que me maten*). Y los otros se habían dado cuenta de su propósito porque bastaba mirar por sobre los anteojos hacia los bastidores de la izquierda para ver los gestos iracundos del hombre alto, fuera y dentro de la escena estaban luchando contra él y

Eva, se interponían para que no pudieran comunicarse, para que ella no alcanzara a decirle nada, y ahora llegaba el caballero anciano seguido de un lúgubre chofer, había como un momento de calma (Rice recordaba las instrucciones: una pausa, luego la conversación sobre la compra de acciones, entonces la frase reveladora de la dama de rojo, y telón), y en ese intervalo en que obligadamente Michael y la dama de rojo debían apartarse para que el caballero hablara con Eva y Howell de la maniobra bursátil (realmente no faltaba nada en esa pieza), el placer de estropear un poco más la acción llenó a Rice de algo que se parecía a la felicidad. Con un gesto que dejaba bien claro el profundo desprecio que le inspiraban las especulaciones arriesgadas, tomó del brazo a Eva, sorteó la maniobra envolvente del enfurecido y sonriente caballero, y caminó con ella oyendo a sus espaldas un muro de palabras ingeniosas que no le concernían, exclusivamente inventadas para el público, y en cambio sí Eva, en cambio un aliento tibio apenas un segundo contra su mejilla, el leve murmullo de su voz verdadera diciendo: «Quédate conmigo hasta el final», quebrado por un movimiento instintivo, el hábito que la hacía responder a la interpelación de la dama de rojo, arrastrando a Howell para que recibiera en plena cara las palabras reveladoras. Sin pausa, sin el mínimo hueco que hubiera necesitado para poder cambiar el rumbo que esas palabras daban definitivamente a lo que habría de venir más tarde, Rice vio caer el telón. «Imbécil», dijo la dama de rojo. «Salga, Flora», ordenó el hombre alto, pegado a Rice que sonreía satisfecho. «Imbécil», repitió la dama de rojo, tomando del brazo a Eva que había agachado la cabeza y parecía como ausente. Un empujón mostró el camino a Rice que se sentía perfectamente feliz. «Imbécil», dijo a su vez el hombre alto. El tirón en la cabeza fue casi brutal, pero Rice se quitó él mismo los anteojos y los tendió al hombre alto. «El whisky no era malo» dijo. «Si quiere darme las instrucciones para el último acto…» Otro empellón estuvo a punto de tirarlo al suelo y cuando consiguió enderezarse, con una ligera náusea, ya estaba andando a tropezones por una galería mal iluminada; el hombre alto había desaparecido y los otros dos se estrechaban contra él, obligándolo a avanzar con la mera presión de los cuerpos. Había una puerta con una lamparilla naranja en lo alto. «Cámbiese», dijo el hombre de gris alcanzándole su traje. Casi sin darle tiempo de ponerse la chaqueta, abrieron la puerta de un puntapié; el empujón lo sacó trastabillando a la acera, al frío de un callejón que olía a basura. «Hijos de perra, me voy a pescar una pulmonía», pensó Rice, metiendo las manos en los bolsillos. Había luces en el extremo más alejado del callejón, desde donde venía el rumor del tráfico. En la primera esquina (no le habían quitado el dinero ni los papeles) Rice reconoció la entrada del teatro. Como nada impedía que asistiera desde su butaca al último acto, entró al calor del foyer, al humo y las charlas de la gente en el bar; le quedó tiempo para beber otro whisky, pero se sentía incapaz de pensar en nada. Un poco antes de que se alzara el telón alcanzó a preguntarse quién haría el papel de Howell en el último acto, y si algún otro pobre infeliz estaría pasando por amabilidades y amenazas y anteojos; pero la broma debía terminar cada noche de la misma manera porque enseguida reconoció al actor del primer acto, que leía una carta en su estudio y la alcanzaba en silencio a una Eva pálida y vestida de gris. «Es escandaloso», comentó Rice volviéndose hacia el espectador de la izquierda. «¿Cómo se tolera que cambien de actor en mitad de una pieza?» El espectador suspiró, fatigado. «Ya no se sabe con estos autores jóvenes», dijo. «Todo es símbolo, supongo.» Rice se acomodó en la platea saboreando malignamente el murmullo de los espectadores que no parecían aceptar tan pasivamente como su vecino los cambios físicos de Howell; y sin embargo la ilusión teatral los dominó casi enseguida, el actor era excelente y la acción se precipitaba de una manera que sorprendió incluso a Rice, perdido en una agradable indiferencia. La carta era de Michael, que anunciaba su partida de Inglaterra; Eva la leyó y la devolvió en silencio; se sentía que estaba llorando contenidamente. *Quédate conmigo hasta el final*, había dicho Eva. *No dejes que me maten*, había dicho absurdamente Eva. Desde la seguridad de la platea era inconcebible que pudiera sucederle algo en ese escenario de pacotilla; todo había sido una continua estafa, una larga hora de pelucas y de árboles pintados. Desde luego la infaltable dama de rojo invadía la melancólica paz del estudio donde el perdón y quizás el amor de Howell se percibían en sus silencios, en su manera casi distraída de romper la carta y echarla al fuego. Parecía inevitable que la dama de rojo insinuara que la partida de Michael era una estratagema, y también que Howell le diera a entender un desprecio que no impediría una cortés invitación a tomar el té. A Rice lo divirtió vagamente la llegada del criado con la bandeja; el té parecía uno de los recursos mayores del comediógrafo, sobre todo ahora que la dama de rojo maniobraba en algún momento con una botellita de melodrama romántico mientras las luces iban bajando de una manera por completo inexplicable en el estudio de un abogado londinense. Hubo una llamada telefónica que Howell atendió con perfecta compostura (era previsible la caída de las acciones o cualquier otra crisis necesaria para el desenlace); las tazas pasaron de mano en mano con las sonrisas pertinentes, el buen tono previo a las catástrofes. A Rice le pareció casi inconveniente el gesto de Howell en el momento en que Eva acercaba los labios a la taza, su brusco movimiento y el té derramándose sobre el vestido gris. Eva estaba inmóvil, casi ridícula; en esa detención instantánea de las actitudes (Rice se había enderezado sin saber por qué, y alguien chistaba impaciente a sus espaldas), la exclamación escandalizada de la dama de rojo se superpuso al leve chasquido, a la mano de Howell que se alzaba para anunciar algo, a Eva que torcía la cabeza mirando al público como si no quisiera creer y después se deslizaba de lado hasta quedar casi tendida en el sofá, en una lenta reanudación del movimiento que Howell pareció recibir y continuar con su brusca carrera hacia los bastidores de la derecha, su fuga que Rice no vio porque también él corría ya el pasillo central sin que ningún otro espectador se hubiera movido todavía. Bajando a saltos la escalera, tuvo el tino de entregar su talón en el guardarropa y recobrar el abrigo; cuando llegaba a la puerta oyó los primeros rumores del final de la pieza, aplausos y voces en la sala; alguien del teatro corría escaleras arriba. Huyó hacia Kean Street y al pasar junto al callejón lateral le pareció ver un bulto que avanzaba pegado a la pared; la puerta por donde lo habían expulsado estaba entornada, pero Rice no había terminado de registrar esas imágenes cuando ya corría por la calle iluminada y en vez de alejarse de la zona del teatro bajaba otra vez por Kingsway, previendo que a nadie se le ocurriría buscarlo cerca del teatro. Entró en el Strand (se había subido el cuello del abrigo y andaba rápidamente, con las manos en los bolsillos) hasta perderse con un alivio que él mismo no se explicaba en la vaga región de callejuelas internas que nacían en Chancery Lane. Apoyándose contra una pared (jadeaba un poco y sentía que el sudor le pegaba la camisa a la piel) encendió un cigarrillo y por primera vez se preguntó explícitamente, empleando todas las palabras necesarias, por qué estaba huyendo. Los pasos que se acercaban se interpusieron entre él y la respuesta que buscaba, mientras corría pensó que si lograba cruzar el río (ya estaba cerca del puente de Blackfriars) se sentiría a salvo. Se refugió en un portal, lejos del farol que alumbraba la salida hacia Watergate. Algo le quemó la boca; se arrancó de un tirón la colilla que había olvidado, y sintió que le desgarraba los labios. En el silencio que lo envolvía trató de repetirse las preguntas no contestadas, pero irónicamente se le interponía la idea de que sólo estaría a salvo si alcanzaba a cruzar el río. Era ilógico, los pasos también podrían seguirlo por el puente, por cualquier callejuela de la otra orilla; y sin embargo eligió el puente, corrió a favor de un viento que lo ayudó a dejar atrás el río y perderse en un laberinto que no conocía hasta llegar a una zona mal alumbrada; el tercer alto de la noche en un profundo y angosto callejón sin salida lo puso por fin frente a la única pregunta importante, y Rice comprendió que era incapaz de encontrar la respuesta. *No dejes que me maten*, había dicho Eva, y él había hecho lo posible, torpe y miserablemente, pero lo mismo la habían matado, por lo menos en la pieza la habían matado y él tenía que huir porque no podía ser que la pieza terminara así, que la taza de té se volcara inofensivamente sobre el vestido de Eva y sin embargo Eva resbalara hasta quedar tendida en el sofá; había ocurrido otra cosa sin que él estuviera allí para impedirlo, *quédate conmigo hasta el final*, le había suplicado Eva, pero lo habían echado del teatro, lo habían apartado de eso que tenía que suceder y que él, estúpidamente instalado en su platea, había contemplado sin comprender o comprendiéndolo desde otra región de sí mismo donde había miedo y fuga y ahora, pegajoso como el sudor que le corría por el vientre, el asco de sí mismo. «Pero yo no tengo nada que ver», pensó. «Y no ha ocurrido nada; no es posible que cosas así ocurran.» Se lo repitió aplicadamente: no podía ser que hubieran venido a buscarlo, a proponerle esa insensatez, a amenazarlo amablemente; los pasos que se acercaban tenían que ser los de cualquier vagabundo, unos pasos sin huellas. El hombre pelirrojo que se detuvo junto a él casi sin mirarlo, y que se quitó los anteojos con un gesto convulsivo para volver a ponérselos después de frotarlos contra la solapa de la chaqueta, era sencillamente alguien que se parecía a Howell, al actor que había hecho el papel de Howell y había volcado la taza de té sobre el vestido de Eva. «Tire esa peluca», dijo Rice, «lo reconocerán en cualquier parte». «No es una peluca», dijo Howell (se llamaría Smith o Rogers, ya ni recordaba el nombre en el programa). «Qué tonto soy», dijo Rice. Era de imaginar que habían tenido preparada una copia exacta de los cabellos de Howell, así como los anteojos habían sido una réplica de los de Howell. «Usted hizo lo que pudo», dijo Rice, «yo estaba en la platea y lo vi; todo el mundo podrá declarar a su favor». Howell temblaba, apoyado en la pared. «No es eso», dijo. «Qué importa, si lo mismo se salieron con la suya.» Rice agachó la cabeza; un cansancio invencible lo agobiaba. «Yo también traté de salvarla», dijo, «pero no me dejaron seguir». Howell lo miró rencorosamente. «Siempre ocurre lo mismo», dijo como hablándose a sí mismo. «Es típico de los aficionados, creen que pueden hacerlo mejor que los otros, y al final no sirve de nada.» Se subió el cuello de la chaqueta, metió las manos en los bolsillos. Rice hubiera querido preguntarle: «¿Por qué ocurre siempre lo mismo? Y si es así, ¿por qué estamos huyendo?». El silbato pareció engolfarse en el callejón, buscándolos. Corrieron largo rato a la par, hasta detenerse en algún rincón que olía a petróleo, a río estancado. Detrás de una pila de fardos descansaron un momento; Howell jadeaba como un perro y a Rice se le acalambraba una pantorrilla. Se la frotó, apoyándose en los fardos, manteniéndose con dificultad sobre un solo pie. «Pero quizá no sea tan grave», murmuró. «Usted dijo que siempre ocurría lo mismo.» Howell le puso una mano en la boca; se oían alternadamente dos silbatos. «Cada uno por su lado», dijo Howell. «Tal vez uno de los dos pueda escapar.» Rice comprendió que tenía razón pero hubiera querido que Howell le contestara primero. Lo tomó de un brazo, atrayéndolo con toda su fuerza. «No me deje ir así», suplicó. «No puedo seguir huyendo siempre, sin saber.» Sintió el olor alqui-

Todos los fuegos el fuego

Así será algún día su estatua, piensa irónicamente el procónsul mientras alza el brazo, lo fija en el gesto del saludo, se deja petrificar por la ovación de un público que dos horas de circo y de calor no han fatigado. Es el momento de la sorpresa prometida; el procónsul baja el brazo, mira a su mujer que le devuelve la sonrisa inexpresiva de las fiestas. Irene no sabe lo que va a seguir y a la vez es como si lo supiera, hasta lo inesperado acaba en costumbre cuando se ha aprendido a soportar, con la indiferencia que detesta el procónsul, los caprichos del amo. Sin volverse siquiera hacia la arena prevé una suerte ya echada, una sucesión cruel y monótona. Licas el viñatero y su mujer Urania son los primeros en gritar un nombre que la muchedumbre recoge y repite. «Te reservaba esta sorpresa», dice el procónsul. «Me han asegurado que aprecias el estilo de ese gladiador.» Centinela de su sonrisa, Irene inclina la cabeza para agradecer. «Puesto que nos haces el honor de acompañarnos aunque te hastían los juegos», agrega el procónsul, «es justo que procure ofrecerte lo que más te agrada». «¡Eres la sal del mundo!», grita Licas. «¡Haces bajar la sombra misma de Marte a nuestra pobre arena de provincia!» «No has visto más que la mitad», dice el procónsul, mojándose los labios en una copa de vino y ofreciéndola a su mujer. Irene bebe un largo sorbo, que parece llevarse con su leve perfume el olor espeso y persistente de la sangre y el estiércol. En un brusco silencio de expectativa que lo recorta con una precisión implacable, Marco avanza hacia el centro de la arena; su corta espada brilla al sol, allí donde el viejo velario deja pasar un rayo oblicuo, y el escudo de bronce cuelga negligente de la mano izquierda. «¿No irás a enfrentarlo con el vencedor de Smirnio?», pregunta excitadamente Licas. «Mejor que eso», dice el procónsul. «Quisiera que tu provincia me recuerde por estos juegos, y que mi mujer deje por una vez de aburrirse.» Urania y Licas aplauden esperando la respuesta de Irene, pero ella devuelve en silencio la copa al esclavo, ajena al clamoreo que saluda la llegada del segundo gladiador. Inmóvil, Marco parece también indiferente a la ovación que recibe su adversario; con la punta de la espada toca ligeramente sus grebas doradas.

«Hola», dice Roland Renoir, eligiendo un cigarrillo como una continuación ineludible del gesto de descolgar el receptor. En la línea hay una crepitación de comunicaciones mezcladas, alguien que dicta cifras, de golpe un silencio todavía más oscuro en esa oscuridad que el teléfono vuelca en el ojo del oído. «Hola», repite Roland, apoyando el cigarrillo en el borde del cenicero y buscando los fósforos en el bolsillo de la bata. «Soy yo», dice la voz de Jeanne. Roland entorna los ojos, fatigado, y se estira en una posición más cómoda. «Soy yo», repite inútilmente Jeanne. Como Roland no contesta, agrega: «Sonia acaba de irse».

Su obligación es mirar el palco imperial, hacer el saludo de siempre. Sabe que debe hacerlo y que verá a la mujer del procónsul y al procónsul, y que quizá la mujer le sonreirá como en los últimos juegos. No necesita pensar, no sabe casi pensar, pero el instinto le dice que esa arena es mala, el enorme ojo de bronce donde los rastrillos y las hojas de palma han dibujado sus curvos senderos ensombrecidos por algún rastro de las luchas precedentes. Esa noche ha soñado con un pez, ha soñado con un camino solitario entre columnas rotas; mientras se armaba, alguien ha murmurado que el procónsul no le pagará con monedas de oro. Marco no se ha molestado en preguntar, y el otro se ha echado a reír malvadamente antes de alejarse sin darle la espalda; un tercero, después, le ha dicho que es un hermano del gladiador muerto por él en Massilia, pero ya lo empujaban hacia la galería, hacia los clamores de fuera. El calor es insoportable, le pesa el yelmo que devuelve los rayos del sol contra el velario y las gradas. Un pez, columnas rotas; sueños sin un sentido claro, con pozos de olvido en los momentos en que hubiera podido entender. Y el que lo armaba ha dicho que el procónsul no le pagará con monedas de oro; quizá la mujer del procónsul no le sonría esta tarde. Los clamores lo dejan indiferente porque ahora están aplaudiendo al otro, lo aplauden menos que a él un momento antes, pero entre los aplausos se filtran gritos de asombro, y Marco levanta la cabeza, mira hacia el palco donde Irene se ha vuelto para hablar con Urania, donde el procónsul negligentemente hace una seña, y todo su cuerpo se contrae y su mano se aprieta en el puño de la espada. Le ha bastado volver los ojos hacia la galería opuesta; no es por allí que asoma su rival, se han alzado crujiendo las rejas del oscuro pasaje por donde se hace salir a las fieras, y Marco ve dibujarse la gigantesca silueta del reciario nubio, hasta entonces invisible contra el fondo de piedra mohosa; ahora sí, más acá de toda razón, sabe que el procónsul no le pagará con monedas de oro, adivina el sentido del pez y las columnas rotas. Y a la vez poco le importa lo que va a suceder entre el reciario y él, eso es el oficio y los hados, pero su cuerpo sigue contraído como si tuviera miedo, algo en su carne se pregunta por qué el reciario ha salido por la galería de las fieras, y también se lo pregunta entre ovaciones el público, y Licas lo pregunta al procónsul que sonríe para apoyar sin palabras la sorpresa, y Licas protesta riendo y se cree obligado a apostar a favor de Marco; antes de oír las palabras que seguirán, Irene sabe que el procónsul doblará la apuesta a favor del nubio, y que después la mirará amablemente y ordenará que le sirvan vino helado. Y ella beberá el vino y comentará con Urania la estatura y la ferocidad del reciario nubio; cada movimiento está previsto aunque se lo ignore en sí mismo, aunque puedan faltar la copa de vino o el gesto de la boca de Urania mientras admira el torso del gigante. Entonces Licas, experto en incontables fastos de circo, les hará notar que el yelmo del nubio ha rozado las púas de la reja de las fieras, alzadas a dos metros del suelo, y alabará la soltura con que ordena sobre el brazo izquierdo las escamas de la red. Como siempre, como desde una ya lejana noche nupcial, Irene se repliega al límite más hondo de sí misma mientras por fuera condesciende y sonríe y hasta goza; en esa profundidad libre y estéril siente el signo de muerte que el procónsul ha disimulado en una alegre sorpresa pública, el signo que sólo ella y quizá Marco pueden comprender, pero Marco no comprenderá, torvo y silencioso y máquina, y su cuerpo que ella ha deseado en otra tarde de circo (y eso lo ha adivinado el procónsul, sin necesidad de sus magos lo ha adivinado como siempre, desde el primer instante) va a pagar el precio de la mera imaginación, de una doble mirada inútil sobre el cadáver de un tracio diestramente muerto de un tajo en la garganta.

Antes de marcar el número de Roland, la mano de Jeanne ha andado por las páginas de una revista de modas, un tubo de pastillas calmantes, el lomo del gato ovillado en el sofá. Después la voz de Roland ha dicho: «Hola», su voz un poco adormilada, y bruscamente Jeanne ha tenido una sensación de ridículo, de que va a decirle a Roland eso que exactamente la incorporará a la galería de las plañideras telefónicas con el único, irónico espectador fumando en un silencio condescendiente. «Soy yo», dice Jeanne, pero se lo ha dicho más a ella misma que a ese silencio opuesto en el que bailan, como en un telón de fondo, algunas chispas de sonido. Mira su mano que ha acariciado distraídamente al gato antes de marcar las cifras (¿y no se oyen otras cifras en el teléfono, no hay una voz distante que dicta números a alguien que no habla, que sólo está allí para copiar obediente?), negándose a creer que la mano que ha alzado y vuelto a dejar el tubo de pastillas es su mano, que la voz que acaba de repetir: «Soy yo», es su voz, al borde del límite. Por dignidad, callar, lentamente devolver el receptor a su horquilla, quedarse limpiamente sola. «Sonia acaba de irse», dice Jeanne, y el límite está franqueado, el ridículo empieza, el pequeño infierno confortable.

«Ah», dice Roland, frotando un fósforo. Jeanne oye distintamente el frote, es como si viera el rostro de Roland mientras aspira el humo, echándose un poco atrás con los ojos entornados. Un río de escamas brillantes parece saltar de las manos del gigante negro y Marco tiene el tiempo preciso para hurtar el cuerpo a la red. Otras veces —el procónsul lo sabe, y vuelve la cabeza para que solamente Irene lo vea sonreír— ha aprovechado de ese mínimo instante que es el punto débil de todo reciario para bloquear con el escudo la amenaza del largo tridente y tirarse a fondo, con un movimiento fulgurante, hacia el pecho descubierto. Pero Marco se mantiene fuera de distancia, encorvadas las piernas como a punto de saltar, mientras el nubio recoge velozmente la red y prepara el nuevo ataque. «Está perdido», piensa Irene sin mirar al procónsul que elige unos dulces de la bandeja que le ofrece Urania. «No es el que era», piensa Licas lamentando su apuesta. Marco se ha encorvado un poco, siguiendo el movimiento giratorio del nubio; es el único que aún no sabe lo que todos presienten, es apenas algo que agazapado espera otra ocasión, con el vago desconcierto de no haber hecho lo que la ciencia le mandaba. Necesitaría más tiempo, las horas tabernarias que siguen a los triunfos, para entender quizá la razón de que el procónsul no vaya a pagarle con monedas de oro. Hosco, espera otro momento propicio; acaso al final, con un pie sobre el cadáver del reciario, pueda encontrar otra vez la sonrisa de la mujer del procónsul; pero eso no lo está pensando él, y quien lo piensa no cree ya que el pie de Marco se hinque en el pecho de un nubio degollado.

«Decídete», dice Roland, «a menos que quieras tenerme toda la tarde escuchando a ese tipo que le dicta números a no sé quién. ¿Lo oyes?». «Sí», dice Jeanne, «se lo oye como desde muy lejos. Trescientos cincuenta y cuatro, doscientos cuarenta y dos». Por un momento no hay más que la voz distante y monótona. «En todo caso», dice Roland, «está utilizando el teléfono para algo práctico». La respuesta podría ser la previsible, la primera queja, pero Jeanne calla todavía unos segundos y repite: «Sonia acaba de irse». Vacila antes de agregar: «Probablemente estará llegando a tu casa». A Roland le sorprendería eso, Sonia no tenía por qué ir a su casa. «No mientas», dice Jeanne, y el gato huye de su mano, la mira ofendido. «No era una mentira», dice Roland. «Me refería a la hora, no al hecho de venir o no venir. Sonia sabe que me molestan las visitas y las llamadas a esta hora.» Ochocientos cinco, dicta desde lejos la voz. Cuatrocientos dieciséis. Treinta y dos. Jeanne ha cerrado los ojos, esperando la primera pausa en esa voz anónima para decir lo único que queda por decir. Si Roland corta la comunicación le restará todavía esa voz en el fondo de la línea, podrá conservar el receptor en el oído, resbalando más y más en el sofá, acariciando al gato que ha vuelto a tenderse contra ella, jugando con el tubo de pastillas, escuchando las cifras hasta que también la otra voz se canse y ya no quede nada, absolutamente nada como no sea el receptor que empezará a pesar espantosamente entre sus dedos, una cosa muerta que habrá que rechazar sin mirarla. Ciento cuarenta y cinco, dice la voz. Y todavía más lejos, como un diminuto dibujo a lápiz, alguien que podría ser una mujer tímida pregunta entre dos chasquidos: «¿La estación del Norte?».

Por segunda vez alcanza a zafarse de la red, pero ha medido mal el salto hacia atrás y resbala en una mancha húmeda de la arena. Con un esfuerzo que levanta en vilo al público, Marco rechaza la red con un molinete de la espada mientras tiende el brazo izquierdo y recibe en el escudo el golpe resonante del tridente. El procónsul desdeña los excitados comentarios de Licas y vuelve la cabeza hacia Irene que no se ha movido. «Ahora o nunca», dice el procónsul. «Nunca», contesta Irene. «No es el que era», repite Licas, «y le va a costar caro, el nubio no le dará otra oportunidad, basta mirarlo». A distancia, casi inmóvil, Marco parece haberse dado cuenta del error; con el escudo en alto mira fijamente la red ya recogida, el tridente que oscila hipnóticamente a dos metros de sus ojos. «Tienes razón, no es el mismo», dice el procónsul. «¿Habías apostado por él, Irene?» Agazapado, pronto a saltar, Marco siente en la piel, en lo hondo del estómago, que la muchedumbre lo abandona. Si tuviera un momento de calma podría romper el nudo que lo paraliza, la cadena invisible que empieza muy atrás pero sin que él pueda saber dónde, y que en algún momento es la solicitud del procónsul, la promesa de una paga extraordinaria y también un sueño donde hay un pez y sentirse ahora, cuando ya no hay tiempo para nada, la imagen misma del sueño frente a la red que baila ante los ojos y parece atrapar cada rayo de sol que se filtra por las desgarraduras del velario. Todo es cadena, trampa; enderezándose con una violencia amenazante que el público aplaude mientras el reciario retrocede un paso por primera vez, Marco elige el único camino, la confusión y el sudor y el olor a sangre, la muerte frente a él que hay que aplastar; alguien lo piensa por él detrás de la máscara sonriente, alguien que lo ha deseado por sobre el cuerpo de un tracio agonizante. «El veneno», se dice Irene, «alguna vez encontraré el veneno, pero ahora acéptale la copa de vino, sé la más fuerte, espera tu hora». La pausa parece prolongarse como se prolonga la insidiosa galería negra donde vuelve intermitente la voz lejana que repite cifras. Jeanne ha creído siempre que los mensajes que verdaderamente cuentan están en algún momento más acá de toda palabra; quizás esas cifras digan más, sean más que cualquier discurso para el que las está escuchando atentamente, como para ella el perfume de Sonia, el roce de la palma de su mano en el hombro antes de marcharse han sido tanto más que las palabras de Sonia. Pero era natural que Sonia no se conformara con un mensaje cifrado, que quisiera decirlo con todas las letras, saboreándolo hasta lo último. «Comprendo que para ti será muy duro», ha repetido Sonia, «pero detesto el disimulo y prefiero decirte la verdad». Quinientos cuarenta y seis, seiscientos sesenta y dos, doscientos ochenta y nueve. «No me importa si va a tu casa o no», dice Jeanne, «ahora ya no me importa nada». En vez de otra cifra hay un largo silencio. «¿Estás ahí?», pregunta Jeanne. «Sí», dice Roland dejando la colilla en el cenicero y buscando sin apuro el frasco de coñac. «Lo que no puedo entender...», empieza Jeanne. «Por favor», dice Roland, «en estos casos nadie entiende gran cosa, querida, y además no se gana nada con entender. Lamento que Sonia se haya precipitado, no era a ella a quien le tocaba decírtelo. Maldita sea, ¿no va a terminar nunca con esos números?». La voz menuda, que hace pensar en un organizado mundo de hormigas, continúa su dictado minucioso por debajo de un silencio más cercano y más espeso. «Pero tú», dice absurdamente Jeanne, «entonces, tú...».

Roland bebe un trago de coñac. Siempre le ha gustado escoger sus palabras, evitar los diálogos superfluos. Jeanne repetirá dos, tres veces cada frase, acentuándolas de una manera diferente; que hable, que repita mientras él prepara el mínimo de respuestas sensatas que pongan orden en ese arrebato lamentable. Respirando con fuerza se endereza después de una finta y un avance lateral; algo le dice que esta vez el nubio va a cambiar el orden del ataque, que el tridente se adelantará al tiro de la red. «Fíjate bien», explica Licas a su mujer, «se lo he visto hacer en Apta Iulia, siempre los desconcierta». Mal defendido, desafiando el riesgo de entrar en el campo de la red, Marco se tira hacia adelante y sólo entonces alza el escudo para protegerse del río brillante que escapa como un rayo de la mano del nubio. Ataja el borde de la red pero el tridente golpea hacia abajo y la sangre salta del muslo de Marco, mientras la espada demasiado corta resuena inútilmente contra el asta. «Te lo había dicho», grita Licas. El procónsul mira atentamente el muslo lacerado, la sangre que se pierde en la greba dorada; piensa casi con lástima que a Irene le hubiera gustado acariciar ese muslo, buscar su presión y su calor, gimiendo como sabe gemir cuando él la estrecha para hacerle daño. Se lo dirá esa misma noche y será interesante estudiar el rostro de Irene buscando el punto débil de su máscara perfecta, que fingirá indiferencia hasta el final como ahora finge un interés civil en la lucha que hace aullar de entusiasmo a una plebe bruscamente excitada por la inminencia del fin. «La suerte lo ha abandonado», dice el procónsul a Irene. «Casi me siento culpable de haberlo traído a esta arena de provincia; algo de él se ha quedado en Roma, bien se ve.» «Y el resto se quedará aquí, con el dinero que le aposté», ríe Licas. «Por favor, no te pongas así», dice Roland, «es absurdo seguir hablando por teléfono cuando podemos vernos esta misma noche. Te lo repito, Sonia se ha precipitado, yo quería evitarte ese golpe». La hormiga ha cesado de dictar sus números y las palabras de Jeanne se escuchan distintamente; no hay lágrimas en su voz y eso sorprende a Roland, que ha preparado sus frases previendo una avalancha de reproches. «¿Evitarme el golpe?», dice Jeanne. «Mintiendo, claro, engañándome una vez más.» Roland suspira, desecha las respuestas que podrían alargar hasta el bostezo un diálogo tedioso. «Lo siento, pero si sigues así prefiero cortar», dice, y por primera vez hay un tono de afabilidad en su voz. «Mejor será que vaya a verte mañana, al fin y al cabo somos gente civilizada, qué diablos.» Desde muy lejos la hormiga dicta: ochocientos ochenta y ocho. «No vengas», dice Jeanne, y es divertido oír las palabras mezclándose con las cifras, no ochocientos vengas ochenta y ocho, «no vengas nunca más, Roland». El drama, las probables amenazas de suicidio, el aburrimiento como cuando Marie Josée, como cuando todas las que lo toman a lo trágico. «No seas tonta», aconseja Roland, «mañana comprenderás mejor, es preferible para los siempre a Jeanne, pero ahora no, su mano sigue inmóvil junto al gato y apenas si un dedo busca todavía el calor de su piel, la recorre brevemente antes de detenerse otra vez entre el flanco tibio y el tubo de pastillas que ha rodado hasta ahí. Alcanzado en pleno estómago el nubio aúlla, echándose hacia atrás, y en ese último instante en que el dolor es como una llama de odio, toda la fuerza que huye de su cuerpo se agolpa en el brazo para hundir el tridente en la espalda de su rival boca abajo. Cae sobre el cuerpo de Marco, y las convulsiones lo hacen rodar de lado; Marco mueve lentamente un brazo, clavado en la arena como un enorme insecto brillante.

«No es frecuente», dice el procónsul volviéndose hacia Irene, «que dos gladiadores de ese mérito se maten mutuamente. Podemos felicitarnos de haber visto un raro espectáculo. Esta noche se lo escribiré a mi hermano para consolarlo de su tedioso matrimonio».

Irene ve moverse el brazo de Marco, un lento movimiento inútil como si quisiera arrancarse el tridente hundido en los riñones. Imagina al procónsul desnudo en la arena, con el mismo tridente clavado hasta el asta. Pero el procónsul no movería el brazo con esa dignidad última; chillaría pataleando como una liebre, pediría perdón a un público indignado. Aceptando la mano que le tiende su marido para ayudarla a levantarse, asiente una vez más; el brazo ha dejado de moverse, lo único que queda por hacer es sonreír, refugiarse en la inteligencia. Al gato no parece gustarle la inmovilidad de Jeanne, sigue tumbado de espaldas esperando una caricia; después, como si le molestara ese dedo contra la piel del flanco, maúlla destempladamente y da media vuelta para alejarse, ya olvidado y soñoliento.

«Perdóname por venir a esta hora», dice Sonia. «Vi tu auto en la puerta, era demasiada tentación. Te llamó, ¿verdad?» Roland busca un cigarrillo. «Hiciste mal», dice. «Se supone que esa tarea les toca a los hombres, al fin y al cabo he estado más de dos años con Jeanne y es una buena muchacha.» «Ah, pero el placer», dice Sonia sirviéndose coñac. «Nunca le he podido perdonar que fuera tan inocente, no hay nada que me exaspere más. Si te digo que empezó por reírse, convencida de que le estaba haciendo una broma.» Roland mira el teléfono, piensa en la hormiga. Ahora Jeanne llamará otra vez, y será incómodo porque Sonia se ha sentado junto a él y le acaricia el pelo mientras hojea una revista literaria como si buscara ilustraciones. «Hiciste mal», repite Roland atrayendo a Sonia. «¿En venir a esta hora?», ríe Sonia cediendo a las manos que buscan torpemente el primer cierre. El velo morado cubre los hombros de Irene que da la espalda al público, a la espera de que el procónsul salude por última vez. En las ovaciones se mezcla ya un rumor de multitud en movimiento, la carrera precipitada de los que buscan adelantarse a la salida y ganar las galerías inferiores. Irene sabe que los esclavos estarán arrastrando los cadáveres, y no se vuelve; le agrada pensar que el procónsul ha aceptado la invitación de Licas a cenar en su villa a orillas del lago, donde el aire de la noche la ayudará a olvidar el olor a la plebe, los últimos gritos, un brazo moviéndose lentamente como si acariciara la tierra. No le es difícil olvidar, aunque el procónsul la hostigue con la minuciosa evocación de tanto pasado que lo inquieta; un día Irene encontrará la manera de que también él olvide para siempre, y que la gente lo crea simplemente muerto. «Verás lo que ha inventado nuestro cocinero», está diciendo la mujer de Licas. «Le ha devuelto el apetito a mi marido, y de noche...» Licas ríe y saluda a sus amigos, esperando que el procónsul abra la marcha hacia la galería después de un último saludo que se hace esperar como si lo complaciera seguir mirando la arena donde enganchan y arrastran los cadáveres. «Soy tan feliz», dice Sonia apoyando la mejilla en el pecho de Roland adormilado. «No lo digas», murmura Roland, «uno siempre piensa que es una amabilidad». «¿No me crees?», ríe Sonia. «Sí, pero no lo digas ahora. Fumemos.» Tantea en la mesa baja hasta encontrar cigarrillos, pone uno en los labios de Sonia, acerca el suyo, los enciende al mismo tiempo. Se miran apenas, soñolientos, y Roland agita el fósforo y lo posa en la mesa donde en alguna parte hay un cenicero. Sonia es la primera en adormecerse y él le quita muy despacio el cigarrillo de la boca, lo junta con el suyo y los abandona en la mesa, resbalando contra Sonia en un sueño pesado y sin imágenes. El pañuelo de gasa arde sin llama al borde del cenicero, chamuscándose lentamente, cae sobre la alfombra junto al montón de ropas y una copa de coñac. Parte del público vocifera y se amontona en las gradas inferiores; el procónsul ha saludado una vez más y hace una seña a su guardia para que le abran paso. Licas, el primero en comprender, le muestra el lienzo más distante del viejo velario que empieza a desgarrarse mientras una lluvia de chispas cae sobre el público que busca confusamente las salidas. Gritando una orden, el procónsul empuja a Irene siempre de espaldas e inmóvil. «Pronto, antes de que se amontonen en la galería baja»,

El otro cielo

Ces yeux ne t'appartiennent pas...
où les as-tu pris?
..., IV, V.

Me ocurría a veces que todo se dejaba andar, se ablandaba y cedía terreno, aceptando sin resistencia que se pudiera ir así de una cosa a otra. Digo que me ocurría, aunque una estúpida esperanza quisiera creer que acaso ha de ocurrirme todavía. Y por eso, si echarse a caminar una y otra vez por la ciudad parece un escándalo cuando se tiene una familia y un trabajo, hay ratos en que vuelvo a decirme que ya sería tiempo de retornar a mi barrio preferido, olvidarme de mis ocupaciones (soy corredor de Bolsa) y con un poco de suerte encontrar a Josiane y quedarme con ella hasta la mañana siguiente.

Quién sabe cuánto hace que me repito todo esto, y es penoso porque hubo una época en que las cosas me sucedían cuando menos pensaba en ellas, empujando apenas con el hombro cualquier rincón del aire. En todo caso bastaba ingresar en la deriva placentera del ciudadano que se deja llevar por sus preferencias callejeras, y casi siempre mi paseo terminaba en el barrio de las galerías cubiertas, quizá porque los pasajes y las galerías han sido mi patria secreta desde siempre. Aquí, por ejemplo, el Pasaje Güemes, territorio ambiguo donde ya hace tanto tiempo fui a quitarme la infancia como un traje usado. Hacia el año veintiocho, el Pasaje Güemes era la caverna del tesoro en que deliciosamente se mezclaban la entrevisión del pecado y de las pastillas de menta, donde se voceaban las ediciones vespertinas con crímenes a toda página y ardían las luces de la sala del subsuelo donde pasaban inalcanzables películas realistas. Las Josiane de aquellos días debían de mirarme con un gesto entre maternal y divertido, yo con unos miserables centavos en el bolsillo pero andando como un hombre, el chambergo requintado y las manos en los bolsillos, fumando un *Commander* precisamente porque mi padrastro me había profetizado que acabaría ciego por culpa del tabaco rubio. Recuerdo sobre todo olores y sonidos, algo como una expectativa y una ansiedad, el kiosco donde se podían comprar revistas con mujeres desnudas y anuncios de falsas manicuras, y ya entonces era sensible a ese falso cielo de estucos y claraboyas sucias, a esa noche artificial que ignoraba la estupidez del día y del sol ahí afuera. Me asomaba con falsa indiferencia a las puertas del pasaje donde empezaba el último misterio, los vagos ascensores que llevarían a los consultorios de enfermedades venéreas y también a los presuntos paraísos en lo más alto, con mujeres de la vida y amorales, como les llamaban en los diarios, con bebidas preferentemente verdes en copas biseladas, con batas de seda y kimonos violeta, y los departamentos tendrían el mismo perfume que salía de las tiendas que yo creía elegantes y que chisporroteaban sobre la penumbra del pasaje un bazar inalcanzable de frascos y cajas de cristal y cisnes rosa y polvos *rachel* y cepillos con mangos transparentes.

Todavía hoy me cuesta cruzar el Pasaje Güemes sin enternecerme irónicamente con el recuerdo de la adolescencia al borde de la caída; la antigua fascinación perdura siempre, y por eso me gustaba echar a andar sin rumbo fijo, sabiendo que en cualquier momento entraría en la zona de las galerías cubiertas, donde cualquier sórdida botica polvorienta me atraía más que los escaparates tendidos a la insolencia de las calles abiertas. La Galerie Vivienne, por ejemplo, o el Passage des Panoramas con sus ramificaciones, sus cortadas que rematan en una librería de viejo o una inexplicable agencia de viajes donde quizá nadie compró nunca un billete de ferrocarril, ese mundo que ha optado por un cielo más próximo, de vidrios sucios y estucos con figuras alegóricas que tienden las manos para ofrecer una guirnalda, esa Galerie Vivienne a un paso de la ignominia diurna de la rue Réaumur y de la Bolsa (yo trabajo en la Bolsa), cuánto de ese barrio ha sido mío desde siempre, desde mucho antes de sospecharlo ya era mío cuando apostado en un rincón del Pasaje Güemes, contando mis pocas monedas de estudiante, debatía el problema de gastarlas en un bar automático o comprar una novela y un surtido de caramelos ácidos en su bolsa de papel transparente, con un cigarrillo que me nublaba los ojos y en el fondo del bolsillo, donde los dedos lo rozaban a veces, el sobrecito del preservativo comprado con falsa desenvoltura en una farmacia atendida solamente por hombres, y que no tendría la menor oportunidad de utilizar con tan poco dinero y tanta infancia en la cara.

Mi novia, Irma, encuentra inexplicable que me guste vagar de noche por el centro o por los barrios del sur, y si supiera de mi predilección por el Pasaje Güemes no dejaría de escandalizarse. Para ella, como para mi madre, no hay mejor actividad social que el sofá de la sala donde ocurre eso que llaman la conversación, el café y el anisado. Irma es la más buena y generosa de las mujeres, jamás se me ocurriría hablarle de lo que verdaderamente cuenta para mí, y en esa forma llegaré alguna vez a ser un buen marido y un padre cuyos hijos serán de paso los tan anhelados nietos de mi madre. Supongo que por cosas así acabé conociendo a Josiane, pero no solamente por eso ya que podría habérmela encontrado en el boulevard Poissonière o en la rue Notre-Dame-des-Victoires, y en cambio nos miramos por primera vez en lo más hondo de la Galerie Vivienne, bajo las figuras de yeso que el pico de gas llenaba de temblores (las guirnaldas iban y venían entre los dedos de las Musas polvorientas), y no tardé en saber que Josiane trabajaba en ese barrio y que no costaba mucho dar con ella si se era familiar de los cafés o amigo de los cocheros. Pudo ser coincidencia, pero haberla conocido allí, mientras llovía en el otro mundo, el del cielo alto y sin guirnaldas de la calle, me pareció un signo que iba más allá del encuentro trivial con cualquiera de las prostitutas del barrio. Después supe que en esos días Josiane no se alejaba de la galería porque era la época en que no se hablaba más que de los crímenes de Laurent y la pobre vivía aterrada. Algo de ese terror se transformaba en gracia, en gestos casi esquivos, en puro deseo. Recuerdo su manera de mirarme entre codiciosa y desconfiada, sus preguntas que fingían indiferencia, mi casi incrédulo encanto al enterarme de que vivía en los altos de la galería, mi insistencia en subir a su bohardilla en vez de ir al hotel de la rue du Sentier (donde ella tenía amigos y se sentía protegida). Y su confianza más tarde, cómo nos reímos esa noche a la sola idea de que yo pudiera ser Laurent, y qué bonita y dulce era Josiane en su bohardilla de novela barata, con el miedo al estrangulador rondando por París y esa manera de apretarse más y más contra mí mientras pasábamos revista a los asesinatos de Laurent.

Mi madre sabe siempre si he dormido en casa, y aunque naturalmente no dice nada puesto que sería absurdo que lo dijera, durante uno o dos días me mira entre ofendida y temerosa. Sé muy bien que jamás se le ocurriría contárselo a Irma, pero lo mismo me fastidia la persistencia de un derecho materno que ya nada justifica, y sobre todo que sea yo el que al final se aparezca con una caja de bombones o una planta para el patio, y que el regalo represente de una manera muy precisa y sobrentendida la terminación de la ofensa, el retorno a la vida corriente del hijo que vive todavía en casa de su madre. Desde luego Josiane era feliz cuando le contaba esa clase de episodios, que una vez en el barrio de las galerías pasaban a formar parte de nuestro mundo con la misma llaneza que su protagonista. El sentimiento familiar de Josiane era muy vivo y estaba lleno de respeto por las instituciones y los parentescos; soy poco amigo de confidencias pero como de algo teníamos que hablar y lo que ella me había dejado saber de su vida ya estaba comentado, casi inevitablemente volvíamos a mis problemas de hombre soltero. Otra cosa nos acercó, y también en eso fui afortunado, porque a Josiane le gustaban las galerías cubiertas, quizá por vivir en una de ellas o porque la protegían del frío y la lluvia (la conocí a principios de un invierno, con nevadas prematuras que nuestras galerías y su mundo ignoraban alegremente). Nos habituamos a andar juntos cuando le sobraba el tiempo, cuando alguien —no le gustaba llamarlo por su nombre— estaba lo bastante satisfecho como para dejarla divertirse un rato con sus amigos. De ese alguien hablábamos poco, luego que yo hice las inevitables preguntas y ella me contestó las inevitables mentiras de toda relación mercenaria; se daba por supuesto que era el amo, pero tenía el buen gusto de no hacerse ver. Llegué a pensar que no le desagradaba que yo acompañara algunas noches a Josiane, porque la amenaza de Laurent pesaba más que nunca sobre el barrio después de su nuevo crimen en la rue d'Aboukir, y la pobre no se hubiera atrevido a alejarse de la Galerie Vivienne una vez caída la noche. Era como para sentirse agradecido a Laurent y al amo, el miedo ajeno me servía para recorrer con Josiane los pasajes y los cafés, descubriendo que podía llegar a ser un amigo de verdad de una muchacha a la que no me ataba ninguna relación profunda. De esa confiada amistad nos fuimos dando cuenta poco a poco, a través de silencios, de tonterías. Su habitación, por ejemplo, la bohardilla pequeña y limpia que para mí no había tenido otra realidad que la de formar parte de la galería. En un principio yo había subido por Josiane, y como no podía quedarme porque me faltaba el dinero para pagar una noche entera y alguien estaba esperando la rendición sin mácula de cuentas, casi no veía lo que me rodeaba y mucho más tarde, cuando estaba a punto de dormirme en mi pobre cuarto con su almanaque ilustrado y su mate de plata como únicos lujos, me preguntaba por la bohardilla y no alcanzaba a dibujármela, no veía más que a Josiane y me bastaba para entrar en el sueño como si todavía la guardara entre los brazos. Pero con la amistad vinieron las prerrogativas, quizá la aquiescencia del amo, y Josiane se las arreglaba muchas veces para pasar la noche conmigo, y su pieza empezó a llenarnos los huecos de un diálogo que no siempre era fácil; cada mañana, cada estampa, cada adorno fueron instalándose en mi memoria y ayudándome a vivir cuando era el tiempo de volver a mi cuarto o de conversar con mi madre o con Irma de la política nacional y de las enfermedades en las familias.

Más tarde hubo otras cosas, y entre ellas la vaga silueta de aquel que Josiane llamaba el sudamericano, pero en un principio todo parecía ordenarse en torno al gran terror del barrio, alimentado por lo que un periodista imaginativo había dado en llamar la saga de Laurent el estrangulador. Si en un momento dado me propongo la imagen de Josiane, es para verla entrar conmigo en el café de la rue des Jeuneurs, instalarse en la banqueta de felpa morada y cambiar saludos con las amigas y los parroquianos, frases sueltas que enseguida son Laurent, porque sólo de Laurent se habla en el barrio de la Bolsa, y yo que he trabajado sin parar todo el día y he soportado entre dos ruedas de cotizaciones los comentarios de colegas y clientes acerca del último crimen de Laurent, me pregunto si esa torpe pesadilla va a acabar algún día, si las cosas volverán a ser como imagino que eran antes de Laurent, o si deberemos sufrir sus macabras diversiones hasta el fin de los tiempos. Y lo más irritante (se lo digo a Josiane después de pedir el grog que tanta falta nos hace con ese frío y esa nieve) es que ni siquiera sabemos su nombre, el barrio lo llama Laurent porque una vidente de la barrera de Clichy ha visto en la bola de cristal cómo el asesino escribía su nombre con un dedo ensangrentado, y los gacetilleros se cuidan de no contrariar los instintos del público. Josiane no es tonta pero nadie la convencería de que el asesino no se llama Laurent, y es inútil luchar contra el ávido terror parpadeando en sus ojos azules que miran ahora distraídamente el paso de un hombre joven, muy alto y un poco encorvado, que acaba de entrar y se apoya en el mostrador sin saludar a nadie.

—Puede ser —dice Josiane, acatando alguna reflexión tranquilizadora que debo haber inventado sin siquiera pensarla—. Pero entre tanto yo tengo que subir sola a mi cuarto, y si el viento me apaga la vela entre dos pisos... La sola idea de quedarme a oscuras en la escalera, y que quizá...

—Pocas veces subes sola —le digo riéndome.

—Tú te burlas pero hay malas noches, justamente cuando nieva o llueve y me toca volver a las dos de la madrugada...

Sigue la descripción de Laurent agazapado en un rellano, o todavía peor, esperándola en su propia habitación a la que ha entrado mediante una ganzúa infalible. En la mesa de al lado Kiki se estremece ostentosamente y suelta unos gritos que se multiplican en los espejos. Los hombres nos divertimos enormemente con esos espantos teatrales que nos ayudarán a proteger con más prestigio a nuestras compañeras. Da gusto fumar unas pipas en el café, a esa hora en que la fatiga del trabajo empieza a borrarse con el alcohol y el tabaco, y las mujeres comparan sus sombreros y sus botas o se ríen de nada; da gusto besar en la boca a Josiane que pensativa se ha puesto a mirar al hombre —casi un muchacho— que nos da la espalda y bebe su ajenjo a pequeños sorbos, apoyando un codo en el mostrador. Es curioso, ahora que lo pienso: a la primera imagen que se me ocurre de Josiane y que es siempre Josiane en la banqueta del café, una noche de nevada y Laurent, se agrega inevitablemente aquel que ella llamaba el sudamericano, bebiendo su ajenjo y dándonos la espalda. También yo le llamo el sudamericano porque Josiane me aseguró que lo era, y que lo sabía por la Rousse que se había acostado con él o poco menos, y todo eso había sucedido antes de que Josiane y la Rousse se pelearan por una cuestión de esquinas o de horarios y lo lamentaran ahora con medias palabras porque habían sido muy buenas amigas. Según la Rousse él le había dicho que era sudamericano aunque hablara sin el menor acento; se lo había dicho al ir a acostarse con ella, quizá para conversar de alguna cosa mientras acababa de soltarse las cintas de los zapatos.

—Ahí donde lo ves, casi un chico… ¿Verdad que parece un colegial que ha crecido de golpe? Bueno, tendrías que oír lo que cuenta la Rousse.

Josiane perseveraba en la costumbre de cruzar y separar los dedos cada vez que narraba algo apasionante. Me explicó el capricho del sudamericano, nada tan extraordinario después de todo, la negativa terminante de la Rousse, la partida ensimismada del cliente. Le pregunté si el sudamericano la había abordado alguna vez. Pues no, porque debía saber que la Rousse y ella eran amigas. Las conocía bien, vivía en el barrio, y cuando Josiane dijo eso yo miré con más atención y lo vi pagar su ajenjo echando una moneda en el platillo de peltre mientras dejaba resbalar sobre nosotros —y era como si cesáramos de estar allí por un segundo interminable— una expresión distante y a la vez curiosamente fija, la cara de alguien que se ha inmovilizado en un momento de su sueño y rehúsa dar el paso que lo devolverá a la vigilia. Después de todo una expresión como ésa, aunque el muchacho fuese casi un adolescente y tuviera rasgos muy hermosos, podía llevar como de la mano a la pesadilla recurrente de Laurent. No perdí tiempo en proponérselo a Josiane.

—¿Laurent? ¡Estás loco! Pero si Laurent es...

Lo malo era que nadie sabía nada de Laurent, aunque Kikí y Albert nos ayudaran a seguir pesando las probabilidades para divertirnos. Toda la teoría se vino abajo cuando el patrón, que milagrosamente escuchaba cualquier diálogo en el café, nos recordó que por lo menos algo se sabía de Laurent: la fuerza que le permitía estrangular a sus víctimas con una sola mano. Y ese muchacho, vamos... Sí, y ya era tarde y convenía volver a casa; yo tan solo porque esa noche Josiane la pasaba con alguien que ya la estaría esperando en la bohardilla, alguien que tenía la llave por derecho propio, y entonces la acompañé hasta el primer rellano para que no se asustara si se le apagaba la vela en mitad del ascenso, y desde una gran fatiga repentina la miré subir, quizá contenta aunque me hubiera dicho lo contrario, y después salí a la calle nevada y glacial y me puse a andar sin rumbo, hasta que en algún momento encontré como siempre el camino que me devolvería a mi barrio, entre gente que leía la sexta edición de los diarios o miraba por las ventanillas del tranvía como si realmente hubiera alguna cosa que ver a esa hora y en esas calles.

No siempre era fácil llegar a la zona de las galerías y coincidir con un momento libre de Josiane; cuántas veces me tocaba andar solo por los pasajes, un poco decepcionado, hasta sentir poco a poco que la noche era también mi amante. A la hora en que se encendían los picos de gas la animación se despertaba en nuestro reino, los cafés eran la bolsa del ocio y del contento, se bebía a largos tragos el fin de la jornada, los titulares de los periódicos, la política, los prusianos, Laurent, las carreras de caballos. Me gustaba saborear una copa aquí y otra más allá, atisbando sin apuro el momento en que descubriría la silueta de Josiane en algún codo de las galerías o en algún mostrador. Si ya estaba acompañada, una señal convenida me dejaba saber cuándo podía encontrarla sola; otras veces se limitaba a sonreír y a mí me quedaba el resto del tiempo para las galerías; eran las horas del explorador y así fui entrando en las zonas más remotas del barrio, en la Galerie Sainte-Foy, por ejemplo, y en los remotos Passages du Caire, pero aunque cualquiera de ellos me atrajera más que las calles abiertas (y había tantos, hoy era el Passage des Princes, otra vez el Passage Verdeau, así hasta el infinito), de todas maneras el término de una larga ronda que yo mismo no hubiera podido reconstruir me devolvía siempre a la Galerie Vivienne, no tanto por Josiane aunque también fuera por ella, sino por sus rejas protectoras, sus alegorías vetustas, sus sombras en el codo del Passage des Petits-Pères, ese mundo diferente donde no había que pensar en Irma y se podía vivir sin horarios fijos, al azar de los encuentros y de la suerte. Con tan pocos asideros no alcanzo a calcular el tiempo que pasó antes de que volviéramos a hablar casualmente del sudamericano; una vez me había parecido verlo salir de un portal de la rue Saint-Marc, envuelto en una de esas hopalandas negras que tanto se habían llevado cinco años atrás junto con sombreros de copa exageradamente alta, y estuve tentado de acercarme y preguntarle por su origen. Me lo impidió el pensar en la fría cólera con que yo habría recibido una interpelación de ese género, pero Josiane encontró luego que había sido una tontería de mi parte, quizá porque el sudamericano le interesaba a su manera, con algo de ofensa gremial y mucho de curiosidad. Se acordó de que unas noches atrás había creído reconocerlo de lejos en la Galerie Vivienne, que sin embargo él no parecía frecuentar.

—No me gusta esa manera que tiene de mirarnos —dijo Josiane—. Antes no me importaba, pero desde aquella vez que hablaste de Laurent...

—Josiane, cuando hice esa broma estábamos con Kikí y Albert. Albert es un soplón de la policía, supongo que lo sabes. ¿Crees que dejaría pasar la oportunidad si la idea le pareciera razonable? La cabeza de Laurent vale mucho dinero, querida.

—No me gustan sus ojos —se obstinó Josiane—. Y además que no te mira, la verdad es que te clava los ojos pero no te mira. Si un día me aborda salgo huyendo, te lo digo por esta cruz.

—Tienes miedo de un chico. ¿O todos los sudamericanos te parecemos unos orangutanes?

166

Ya se sabe cómo podían acabar esos diálogos. Íbamos a beber un grog al café de la rue des Jeuneurs, recorríamos las galerías, los teatros del bulevar, subíamos a la bohardilla, nos reíamos enormemente. Hubo algunas semanas —por fijar un término, es tan difícil ser justo con la felicidad— en que todo nos hacía reír, hasta las torpezas de Badinguet y el temor de la guerra nos divertían. Es casi ridículo admitir que algo tan desproporcionadamente inferior como Laurent pudiera acabar con nuestro contento, pero así fue. Laurent mató a otra mujer en la rue Beauregard —tan cerca, después de todo— y en el café nos quedamos como en misa y Marthe, que había entrado a la carrera para gritar la noticia, acabó en una explosión de llanto histérico que de algún modo nos ayudó a tragar la bola que teníamos en la garganta. Esa misma noche la policía nos pasó a todos por su peine más fino, de café en café y de hotel en hotel; Josiane buscó al amo y yo la dejé irse, comprendiendo que necesitaba la protección suprema que todo lo allanaba. Pero como en el fondo esas cosas me sumían en una vaga tristeza —las galerías no eran para eso, no debían ser para eso—, me puse a beber con Kikí y después con la Rousse que me buscaba como puente para reconciliarse con Josiane. Se bebía fuerte en nuestro café, y en esa niebla caliente de las voces y los tragos me pareció casi justo que a medianoche el sudamericano fuera a sentarse a una mesa del fondo y pidiera un ajenjo con la expresión de siempre, hermosa y ausente y alunada. Al preludio de confidencia de la Rousse contesté que ya lo sabía, y que después de todo el muchacho no era ciego y sus gustos no merecían tanto rencor; todavía nos reíamos

Poco a poco tuve que convencerme de que habíamos entrado en malos tiempos y que mientras Laurent y las amenazas prusianas nos preocuparan de ese modo, la vida no volvería a ser lo que había sido en las galerías. Mi madre debió notarme desmejorado porque me aconsejó que tomara algún tónico, y los padres de Irma, que tenían un chalet en una isla del Paraná, me invitaron a pasar una temporada de descanso y de vida higiénica. Pedí quince días de vacaciones y me fui sin ganas a la isla, enemistado de antemano con el sol y los mosquitos. El primer sábado pretexté cualquier cosa y volví a la ciudad, anduve como a los tumbos por calles donde los tacos se hundían en el asfalto blando. De esa vagancia estúpida me queda un brusco recuerdo delicioso: al entrar una vez más en el Pasaje Güemes me envolvió de golpe el aroma del café, su violencia ya casi olvidada en las galerías donde el café era flojo y recocido. Bebí dos tazas, sin azúcar, saboreando y oliendo a la vez, quemándome y feliz. Todo lo que siguió hasta el fin de la tarde olió distinto, el aire húmedo del centro estaba lleno de pozos de fragancia (volví a pie hasta mi casa, creo que le había prometido a mi madre cenar con ella), y en cada pozo del aire los olores eran más crudos, más intensos, jabón amarillo, café, tabaco negro, tinta de imprenta, yerba mate, todo olía encarnizadamente, y también el sol y el cielo eran más duros y acuciados. Por unas horas olvidé casi rencorosamente el barrio de las galerías, pero cuando volví a cruzar el Pasaje Güemes (¿era realmente en la época de la isla? Acaso mezclo dos momentos de una misma temporada, y en realidad poco importa) fue en vano que invocara la alegre bofetada del café, su olor me pareció el de siempre y en cambio reconocí esa mezcla dulzona y repugnante del aserrín y la cerveza rancia que parece rezumar del piso de los bares del centro, pero quizá fuera porque de nuevo estaba deseando encontrar a Josiane y hasta confiaba en que el gran terror y las nevadas hubiesen llegado a su fin. Creo que en esos días empecé a sospechar que ya el deseo no bastaba como antes para que las cosas girasen acompasadamente y me propusieran algunas de las calles que llevaban a la Galerie Vivienne, pero también es posible que terminara por someterme mansamente al chalet de la isla para no entristecer a Irma, para que no sospechara que mi único reposo verdadero estaba en otra parte; hasta que no pude más y volví a la ciudad y caminé hasta agotarme, con la camisa pegada al cuerpo, sentándome en los bares para beber cerveza, esperando ya no sabía qué. Y cuando al salir del último bar vi que no tenía más que dar la vuelta a la esquina para internarme en mi barrio, la alegría se mezcló con la fatiga y una oscura conciencia de fracaso, porque bastaba mirar la cara de la gente para comprender que el gran terror estaba lejos de haber cesado, bastaba asomarse a los ojos de Josiane en su esquina de la rue d'Uzès y oírle decir quejumbrosa que el amo en persona había decidido protegerla de un posible ataque; recuerdo que entre dos besos alcancé a entrever su silueta en el hueco de un portal, defendiéndose de la cellisca envuelta en una larga capa gris.

Josiane no era de las que reprochan las ausencias, y me pregunto si en el fondo se daba cuenta del paso del tiempo. Volvimos del brazo a la Galerie Vivienne, subimos a la bohardilla, pero después comprendimos que no estábamos contentos como antes y lo atribuimos vagamente a todo lo que afligía al barrio; habría guerra, era fatal, los hombres tendrían que incorporarse a las filas (ella empleaba solemnemente esas palabras con un ignorante, delicioso respeto), la gente tenía miedo y rabia, la policía no había sido capaz de descubrir a Laurent. Se consolaban guillotinando a otros, como esa misma madrugada en que ejecutarían al envenenador del que tanto habíamos hablado en el café de la rue des Jeuneurs en los días del proceso; pero el terror seguía suelto en las galerías y en los pasajes, nada había cambiado desde mi último encuentro con Josiane, y ni siquiera había dejado de nevar.

Para consolarnos nos fuimos de paseo, desafiando el frío porque Josiane tenía un abrigo que debía ser admirado en una serie de esquinas y portales donde sus amigas esperaban a los clientes soplándose los dedos o hundiendo las manos en los manguitos de piel. Pocas veces habíamos andado tanto por los bulevares, y terminé sospechando que éramos sobre todo sensibles a la protección de los escaparates iluminados; entrar en cualquiera de las calles vecinas (porque también Liliane tenía que ver el abrigo, y más allá Francine) nos iba hundiendo poco a poco en el espanto, hasta que el abrigo quedó suficientemente exhibido y yo propuse nuestro café y corrimos por la rue du Croissant hasta dar la vuelta a la manzana y refugiarnos en el calor y los amigos. Por suerte para todos la idea de la guerra se iba adelgazando a esa hora en las memorias, a nadie se le ocurría repetir los estribillos obscenos contra los prusianos, se estaba tan bien con las copas llenas y el calor de la estufa, los clientes de paso se habían marchado y quedábamos solamente los amigos del patrón, el grupo de siempre y la buena noticia de que la Rousse había pedido perdón a Josiane y se habían reconciliado con besos y lágrimas y hasta regalos. Todo tenía algo de guirnalda (pero las guirnaldas pueden ser fúnebres, lo comprendí después) y por eso, como afuera estaban la nieve y Laurent, nos quedábamos lo más posible en el café y nos enterábamos a medianoche de que el patrón cumplía cincuenta años de trabajo detrás del mismo mostrador, y eso había que festejarlo, una flor se trenzaba con la siguiente, las botellas llenaban las mesas porque ahora las ofrecía el patrón y no se podía desairar tanta amistad y tanta dedicación al trabajo, y hacia las tres y media de la mañana Kikí completamente borracha terminaba de cantarnos los mejores aires de la opereta de moda mientras Josiane y la Rousse lloraban abrazadas de felicidad y ajenjo, y Albert, casi sin darle importancia, trenzaba otra flor en la guirnalda y proponía terminar la noche en la Roquette donde guillotinaban al envenenador exactamente a las seis, y el patrón descubría emocionado que ese final de fiesta era como la apoteosis de cincuenta años de trabajo honrado y se obligaba, abrazándonos a todos y hablándonos de su esposa muerta en el Languedoc, a alquilar dos fiacres para la expedición.

A eso siguió más vino, la evocación de diversas madres y episodios sobresalientes de la infancia, y una sopa de cebolla que Josiane y la Rousse llevaron a lo sublime en la cocina del café mientras Albert, el patrón y yo nos prometíamos amistad eterna y muerte a los prusianos. La sopa y los quesos debieron ahogar tanta vehemencia, porque estábamos casi callados y hasta incómodos cuando llegó la hora de cerrar el café con un ruido interminable de barras y cadenas, y subir a los fiacres donde todo el frío del mundo parecía estar esperándonos. Más nos hubiera valido viajar juntos para abrigarnos, pero el patrón tenía principios humanitarios en materia de caballos y montó en el primer fiacre con la Rousse y Albert mientras me confiaba a Kikí y a Josiane quienes, dijo, eran como sus hijas. Después de festejar adecuadamente la frase con los cocheros, el ánimo nos volvió al cuerpo mientras subíamos hacia Popincourt entre simulacros de carreras, voces de aliento y lluvias de falsos latigazos. El patrón insistió en que bajáramos a cierta distancia, aduciendo razones de discreción que no entendí, y tomados del brazo para no resbalar demasiado en la nieve congelada remontamos la rue de la Roquette vagamente iluminada por reverberos aislados, entre sombras movientes que de pronto se resolvían en sombreros de copa, fiacres al trote y grupos de embozados que acababan amontonándose frente a un ensanchamiento de la calle, bajo la otra sombra más alta y más negra de la cárcel. Un mundo clandestino se codeaba, se pasaba botellas de mano en mano, repetía una broma que corría entre carcajadas y chillidos sofocados, y también había bruscos silencios y rostros iluminados un instante por un yesquero mientras seguíamos avanzando dificultosamente y cuidábamos de no separarnos como si cada uno supiera que sólo la voluntad del grupo podía perdonar su presencia en ese sitio. La máquina estaba ahí sobre sus cinco bases de piedra, y todo el aparato de la justicia aguardaba inmóvil en el breve espacio entre ella y el cuadro de soldados con los fusiles apoyados en tierra y las bayonetas caladas. Josiane me hundía las uñas en el brazo y temblaba de tal manera que hablé de llevármela a un café, pero no había cafés a la vista y ella se empecinaba en quedarse. Colgada de mí y de Albert, saltaba de tanto en tanto para ver mejor la máquina, volvía a clavarme las uñas, y al final me obligó a agachar la cabeza hasta que sus labios encontraron mi boca, y me mordió histéricamente murmurando palabras que pocas veces le había oído y que colmaron mi orgullo como si por un momento hubiera sido el amo. Pero de todos nosotros el único aficionado apreciativo era Albert; fumando un cigarro mataba los minutos comparando ceremonias, imaginando el comportamiento final del condenado, las etapas que en ese mismo momento se cumplían en el interior de la prisión y que conocía en detalle por razones que se callaba. Al principio lo escuché con avidez para enterarme de cada nimia articulación de la liturgia, hasta que lentamente, como desde más allá de él y de Josiane y de la celebración del aniversario, me fue invadiendo algo que era como un abandono, el sentimiento indefinible de que eso no hubiera debido ocurrir en esa forma, que algo estaba amenazando en mí el mundo de las galerías y los pasajes, o todavía peor, que mi felicidad en ese mundo había sido un preludio engañoso, una trampa de flores como si una de las figuras de yeso me hubiera alcanzado una guirnalda mentida (y esa noche yo había pensado que las cosas se tejían

174

como las flores en una guirnalda), para caer poco a poco en Laurent, para derivar de la embriaguez inocente de la Galerie Vivienne y de la bohardilla de Josiane, lentamente ir pasando al gran terror, a la nieve, a la guerra inevitable, a la apoteosis de los cincuenta años del patrón, a los fiacres ateridos del alba, al brazo rígido de Josiane que se prometía no mirar y buscaba ya en mi pecho dónde esconder la cara en el momento final. Me pareció (y en ese instante las rejas empezaban a abrirse y se oía la voz de mando del oficial de la guardia) que de alguna manera eso era un término, no sabía bien de qué porque al fin y al cabo yo seguiría viviendo, trabajando en la Bolsa y viendo de cuando en cuando a Josiane, a Albert y a Kikí que ahora se había puesto a golpearme histéricamente el hombro, y aunque no quería desviar los ojos de las rejas que terminaban de abrirse, tuve que prestarle atención por un instante y siguiendo su mirada entre sorprendida y burlona alcancé a distinguir casi al lado del patrón la silueta un poco agobiada del sudamericano envuelto en la hopalanda negra, y curiosamente pensé que también eso entraba en alguna manera en la guirnalda y que era un poco como si una mano acabara de trenzar en ella la flor que la cerraría antes del amanecer. Y ya no pensé más porque Josiane se apretó contra mí gimiendo, y en la sombra que los dos reverberos de la puerta agitaban sin ahuyentarla, la mancha blanca de una camisa surgió como flotando entre dos siluetas negras, apareciendo y desapareciendo cada vez que una tercera sombra voluminosa se inclinaba sobre ella con los gestos del que abraza o amonesta o dice algo al oído o da a besar alguna cosa, hasta que se hizo a un lado y la mancha blanca se definió más de cerca, encuadrada por un grupo de gentes con sombreros de copa y abrigos negros, y hubo como una prestidigitación acelerada, un rapto de la mancha blanca por las dos figuras que hasta ese momento habían parecido formar parte de la máquina, un gesto de arrancar de los hombros un abrigo ya innecesario, un movimiento presuroso hacia adelante, un clamor ahogado que podía ser de cualquiera, de Josiane convulsa contra mí, de la mancha blanca que parecía deslizarse bajo el armazón donde algo se desencadenaba con un chasquido y una conmoción casi simultáneos. Creí que Josiane iba a desmayarse, todo el peso de su cuerpo resbalaba a lo largo del mío como debía estar resbalando el otro cuerpo hacia la nada, y me incliné para sostenerla mientras un enorme nudo de gargantas se desataba en un final de misa con el órgano resonando en lo alto (pero era un caballo que relinchaba al oler la sangre) y el reflujo nos empujó entre gritos y órdenes militares. Por encima del sombrero de Josiane que se había puesto a llorar compasivamente contra mi estómago, alcancé a reconocer al patrón emocionado, a Albert en la gloria, y el perfil del sudamericano perdido en la contemplación imperfecta de la máquina que las espaldas de los soldados y el afanarse de los artesanos de la justicia le iban librando por manchas aisladas, por relámpagos de sombra entre gabanes y brazos y un afán general por moverse y partir en busca de vino caliente y de sueño, como nosotros amontonándonos más tarde en un fiacre para volver al barrio, comentando lo que cada uno había creído ver y que no era lo mismo, no era nunca lo mismo y por eso valía más porque entre la rue de la Roquette y el barrio de la Bolsa había tiempo para reconstruir la ceremonia, discutirla, sorprenderse en contradicciones, jactarse de una vista más aguda o de unos nervios más templados para admiración de última hora de nuestras tímidas compañeras.

Nada podía tener de extraño que en esa época mi madre me notara más desmejorado y se lamentara sin disimulo de una indiferencia inexplicable que hacía sufrir a mi pobre novia y terminaría por enajenarme la protección de los amigos de mi difunto padre gracias a los cuales me estaba abriendo paso en los medios bursátiles. A frases así no se podía contestar más que con el silencio, y aparecer algunos días después con una nueva planta de adorno o un vale para madejas de lana a precio rebajado. Irma era más comprensiva, debía confiar simplemente en que el matrimonio me devolvería alguna vez a la normalidad burocrática, y en esos últimos tiempos yo estaba al borde de darle la razón pero me era imposible renunciar a la esperanza de que el gran terror llegara a su fin en el barrio de las galerías y que volver a mi casa no se pareciera ya a una escapatoria, a un ansia de protección que desaparecía tan pronto como mi madre empezaba a mirarme entre suspiros o Irma me tendía la taza de café con la sonrisa de las novias arañas. Estábamos por ese entonces en plena dictadura militar, una más en la interminable serie, pero la gente se apasionaba sobre todo por el desenlace inminente de la guerra mundial y casi todos los días se improvisaban manifestaciones en el centro para celebrar el avance aliado y la liberación de las capitales europeas, mientras la policía cargaba contra los estudiantes y las mujeres, los comercios bajaban presurosamente las cortinas metálicas y yo, incorporado por la fuerza de las cosas a algún grupo detenido frente a las pizarras de *La Prensa*, me preguntaba si sería capaz de seguir resistiendo mucho tiempo a la sonrisa consecuente de la pobre Irma y a la humedad que me empapaba la camisa entre rueda y rueda de cotizaciones. Empecé a sentir que el barrio de las galerías ya no era como antes el término de un deseo, cuando bastaba echar a andar por cualquier calle para que en alguna esquina todo girara blandamente y me allegara sin esfuerzo a la Place des Victoires donde era tan grato demorarse vagando por las callejuelas con sus tiendas y zaguanes polvorientos, y a la hora más propicia entrar en la Galerie Vivienne en busca de Josiane, a menos que caprichosamente prefiriera recorrer primero el Passage des Panoramas o el Passage des Princes y volver dando un rodeo un poco perverso por el lado de la Bolsa. Ahora, en cambio, sin siquiera tener el consuelo de reconocer como aquella mañana el aroma vehemente del café en el Pasaje Güemes (olía a aserrín, a lejía), empecé a admitir desde muy lejos que el barrio de las galerías no era ya el puerto de reposo, aunque todavía creyera en la posibilidad de liberarme de mi trabajo y de Irma, de encontrar sin esfuerzo la esquina de Josiane. A cada momento me ganaba el deseo de volver; frente a las pizarras de los diarios, con los amigos, en el patio de casa, sobre todo al anochecer, a la hora en que allá empezarían a encenderse los picos de gas. Pero algo me obligaba a demorarme junto a mi madre y a Irma, una oscura certidumbre de que en el barrio de las galerías ya no me esperarían como antes, de que el gran terror era el más fuerte. Entraba en los bancos y en las casas de

comercio con un comportamiento de autómata, toleran-
do la cotidiana obligación de comprar y vender valores y
escuchar los cascos de los caballos de la policía cargando
contra el pueblo que festejaba los triunfos aliados, y tan
poco creía ya que alcanzaría a liberarme una vez más de
todo eso que cuando llegué al barrio de las galerías tuve
casi miedo, me sentí extranjero y diferente como jamás
me había ocurrido antes, me refugié en una puerta co-
chera y dejé pasar el tiempo y la gente, forzado por primera vez a aceptar poco a poco todo lo que antes me había parecido mío, las calles y los vehículos, la ropa y los
guantes, la nieve en los patios y las voces en las tiendas. Hasta que otra vez fue el deslumbramiento, fue
encontrar a Josiane en la Galerie Colbert y enterarme
entre besos y brincos de que ya no había Laurent, que el
barrio había festejado noche tras noche el fin de la pesadilla, y todo el mundo había preguntado por mí y menos
mal que por fin Laurent, pero dónde me había metido
que no me enteraba de nada, y tantas cosas y tantos besos. Nunca la había deseado más y nunca nos quisimos
mejor bajo el techo de su cuarto que mi mano podía tocar desde la cama. Las caricias, los chismes, el delicioso
recuento de los días mientras el anochecer iba ganando
la bohardilla. ¿Laurent? Un marsellés de pelo crespo, un
miserable cobarde que se había atrincherado en el des-
ván de la casa donde acababa de matar a otra mujer, y había pedido gracia desesperadamente mientras la policía
echaba abajo la puerta. Y se llamaba Paul, el monstruo,
hasta eso, fíjate, y acababa de matar a su novena víctima,
y lo habían arrastrado al coche celular mientras todas las
fuerzas del segundo distrito lo protegían sin ganas de

una muchedumbre que lo hubiera destrozado. Josiane había tenido ya tiempo de habituarse, de enterrar a Laurent en su memoria que poco guardaba las imágenes, pero para mí era demasiado y no alcanzaba a creerlo del todo hasta que su alegría me persuadió de que verdaderamente ya no habría más Laurent, que otra vez podíamos vagar por los pasajes y las calles sin desconfiar de los portales. Fue necesario que saliéramos a festejar juntos la liberación, y como ya no nevaba Josiane quiso ir a la rotonda del Palais Royal que nunca habíamos frecuentado en los tiempos de Laurent. Me prometí, mientras bajábamos cantando por la rue des Petits Champs, que esa misma noche llevaría a Josiane a los cabarets de los bulevares, y que terminaríamos la velada en nuestro café donde a fuerza de vino blanco me haría perdonar tanta ingratitud y tanta ausencia.

Por unas pocas horas bebí hasta los bordes el tiempo feliz de las galerías, y llegué a convencerme de que el final del gran terror me devolvía sano y salvo a mi cielo de estucos y guirnaldas; bailando con Josiane en la rotonda me quité de encima la última opresión de ese interregno incierto, nací otra vez a mi mejor vida tan lejos de la sala de Irma, del patio de casa, del menguado consuelo del Pasaje Güemes. Ni siquiera cuando más tarde, charlando de tanta cosa alegre con Kikí y Josiane y el patrón, me enteré del final del sudamericano, ni siquiera entonces sospeché que estaba viviendo un aplazamiento, una última gracia; por lo demás ellos hablaban del sudamericano con una indiferencia burlona, como de cualquiera de los extravagantes del barrio que alcanzan a llenar un hueco en una conversación donde pronto nacerán temas más apasionantes, y que el sudamericano acabara de morirse en una pieza de hotel era apenas algo más que una información al pasar, y Kikí discurría ya sobre las fiestas que se preparaban en un molino de la Butte, y me costó interrumpirla, pedirle algún detalle sin saber demasiado por qué se lo pedía. Por Kikí acabé sabiendo algunas cosas mínimas, el nombre del sudamericano que al fin y al cabo era un nombre francés y que olvidé enseguida, su enfermedad repentina en la rue du Faubourg Montmartre donde Kikí tenía un amigo que le había contado; la soledad, el miserable cirio ardiendo sobre la consola atestada de libros y papeles, el gato gris que su amigo había recogido, la cólera del hotelero a quien le hacían eso precisamente cuando esperaba la visita de sus padres políticos, el entierro anónimo, el olvido, las fiestas en el molino de la Butte, el arresto de Paul el marsellés, la insolencia de los prusianos a los que ya era tiempo de darles la lección que se merecían. Y de todo eso yo iba separando, como quien arranca dos flores secas de una guirnalda, las dos muertes que de alguna manera se me antojaban simétricas, la del sudamericano y la de Laurent, el uno en su pieza de hotel, el otro disolviéndose en la nada para ceder su lugar a Paul el marsellés, y eran casi una misma muerte, algo que se borraba para siempre en la memoria del barrio. Todavía esa noche pude creer que todo seguiría como antes del gran terror, y Josiane fue otra vez mía en su bohardilla y al despedirnos nos prometimos fiestas y excursiones cuando llegase el verano. Pero helaba en las calles, y las noticias de la guerra exigían mi presencia en la Bolsa a las nueve de la mañana; con un esfuerzo que entonces creí

181

meritorio me negué a pensar en mi reconquistado cielo, y después de trabajar hasta la náusea almorcé con mi madre y le agradecí que me encontrara más repuesto. Esa semana la pasé en plena lucha bursátil, sin tiempo para nada, corriendo a casa para darme una ducha y cambiar una camisa empapada por otra que al rato estaba peor. La bomba cayó sobre Hiroshima y todo fue confusión entre mis clientes, hubo que librar una larga batalla para salvar los valores más comprometidos y encontrar un rumbo aconsejable en ese mundo donde cada día era una nueva derrota nazi y una enconada, inútil reacción de la dictadura contra lo irreparable. Cuando los alemanes se rindieron y el pueblo se echó a la calle en Buenos Aires, pensé que podría tomarme un descanso, pero cada mañana me esperaban nuevos problemas, en esas semanas me casé con Irma después que mi madre estuvo al borde de un ataque cardíaco y toda la familia me lo atribuyó quizá justamente. Una y otra vez me pregunté por qué, si el gran terror había cesado en el barrio de las galerías, no me llegaba la hora de encontrarme con Josiane para volver a pasear bajo nuestro cielo de yeso. Supongo que el trabajo y las obligaciones familiares contribuían a impedírmelo, y sólo sé que de a ratos perdidos me iba a caminar como consuelo por el Pasaje Güemes, mirando vagamente hacia arriba, tomando café y pensando cada vez con menos convicción en las tardes en que me había bastado vagar un rato sin rumbo fijo para llegar a mi barrio y dar con Josiane en alguna esquina del atardecer. Nunca he querido admitir que la guirnalda estuviera definitivamente cerrada y que no volvería a encontrarme con Josiane en los pasajes o los bulevares. Algunos días me da por pensar en el sudamericano, y en esa rumia desganada llego a inventar como un consuelo, como si él nos hubiera matado a Laurent y a mí con su propia muerte; razonablemente me digo que no, que exagero, que cualquier día volveré a entrar en el barrio de las galerías y encontraré a Josiane sorprendida por mi larga ausencia. Y entre una cosa y otra me quedo en casa tomando mate, escuchando a Irma que espera para diciembre, y me pregunto sin demasiado entusiasmo si cuando lleguen las elecciones votaré por Perón o por Tamborini, si votaré en blanco o sencillamente me quedaré en casa tomando mate y mirando a Irma y a las plantas del patio.

Este libro
se terminó de imprimir
en Liberdúplex